中等职业学校计算机系列教材

zhongdeng zhiye xuexiao jisuanji xilie jiaocai

Office 2007 中文版 实用教程

高长铎 主编　盛永红 张玉堂 副主编

人 民 邮 电 出 版 社

北 京

图书在版编目（CIP）数据

Office 2007中文版实用教程 / 高长铎主编. — 北京：人民邮电出版社，2009.10
（中等职业学校计算机系列教材）
ISBN 978-7-115-21408-9

Ⅰ. ①O… Ⅱ. ①高… Ⅲ. ①办公室－自动化－应用软件，Office 2007－专业学校－教材 Ⅳ. ①TP317.1

中国版本图书馆CIP数据核字(2009)第168086号

内 容 提 要

本书是针对机房上课这一教学环境而编写的。全书共分成22讲，分别介绍了Word 2007、Excel 2007、PowerPoint 2007基本概念和使用方法。在每一讲中，首先介绍相关的基本概念和基本操作，再给出一个或几个精心设计、短小精悍的范例，用来说明具体的使用方法和实际应用；然后再给出课堂练习，让学生加深理解并熟练运用；最后还给出了课后作业，让学生对本讲的内容加以巩固和提高。

本书适合作为中等职业学校“Office 2007应用基础”课程的教材，也可作为培训学校用书。

中等职业学校计算机系列教材

Office 2007 中文版实用教程

◆ 主　　编　高长铎
　副 主 编　盛永红　张玉堂
　责任编辑　王　平

◆ 人民邮电出版社出版发行　北京市崇文区夕照寺街14号
　邮编　100061　电子函件　315@ptpress.com.cn
　网址　http://www.ptpress.com.cn
　北京鑫正大印刷有限公司印刷

◆ 开本：787×1092　1/16
　印张：14.5
　字数：378千字　2009年10月第1版
　印数：1－3 000册　2009年10月北京第1次印刷

ISBN 978-7-115-21408-9

定价：24.00元

读者服务热线：(010)67170985　印装质量热线：(010)67129223
反盗版热线：(010)67171154

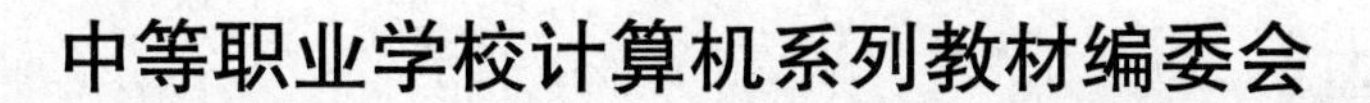

中等职业学校计算机系列教材编委会

序

中等职业教育是我国职业教育的重要组成部分，中等职业教育的培养目标定位于具有综合职业能力，在生产、服务、技术和管理第一线工作的高素质的劳动者。

中等职业教育课程改革是为了适应市场经济发展的需要，是为了适应实行一纲多本，满足不同学制、不同专业和不同办学条件的需要。

为了适应中等职业教育课程改革的发展，我们组织编写了本套教材。本套教材在编写过程中，参照了教育部职业教育与成人教育司制订的《中等职业学校计算机及应用专业教学指导方案》及职业技能鉴定中心制订的《全国计算机信息高新技术考试技能培训和鉴定标准》，仔细研究了已出版的中职教材，去粗取精，全面兼顾了中职学生就业和考级的需要。

本套教材注重中职学校的授课情况及学生的认知特点，在内容上加大了与实际应用相结合案例的编写比例，突出基础知识、基本技能，软件版本均采用最新中文版。为了满足不同学校的教学要求，本套教材采用了两种编写风格。

- “任务驱动、项目教学”的编写方式，目的是提高学生的学习兴趣，学生在积极主动地解决问题的过程中掌握就业岗位技能。
- “传统教材+典型案例”的编写方式，力求在理论知识“够用为度”的基础上，使学生学到实用的基础知识和技能。
- “机房上课版”的编写方式，体现课程在机房上课的教学组织特点，使学生在边学边练中掌握实际技能。

为了方便教学，我们免费为选用本套教材的老师提供教学辅助资源，包括内容如下。

- 电子课件。
- 按章（项目或讲）提供教材上所有的习题答案。
- 按章（项目或讲）提供所有实例制作过程中用到的素材。书中需要引用这些素材时会有相应的叙述文字，如“打开教学辅助资源中的图片‘4-2.jpg’”。
- 按章（项目或讲）提供所有实例的制作结果，包括程序源代码。
- 提供两套模拟测试题及答案，供老师安排学生考试使用。

老师可登录人民邮电出版社教学服务与资源网（http://www.ptpedu.com.cn）下载相关教学辅助资源，在教材使用中有什么意见或建议，均可直接与我们联系，电子邮件地址是fujiao@ptpress.com.cn，wangping@ptpress.com.cn。

中等职业学校计算机系列教材编委会

2009年7月

前 言

本书针对中职学校在机房上课的这一教学环境编写而成，从体例设计到内容编写，都进行了精心的策划。

本书编写体例依据教师课堂的教学组织形式而构建：知识点讲解→范例解析→课堂练习→课后作业。

- 知识点讲解：简洁地介绍每讲的重要知识点，使学生对软件的操作命令有大致的了解。
- 范例解析：结合知识点，列举典型的案例，并给出详细的操作步骤，便于教师带领学生进行练习。
- 课堂练习：在范例讲解后，给出供学生在课堂上练习的题目，通过实战演练，加深对操作命令的理解。
- 课后作业：精选一些练习题目供学生课后练习，以巩固所学的知识，达到举一反三的目的。

本教材所选案例是作者多年教学实践经验的积累，案例由浅入深，层层递进。按照学生的学习特点组织知识点，讲练结合，充分调动学生的学习积极性，提高学习兴趣。

为了方便教师教学，本书配备了内容丰富的教学资源包，包括所有案例的素材、重点案例的演示视频、PPT 电子课件等。老师可登录人民邮电出版社教学服务与资源网（www.ptpedu.com.cn）免费下载使用，或致电 67143005 索取教学辅助光盘。

本课程的教学时数为 72 学时，各讲的参考课时见下表。

讲 节	课 程 内 容	课 时 分 配
第 1 讲	Word 2007 的基本操作	4
第 2 讲	Word 2007 的排版（一）	4
第 3 讲	Word 2007 的排版（二）	4
第 4 讲	Word 2007 的表格处理	3
第 5 讲	Word 2007 的对象处理（一）	4
第 6 讲	Word 2007 的对象处理（二）	4
第 7 讲	Word 2007 的对象处理（三）	4
第 8 讲	Word 2007 的页面排版	4
第 9 讲	Excel 2007 的基本操作	4
第 10 讲	Excel 2007 的数据录入	4
第 11 讲	Excel 2007 的公式使用（一）	3
第 12 讲	Excel 2007 的公式使用（二）	3
第 13 讲	Excel 2007 的工作表格式化	3
第 14 讲	Excel 2007 的数据处理	2
第 15 讲	Excel 2007 的图表使用	3
第 16 讲	PowerPoint 2007 的基本操作	2

第 17 讲	PowerPoint 2007 的幻灯片制作（一）	3
第 18 讲	PowerPoint 2007 的幻灯片制作（二）	3
第 19 讲	PowerPoint 2007 的幻灯片制作（三）	3
第 20 讲	PowerPoint 2007 的幻灯片美化（一）	3
第 21 讲	PowerPoint 2007 的幻灯片美化（二）	3
第 22 讲	PowerPoint 2007 的幻灯片放映与打包	2
课 时 总 计		72

本书由高长铎担任主编，盛永红、张玉堂任副主编，参加本书编写工作的还有沈精虎、黄业清、宋一兵、谭雪松、向先波、冯辉、郭英文、计晓明、滕玲、董彩霞、郝庆文、田晓芳等。

本书由深圳市电子技术学校彭胜利老师担任主审，审稿老师有深圳市电子技术学校孙瑞新老师、惠州商业学校冯理明老师、南京玄武中等专业学校段标老师、杭州市职业技术教育研究室汪建华老师，在此表示衷心感谢。

由于编者水平有限，书中难免存在错误和不妥之处，恳切希望广大读者批评指正。

编 者

2009 年 7 月

目　录

第1讲

Word 2007 的基本操作

【学习目标】

• 掌握文档操作的基本方法。
• 掌握文本编辑的基本方法。
• 掌握文字格式化的基本方法。

★山鹰与狐狸★

【希腊】伊索

山鹰与狐狸互相结为好友，为了彼此的友谊更加巩固，他们决定住在一起。于是鹰飞到一棵高树上面，筑起巢来哺育后代，狐狸则走进树下的灌木丛中间，生儿育女。

有一天，狐狸出去觅食，鹰也正好断了炊，他便飞入灌木丛中，把幼小的狐狸抢走，与雏鹰一起饱餐一顿。狐狸回来后，知道这事是鹰所做，他为儿女的死悲痛，而最令他悲痛的是一时无法报仇，因为他是走兽，只能在地上跑，不能去追逐会飞的鸟。***因此他只好远远地站着诅咒敌人，这是力量弱小者唯一可以做到的事情。***

不久，鹰的背信弃义的罪行也受到了严惩。有一次，一些人在野外杀羊祭神，鹰飞下去，从祭坛上抓起了带着火的羊肉，带回了自己的巢里。这时候一阵狂风吹了过来，巢里细小干枯的树枝马上燃起了猛烈的火焰。那些羽毛未丰的雏鹰都被烧死了，并从树上掉了下来。狐狸便跑了过去，在鹰的眼前，把那些小鹰全都吃了。

这故事说明，对于背信弃义的人，即使受害者弱小，不能报复他，可神会惩治他。

1.1 Word 2007 的文档操作

在 Windows XP 中，选择【开始】/【程序】/【Microsoft Office】/【Microsoft Office Word 2007】命令，启动 Word 2007，打开如图 1-1 所示的 Word 2007 窗口。Word 2007 文档的基本操作包括新建文档、保存文档、另存文档、打开文档和关闭文档。

图1-1 Word 2007 窗口

1.1.1 知识点讲解

一、 新建文档

启动 Word 2007 时，系统会自动建立一个空白文档，默认的文档名是“文档 1”。在 Word 2007 中，还可以再新建文档，新建文档有以下几种方法。

- 按 Ctrl+N 键。
- 单击 按钮，在打开的菜单中选择【新建】命令。

使用第 1 种方法，系统会自动建立一个默认模板的空白文档。使用第 2 种方法，系统将弹出如图 1-2 所示的【新建文档】对话框。在该对话框中可进行以下操作。

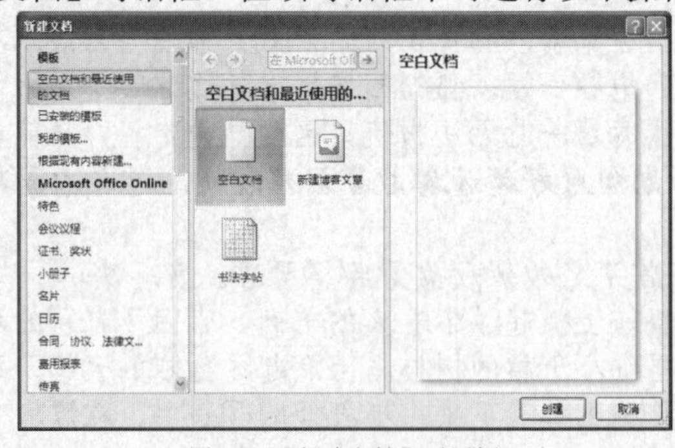

图1-2 【新建文档】对话框

- 选择【模板】窗格（最左边的窗格）中的一个命令，【模板列表】窗格（中间的窗格）显示该组模板中的所有模板。
- 选择【模板列表】窗格中的一个模板，【模板效果】窗格（最右边的窗格）显示该模板的效果。
- 单击 创建 按钮，基于所选择模板建立一个新文档。

Word 2007 新建文档的默认文件名是“文档 1”，再次创建文档时依次向下命名。

二、 保存文档

Word 2007 工作时，文档的内容驻留在计算机内存和磁盘的临时文件中，没有正式保存。保存文档有两种方式：保存和另存为。

(1) 保存文档

在 Word 2007 中，保存文档有以下几种方法。

- 按Ctrl+S键。
- 单击【快速访问工具栏】中的按钮。
- 单击按钮，在打开的菜单中选择【保存】命令。

如果文档已被保存过，则系统自动将文档的最新内容保存起来。如果文档从未保存过，系统需要用户指定文件的保存位置及文件名，相当于执行另存为操作（另存文档操作将在下面叙述）。

(2) 另存文档

另存文档是指把当前编辑的文档以新文件名或新的保存位置保存起来。在 Word 2007 中，按 F12 键，或单击按钮，在打开的菜单中选择【另存为】命令，弹出如图 1-3 所示的【另存为】对话框。在【另存为】对话框中可进行以下操作。

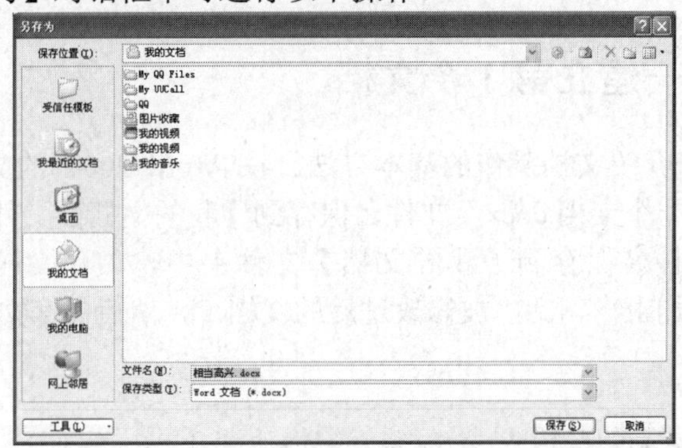

图1-3 【另存为】对话框

- 在【保存位置】下拉列表框中选择要保存到的文件夹，也可在窗口左侧的预设保存位置列表中选择要保存到的文件夹。
- 在【文件名】下拉列表框中输入或选择一个文件名。
- 在【保存类型】下拉列表框中选择所要保存文件的类型。此时需注意的是，Word 2007 之前版本默认的保存类型是.doc 型文件，而 Word 2007 则是.docx 型文件。
- 单击 保存(S) 按钮，按所做设置保存文件。

三、 打开文档

在 Word 2007 中，打开文档有以下几种方法。

- 按Ctrl+O键。
- 单击按钮，在打开的菜单中选择【打开】命令。

使用以上两种方法均可弹出如图 1-4 所示的【打开】对话框。

在【打开】对话框中可进行以下操作。

- 在【查找范围】下拉列表框中选择要打开文件所在的文件夹，也可在窗口左侧的预设位置列表中选择要打开文件所在的文件夹。

- 在打开的文件列表中单击一个文件图标，选择该文件。
- 在打开的文件列表中双击一个文件图标，打开该文件。
- 在【文件名】下拉列表框中输入或选择所要打开文件的名称。
- 单击 打开(O) 按钮，打开所选择的文件或在【文件名】框中指定的文件。

四、 关闭文档

在 Word 2007 中，单击按钮，在打开的菜单中选择【关闭】命令，即可关闭文档。关闭文档时，如果文档改动过且未进行保存，则系统会弹出如图 1-5 所示的【Microsoft Office Word】对话框（以“文档 1”为例），以确定是否保存，操作方法同前。

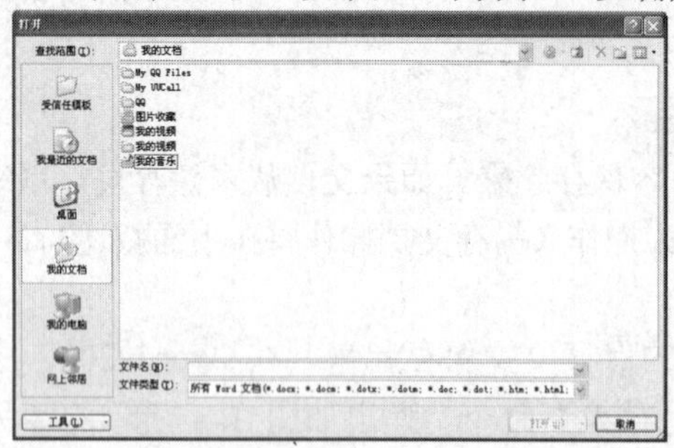

图1-4 【打开】对话框

图1-5 【Microsoft Office Word】对话框

1.1.2 范例解析——建立第 1 个文档

本节通过一个案例来介绍文档操作的基本方法。在 Word 2007 的文档中输入“我的 Word 2007 文档。”，并以“第 1 个文档.docx”文件名保存到【我的文档】文件夹中，然后再把文档以“第 1 个文档.doc”文件名保存到【我的文档】文件夹中，关闭文档。再打开“第 1 个文档.docx”，并在文档末尾加上一句话“被修改过后的文档。”，然后保存文档，关闭文档。

范例操作

1. 选择【开始】/【程序】/【Microsoft Office】/【Microsoft Office Word 2007】命令，启动 Word 2007。
2. 在 Word 2007 窗口中输入“我的 Word 2007 文档。”。
3. 单击【快速访问工具栏】中的按钮，弹出【另存为】对话框（见图 1-3）。
4. 在【另存为】对话框的窗口左侧的预设位置列表中单击【我的文档】文件夹图标，在【文件名】下拉列表框中输入“第 1 个文档”，单击 保存(S) 按钮。
5. 单击按钮，在打开的菜单中选择【另存为】/【Word 97-2003 文档】命令，弹出【另存为】对话框（见图 1-3，这时默认的文件名是“第 1 个文档.doc”，文件类型是.doc 型），单击 保存(S) 按钮。
6. 单击按钮，在打开的菜单中选择【关闭】命令。
7. 单击按钮，在打开的菜单中选择【打开】命令，弹出【打开】对话框（见图 1-4）。
8. 在【打开】对话框的窗口左侧的预设位置列表中单击【我的文档】文件夹图标，在窗口中央的文件列表中单击“第 1 个文档.docx”文件名，再单击 打开(O) 按钮。
9. 将鼠标光标移动到文档的末尾，然后输入“被修改过后的文档。”。
10. 单击【快速访问工具栏】中的按钮，
11. 单击按钮，在打开的菜单中选择【关闭】命令。

1.1.3 课堂练习——建立第 1 个 Word 文档

以下进行课堂练习，以巩固提高文档操作的基本方法。在 Word 2007 中，在文档中输入一首唐诗“床前明月光，疑是地上霜，举头望明月，低头思故乡。”，并以“1 首唐诗.docx”为文件名保存到【我的文档】文件夹中，然后关闭文档。再打开“1 首唐诗.docx”文档，在文档末尾再加上一首唐诗“离离原上草，一岁一枯荣，野火烧不尽，春风吹又生。”，并将其另存为“两首唐诗.docx”，然后关闭文档。

1.2 Word 2007 的文本编辑

Word 2007 的文本编辑操作包括移动鼠标光标、选定文本、插入文本、删除与改写文本、复制与移动文本以及查找与替换文本等。

1.2.1 知识点讲解

一、 移动鼠标光标

在 Word 2007 的文档编辑区内有一个闪动的竖条，称为插入点，俗称为鼠标光标。鼠标光标用来指示文本的插入位置，其位置称为当前位置，所在的行称为当前行，所在的段称为当前段，所在的页称为当前页。移动鼠标光标有两种方法：用鼠标移动和用键盘移动。

(1) 用鼠标移动鼠标光标

用鼠标可以把插入点光标移动到文本的某个位置上，有以下几种常用方法。

- 当鼠标指针为 I 状时，表明鼠标指针位于文本区，这时在指定位置单击，插入点光标就移动到文本区的指定位置。
- 当鼠标指针为I≡、I或≡I状时，表明鼠标指针位于编辑空白区，这时双击，插入点光标就移动到空白区的相应位置，并自动设置该段落的对齐格式为左对齐（I≡）、居中（I）或右对齐（≡I）。

(2) 用键盘移动鼠标光标

用键盘移动鼠标光标的方法有很多，表 1-1 列出了一些常用的移动鼠标光标的按键。

表 1-1 常用的移动鼠标光标的按键

按键	移动到	按键	移动到
←	左侧一个字符	Ctrl+←	向左一个词
→	右侧一个字符	Ctrl+→	向右一个词
↑	上一行	Ctrl+↑	前一个段落
↓	下一行	Ctrl+↓	后一个段落
Home	当前行的行首	Ctrl+Home	文档开始
End	当前行的行尾	Ctrl+End	文档最后
PageUp	上一屏	Ctrl+PageUp	上一页的开始
PageDown	下一屏	Ctrl+PageDown	下一页的开始
Alt+Ctrl+PageUp	窗口的顶端	Alt+Ctrl+PageDown	窗口的底端

二、 选定文本

Word 2007 中的许多操作都需要先选定文本，被选定的文本底色为黑色。选定文本后，按任意鼠标光标移动键，或在文档任意位置单击鼠标，可取消所选定文本的选定状态。

(1) 用鼠标光标选定文本

用鼠标光标在文本编辑区内选定文本有以下几种方法。

- 将插入点光标定位到要选定文本的开始位置，然后将鼠标光标拖动到要选定文本的结束位置时松开鼠标左键，选定鼠标光标经过的文本。
- 双击鼠标左键，选定插入点光标所在位置的词。
- 快速单击鼠标左键 3 次，选定插入点光标所在的段落。
- 按住 Ctrl 键单击鼠标左键，选定插入点光标所在的句子。
- 按住 Alt 键拖动鼠标光标，选定竖列文本。

文档正文左边的空白区域为文本选择区，将鼠标指针移到文本选择区中，鼠标指针变为↗状。在文本选择区内选定文本有以下几种方法。

- 单击鼠标左键，选定插入点光标所在的行。
- 双击鼠标左键，选定插入点光标所在的段落。
- 拖动鼠标光标，选定从开始行到结束行。
- 快速单击鼠标左键 3 次，选定整个文档。
- 按住 Ctrl 键单击鼠标左键，选定整个文档。

(2) 用键盘选定文本

使用键盘选定文本有以下几种方法。

- 按住 Shift 键的同时，按键盘上的快捷键使插入点光标移动，就可选定插入点光标经过的文本。表 1-2 中列出了选定文本的快捷键。
- 按 Ctrl+A 键，选定整个文档。

表 1-2 选定文本的快捷键

按键	将选定范围扩大到	按键	将选定范围扩大到
Shift+↑	上一行	Ctrl+Shift+↑	段首
Shift+↓	下一行	Ctrl+Shift+↓	段尾
Shift+←	左侧一个字符	Ctrl+Shift+←	单词开始
Shift+→	右侧一个字符	Ctrl+Shift+→	单词结尾
Shift+Home	行首	Ctrl+Shift+Home	文档开始
Shift+End	行尾	Ctrl+Shift+End	文档结尾

三、 插入特殊符号

在 Word 2007 中，如果状态栏的【插入/改写】状态区中显示的是“插入”二字，则表明当前状态为插入状态；如果显示的是“改写”二字，则表明当前状态为改写状态。单击【插入/改写】状态区或按 Insert 键，可切换插入/改写状态。

在插入状态下，从键盘上输入的字符或通过汉字输入法输入的汉字会自动插入到光标处。对于一些从键盘上无法直接输入的符号（如“※”等），可用【插入】/【符号】或【插入】/【特殊符号】命令中的工具进行插入。

在【插入】选项卡的【符号】组（见图 1-6）中单击Ω符号按钮，打开如图 1-7 所示的【符号】列表。在该列表中单击一个符号，即可插入相应的符号。

图1-6 【符号】组

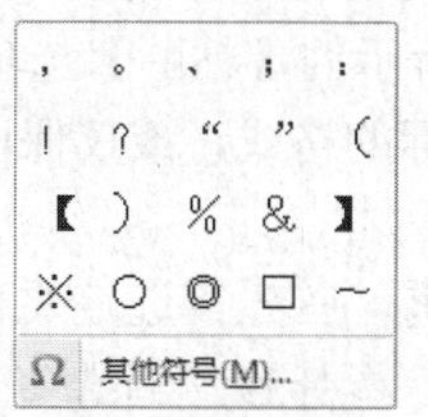

图1-7 【符号】列表

在【插入】选项卡的【特殊符号】组（见图 1-8）中单击预设的符号按钮，可插入相应的符号；单击符号按钮，打开如图 1-9 所示的【特殊符号】列表。在该列表中单击一个符号，即可插入相应的符号；选择【更多】命令，则弹出如图 1-10 所示的【插入特殊符号】对话框。在该对话框中打开不同的选项卡，会出现不同的特殊符号页，选择一个符号后，单击确定按钮，即可在文档中的鼠标光标处插入该符号，同时关闭该对话框。

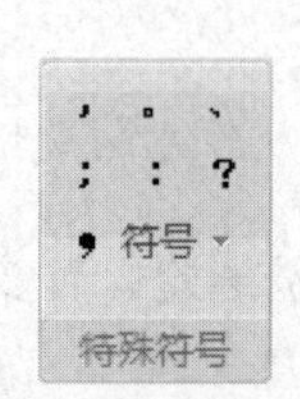

图1-8 【特殊符号】组

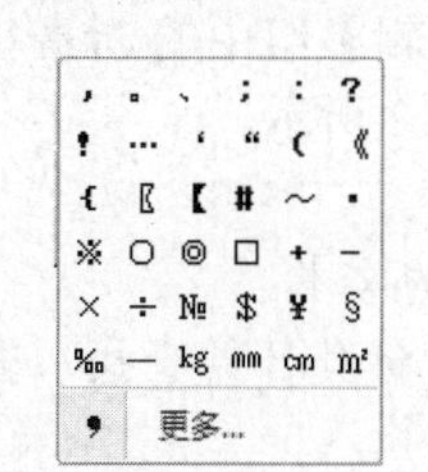

图1-9 【特殊符号】列表

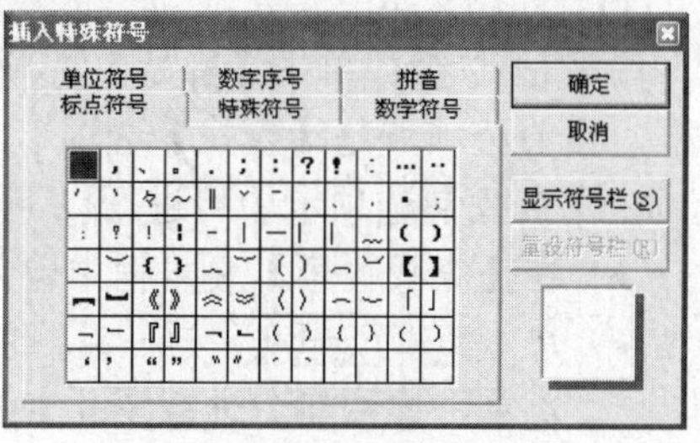

图1-10 【插入特殊符号】对话框

四、 删除与改写文本

删除文本有以下几种方法。

- 按Backspace键删除鼠标光标左边的汉字或字符。
- 按Delete键删除鼠标光标右边的汉字或字符。
- 按Ctrl+Backspace键删除鼠标光标左边的一个词。
- 按Ctrl+Delete 键删除鼠标光标右边的一个词。
- 如果选定了文本，按Backspace或Delete键删除选定的文本。
- 如果选定了文本，把选定的文本剪切到剪贴板，删除选定的文本。

改写文本有以下几种方法。

- 在改写状态下输入文本将会覆盖鼠标光标处原有的文本。
- 选定要改写的文本，输入改写后的文本。
- 删除要改写的文本，输入改写后的文本。

五、 复制与移动文本

(1) 复制文本

复制文本前，首先需选定要复制的文本。复制文本有以下几种方法。

- 将鼠标指针移动到选定的文本上，当其变为状时，按住Ctrl键的同时拖动鼠标，鼠标指针变为状，同时，旁边有一条表示插入点的虚竖线，当虚竖线到达目标位置后松开鼠标左键和Ctrl键，选定的文本即被复制到目标位置。
- 先将选定的文本复制到剪贴板上，再将插入点光标移动到目标位置，然后把剪贴板上的文本粘贴到当前位置。

复制完成后，如果复制内容的字符格式与目标位置的字符格式不同，则在复制内容的右下方有一个粘贴选项按钮，单击该按钮，会弹出如图 1-11 所示的【粘贴】选项栏，用户可根据需要选择保留原来的格式，或匹配目标的格式，或仅保留文本，或选择另外一种格式。

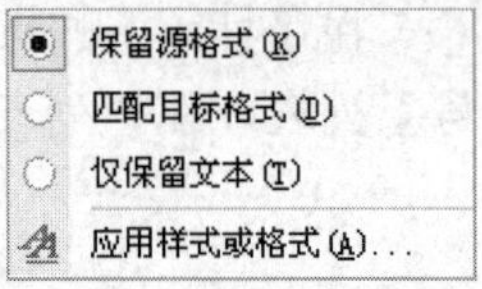

◉ 保留源格式(K)
○ 匹配目标格式(D)
○ 仅保留文本(T)
应用样式或格式(A)...

图1-11　【粘贴】选项栏

(2) 移动文本

移动文本前，首先需选定要移动的文本。移动文本有以下几种方法。

- 将鼠标指针移动到选定的文本上，当鼠标指针变为状时拖动鼠标，鼠标指针变为状，同时，旁边出现一条表示插入点的虚竖线，当虚竖线到达目标位置后松开鼠标左键，选定的文本即被移动到目标位置。
- 先将选定的文本剪切到剪贴板上，再将插入点光标移动到目标位置，然后把剪贴板上的文本粘贴到插入点光标处。

六、 查找与替换文本

(1) 查找文本

按 Ctrl+F 键或单击【开始】选项卡的【编辑】组中的 查找 按钮，弹出【查找和替换】对话框，当前选项卡是【查找】选项卡，如图 1-12 所示。

在【查找】选项卡中可进行以下操作。

- 在【查找内容】文本框中输入要查找的文本。
- 单击 查找下一处(F) 按钮，系统从鼠标光标处开始查找，查找到的内容被选定。可多次单击该按钮，进行多处查找。
- 单击 更多(M) >> 按钮，展开【搜索选项】栏，在其中可设置查找选项，如图 1-13 所示。

图1-12　【查找】选项卡

图1-13　【搜索选项】栏

(2) 替换文本

按 Ctrl+H 键或单击【开始】选项卡的【编辑】组中的 替换 按钮，弹出【查找和替换】对话框，当前选项卡是【替换】，如图 1-14 所示。在【替换】选项卡中可进行以下操作。

图1-14　【替换】选项卡

- 在【替换为】文本框中输入替换后的文本。
- 单击 替换(R) 按钮替换查找到的内容。
- 单击 全部替换(A) 按钮替换全部查找到的内容，并在替换完后弹出一个对话框，提示完成了多少处替换。

1.2.2 范例解析——编辑“山鹰与狐狸.docx”

编辑“山鹰与狐狸.docx”文档，原始内容如下。

山鹰与狐狸

希腊 伊索

山鹰与狐狸互相结为好友,为了彼此的友谊更加巩固,他们决定住在一起.于是鹰飞到一棵高树上面,筑起巢来孵育后代,狐狸则走进树下的灌木丛中间,生儿育女.

有一天,狐狸出去觅食,鹰也正好断了炊,他便飞入灌木丛中,把幼小的狐狸抢走,与雏鹰一起饱餐一顿.狐狸回来后,知道这事是鹰所做,他为儿女的死悲痛,而最令他悲痛的是一时无法报仇,因为他是走兽,只能在地上跑,不能去追逐会飞的鸟.因此他只好远远地站着诅咒敌人,这是力量弱小者唯一可以做到的事情.

这故事说明,对于背信弃义的人,即使受害者弱小,不能报复他,可神会惩治他.

有一次,一些人在野外杀羊祭神,鹰飞下去,从祭坛上抓起了带着火的羊肉,带回了自己的巢里.这时候一阵狂风吹了过来,巢里细小干枯的树枝马上燃起了猛烈的火焰.那些羽毛未丰的雏鹰都被烧死了,并从树上掉了下来.狐狸便跑了过去,在鹰的眼前,把那些小鹰全都吃了.

编辑后的内容如下：

★山鹰与狐狸★

【希腊】伊索

山鹰与狐狸互相结为好友，为了彼此的友谊更加巩固，他们决定住在一起。于是鹰飞到一棵高树上面，筑起巢来哺育后代，狐狸则走进树下的灌木丛中间，生儿育女。

有一天，狐狸出去觅食，鹰也正好断了炊，他便飞入灌木丛中，把幼小的狐狸抢走，与雏鹰一起饱餐一顿。狐狸回来后，知道这事是鹰所做，他为儿女的死悲痛，而最令他悲痛的是一时无法报仇，因为他是走兽，只能在地上跑，不能去追逐会飞的鸟。因此他只好远远地站着诅咒敌人，这是力量弱小者唯一可以做到的事情。

不久，鹰的背信弃义的罪行也受到了严惩。有一次，一些人在野外杀羊祭神，鹰飞下去，从祭坛上抓起了带着火的羊肉，带回了自己的巢里。这时候一阵狂风吹了过来，巢里细小干枯的树枝马上燃起了猛烈的火焰。那些羽毛未丰的雏鹰都被烧死了，并从树上掉了下来。狐狸便跑了过去，在鹰的眼前，把那些小鹰全都吃了。

这故事说明，对于背信弃义的人，即使受害者弱小，不能报复他，可神会惩治他。

范例操作

1. 打开“山鹰与狐狸.docx”文档。
2. 将鼠标光标移动到标题的开始处，单击【插入】选项卡的【特殊符号】组中的 符号 按钮，在打开的【特殊符号】列表（见图 1-9）中选择【更多】命令，弹出【插入特殊符号】对话框（见图 1-10）。
3. 在【插入特殊符号】对话框中打开【特殊符号】选项卡（见图 1-15），单击“★”符号，然后单击 确定 按钮，插入一个“★”符号。
4. 用步骤 2～3 的方法插入另一个“★”符号。
5. 用步骤 2～4 的方法插入“【”和“】”符号（符号在【标点符号】选项卡中）。

6. 选定文档中“筑起巢来哺育后代”中的“哺”字，输入“孵”字；选定“这是力量弱小者唯一可以做到的事情。”中的“唯”字，输入“惟”字。

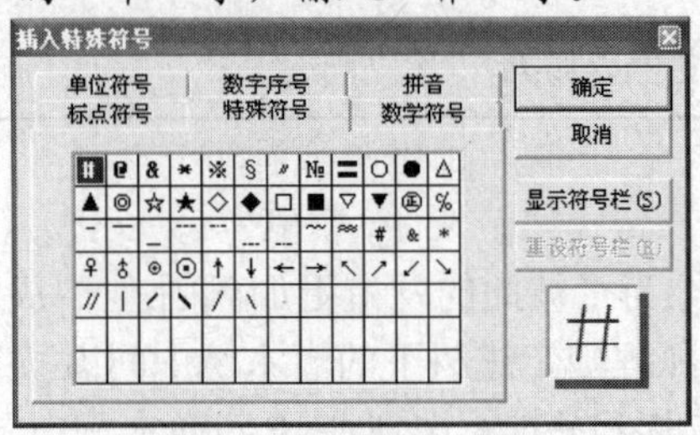

图1-15 【特殊符号】选项卡

7. 将鼠标光标移动到“有一次,”前，输入“不久，鹰的背信弃义的罪行也受到了严惩。”。
8. 选定正文中的第3段，按Ctrl+X键，将鼠标光标移动到最后一段后按Ctrl+V键。
9. 单击【开始】选项卡的【编辑】组中的替换按钮，弹出【查找和替换】对话框（见图1-14）。
10. 在【查找和替换】对话框的【替换】选项卡的【查找内容】文本框中输入“,”，在【替换为】文本框中输入“，”，然后单击全部替换(A)按钮。
11. 用步骤9～10的方法将所有“.”替换成“。”。
12. 保存文档，然后关闭文档。

1.2.3 课堂练习——编辑“狮子、驴子与狐狸.docx”

编辑“狮子、驴子与狐狸.docx”文档，原始内容如下：

> 狮子、驴子与狐狸
>
> 希腊 伊索
>
> 师子和驴子以及狐狸商量好一起连合去打猎,他们捕获了许多野兽,狮子命令驴子把猎物分一分.
>
> 狮子又命令狐狸来分.狐狸把所有的猎物都堆在一起,仅留一点点给他自己,然后请狮子来拿.
>
> 驴子平均分成3份,狮子勃然大怒,猛扑过去把驴子吃了.
>
> 狮子问他,是谁教他这样分的,狐狸回答说：“是驴子的不幸.”
>
> 这故事说明,应该从别人的不幸中吸取经验和教训.

编辑后的内容如下：

> ●狮子、驴子与狐狸●
>
> 【希腊】伊索
>
> 狮子和驴子以及狐狸商量好一起联合去打猎，他们捕获了许多野兽，狮子命令驴子把猎物分一分。
>
> 驴子平均分成3份，请狮子自己挑选，狮子勃然大怒，猛扑过去把驴子吃了。
>
> 狮子又命令狐狸来分。狐狸把所有的猎物都堆在一起，仅留一点点给他自己，然后请狮子来拿。
>
> 狮子问他，是谁教他这样分的，狐狸回答说：“是驴子的不幸。”
>
> 这故事说明，应该从别人的不幸中吸取经验和教训。

1.3 Word 2007 的文字格式化

文字格式化的常用设置包括字体、字号和字颜色的设置，粗体、斜体、下划线和删除线的设置，以及上标、下标和大小写的设置等，这些设置都可以通过【字体】组中的工具来完成。

1.3.1 知识点讲解

一、设置字体

字体是指字的形体结构，通常一种字体具有统一的风格和特点。字体分中文字体和英文字体两大类，通常情况下，中文字体的字体名为中文（如“宋体”、“黑体”等），英文字体的字体名为英文（如“Calibri”、“Times New Roman”等）；英文的字体名对英文字符起作用，而中文的字体名对英文、汉字都起作用。

Word 2007 默认的英文字体是“Calibri”，默认的中文字体是“宋体”。单击【字体】组 宋体 (中文正文) 中的 按钮，打开【字体】下拉列表，从中可选择要设置的字体。

二、设置字号

字号体现字符的大小，Word 2007 默认的字号是五号。设置字号有以下几种常用方法。

- 单击【字体】组 五号 中的 按钮，打开【字号】下拉列表，从中选择一种字号。
- 单击 按钮或按 Ctrl+> 键，选定的文本增大一级字号。
- 单击 按钮或按 Ctrl+< 键，选定的文本减小一级字号。

三、设置字颜色

Word 2007 默认的字颜色是黑色。【字体】组中 按钮上所显示的颜色为最近使用过的颜色。单击【字体】组中的 按钮右边的 按钮，打开【颜色】下拉列表，选中其中一种颜色，文字的颜色即被设置为该颜色。

四、设置粗体

设置粗体有以下几种常用方法。

- 按 Ctrl+B 键。
- 单击【字体】组中的 按钮。

在为文本设置了文字的粗体效果后，再次单击 按钮或按 Ctrl+B 键，则取消文本所设置的粗体效果。

五、设置斜体

设置斜体有以下几种常用方法。

- 按 Ctrl+I 键。
- 单击【字体】组中的 按钮。

在为文本设置了文字的斜体效果后，再次单击 按钮或按 Ctrl+I 键，则取消文本所设置的斜体效果。

六、设置下划线

设置下划线有以下几种常用方法。

- 单击【字体】组中的 按钮或按 Ctrl+U 键，文字的下划线设置为最近使用过的下划线类型。

- 单击【字体】组中的 U 按钮右边的 ▾ 按钮，打开一个下划线类型列表，选中其中一种类型，文字的下划线即被设置为该类型。

在为文本设置了下划线后，再次单击【字体】组中的 U 按钮或按 Ctrl+U 键，则取消文本所设置的下划线。

七、 设置删除线

删除线就是文字中间的一条横线，单击【字体】组中的 abc 按钮，可为文字加上删除线。再次单击该按钮，则取消所加的删除线。

八、 设置上标

设置上标有以下几种常用方法。

- 按 Ctrl+Shift++ 键。
- 单击【字体】组中的 x² 按钮。

在为文本设置了上标后，再次单击【字体】组中的 x² 按钮或按 Ctrl+Shift++ 键，则取消文本上标的设置。

九、 设置下标

设置下标有以下几种常用方法。

- 按 Ctrl+Shift+= 键。
- 单击【字体】组中的 x₂ 按钮。

在为文本设置下标后，再次单击【字体】组中的 x₂ 按钮或按 Ctrl+Shift+= 键，则取消文本下标的设置。

十、 设置大小写

单击【字体】组中的 Aa 按钮，打开如图 1-16 所示的【大小写】菜单，从中选择一个命令，即可进行相应的大小写设置。

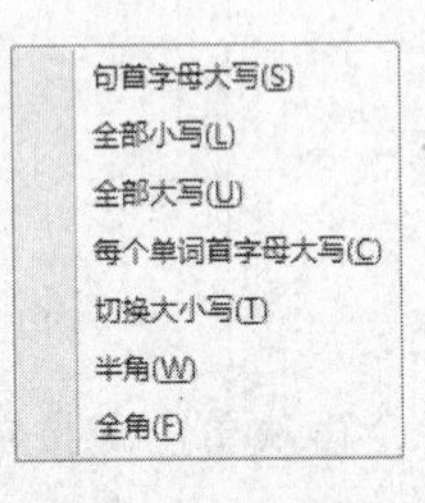

图1-16 【大小写】菜单

十一、 设置边框

单击【字体】组中的 A 按钮，为文字加上边框。再次单击该按钮，则取消所加的边框。另外，单击【段落】组中 ⊞ 按钮右边的 ▾ 按钮，在打开的框线类型列表中选择【外侧框线】选项，也可为文字加上边框。

十二、 设置底纹

单击【字体】组中的 A 按钮，为文字加上灰色底纹。再次单击该按钮，则取消所加的底纹。单击【段落】组中 ▾ 中的 ▾ 按钮，在打开的颜色列表中选择一种颜色，为文字加上该种颜色的底纹，如果选择【无颜色】选项，则取消文字的底纹。

十三、 设置突出显示

突出显示就是将文字设置成看上去像是用荧光笔做了标记一样的效果。单击【字体】组中的按钮，突出显示的颜色为最近使用过的突出显示颜色。单击【字体】组中按钮右边的按钮，打开一个颜色列表，选中其中一种颜色，即选择该颜色为突出显示的颜色。

如果选定了文本，则该文本用相应的突出显示颜色标记；如果没有选定文本，则鼠标指针变成状，用鼠标光标选定文本，该文本用相应的突出显示颜色标记。再次用相同的突出显示的颜色标记该文字，则取消突出显示的设置。

1.3.2 范例解析（一）——排版“山鹰与狐狸.docx”

把 1.2.2 小节范例解析中的“山鹰与狐狸.docx”文档设置成如下格式。

★山鹰与狐狸★

【希腊】伊索

山鹰与狐狸互相结为好友，为了彼此的友谊更加巩固，他们决定住在一起。于是鹰飞到一棵高树上面，筑起巢来哺育后代，狐狸则走进树下的灌木丛中间，生儿育女。

有一天，狐狸出去觅食，鹰也正好断了炊，他便飞入灌木丛中，把幼小的狐狸抢走，与雏鹰一起饱餐一顿。狐狸回来后，知道这事是鹰所做，他为儿女的死悲痛，而最令他悲痛的是一时无法报仇，因为他是走兽，只能在地上跑，不能去追逐会飞的鸟。***因此他只好远远地站着诅咒敌人，这是力量弱小者唯一可以做到的事情。***

不久，鹰的背信弃义的罪行也受到了严惩。有一次，一些人在野外杀羊祭神，鹰飞下去，从祭坛上抓起了带着火的羊肉，带回了自己的巢里。这时候一阵狂风吹了过来，巢里细小干枯的树枝马上燃起了猛烈的火焰。那些羽毛未丰的雏鹰都被烧死了，并从树上掉了下来。狐狸便跑了过去，在鹰的眼前，把那些小鹰全都吃了。

这故事说明，对于背信弃义的人，即使受害者弱小，不能报复他，可神会惩治他。

范例操作

1. 打开“山鹰与狐狸.docx”文档。
2. 选定标题段落，在【开始】选项卡的【字体】组的五号按钮下拉列表框中选择“小四”；在【开始】选项卡的【字体】组的宋体 (中文正文)按钮下拉列表框中选择“黑体”；单击U按钮右边的按钮，在打开的下划线类型列表中选择“双线”。
3. 选定作者段落，在【开始】选项卡的【字体】组的宋体 (中文正文)按钮下拉列表框中选择“楷体_GB2312”。
4. 选定正文各段落，在【开始】选项卡的【字体】组的宋体 (中文正文)按钮下拉列表框中选择“仿宋_GB2312”。
5. 选定正文的第 1 段，单击【开始】选项卡的【字体】组中的A按钮。
6. 选定“因此他只好远远地站着诅咒敌人，这是力量弱小者唯一可以做到的事情。”，单击【开始】选项卡的【字体】组中按钮B，再单击【开始】选项卡的【字体】组中I按钮。
7. 用与步骤 6 相同的方法，设置“不久，鹰的背信弃义的罪行也受到了严惩。”。
8. 选定最后一段，单击【开始】选项卡的【字体】组中U按钮右边的按钮，在打开的下划线类型列表中选择“点划线”；单击【开始】选项卡的【字体】组中A按钮右边的按钮，在打开的颜色列表中选择“红色”。
9. 保存文档，然后关闭文档。

1.3.3 范例解析（二）——排版简单化学方程式

在文档中建立以下简单公式，并以“简单化学方程式.docx”为文件名保存到【我的文档】文件夹中。

$$Na_2CO_3+CaCl_2=CaCO_3\downarrow+2NaCl$$

范例操作

1. 新建一文档，不考虑格式，输入“Na2CO3+CaCl2=CaCO3↓+2NaCl”。
2. 选定第 1 个“2”，单击【开始】选项卡的【字体】组中 $\times_2$ 按钮。
3. 用步骤 2 的方法，设置其余的下标。
4. 以“简单化学方程式.docx”为文件名保存文档到【我的文档】文件夹中，关闭文档。

1.3.4 课堂练习——排版“狮子、驴子与狐狸.docx”

把 1.2.3 小节课堂练习中的“狮子、驴子与狐狸.docx”文档设置成如下格式。

●狮子、驴子与狐狸●

【希腊】伊索

狮子和驴子以及狐狸商量好一起联合去打猎，他们捕获了许多野兽，狮子命令驴子把猎物分一分。

驴子平均分成 3 份，请狮子自己挑选，狮子勃然大怒，猛扑过去把驴子吃了。

狮子又命令狐狸来分。狐狸把所有的猎物都堆在一起，仅留一点点给他自己，然后请狮子来拿。

狮子问他，是谁教他这样分的，狐狸回答说：“***是驴子的不幸。***”

这故事说明，应该从别人的不幸中吸取经验和教训。

1.4 课后作业

一、操作题

编辑并排版“图灵小传.docx”文档。文档原始内容如下。

爱因斯坦小传

爱因斯坦 1879 年 3 月 14 日出生于德国乌耳姆的一个犹太人家庭，1955 年 4 月 18 日卒于美国普林斯顿。1900 年毕业于苏黎世工业大学，1901 年入瑞士国籍，1902—1909 年在伯尔尼任瑞士专利局技术员，1908—1914 年先后在伯尔尼、苏黎世和布拉格大学任教。1914—1933 年任柏林威廉皇帝物理研究所所长兼柏林大学教授。为免遭纳粹迫害，他于 1933 年流亡到美国，1940 年入美国籍，1933—1945 年任普林斯顿高级研究院教授。他曾荣获 1921 年度诺贝尔物理学奖。

爱因斯坦在科学上的主要成就有 5 个方面：

解决了液体中悬浮粒子运动即布朗运动的理论问题。

发展了量子理论。

创建狭义相对论。

创立广义相对论。

开创了现代宇宙学。

爱因斯坦一生主持社会正义，热心于世界和平事业。第一次世界大战时，他积极从事地下反战活动。他热烈拥护俄国十月革命和德国十一月革命。他尊敬马克思和列宁，认为他们都是为社会主义而自我牺牲的典范。他公开谴责社会黑暗和政治迫害，在 20 世纪 30 年代同德国的纳粹党人，在 50 年代同美国的麦卡锡分子都进行过坚决的斗争。他一心希望科学造福于人类，而不要成为祸害。原子弹出现后，他不遗余力地反对核战争，促进保卫世界和平的运动。

编辑、排版后的内容如下。

《爱因斯坦》小传

爱因斯坦（Albert Einstein）1879 年 3 月 14 日出生于德国乌耳姆的一个犹太人家庭，1900 年毕业于苏黎世工业大学，1901 年入瑞士国籍，1902～1909 年在伯尔尼任瑞士专利局技术员，1908～1914 年先后在伯尔尼、苏黎世和布拉格大学任教，1914～1933 年任柏林威廉皇帝物理研究所所长兼柏林大学教授，**1921 年，荣获诺贝尔物理学奖。**为免遭纳粹迫害，他于 1933 年流亡到美国，1940 年入美国籍，1933～1945 年任普林斯顿高级研究院教授，1955 年 4 月 18 日卒于美国普林斯顿。

爱因斯坦在科学上的主要成就有 5 个方面：

1、解决了液体中悬浮粒子运动即布朗运动的理论问题。

2、发展了量子理论。

3、创建狭义相对论。

4、创立广义相对论。

5、开创了现代宇宙学。

爱因斯坦一生主持社会正义，热心于世界和平事业。第一次世界大战时，他积极从事地下反战活动。他热烈拥护俄国十月革命和德国十一月革命。他尊敬马克思和列宁，认为他们都是为社会主义而自我牺牲的典范。他公开谴责社会黑暗和政治迫害，在 20 世纪 30 年代同德国的纳粹党人，在 50 年代同美国的麦卡锡分子都进行过坚决的斗争。他一心希望科学造福于人类，而不要成为祸害。原子弹出现后，他不遗余力地反对核战争，促进保卫世界和平的运动。

二、思考题

1. Word 2007 的文档操作有哪些？如何操作？
2. Word 2007 的文本编辑操作有哪些？如何操作？
3. Word 2007 的文字格式设置操作有哪些？如何操作？

第 2 讲

Word 2007 的排版（一）

【学习目标】

• 掌握段落的缩进、对齐、行距和间距的设置方法。	Windows 7 新功能逐渐显露 据国外媒体报道，微软下一代操作系统 Windows 7 已进入 M3 阶段，目前测试人员正在加紧测试新版本系统。 与 M1 和 M2 版本相比，M3 更加稳定。而且，微软所承诺的 Ribbon 界面在 M3 版本中已经有所体现，而此前的 M1 和 M2 版本仍采用 Windows Vista 的 Aero 界面。 M3 版本还增加了“Home Groups”功能，即 Longhorn 和 Vista 系统中的“Castle”。此外，M3 还新增了类似于 PowerShell V2 的 Graphical Console 功能。 有消息称，Windows 7 不会出现 M4 版本，而是直接进入预览版，接着就是功能比较完整的测试版本。 在 10 月 27 日的专业开发者大会(PDF)上，微软很可能发布首个 Windows 7 测试版，而正式版最早有望于明年 6 月上市。 选自“http://www.win7x.com”
• 掌握项目符号和编号的设置方法。	经典菜谱 **川菜** ➢ 香辣蹄花 ➢ 酱肉丝 ➢ 葱香鲫鱼脯 **徽菜** ꝏ 玉板蟹 ꝏ 石耳炖鸡 ꝏ 茶叶熏鸡 **粤菜** ▪ 卤猪耳朵 ▪ 炆莲花鸡 **浙菜** ● 莲枣肉方 ● 干火烤大虾

2.1 Word 2007 的段落设置

Word 2007 段落格式化主要包括段落对齐方式、缩进、行距、段落间距、边框和底纹的设置。

2.1.1 知识点讲解

一、设置对齐方式

Word 2007 中段落的对齐方式主要有“左对齐”、“居中”、“右对齐”、“两端对齐”和“分散对齐”。其中，“两端对齐”是默认对齐方式。设置对齐方式有以下几种方法。

- 单击【段落】组中的按钮，将当前段或选定的各段设置成“左对齐”方式，正文沿页面的左边对齐。
- 单击【段落】组中的按钮，将当前段或选定的各段设置成“居中”方式，段落最后一行正文在该行中间。
- 单击【段落】组中的按钮，将当前段或选定的各段设置成“右对齐”方式，段落最后一行正文沿页面的右边对齐。
- 单击【段落】组中的按钮，将当前段或选定的各段设置成“两端对齐”方式，正文沿页面的左右边对齐。
- 单击【段落】组中的按钮，将当前段或选定的各段设置成“分散对齐”，段落最后一行正文均匀分布。

二、设置段落缩进

段落缩进是指正文与页边距之间保持的距离，有“左缩进”、“右缩进”、“首行缩进”和“悬挂缩进”等方式。用工具按钮设置段落缩进有以下几种方法。

- 单击【段落】组中的按钮一次，当前段或选定各段的左缩进位置减少一个汉字的距离。
- 单击【段落】组中的按钮一次，当前段或选定各段的左缩进位置增加一个汉字的距离。

Word 2007 的水平标尺上有 4 个小滑块，如图 2-1 所示，这几个滑块不仅体现了当前段落或选定段落相应缩进的位置，还可以设置相应的缩进。

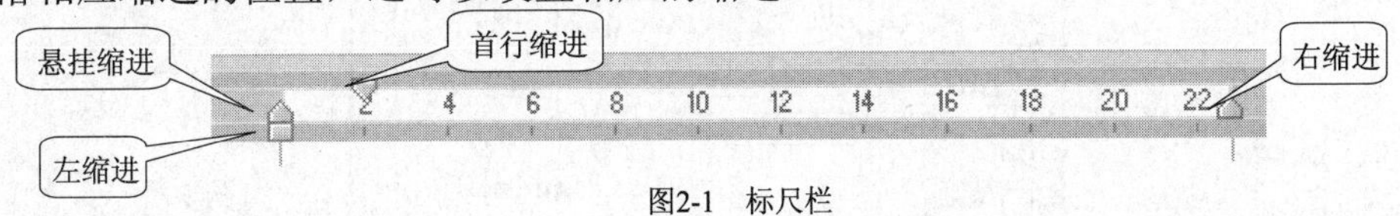

图2-1 标尺栏

用水平标尺设置段落缩进有以下几种方法。

- 拖动首行缩进滑块，调整当前段或选定各段第 1 行缩进的位置。
- 拖动左缩进滑块，调整当前段或选定各段左边界缩进的位置。
- 拖动悬挂缩进滑块，调整当前段或选定各段中首行以外其他行缩进的位置。
- 拖动右缩进滑块，调整当前段或选定各段右边界缩进的位置。

三、设置行间距

行间距是指段落中各行文本间的垂直距离。Word 2007 默认的行间距称为基准行距，即单倍行距。

单击【段落】组中的按钮，打开如图 2-2 所示的【行距】列表。该列表中的数值是基准行距的倍数，选择其中一个，即可将当前段落或选定段落的行距设置成相应倍数的基准行距。如果选择【行距选项】命令，则弹出一个对话框，通过该对话框可设置更精确的行间距。

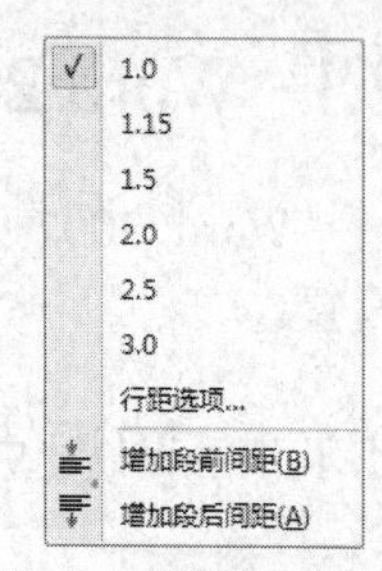

图2-2 【行距】列表

四、 设置段落间距

段落间距是指相邻两段除行距外加大的距离，分为段前间距和段后间距。段落间距默认的单位是“行”，但其单位还可以是“磅”。Word 2007 默认的段前间距和段后间距都是 0 行。

单击【段落】组中的按钮，打开如图2-2 所示的【行距】列表，选择【增加段前间距】命令，即可将当前段落或选定段落的段落前间距增加 12 磅；选择【增加段后间距】命令，即可将当前段落或选定段落的段落后间距增加 12 磅。

在增加了段前间距或段后间距后，【行距】列表中的【增加段前间距】命令将变成【删除段前间距】命令，【增加段后间距】命令将变成【删除段后间距】命令。选择一个命令，可删除段前间距或段后间距，恢复成默认的段前间距或段后间距。

五、 设置边框

选中整个段落，单击【段落】组中的按钮，在打开的边框列表中选择【外围框线】命令，则选定的段落加上边框；如果选择【无框线】命令，则取消段落边框；如果选择【边框和底纹】命令，则弹出如图 2-3 所示的【边框和底纹】对话框，当前选项卡是【边框】选项卡。

在【边框】选项卡中可进行以下操作。

- 在【设置】选项中选择边框的类型。
- 在【样式】列表框中选择边框的线型。
- 在【颜色】下拉列表框中选择边框的颜色。
- 在【宽度】下拉列表框中选择边框的宽度。
- 在【预览】选项中单击相应的某个按钮，设置或取消边线。
- 在【应用于】下拉列表框中选择设置边框的对象，设置段落的边框应选择“段落”。
- 单击 确定 按钮，完成边框的设置。

如果要取消边框，则只要在如图 2-3 所示的【边框和底纹】对话框的【设置】选项中选择【无】即可。

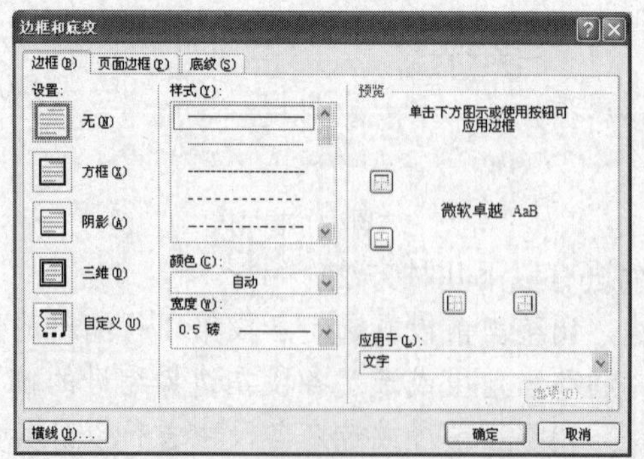

图2-3 【边框和底纹】对话框

六、 设置底纹

在如图 2-3 所示的【边框和底纹】对话框中打开【底纹】选项卡，结果如图 2-4 所示，可进行以下操作。

- 在【填充】下拉列表框中选择填充颜色。
- 在【样式】下拉列表框中选择填充图案的样式。
- 在【颜色】下拉列表框中选择图案的颜色。
- 在【应用于】下拉列表框中选择设置底纹的对象，设置段落的底纹应选择“段落”。
- 单击 确定 按钮，完成底纹的设置。

如果要取消底纹，则只要在如图 2-4 所示的【底纹】选项卡的【填充】选项中选择【无颜色】，并且在【样式】下拉列表框中选择“清除”即可。

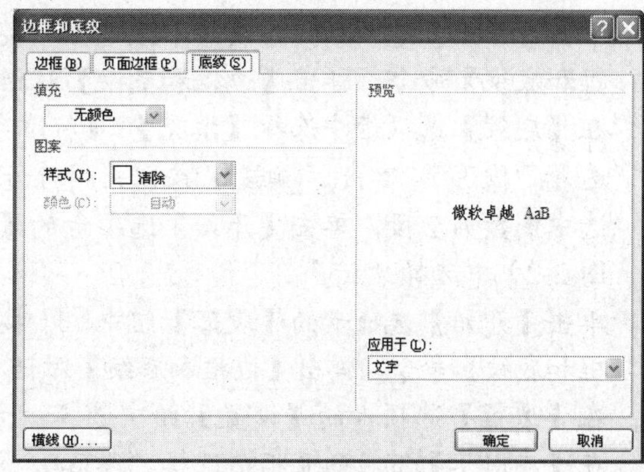

图2-4 【底纹】选项卡

2.1.2 范例解析——排版“Windows 7.docx”

设置“Windows 7.docx”的段落格式，最终效果如图 2-5 所示。

Windows 7 新功能逐渐显露

据国外媒体报道，微软下一代操作系统 Windows 7 已进入 M3 阶段，目前测试人员正在加紧测试新版本系统。

与 M1 和 M2 版本相比，M3 更加稳定。而且，微软所承诺的 Ribbon 界面在 M3 版本中已经有所体现，而此前的 M1 和 M2 版本仍采用 Windows Vista 的 Aero 界面。

M3 版本还增加了“Home Groups”功能，即 Longhorn 和 Vista 系统中的“Castle”。此外，M3 还新增了类似于 PowerShell V2 的 Graphical Console 功能。

有消息称，Windows 7 不会出现 M4 版本，而是直接进入预览版，接着就是功能比较完整的测试版本。

在 10 月 27 日的专业开发者大会（PDF）上，微软很可能发布首个 Windows 7 测试版，而正式版最早有望于明年 6 月上市。

选自“http://www.win7x.com”

图2-5 设置段落格式后的文档

范例操作

1. 打开“Windows 7.docx”，选中标题“Windows 7 新功能逐渐显露”，单击【开始】选项卡的【段落】组中的按钮，使标题居中。
2. 选中第 1 段，单击【开始】选项卡的【段落】组中的按钮两次，使此段文字左缩进两个汉字。
3. 用与步骤 2 相同的方法，设置除最后一段的各段左缩进两个汉字。
4. 选中最后一段，单击【开始】选项卡的【段落】组中的按钮，使该段标题右对齐。

5. 选中第1段，单击【开始】选项卡的【段落】组中的按钮，从打开的下拉菜单（见图2-2）中选择“1.5”。
6. 单击【开始】选项卡的【段落】组中按钮的按钮，在打开的【边框】列表中选择【边框和底纹】命令，弹出【边框和底纹】对话框，打开【底纹】选项卡（见图 2-3）。
7. 在【底纹】选项卡中选择【填充】/【标准色】/【浅绿】选项，在【应用于】下拉列表框中选择“段落”，单击 确定 按钮关闭对话框。
8. 选中倒数第 2 段，单击【开始】选项卡的【段落】组中的按钮，从打开的下拉菜单（见图 2-2）中选择“1.5”。
9. 单击【开始】选项卡的【段落】组中按钮的按钮，在打开的【边框】列表中选择【边框和底纹】命令，弹出【边框和底纹】对话框，当前选项卡是【边框】选项卡（见图 2-3）。
10. 在【边框】选项卡的【设置】组中选择“方框”，在【颜色】下拉列表框中选择“深蓝”，在【应用于】下拉列表框中选择“段落”，单击 确定 按钮关闭对话框。

2.1.3 课堂练习——排版“Office 2007 新特点.docx”

制作以下文档，并以“Office 2007 新特点.docx”为文件名保存到【我的文档】文件夹中。

Office 2007 新特点

2006 年底，微软同步推出了 Office 2007 和 Vista 操作系统。Office 2007 相比 Office 2003，在易用、协同和商业智能等方面又有新的飞跃。

5 大组件采用 Ribbon 界面

Office 2007 系统中 5 大常用组件采用了名为“Ribbon”的全新用户界面，其中包括：Word 2007、Excel 2007、PowerPoint 2007、Access 2007 以及部分的 Outlook 界面。

易用、协同与商务智能

Word 2007 的字体可实时预览并在浮动工具栏里实现格式设计的功能，由于 Word 2007 文档是完全支持 XML 格式，生成文档的扩展名是 DOCX，文件可直接发送至博客中，新的 Word XML 格式还在很大程度上缩减文件尺寸。

7 种桌面版本应对不同需求

Office 2007 系统的组件比以往更多，微软在正式发布 2007 Office 系统的桌面版时将推出 7 个版本以满足不同用户群的需要。这 7 个版本包括：基础版、家用及学生版、小型商务版、标准版、专业版、专业增强版和企业版。

根据网络资料整理

2.2 Word 2007 的项目符号和编号设置

项目符号是指放在段落前的圆点或其他符号，以增加强调效果。编号是指放在段落前的序号，以增强顺序性。需要注意的是，编号后的段落在增加或删除时，Word 2007 仍会使编号连续。

2.2.1 知识点讲解

一、 设置项目符号

段落加上项目符号后，该段将自动设置成悬挂缩进方式。项目符号有不同的列表级别，第一级没有左缩进，每增加一级，左缩进增加相当于两个汉字的位置。不同级别的项目符号采用不同的符号。设置项目符号有以下几种常用方法。

- 单击【段落】组中的☰按钮，用最近使用过的项目符号和列表级别设置当前段或选定各段的项目符号。
- 单击【段落】组中☰按钮右边的▾按钮，打开如图 2-6 所示的【项目符号】列表，选择一种项目符号，即可为当前段或选定各段添加该项目符号。注意，列表级别是最近使用过的列表级别。
- 在如图 2-6 所示的【项目符号】列表中选择【定义新项目符号】命令，打开【定义新项目符号】对话框，从中可选择一个新的项目符号或设置项目符号的字体和字号，还可选择一个图片作为项目符号。

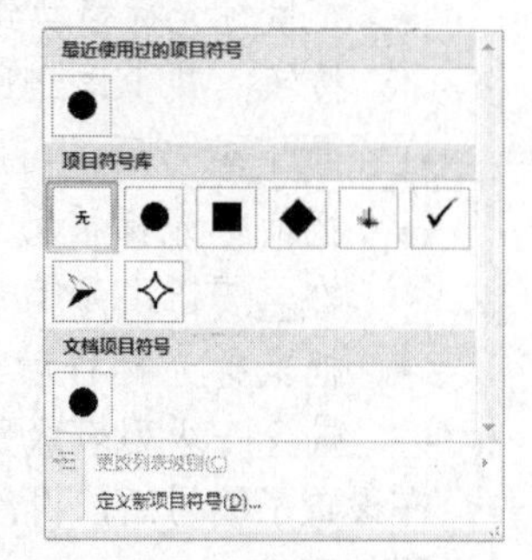

图2-6 【项目符号】列表

在设置了项目符号后，可用以下方法来设置项目符号的缩进。

- 把鼠标光标移动到项目符号第一项的段落中，单击【段落】组中的按钮，增加该组所有项目符号的左缩进。
- 把鼠标光标移动到项目符号第一项的段落中，单击【段落】组中的按钮，减少该组所有项目符号的左缩进。

在设置了项目符号后，可用以下方法来设置项目符号的列表级别。

- 把鼠标光标移动到项目符号非第一项的段落中，单击【段落】组中的按钮，为项目符号增加一级列表级别。
- 把鼠标光标移动到项目符号非第一项的段落中，单击【段落】组中的按钮，为项目符号减少一级列表级别。

在设置了项目符号后，再次单击【段落】组中的☰按钮，则取消所添加的项目符号。图 2-7 所示为项目符号的示例。

项目符号第 1 项	第 1 级，第 1 项
项目符号第 2 项	第 2 级，第 1 项
项目符号第 3 项	第 3 级，第 1 项
项目符号第 4 项	第 3 级，第 2 项
项目符号第 5 项	第 2 级，第 2 项
项目符号第 6 项	第 1 级，第 2 项

图2-7 项目符号示例

二、 设置编号

在为段落加上编号后，该段将自动设置成悬挂缩进方式。段落编号是自动维护的，添加和删除段落后，Word 2007 会自动调整编号，以保持编号的连续性。编号也有列表级别，其定义与项目符号的列表级别类似，只不过不同的列表级别使用不同的编号式样而已。编号有以下几种常用的设置方法。

- 单击【段落】组中的☰按钮，用最近使用过的编号格式和列表级别设置当前段或选定各段的编号。

- 单击【段落】组中按钮右边的按钮，打开如图 2-8 所示的【编号】列表，选择一种编号，即可为当前段或选定各段添加这种编号。注意，列表级别是最近使用过的列表级别。
- 在如图 2-8 所示的【编号】列表中选择【定义新编号格式】命令，打开【定义新编号格式】对话框。在该对话框中可选择一个新的编号类型，还可设置编号的字体和字号。

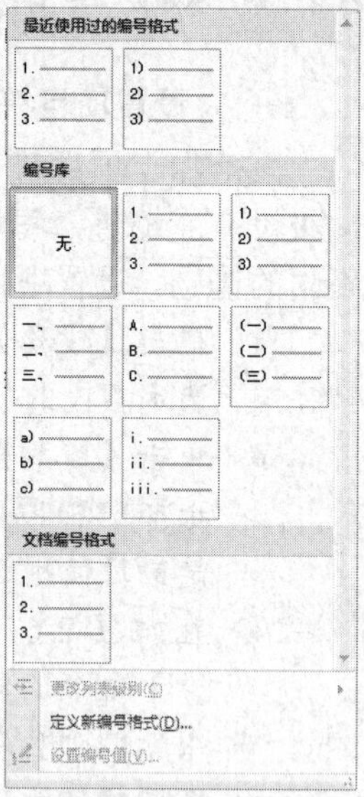

图2-8　【编号】列表

设置段落编号时，如果该段落的前一段落或后一段落已经设置了编号，并且编号的类型和列表级别相同，系统会自动调整编号的序号使其连续。

在设置了编号后，可用以下方法来设置编号的缩进。

- 把鼠标光标移动到第一个编号的段落中，单击【段落】组中的按钮，增加该组所有编号的左缩进。
- 把鼠标光标移动到第一个编号的段落中，单击【段落】组中的按钮，减少该组所有编号的左缩进。

在设置了编号后，可用以下方法来设置编号的列表级别。

- 把鼠标光标移动到非第一个编号的段落中，单击【段落】组中的按钮，为编号增加一级列表级别。
- 把鼠标光标移动到非第一个编号的段落中，单击【段落】组中的按钮，为编号减少一级列表级别。

在设置了编号后，再次单击【段落】组中的按钮，则取消所添加的编号。图 2-9 所示为编号设置的示例。

编号第 1 项	第 1 级，第 1 项
编号第 2 项	第 2 级，第 1 项
编号第 3 项	第 3 级，第 1 项
编号第 4 项	第 3 级，第 2 项
编号第 5 项	第 2 级，第 2 项
编号第 6 项	第 1 级，第 2 项

图2-9　编号设置示例

2.2.2 范例解析（一）——排版“经典菜谱 1.docx”

设置文档“经典菜谱.docx”，原始内容如图 2-10 所示，最终效果如图 2-11 所示。

1. 打开“经典菜谱.docx”文档。
2. 选中“川菜”下面 3 段文字，单击【开始】选项卡的【段落】组中按钮右侧箭头，打开【项目符号】列表（见图 2-6）。
3. 在【项目符号】列表中选择【定义新项目符号】命令，弹出【定义新项目符号】对话框，如图 2-12 所示。
4. 在【定义新项目符号】对话框中单击 符号(S)... 按钮，弹出【符号】对话框，如图 2-13 所示。
5. 在【符号】对话框中选中“➢”符号，单击 确定 按钮关闭对话框。
6. 用类似步骤 2～5 的方法，添加“徽菜”下面 3 段的项目符号“ᘓ”。

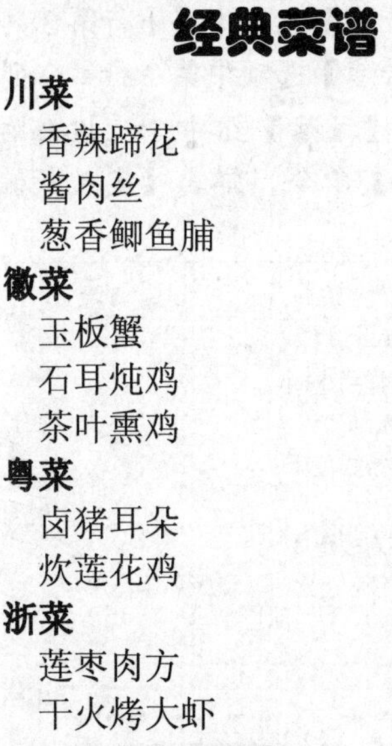

经典菜谱

川菜

香辣蹄花

酱肉丝

葱香鲫鱼脯

徽菜

玉板蟹

石耳炖鸡

茶叶熏鸡

粤菜

卤猪耳朵

炊莲花鸡

浙菜

莲枣肉方

干火烤大虾

图2-10　文档的原始内容

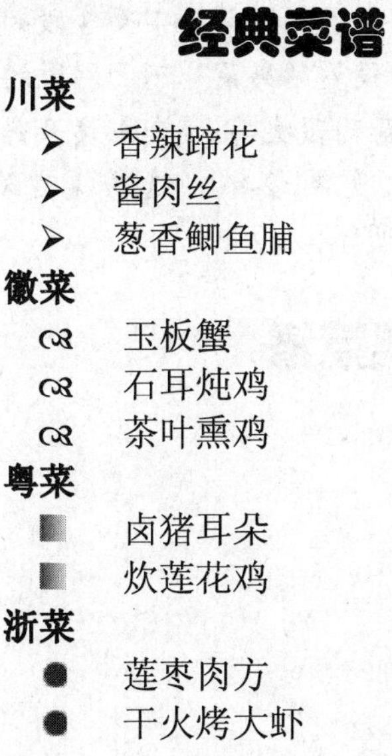

经典菜谱

川菜

➢ 香辣蹄花

➢ 酱肉丝

➢ 葱香鲫鱼脯

徽菜

☙ 玉板蟹

☙ 石耳炖鸡

☙ 茶叶熏鸡

粤菜

■ 卤猪耳朵

■ 炊莲花鸡

浙菜

● 莲枣肉方

● 干火烤大虾

图2-11　设置项目符号后的内容

7. 选中“粤菜”下面两段文字，用步骤 2～3 的方法，打开【定义新项目符号】对话框，单击其中的 图片(P)... 按钮，弹出如图 2-14 所示的【图片项目符号】对话框。
8. 在【图片项目符号】对话框中选择第 2 行第 1 列的图片，单击 确定 按钮关闭对话框。
9. 用类似步骤 7～8 的方法，添加“浙菜”下面两段的项目符号（图 2-14 中第 3 行第 2 列的图标）。

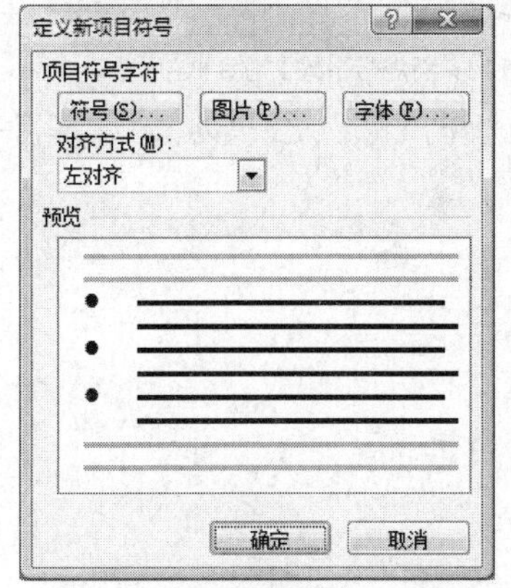

图2-12　【定义新项目符号】对话框

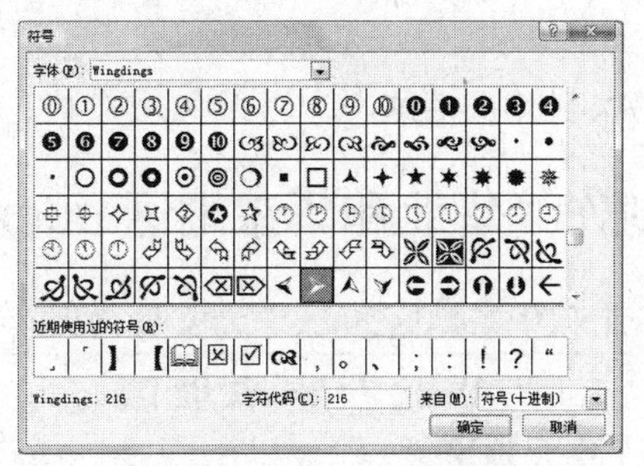

图2-13　【符号】对话框

图2-14　【图片项目符号】对话框

10. 以“经典菜谱 1.docx”为文件名保存文档，然后关闭文档。

2.2.3　范例解析（二）——排版“经典菜谱 2.docx”

设置文档“经典菜谱.docx”（见图 2-10），最终效果如图 2-15 所示。

范例操作

1. 打开“经典菜谱.docx”文档。
2. 选中“川菜”下面 3 段文字，单击【开始】选项卡的【段落】组中 ☰ 按钮右侧箭头，打开【编号】列表（见图 2-8），选择【编号库】选项中第 1 行第 2 列的样式。

3. 用步骤 2 的方法，设置“徽菜”下面 3 段的编号为【编号库】选项中第 1 行第 3 列的样式。
4. 用步骤 2 的方法，设置“粤菜”下面两段的编号为【编号库】选项中第 2 行第 2 列的样式。
5. 选中“浙菜”下面两段文字，单击【开始】选项卡的【段落】组中 按钮右侧箭头，打开【编号】列表（见图 2-8），选择【定义新编号格式】命令，弹出【定义新编号格式】对话框，如图 2-16 所示。

经典菜谱

川菜

1. 香辣蹄花
2. 酱肉丝
3. 葱香鲫鱼脯

徽菜

1) 玉板蟹
2) 石耳炖鸡
3) 茶叶熏鸡

粤菜

A. 卤猪耳朵
B. 炊莲花鸡

浙菜

甲 莲枣肉方
乙 干火烤大虾

图2-15 设置编号后的内容

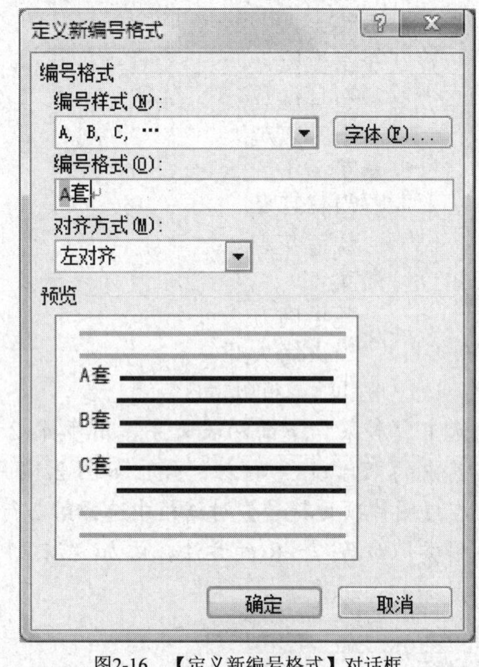

图2-16 【定义新编号格式】对话框

6. 在【定义新编号格式】对话框的【编号格式】下拉菜单中选择“甲、乙、丙…”，单击 确定 按钮关闭对话框。
7. 以“经典菜谱 2. docx”为文件名另存文档，然后关闭文档。

2.2.4 课堂练习——制作“华北和华东地区.docx”

制作以下文档，并以“华北和华东地区.docx”为文件名保存到【我的文档】文件夹中。

华北和华东地区

华北地区

- ❖ 北京
- ❖ 天津
- ❖ 河北
- ❖ 山西
- ❖ 内蒙古

华东地区

(1) 上海
(2) 江苏
(3) 浙江
(4) 山东
(5) 安徽

2.3 课后作业

一、操作题

建立“2000 年来最重要的发明.docx”文档，如下所示。

2000 年来最重要的发明

美国《新闻周刊》报道，80 多个美国科学家和思想家就过去 2000 年最重要的发明，进行了网上投选。其结果是：

1. 眼镜
   获选原因：其显示，通过发明创造，人类可以克服生理局限。
2. 原子弹
   获选原因：表明人类已经掌握数秒内，使文明倒退回石器时代的技术。
3. 印刷机
   获选原因：使得资讯和知识得以迅速和广泛的传播。
4. 时钟
   获选原因：代表着客观性，使自然规律得以量化。
5. 水管工技术
   获选原因：送水排污，使城市得以发展。
6. 马镫
   获选原因：没有马就没有城市文明。
7. 阿拉伯数字
   获选原因：奠定了现代数学和科技发展的基础。
8. 橡皮
   获选原因：使人们得以纠正错误，不断实践。
9. 避孕药
   获选原因：使人们相信，人体是思想的仆人，而不是相反。
10. 古典音乐
    获选原因：有序和美妙的音乐，影响了其他思维方式。
11. 电脑
    获选原因：将推动下一个人类革命。

（摘自 ChinaByte）

二、思考题

1. 段落的格式设置有哪些？如何设置？
2. 如何设置项目符号？如何设置编号？

第3讲

Word 2007 的排版（二）

【学习目标】

• 掌握拼音指南的设置方法。	悯农 chú hé rì dāng wǔ　hàn dī hé xià tǔ 锄禾日当午，汗滴禾下土。 shuí zhī pán zhōng cān　lì lì jiē xīn kǔ 谁知盘中餐，粒粒皆辛苦。
• 掌握首字下沉的设置方法。	蛤蟆的故事 从前有一个小孩，她的妈妈每天下午给她一小碗牛奶和一些面包，让她端着食物坐在院子里。每当她开始吃的时候，就有一只蛤蟆从一个墙洞里爬出来，把它的小脑袋伸进盘子里同她一起吃。孩子很高兴这样，只要她端着小盘子坐在那儿的时候，蛤蟆没同时出来，她就会高声唱："蛤蟆，蛤蟆，快出来，到这里来，你这个小东西，吃点面包，喝点奶，吃好，喝好，身体好。"
• 掌握分栏的设置方法。	蛤蟆的故事 从前有一个小孩，她的妈妈每天下午给她一小碗牛奶和一些面包，让她端着食物坐在院子里。每当她开始吃的时候，就有一只蛤蟆从一个墙洞里爬出来，把它的小脑袋伸进盘子里同她一起吃。孩子很高兴这样，只要她端着小盘子坐在那儿的时候，蛤蟆没同时出来，她就会高声唱："蛤蟆，蛤蟆， 可是蛤蟆只喝牛奶却不吃面包渣。一天，小孩子用她的小勺子轻轻地敲了敲蛤蟆的脑袋说："小家伙，你也得吃面包渣呀。"在厨房里的妈妈听见了小孩子在和谁说话便往外看，当她看见小孩子正用勺子敲一只蛤蟆时，她抄起一根长木头冲了出去，把那只善良的小生灵打死了。

3.1 Word 2007 的拼音指南

拼音指南就是指在汉字上方加注汉语拼音，这在儿童读物中非常常见。Word 2007 提供了拼音指南功能，可以方便地为汉字加注拼音。

3.1.1 知识点讲解

要为汉字加注拼音，首先要选定加注拼音的汉字，然后单击【字体】组的 wén 文 按钮，弹出如图 3-1 所示的【拼音指南】对话框（以选定文字“高兴”为例）。

在【拼音指南】对话框中可进行以下操作。

- 在【基准文字】下的文本框内修改基准文字。
- 在【拼音文字】下的文本框内修改拼音文字。
- 在【对齐方式】下拉列表框中选择一种拼音的对齐分式，有“居中”、“0-0”、“1-2-1”、“左对齐”和“右对齐”5 种选项。
- 在【偏移量】数值框中输入一个数值，为拼音与汉字之间的距离，单位是磅。
- 在【字体】下拉列表框中选择拼音的字体。

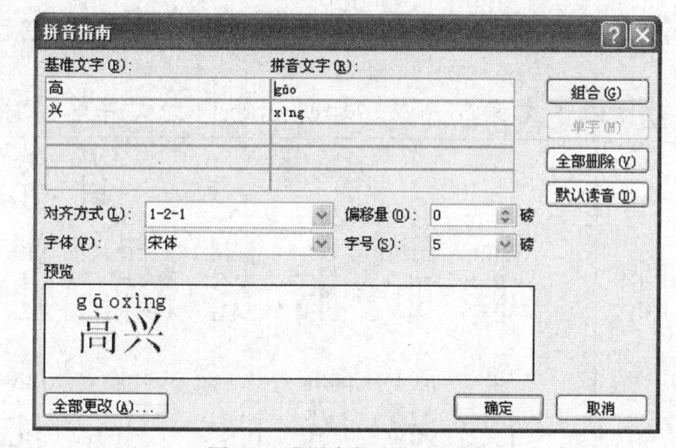

图3-1 【拼音指南】对话框

- 在【字号】下拉列表框中选择拼音的字号。
- 单击 组合(G) 按钮，把所选汉字的拼音组合在一起。
- 单击 单字(M) 按钮，把组合在一起的拼音分离成单个汉字的拼音。
- 单击 全部删除(V) 按钮，删除【拼音文字】文本框中的所有拼音。
- 单击 默认读音(D) 按钮，在【拼音文字】文本框中填写默认读音的拼音。
- 单击 确定 按钮，按所做设置为汉字加注拼音。

3.1.2 范例解析——建立“悯农.docx”文档

建立以下文档，并以“悯农.docx”为文件名保存到【我的文档】文件夹中。

悯农

chú hé rì dāng wǔ　hàn dī hé xià tǔ
锄禾日当午，汗滴禾下土。

shuí zhī pán zhōng cān　lì lì jiē xīn kǔ
谁知盘中餐，粒粒皆辛苦。

范例操作

1. 新建文档，在文档中输入标题和诗句。
2. 选定诗句，设置字体为“仿宋_GB2312”，字号为“二号”。
3. 选定诗句，单击【开始】选项卡的【字体】组中的按钮，弹出【拼音指南】对话框（见图 3-1）。
4. 在【拼音指南】对话框的【对齐方式】下拉列表框中选择“居中”，在【字体】下拉列表框中选择“宋体”。
5. 在【拼音指南】对话框中单击 确定 按钮。
6. 以“悯农.docx”为文件名保存到【我的文档】文件夹中，然后关闭文档。

3.1.3 课堂练习——建立“春晓.docx”文档

建立以下文档，并以“春晓.docx”为文件名保存到【我的文档】文件夹中。

春晓

chūn mián bù jué xiǎo chù chù wén tí niǎo
春眠不觉晓，处处闻啼鸟。

yè lái fēng yǔ shēng huā luò zhī duō shǎo
夜来风雨声，花落知多少。

操作提示

1. 设置字体为“楷体_GB2312”，字号为“二号”。
2. 设置拼音指南，拼音对齐方式为“居中”，字体为“宋体”。

3.2 Word 2007 的首字下沉

首字下沉就是指段落的第一个字加大，跨段落中后面的一行或多行，其多用于文档或章节的开头，也可用于为新闻稿或请柬增添趣味。

3.2.1 知识点讲解

单击【插入】选项卡的【文字】组（见图 3-2）中的【首字下沉】按钮，打开如图 3-3 所示的【首字下沉】列表，可进行以下操作。

- 从中选择一种首字下沉类型，当前段被设置成相应的首字下沉格式。
- 如果选择【无】类型，则取消首字下沉的设置。
- 如果选择【首字下沉选项】命令，则会弹出如图 3-4 所示的【首字下沉】对话框。

在【首字下沉】对话框中可进行以下操作。

- 在【位置】组中选择一种首字下沉类型，当前段即被设置成相应的首字下沉格式。如果选择【无】类型，则取消首字下沉的设置。
- 在【字体】下拉列表框中选择下沉的首字的字体。

- 如果在【位置】组中选择【下沉】或【悬挂】类型，则需在【下沉行数】数值框中输入或调整下沉的行数。
- 在【距正文】数值框中输入或调整距正文的距离，单位是厘米。
- 单击 确定 按钮，完成首字下沉设置。

图3-2 【文字】组

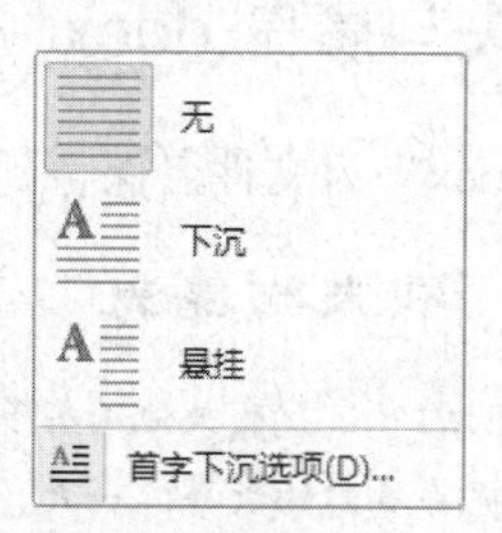

图3-3 【首字下沉】列表

图3-4 【首字下沉】对话框

3.2.2 范例解析——建立“蛤蟆的故事.docx”文档

建立以下文档，并以“蛤蟆的故事.docx”为文件名保存到【我的文档】文件夹中。

蛤蟆的故事

从前有一个小孩，她的妈妈每天下午给她一小碗牛奶和一些面包，让她端着食物坐在院子里。每当她开始吃的时候，就有一只蛤蟆从一个墙洞里爬出来，把它的小脑袋伸进盘子里同她一起吃。孩子很高兴这样，只要她端着小盘子坐在那儿的时候，蛤蟆没同时出来，她就会高声唱：“蛤蟆，蛤蟆，快出来，到这里来，你这个小东西，吃点面包，喝点奶，吃好，喝好，身体好。”

这时蛤蟆会急忙出来，津津有味地吃起来。为了表示它的谢意，蛤蟆从洞里搬出了它珍藏的各式各样的宝物，宝石呀，珍珠呀，和金子的玩具呀。可是蛤蟆只喝牛奶却不吃面包渣。一天，小孩子用她的小勺子轻轻地敲了敲蛤蟆的脑袋说：“小家伙，你也得吃面包渣呀。”在厨房里的妈妈听见了小孩子在和谁说话便往外看，当她看见小孩子正用勺子敲一只蛤蟆时，她抄起一根长木头冲了出去，把那只善良的小生灵打死了。

从那时开始小孩就变了，那蛤蟆与她一同进餐的时候，她长得又高又壮，可是现在她失去了红红的脸蛋，而且越来越瘦。不久送葬鸟在夜里开始哭丧，红胸鸲衔来树枝和树叶编成了一个花圈，不久小孩子就躺在了灵床上。

范例操作

1. 新建一个文档，输入文档中的文字。
2. 设置标题为黑体、四号字，设置正文为仿宋体、小五号字，注意，两段文字均不首行缩进。
3. 将鼠标光标移动到第 1 段中，单击【插入】选项卡的【文字】组中的【首字下沉】按钮，在打开的【首字下沉】列表（见图 3-3）中选择【首字下沉选项】命令，弹出【首字下沉】对话框（见图 3-4）。
4. 在【首字下沉】对话框的【位置】组中选择“下沉”类型，在【字体】下拉列表框中选择“隶书”，单击 确定 按钮。
5. 用步骤 3～4 的方法设置第 2 段的首字下沉（在【首字下沉】对话框的【位置】组中选择“悬挂”类型）。

6. 用步骤 3~4 的方法设置第 3 段的首字下沉（在【首字下沉】对话框的【位置】组中选择“下沉”类型）。
7. 以“蛤蟆的故事.docx”为文件名保存文档到【我的文档】文件夹中，然后关闭文档。

3.2.3 课堂练习——建立“农夫与魔鬼.docx”文档

建立以下文档，并以“农夫与魔鬼.docx”为文件名保存到【我的文档】文件夹中。

农夫与魔鬼

从前有位远见卓识、机智聪明的农夫，有关他足智多谋的故事至今人们仍广为传颂。其中最精彩的要首推他曾经怎样捉弄魔鬼的故事。一天，农夫在田间劳动了一整天，天黑时正准备回家，忽然发现自己的田里有堆煤在燃烧，他惊讶万分，于是便走上前去看，发现竟有一个黑色的小魔鬼走在燃烧的煤堆上。“你是坐在财宝上吗？”农夫问。“正是财宝。”魔鬼答道，“而且比你一生见到的都要多呢！”“财宝在我田里就得归我。”农夫说道。“就归你吧！”魔鬼说，“只要你肯将两年内一半的收成给我就行了。钱，我有的是，但我更喜欢地上的果实。”农夫答应了这桩交易，并说：“为了避免在我们分配时出现纠纷，凡泥土上的东西归你，泥土下的归我。”魔鬼感到心满意足，但这位聪明的农夫却种上了萝卜。

现在收获的季节到了，魔鬼又来了，要求收回属于他的收成。但除了那些枯黄的败叶外，他一无所获；而农夫却在兴高采烈地挖着他的萝卜。“这次让你占了便宜，”魔鬼说，“下次可不能这样。地上的归你，地下的归我。”“悉听尊便。”农夫答道。播种的季节又到了，这次他可不播萝卜，而是种上了小麦。麦子熟了，他来到田间，把麦秆齐根割倒在地。魔鬼又来了，见到除了残茬外，他又一无所获，气得转身就走，顺着石缝钻了进去。“我就是这样骗倒魔鬼的。”农夫说完，赶紧拾起财宝回家去了。

操作提示

1. 设置标题为隶书、四号字。
2. 设置正文为楷体、小五号字、无首行缩进。
3. 设置第 1 段为下沉 3 行，下沉字体为黑体。
4. 设置第 2 段为悬挂下沉 3 行，下沉字体为黑体。

3.3 Word 2007 的分栏

分栏就是将文档的内容分成多列显示，每一列称为一栏，其在杂志页面中较为常见。Word 2007 提供了分栏功能，可以很方便地进行分栏操作。

3.3.1 知识点讲解

单击【页面设置】组中的“分栏”按钮，打开如图3-5所示的【分栏】列表，从中选择一种分栏类型，当前节内的所有段落或选定的段落即被设置成相应的分栏格式。如果选择【一栏】类型，则取消分栏的设置。

如果选择【更多分栏】命令，则会弹出如图 3-6 所示的【分栏】对话框，在该对话框中可自定义分栏的样式。

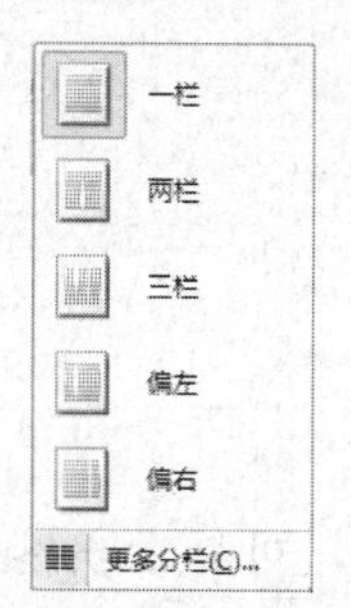

图3-5 【分栏】列表

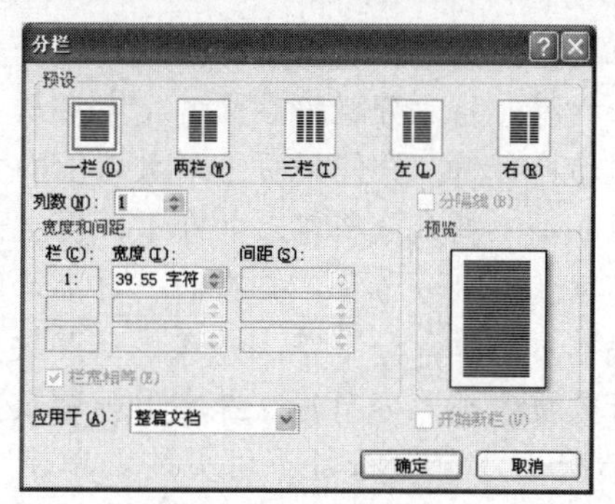

图3-6 【分栏】对话框

在【分栏】对话框中可进行以下操作。

- 在【预设】组中选择所需要的分栏样式。
- 如果【预设】组中的样式不能满足要求，则可在【栏】数值框中输入或调整所需的栏数；在各【宽度】数值框中输入或调整栏的宽度；在各【间距】数值框中输入或调整栏的间距。
- 如果选择【分隔线】复选框，则可在各栏之间加一条竖线。
- 如果选择【栏宽相等】复选框，则各栏宽度相同，否则可自定义栏宽。
- 在【应用于】下拉列表框中选择分栏的范围。

节是 Word 2007 文档的一个区域，默认情况下，整个文档是一节。如果没有选定段落，分栏时当前节内的所有段落都设置成相应的分栏格式；否则，分栏时仅将所选定的段落设置成相应的分栏格式，并且分栏后各栏的高度相同。

在未选定段落设置分栏的情况下，常常会出现最后一页的最后一栏与前面栏的高度不同（见图 3-7）的现象，此时只要在最后一栏的末尾插入一个【连续】分节符即可使其高度相同。

分隔符分为分页符和分节符，分页符用来开始新的一页，分节符用来开始新的一节，不同的节内可设置不同的排版方式，默认情况下，整个文档是一节。

单击【页面设置】组中的分隔符按钮，打开如图 3-9 所示的【分隔符】列表，从中选择一种分隔符，即可在鼠标光标处插入该分隔符。【分隔符】列表中各种分隔符的作用如下。

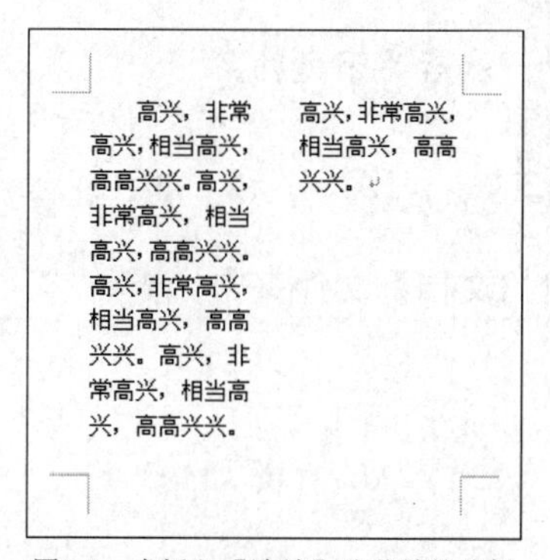

图3-7 未插入【连续】分节符的分栏

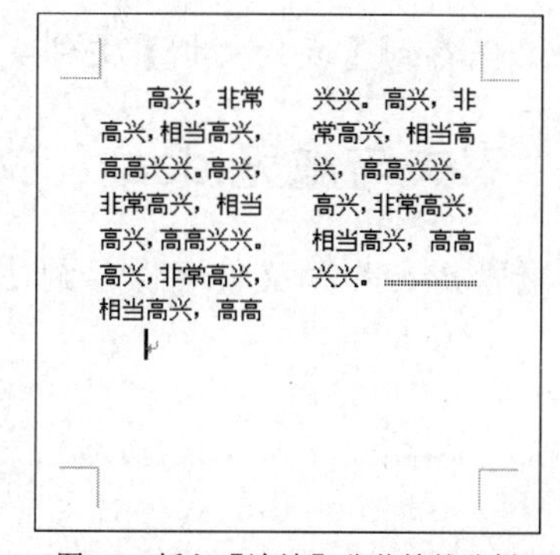

图3-8 插入【连续】分节符的分栏

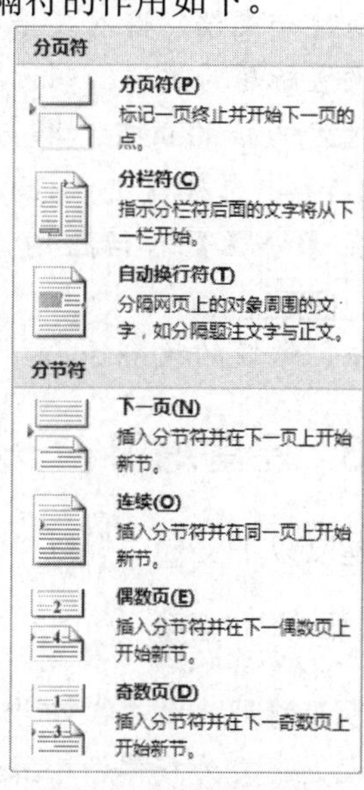

图3-9 【分隔符】列表

- 分页符：标记一页终止，并开始下一页。
- 分栏符：指示分栏符后面的文字将从下一栏开始。
- 自动换行符：分隔网页上对象周围的文字。
- 下一页：插入分节符，并在下一页上开始新节。
- 连续：插入分节符，并在同一页上开始新节。
- 偶数页：插入分节符，并在下一偶数页上开始新节。
- 奇数页：插入分节符，并在下一奇数页上开始新节。

默认情况下，分节符是不可见的。单击【段落】组中的按钮，可显示段落标记和分节符。在分节符可见的情况下，在文档中选定分节符后，按Delete键即可将其删除。

3.3.2 范例解析——建立“蛤蟆的故事.docx”文档

建立以下文档，并以“蛤蟆的故事.docx”为文件名保存到【我的文档】文件夹中。

蛤蟆的故事

从前有一个小孩，她的妈妈每天下午给她一小碗牛奶和一些面包，让她端着食物坐在院子里。每当她开始吃的时候，就有一只蛤蟆从一个墙洞里爬出来，把它的小脑袋伸进盘子里同她一起吃。孩子很高兴这样，只要她端着小盘子坐在那儿的时候，蛤蟆没同时出来，她就会高声唱：“蛤蟆，蛤蟆，快出来，到这里来，你这个小东西，吃点面包，喝点奶，吃好，喝好，身体好。”

这时蛤蟆会急忙出来，津津有味地吃起来。为了表示它的谢意，蛤蟆从洞里搬出了它珍藏的各式各样的宝物，宝石呀，珍珠呀，和金子的玩具呀。可是蛤蟆只喝牛奶却不吃面包渣。一天，小孩子用她的小勺子轻轻地敲了敲蛤蟆的脑袋说：“小家伙，你也得吃面包渣呀。”在厨房里的妈妈听见了小孩子在和谁说话便往外看，当她看见小孩子正用勺子敲一只蛤蟆时，她抄起一根长木头冲了出去，把那只善良的小生灵打死了。

从那时开始小孩就变了，那蛤蟆与她一同进餐的时候，她长得又高又壮，可是现在她失去了红红的脸蛋，而且越来越瘦。不久送葬鸟在夜里开始哭丧，红胸鸲衔来树枝和树叶编成了一个花圈，不久小孩子就躺在了灵床上。

范例操作

1. 新建一文档，输入文档中的文字。
2. 设置标题为黑体、四号字，设置正文为仿宋体、小五号字。
3. 选定文档的正文，单击【页面设置】组中的分栏按钮，在打开的【分栏】列表（见图3-5）中选择【更多分栏】命令，弹出【分栏】对话框（见图3-6）。
4. 在【分栏】对话框的【预设】组中选择【两栏】类型，选中【分隔线】复选框，单击确定按钮。
5. 以“蛤蟆的故事.docx”为文件名保存到【我的文档】文件夹中，然后关闭文档。

3.3.3 课堂练习——建立“农夫与魔鬼.docx”文档

建立以下文档，并以“农夫与魔鬼.docx”为文件名保存到【我的文档】文件夹中。

操作提示

1. 设置标题为隶书、四号字。
2. 设置正文为楷体、小五号字。
3. 设置分栏为“三栏”，并加分隔线。

农夫与魔鬼

从前有位远见卓识、机智聪明的农夫，有关他足智多谋的故事至今人们仍广为传颂。其中最精彩的要首推他曾经怎样捉弄魔鬼的故事。一天，农夫在田间劳动了一整天，天黑时正准备回家，忽然发现自己的田里有堆煤在燃烧，他惊讶万分，于是便走上前去看，发现竟有一个黑色的小魔鬼坐在燃烧的煤堆上。“你是坐在财宝上吗？”农夫问。“正是财宝。”魔鬼答道，“而且比你一生见到的都要多呢！”“财宝在我田里就得归我。”农夫说道。“就归你吧！”魔鬼说，“只要你肯将两年内一半的收成给我就行了。钱，我有的是，但我更喜欢地上的果实。”农夫答应了这桩交易，并说：“为了避免在我们分配时出现纠纷，凡泥土上的东西归你，泥土下的归我。”魔鬼感到心满意足，但这位聪明的农夫却种上了萝卜。

现在收获的季节到了，魔鬼又来了，要求收回属于他的收成。但除了那些枯黄的败叶外，他一无所获；而农夫却在兴高采烈地挖着他的萝卜。“这次让你占了便宜，”魔鬼说，“下次可不能这样。地上的归你，地下的归我。”“悉听尊便。”农夫答道。播种的季节又到了，这次他可不播萝卜，而是种上了小麦。麦子熟了，他来到田间，把麦秆齐根割倒在地。魔鬼又来了，见到除了残茬外，他又一无所获，气得转身就走，顺着石缝钻了进去。“我就是这样骗倒魔鬼的。”农夫说完，赶紧拾起财宝回家去了。

3.4 课后作业

一、操作题

建立以下文档，并以“聪明的小牧童.docx”为文件名保存到【我的文档】文件夹中。

cōngmíng de xiǎo mù tóng
聪明的小牧童

从前有个小牧童，由于别人无论问什么，他都能给出个聪明的回答，因而名声远扬。那国的国王听说了，不相信他有这么厉害，便把牧童招进了宫。

国王对他说：“如果你能回答我所提出的三个问题，我就认你做我的儿子，让你和我一起住在宫里。”牧童问：“是什么问题呢？”国王说：“第一个是：大海里有多少滴水？”小牧童回答：“我尊敬的陛下，请你下令把世界上所有的河流都堵起来，不让一滴水流进大海，一直等我数完他才放水，我将告诉你大海里有多少滴水珠。”国王又说：“第二个问题是：天上有多少星星？”牧童回答：“给我一张大白纸。”于是他用笔在上面戳了许多细点，细得几乎看不出来，更无法数清。任何人要盯着看，准会眼花缭乱。随后牧童说：“天上的星星跟我这纸上的点儿一样多，请数数吧。”但无人能数得清。国王只好又问：“第三个问题是：永恒有多少秒钟？”牧童回答：“在后波美拉尼亚有座钻石山，这座山有两英里高，两英里宽，两英里深；每隔一百年有一只鸟飞来，用它的嘴来啄山，等整个山都被啄掉时，永恒的第一秒就结束了。”

国王说：“你像智者一样解答了我的三个问题，从今以后，你可以住在宫中了，我会像亲生儿子一样来待你的。”

操作提示

(1) 先设置标题的字体和字号，再设置拼音指南。

(2) 先分栏，再设置首字下沉。

二、思考题

1. 如何设置拼音指南？
2. 如何设置首字下沉？
3. 如何分栏？

第4讲

Word 2007 的表格处理

【学习目标】

- 掌握 Word 2007 表格的建立方法。

员工登记表

姓　名		性　别		出生年月		
文化程度		毕业院校				照片
家庭地址						
家庭电话			手机号码			
工作简历						

- 掌握 Word 2007 表格的编辑方法。

员工登记表

姓　名		性　别		出生年月		照片
文化程度		毕业院校				
家庭地址						
家庭电话			家庭电话			
工作简历	起止年月	单位		职务		

- 掌握 Word 2007 表格的设置方法。

员工登记表

姓　名		性　别		出生年月		照片
文化程度		毕业院校				
家庭地址						
家庭电话			家庭电话			
工作简历	起止年月	单位		职务		

4.1 Word 2007 的表格建立

表格是行与列的集合，行和列交叉形成的单元称为单元格。在 Word 2007 中，建立表格的方法有：通过可视化方式建立表格、通过对话框建立表格以及绘制表格。

4.1.1 知识点讲解

单击【插入】选项卡的【表格】组中的【表格】按钮，打开如图 4-1 所示的【插入表格】菜单，通过该菜单可插入表格。

一、 通过可视化方式建立表格

在【插入表格】菜单的表格区域拖动鼠标，文档中会出现相应行和列的表格，松开鼠标左键后，即可在鼠标光标处插入相应的表格。用这种方法建立的最大表格为 10 行 8 列，插入的表格有以下特点。

- 表格的宽度与页面正文的宽度相同。
- 表格各列的宽度相同，表格的高度是最小高度。
- 单元格中的数据在水平方向上两端对齐，在垂直方向上顶端对齐。

二、 通过对话框建立表格

在【插入表格】菜单中选择【插入表格】命令，弹出如图 4-2 所示的【插入表格】对话框，可进行以下操作。

- 在【列数】和【行数】数值框中输入或调整列数和行数。
- 选中【固定列宽】单选按钮，则表格宽度与正文宽度相同，同时表格各列宽也相同。也可在右边的数值框中输入或调整列宽。
- 选中【根据内容调整表格】单选按钮，则将根据内容调整表格的大小。
- 选中【根据窗口调整表格】单选按钮，则将根据窗口大小调整表格的大小。
- 选中【为新表格记忆此尺寸】复选框，则下一次打开【插入表格】对话框时，默认行数、列数以及列宽为以上设置的值。
- 单击 确定 按钮，按所做设置在鼠标光标处插入表格。

三、 绘制表格

在【插入表格】菜单中选择【绘制表格】命令，鼠标指针变为 状，同时功能区出现【设计】选项卡，在文档中拖动鼠标，可在文档中绘制表格线。

单击【设计】选项卡的【绘图边框】组中的【擦除】按钮，如图 4-3 所示，鼠标指针变为 状，在要擦除的表格线上拖动鼠标，即可擦除一条表格线。

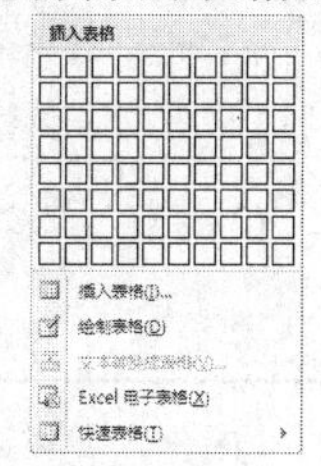

图4-1 【插入表格】菜单

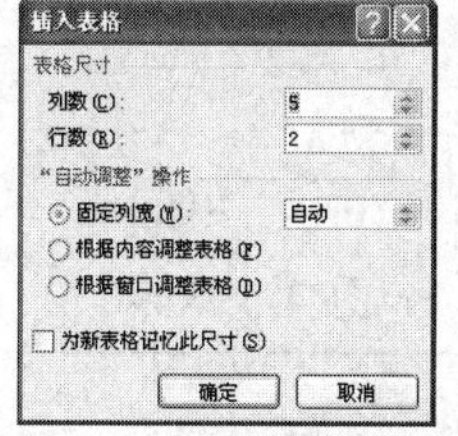

图4-2 【插入表格】对话框

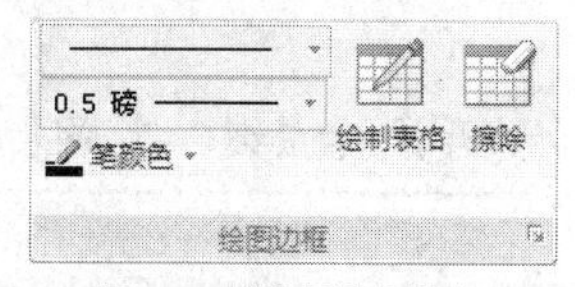

图4-3 【绘图边框】组

绘制完表格后，双击鼠标左键或者再次单击【绘图边框】组中的【绘制表格】或【擦除】按钮，鼠标指针恢复正常形状，结束表格绘制。

4.1.2 范例解析（一）——建立“员工登记表.docx”

建立以下求职报名表，并以“员工登记表.docx”为文件名保存到【我的文档】文件夹中。

员工登记表						
姓　　名		性　　别		出生年月		
文化程度		毕业院校				照片
家庭地址						
家庭电话			手机号码			
工作简历						

范例操作

1. 新建空白文档，输入“员工登记表”，再按 Enter 键。
2. 单击【插入】选项卡的【表格】组中的【表格】按钮，打开【插入表格】菜单（见图 4-1），在表格区域拖动鼠标可以选择 5×7 区域，松开鼠标左键，即建立一个 5 行 7 列的表格。
3. 在表格相应的单元格区域输入文字，完成所要求的表格。
4. 以“员工登记表.docx”为文件名保存到【我的文档】文件夹中。
5. 关闭文档。

要点提示　如果在文档开头建立表格，在第 1 行第 1 列的单元格按 Enter 键，在表格前插入一个空段，以输入表格标题。

4.1.3 范例解析（二）——建立“工资条.docx”

建立以下工资条表，并以“工资条.docx”为文件名保存到【我的文档】文件夹中。

工资号		姓名		性别		所在部门	
应发工资		扣款总额		实发工资			

范例操作

1. 新建空白文档。
2. 单击【插入】选项卡的【表格】组中的【表格】按钮，打开【插入表格】菜单（见图 4-1），选择【绘制表格】命令，这时鼠标指针变为 ✎ 状。
3. 在需要绘制表格的区域按住鼠标左键，沿表格对角线方向拖动鼠标，生成一个区域，如图 4-4 所示。

图4-4　表格区域

4. 松开鼠标左键，生成表格外边框，如图 4-5 所示。

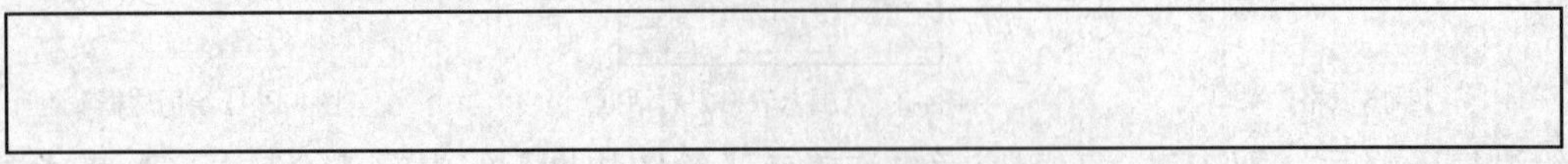

图4-5　表格外框

5. 在表格区域绘制水平线，然后再在表格的合适位置绘制竖线（共 12 条），绘制完成后，选择【表格工具】/【格式】/【绘图边框】/【绘制表格】命令，结束绘制状态。完成后的效果如图 4-6 所示。

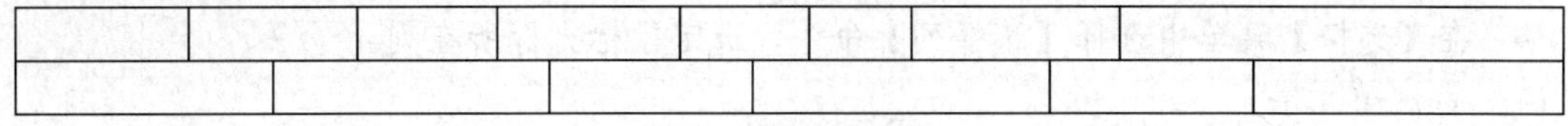

图4-6 不规则的表格

6. 在表格相应的单元格区域输入文字，完成所要求的表格。
7. 以“工资条.docx”为文件名保存文档到【我的文档】文件夹中。
8. 关闭文档。

要点提示 在绘制表格过程中，如果绘制的表格线不符合要求，可以选择【表格工具】/【格式】/【绘图边框】/【擦除】命令，鼠标指针变为状，此时在要擦除的表格线上拖动鼠标即可。

4.1.4 课堂练习——建立“培训报名表.docx”

建立如下所示的学生入学登记表，并以“培训报名表.docx”为文件名，保存到【我的文档】文件夹中。

姓名		性别		职务	
工作单位				邮政编码	
通信地址					
联系电话		手机号码		传真	
培训内容	Windows	Word	Excel	PowerPoint	FrontPage

4.2 Word 2007 的表格编辑

在 Word 2007 中，常用的表格编辑操作有：选定表格、行、列和单元格，插入表格、行、列和单元格，删除表格、行、列和单元格，合并、拆分单元格及合并、拆分表格。

4.2.1 知识点讲解

一、 选定表格、行、列和单元格

在选定表格、行、列和单元格时，除了可使用鼠标直接选定外，还可使用下面方法：单击【布局】选项卡的【表】组中的 选择 按钮，打开如图 4-7 所示的【选择】菜单，然后选择相应的命令。

(1) 选定表格

- 把鼠标指针移动到表格中，表格的左上方会出现一个表格移动手柄⊞，单击该手柄即可选定表格。
- 在【选择】菜单中选择【选择表格】命令。

选择单元格(L)
选择列(C)
选择行(R)
选择表格(T)

图4-7 【选择】菜单

(2) 选定表格行

- 将鼠标指针移动到表格左侧，当鼠标指针变为 状时单击，选定相应行。
- 将鼠标指针移动到表格左侧，当鼠标指针变为 状时竖直方向拖动鼠标，选定多行。
- 在【选择】菜单中选择【选择行】命令，选定鼠标光标所在行。

(3) 选定表格列

- 将鼠标指针移动到表格顶部，当鼠标指针变为↓状时单击，选定相应列。
- 将鼠标指针移动到表格顶部，当鼠标指针变为↓状时水平方向拖动鼠标，选定多列。
- 在【选择】菜单中选择【选择列】命令，选定鼠标光标所在列。

(4) 选定单元格

- 将鼠标指针移到单元格左侧，当鼠标指针变为↗状时单击，选定该单元格。
- 将鼠标指针移动到单元格左侧，当鼠标指针变为↗状时竖直方向拖动鼠标，选定多个相邻单元格。
- 在【选择】菜单中选择【选择单元格】命令，选定鼠标光标所在单元格。

二、 插入行和列

使用【布局】/【行和列】组（见图 4-8）中的工具，可插入行和列。

(1) 插入表格行

- 将鼠标光标移动到表格的最后一个单元格，按 Tab 键，在表格的末尾插入一行。
- 将鼠标光标移动到表格某行尾的段落分隔符上，按 Enter键，在该行下方插入一行。

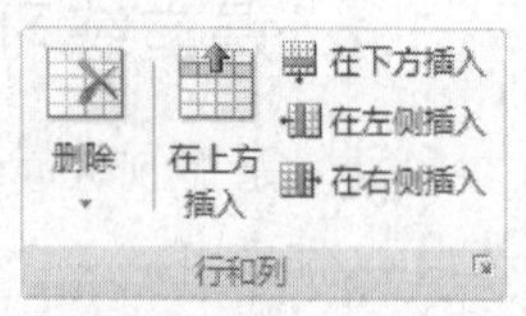

图4-8 【行和列】组

- 单击【行和列】组中的【在上方插入】按钮，在当前行上方插入一行。
- 单击【行和列】组中的【在下方插入】按钮，在当前行下方插入一行。

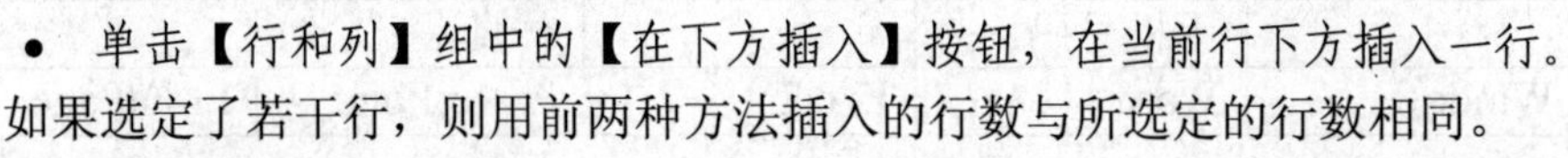

如果选定了若干行，则用前两种方法插入的行数与所选定的行数相同。

(2) 插入表格列

- 单击【行和列】组中的【在右侧插入】按钮，在当前列右侧插入一列。
- 单击【行和列】组中的【在左侧插入】按钮，在当前列左侧插入一列。

如果选定了若干列，则执行以上操作时，插入的列数与所选定的列数相同。

三、 删除表格、行和列

单击【布局】选项卡的【行和列】组中的【删除】按钮，打开如图 4-9 所示的【删除】菜单，然后选择相应的命令。

(1) 删除表格

- 在【删除】菜单中选择【删除表格】命令，删除鼠标光标所在的表格。
- 选定表格后，按 Backspace 键。
- 选定表格后，把表格剪切到剪贴板，则删除表格。

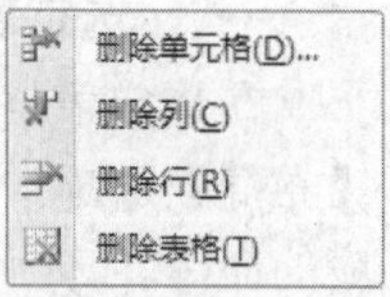

删除单元格(D)...
删除列(C)
删除行(R)
删除表格(T)

图4-9 【删除】菜单

(2) 删除表格行

- 在【删除】菜单中选择【删除行】命令，删除鼠标光标所在的行或选定的行。
- 选定一行或多行后，按 Backspace 键，删除这些行。
- 选定一行或多行后，把选定的行剪切到剪贴板，则删除这些行。

(3) 删除表格列

- 在【删除】菜单中选择【删除列】命令，删除鼠标光标所在的列或选定的列。
- 选定一列或多列后，按 Backspace 键，删除这些列。
- 选定一列或多列后，把选定的列剪切到剪贴板，则删除这些列。

四、 合并、拆分单元格

合并单元格就是把多个单元格合并成一个单元格；拆分单元格是将一个或多个单元格拆分成多个单元格。合并、拆分单元格通常使用【布局】/【合并】组（见图 4-10）中的工具。

(1) 合并单元格

在合并单元格前，应先选定要合并的单元格区域，然后单击【合并】组中的「合并单元格」按钮，所选定的单元格区域就合并成一个单元格。

在合并单元格后，单元格区域中各单元格的内容也合并到一个单元格中，原来每个单元格中的内容占据一段。

(2) 拆分单元格

在拆分单元格前，应先选定要拆分的单元格或单元格区域，然后单击【合并】组中的「拆分单元格」按钮，弹出如图 4-11 所示的【拆分单元格】对话框，可进行以下操作。

- 在【列数】数值框中输入或调整拆分后的列数。
- 在【行数】数值框中输入或调整拆分后的行数。
- 单击「确定」按钮，按所做设置拆分单元格，拆分后的各单元格宽度相同。

五、 绘制斜线表头

(1) 绘制简单斜线表头

- 单击【设计】选项卡的【绘图边框】组中的【绘制表格】按钮，鼠标指针变为✏状，在要加斜线处拖动鼠标，可绘出斜线表头。
- 将鼠标光标移动到相应单元格后，单击【设计】选项卡的【绘图边框】组中「边框」按钮右边的▾按钮，在打开的边框列表中单击⧅按钮，绘出斜线表头。

(2) 绘制复杂斜线表头

将鼠标光标移动到表格中，单击【布局】选项卡的【表】组中的【绘制斜线表头】按钮，弹出如图 4-12 所示的【插入斜线表头】对话框，可进行以下操作。

图4-10 【合并】组

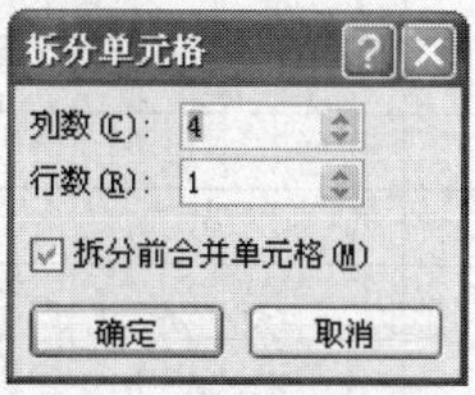

图4-11 【拆分单元格】对话框

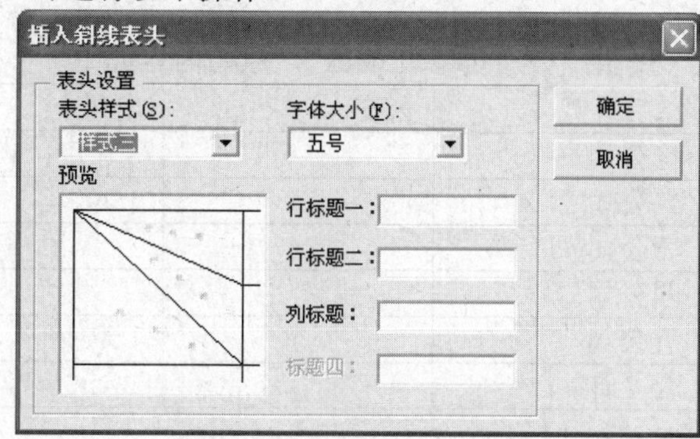

图4-12 【插入斜线表头】对话框

- 在【表头样式】下拉列表框中选择所需要的样式，预览框中将出现相应的效果图。
- 在【字体大小】下拉列表框中选择表头标题的字号。
- 在【行标题一】、【行标题二】、【列标题】等文本框中输入表头文本。
- 单击「确定」按钮，按所做设置为表格建立斜线表头。

4.2.2 范例解析（一）——编辑“员工登记表.docx”

编辑 4.1.2 小节范例解析（一）中的“员工登记表.docx”为以下样式。

员工登记表

<table>
<tr><td>姓　名</td><td></td><td>性　别</td><td></td><td>出生年月</td><td></td><td rowspan="4">照片</td></tr>
<tr><td>文化程度</td><td></td><td>毕业院校</td><td colspan="3"></td></tr>
<tr><td>家庭地址</td><td colspan="5"></td></tr>
<tr><td>家庭电话</td><td colspan="2"></td><td>手机号码</td><td colspan="2"></td></tr>
<tr><td rowspan="4">工作简历</td><td>起止年月</td><td colspan="3">单位</td><td colspan="2">职务</td></tr>
<tr><td></td><td colspan="3"></td><td colspan="2"></td></tr>
<tr><td></td><td colspan="3"></td><td colspan="2"></td></tr>
<tr><td></td><td colspan="3"></td><td colspan="2"></td></tr>
</table>

范例操作

1. 打开“员工登记表.docx”文档。
2. 选定从“照片”单元格开始的4列单元格，单击【表格工具】的【布局】选项卡的【合并】组中的合并单元格按钮，完成单元格的合并。
3. 用步骤 2 的方法完成“毕业院校”、“家庭地址”、“家庭电话”、“手机号码”等的单元格合并。
4. 选定“工作简历”右边的6个单元格，单击【表格工具】的【布局】选项卡的【合并】组中的拆分单元格按钮，弹出【拆分单元格】对话框（见图 4-11）。
5. 在【拆分单元格】对话框的【列数】数值框中输入“3”，在【行数】数值框中输入“4”，单击确定按钮。
6. 在“工作简历”右边的3个单元格中输入相应的文字。
7. 保存文档，然后关闭文档。

4.2.3 范例解析（二）——编辑“公司费用表.docx”

编辑“公司费用表.docx”，原始内容如下。

	公交	出租	电话	手机
一公司				
二公司				
三公司				
四公司				
五公司				
合　计				

编辑后的内容如下。

<table>
<tr><td rowspan="2">项目
公司</td><td colspan="2">交通费</td><td colspan="2">通信费</td><td rowspan="2">合计</td></tr>
<tr><td>公交</td><td>出租</td><td>电话</td><td>手机</td></tr>
<tr><td>一公司</td><td></td><td></td><td></td><td></td><td></td></tr>
<tr><td>二公司</td><td></td><td></td><td></td><td></td><td></td></tr>
<tr><td>三公司</td><td></td><td></td><td></td><td></td><td></td></tr>
<tr><td>四公司</td><td></td><td></td><td></td><td></td><td></td></tr>
<tr><td>合　计</td><td></td><td></td><td></td><td></td><td></td></tr>
</table>

1. 在 Word 2007 中打开“公司费用表.docx”文档。
2. 将鼠标光标移动到表格的第 6 行，单击【布局】选项卡的【行和列】组中的【删除】按钮，在打开的菜单中选择【删除行】命令。
3. 将鼠标光标移动到表格的最后一列，单击【布局】选项卡的【行和列】组中的在右侧插入按钮。
4. 将鼠标光标移动到表格的第 1 行，单击【布局】选项卡的【行和列】组中的【在上方插入】按钮。

完成以上操作后的表格如下所示。

	公交	出租	电话	手机	
一公司					
二公司					
三公司					
四公司					
合　计					

5. 选定表格第 1 列的第 1 行和第 2 行，单击【布局】选项卡的【合并】组中的合并单元格按钮。
6. 用同样的方法合并表格第 1 行的第 2 列和第 3 列，第 1 行的第 4 列和第 5 列，以及第 6 列的第 1 行和第 2 行。
7. 在表格的相应单元格中输入“交通费”、“通信费”和“合计”。
8. 将鼠标光标移动到第 1 个单元格，输入“项目”，按 Enter 键后再输入“公司”。
9. 将鼠标光标移动到第 1 个单元格，单击【设计】选项卡的【表样式】组中边框按钮右边的▾按钮，在弹出的列表中单击╲按钮。
10. 将光标移动到第 1 个单元格的开始处，单击【开始】选项卡的【段落】组中的≡按钮。
11. 保存文档，然后关闭文档。

4.2.4 课堂练习——编辑“培训报名表.docx”

编辑 4.1.4 小节建立的“培训报名表.docx”为以下样式。

姓名		性别		职务		
工作单位				邮政编码		
通信地址						
联系电话		手机号码		传真		
培训内容	Windows	Word	Excel	PowerPoint	FrontPage	Flash
培训学时	10	20	20	20	20	30
选择（打√）						

操作提示

1. 在表格的最后插入两行。
2. 合并“工作单位”、“通信地址”单元格。
3. 拆分“培训内容”、“培训学时”、“选择（打√）”右侧的单元格为 3 行 6 列。
4. 填写相应的文字。

4.3 Word 2007 的表格设置

建立和编辑好表格以后，应对表格进行各种格式设置，使其更加美观。常用的格式化操作有设置数据对齐，设置行高、列宽，设置位置、大小，设置对齐、环绕及设置边框、底纹等。

4.3.1 知识点讲解

一、 设置数据对齐

表格中数据格式的设置与文档中文本和段落格式的设置大致相同，这里不再赘述。与段落对齐不同的是，单元格内的数据不仅有水平对齐，而且有垂直对齐。应用【布局】选项卡的【对齐方式】组（见图 4-13）中的对齐工具，可同时设置水平对齐方式和垂直对齐方式。

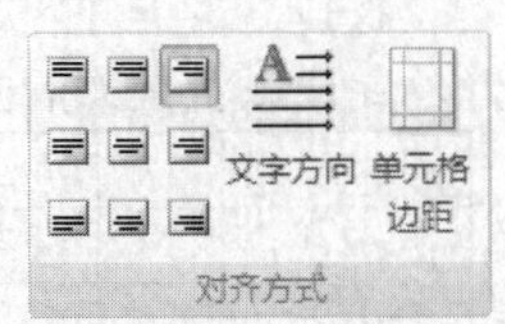

图4-13 【对齐方式】组

二、 设置行高、列宽

在设置行高、列宽时，通常使用【布局】选项卡的【单元格大小】组中的工具，如图 4-14 所示。

(1) 设置行高

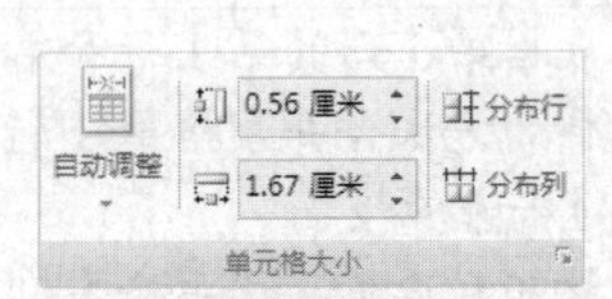

图4-14 【单元格大小】组

- 移动鼠标光标到一行的底边框线上，这时鼠标指针变为÷状，拖动鼠标即可调整该行的高度。
- 将鼠标光标移动到表格内，拖动垂直标尺上的行标志也可调整行高。
- 在【单元格大小】组的【行高】数值框 0.56 厘米 中输入或调整一个数值，当前行或选定行的高度为该值。
- 选定表格若干行，单击【单元格大小】组中的 分布行 按钮，选定的行设置成相同的高度，它们的总高度不变。

(2) 设置列宽

- 移动鼠标指针到列的边框线上，这时鼠标指针变为+‖+状，拖动鼠标可增加或减少边框线左侧列的宽度，同时边框线右侧列减少或增加相同的宽度。
- 移动鼠标指针到列的边框线上，这时鼠标指针变为+‖+状，双击鼠标左键，表格线左边的列设置成最合适的宽度。双击表格最左边的表格线，所有列均被设置成最合适的宽度。
- 将鼠标光标移动到表格内，拖动水平标尺上的列标志可调整列标志左边列的宽度，其他列的宽度不变，拖动水平标尺最左列的标志可移动表格的位置。
- 在【单元格大小】组的【列宽】数值框 0.89 厘米 中输入或调整一个数值，当前列或选定列的宽度为该值。
- 选定表格若干列，单击【单元格大小】组中的 分布列 按钮，将选定的列设置成相同的宽度，它们的总宽度不变。

三、 设置位置、大小

(1) 设置表格位置

将鼠标光标移动到表格内，表格的左上方会出现表格移动手柄 ⊞ 图标，拖动此图标可移动表格到不同的位置。

(2) 设置表格大小

将鼠标光标移动到表格内，表格的右下方会出现表格缩放手柄 □ 图标，拖动此图标可改变整个表格的大小，同时保持行和高的比例不变。

四、 设置对齐、环绕

表格文字环绕是指表格被嵌在文字段中时文字环绕表格的方式，默认情况下，表格无文字环绕。若表格无文字环绕，则表格的对齐相对于页面；若表格有文字环绕，则表格的对齐相对于环绕的文字。

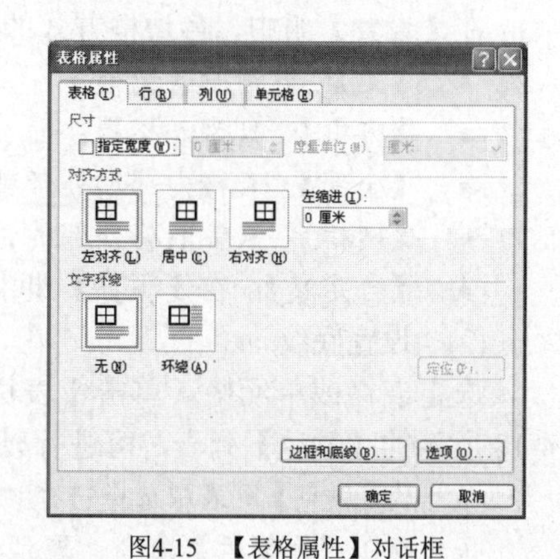

图4-15 【表格属性】对话框

将鼠标光标移至表格内，单击【布局】选项卡的【表】组中的[属性]按钮，弹出如图 4-15 所示的【表格属性】对话框。在【表格属性】对话框的【表格】选项卡中可进行以下的对齐、环绕设置。

- 选择【左对齐】类型，表格左对齐。
- 选择【居中】类型，表格居中对齐。
- 选择【右对齐】类型，表格右对齐。
- 在【左缩进】数值类型中输入或调整表格左缩进的大小。
- 选择【无】类型，表格无文字环绕。
- 选择【环绕】类型，表格有文字环绕。
- 单击[确定]按钮，按所做设置对齐和环绕。

表格的对齐也可通过【格式】工具栏来完成。选定表格后，单击【开始】选项卡中【段落】组中的[≡]、[≡]、[≡]、[≡]、[≡]按钮，可以实现表格的左对齐、居中对齐、右对齐。

五、 设置边框、底纹

新建一个表格后，默认的情况下，表格边框类型是网格型（所有表格线都有），表格线为粗 1/2 磅的黑色实线，无表格底纹。用户可根据需要设置表格边框和底纹。设置边框、底纹通常使用【设计】/【表样式】组（见图 4-16）中的工具。

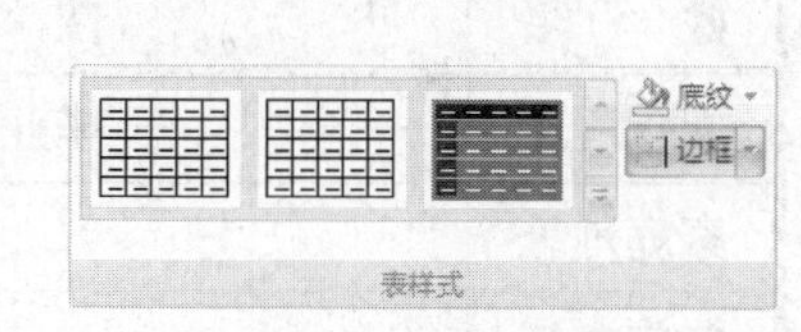

图4-16 【表样式】组

(1) 设置边框

选定表格或单元格，单击【表样式】组中[边框]按钮右边的[▾]按钮，在打开的边框线列表中选择一种边框线，设置表格或单元格相应的边框线有或无。单击[边框]按钮，弹出如图4-17所示的【边框和底纹】对话框，当前选项卡是【边框】选项卡，可进行以下操作。

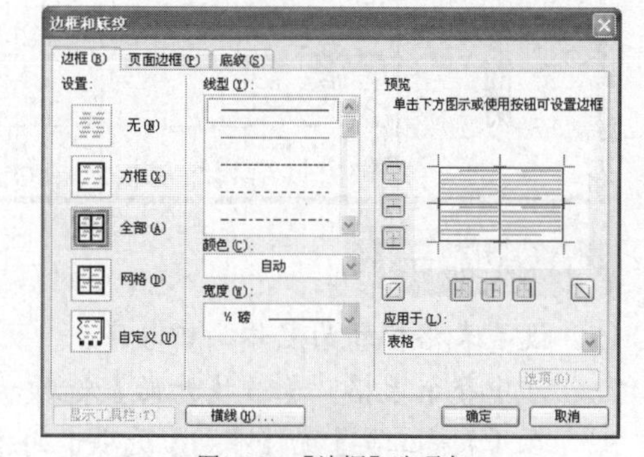

图4-17 【边框】选项卡

- 在【设置】组中选择一种边框类型。
- 在【线型】列表框中选择边框的线型。
- 在【颜色】下拉列表框中选择边框的颜色。
- 在【宽度】下拉列表框中选择边框线的宽度。
- 在【预览】组中单击某一边线按钮，若表格中无该边线，则设置相应的边线，否则取消相应的边线。

- 在【应用于】下拉列表框中选择边框应用的范围（有“表格”、“单元格”、“段落”和“文字”等选项）。
- 单击 确定 按钮，完成边框设置。

在【设置】组中，各边框方式的含义如下。

- 【无】：取消所有边框。
- 【方框】：只为表格最外面加边框，并取消内部单元格的边框。
- 【全部】：表格内部和外部都加相同的边框。
- 【网格】：只为表格外部的边框设置线型，表格内部的边框不改变样式。
- 【自定义】：在【预览】组中选择不同的框线进行自定义。

(2) 设置底纹

选定表格或单元格，单击【表样式】组中的 底纹 按钮，打开如图4-18 所示的【颜色】列表，可进行以下操作。

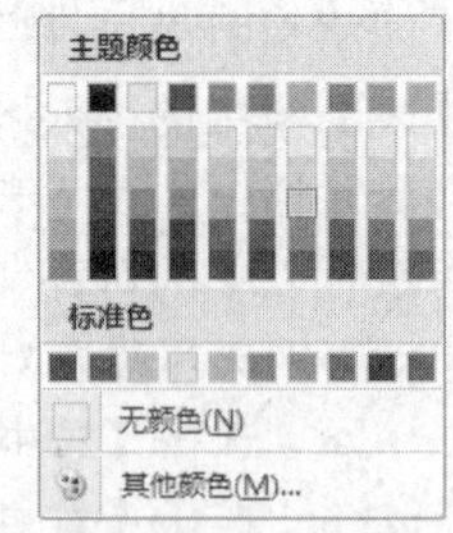

图4-18 【颜色】列表

- 从【颜色】列表中选择一种颜色，表格的底纹即设置为相应的颜色。
- 选择【无颜色】命令，取消表格底纹的设置。
- 选择【其他颜色】命令，弹出【颜色】对话框，可自定义一种颜色作为表格的底纹。

4.3.2 范例解析（一）——设置“员工登记表.docx”

设置 4.1.2 小节中“员工登记表.docx”为以下样式。

员工登记表

<table>
<tr><td>姓　名</td><td></td><td>性　别</td><td></td><td>出生年月</td><td></td><td rowspan="4">照片</td></tr>
<tr><td>文化程度</td><td></td><td>毕业院校</td><td colspan="3"></td></tr>
<tr><td>家庭地址</td><td colspan="5"></td></tr>
<tr><td>家庭电话</td><td colspan="2"></td><td>手机号码</td><td colspan="2"></td></tr>
<tr><td rowspan="4">工作简历</td><td colspan="2">起止年月</td><td colspan="2">单位</td><td colspan="2">职务</td></tr>
<tr><td colspan="2"></td><td colspan="2"></td><td colspan="2"></td></tr>
<tr><td colspan="2"></td><td colspan="2"></td><td colspan="2"></td></tr>
<tr><td colspan="2"></td><td colspan="2"></td><td colspan="2"></td></tr>
</table>

范例操作

1. 设置表格标题为黑体，四号字。
2. 选中整个表格，单击【开始】选项卡的【字体】组中的 B 按钮。
3. 在【表格工具】的【布局】选项卡的【单元格大小】组的【行高】数值框中输入“0.7”。
4. 单击【表格工具】的【布局】选项卡的【对齐方式】组中的 按钮。
5. 在【表格工具】的【设计】选项卡的【绘图边框】组的【边框粗细】下拉列表框中选择“2.25 磅”。

6. 单击【表格工具】的【设计】选项卡的【表样式】组中 边框 按钮右边的 按钮，在弹出的列表中单击 按钮。
7. 选定“工作简历”右边的 12 个单元格。
8. 在【表格工具】的【设计】选项卡的【绘图边框】组的【边框类型】下拉列表框中选择“虚线型”，在【边框粗细】下拉列表框中选择“0.25 磅”。
9. 单击【表格工具】的【设计】选项卡的【表样式】组中 边框 按钮右边的 按钮，在弹出的列表中单击 按钮。
10. 拖动“工作简历”右边单元格中的竖边框线，使其到合适的位置。
11. 选定“照片”单元格，单击【表格工具】的【布局】选项卡的【对齐方式】组中的【文字方向】按钮。
12. 选定“工作简历”单元格，单击【表格工具】的【布局】选项卡的【对齐方式】组中的【文字方向】按钮。
13. 选定“照片”单元格，单击【表格工具】的【设计】选项卡的【表样式】组中的 底纹 按钮，在打开的【颜色】列表（见图 4-18）中选择“深色 25%颜色”（列表第 1 列第 4 行的颜色）。
14. 保存文档，然后关闭文档。

4.3.3 范例解析（二）——设置“公司费用表.docx”

设置 4.2.3 小节中的“公司费用表.docx”为以下样式。

项目 / 公司	交通费		通信费		合计
	公交	出租	电话	手机	
一公司					
二公司					
三公司					
四公司					
合　计					

范例操作

1. 选定第 1 个“合计”单元格，单击【开始】选项卡的【字体】组中的 B 按钮，用同样方法设置第 2 个“合计”单元格。
2. 选定表格第 2～6 列，单击【表格工具】的【布局】选项卡的【对齐方式】组中的 按钮。
3. 选定表格第 1 列的第 2～6 单元格，单击【表格工具】的【布局】选项卡的【对齐方式】组中的 按钮。
4. 选定表格前 6 行，在【表格工具】的【布局】选项卡的【单元格大小】组的【行高】数值框中输入“0.6”。
5. 选定表格最后一行，在【表格工具】的【布局】选项卡的【单元格大小】组的【行高】数值框中输入“0.8”。
6. 选定该表格，在【表格工具】的【设计】选项卡的【绘图边框】组的【边框粗细】下拉列表框中选择“1.5 磅”。

7. 单击【表格工具】的【设计】选项卡的【表样式】组中边框按钮右边的按钮，在弹出的列表中单击按钮。
8. 在【表格工具】的【设计】选项卡的【绘图边框】组的【边框类型】下拉列表框中选择“双线型”，在【表格工具】的【设计】选项卡的【绘图边框】组的【边框粗细】下拉列表框中选择“0.5 磅”。
9. 选定表格第 1 列，单击【表格工具】的【设计】选项卡的【表样式】组中边框按钮右边的按钮，在弹出的列表中单击按钮。
10. 选定表格最后一列，单击【表格工具】的【设计】选项卡的【表样式】组中边框按钮右边的按钮，在弹出的列表中单击按钮。
11. 选定表格第 3 行，单击【表格工具】的【设计】选项卡中【表样式】组中边框按钮右边的按钮，在弹出的列表中单击按钮。
12. 选定表格最后一列，单击【表格工具】的【设计】选项卡的【表样式】组中边框按钮右边的按钮，在弹出的列表中单击按钮。
13. 选定最后一行，单击【表格工具】的【设计】选项卡的【表样式】组中的底纹按钮，在打开的【颜色】列表（见图 4-18）中选择“深色 15%颜色”（列表第 1 列第 3 行的颜色）。
14. 用同样的方法设置最后一列的底纹。
15. 选定最后一个单元格，单击【表格工具】的【设计】选项卡的【表样式】组中的底纹按钮，在打开的【颜色】列表（见图 4-18）中选择“深色 35%颜色”（列表第 1 列第 5 行的颜色）。
16. 保存文档，然后关闭文档。

4.3.4 课堂练习——设置“培训报名表.docx”

设置 4.1.4 小节中的“培训报名表.docx”为以下样式。

姓名		性别		职务		
工作单位				邮政编码		
通信地址						
联系电话		手机号码		传真		
培训内容	Windows	Word	Excel	PowerPoint	FrontPage	Flash
培训学时	10	20	20	20	20	30
选择（打√）						

4.4 课后作业

一、操作题

制作以下会议登记表，并以“会议登记表.docx”为文件名保存到【我的文档】文件夹中。

会 议 登 记 表

<table>
<tr><td>姓名</td><td></td><td>性别</td><td></td><td>年龄</td><td></td></tr>
<tr><td>职称</td><td></td><td>职务</td><td></td><td>学历</td><td></td></tr>
<tr><td>专业方向</td><td colspan="5">□计算机硬件　□计算机软件　□计算机应用　□其他</td></tr>
<tr><td>工作单位</td><td colspan="5"></td></tr>
<tr><td>通信地址</td><td colspan="3"></td><td>邮编</td><td></td></tr>
<tr><td>电话</td><td></td><td>手机</td><td></td><td>传真</td><td></td></tr>
<tr><td>E-mail</td><td colspan="5"></td></tr>
<tr><td>参会方式</td><td colspan="5">□ 宣读报告：论文名称________
论文名称________
□ 仅参加</td></tr>
<tr><td rowspan="3">住宿登记</td><td>时间</td><td colspan="4">入住时间：________
离店时间：________</td></tr>
<tr><td>标准</td><td colspan="4">□ 普通标准间（￥440 元/天，含双早）
□ 豪华标准间（￥540 元/天，含双早）</td></tr>
<tr><td>预定</td><td colspan="4">□ 合住____间　　□ 包间 ___间</td></tr>
<tr><td>备注</td><td colspan="5"></td></tr>
</table>

* 此表复印有效。建议有参会意向的人员填写该会议登记表，以便会务组提前安排。

操作提示

(1) 建立基本表格，并编辑表格。

(2) 输入表格文字。

(3) 合并单元格。

(4) 设置行高和列宽。

(5) 设置边框和底纹。

(6) 设置对齐和文字方向。

二、问答题

1. 建立表格有哪些方法？
2. 编辑表格有哪些操作？
3. 设置表格有哪些操作？

第5讲

Word 2007的对象处理（一）

【学习目标】

• 掌握Word 2007图片的插入方法。	
• 掌握Word 2007图片的设置方法。	
• 掌握Word 2007图片的图文混排方法。	★山鹰与狐狸★ 【希腊】伊索  山鹰与狐狸互相结为好友，为了彼此的友谊更加巩固，他们决定住在一起。于是鹰飞到一棵高树上面，筑起巢来哺育后代，狐狸则走进树下的灌木丛中间，生儿育女。 有一天，狐狸出去觅食，鹰也正好断了炊，他便飞入灌木丛中，把幼小的狐狸抢走，与雏鹰一起饱餐一顿。狐狸回来后，知道这事是鹰所做，他为儿女的死悲痛，而最令他悲痛的是一时无法报仇，因为他是走兽，只能在地上跑，不能去追逐会飞的鸟。***因此他只好远远地站着诅咒敌人，这是力量弱小者唯一可以做到的事情。***

5.1 Word 2007 的图片插入

在 Word 文档中可以插入图片文件，也可以插入剪贴画中的图片，另外，插入的图片还可以进行修改和编辑。

5.1.1 知识点讲解

一、 插入图片

单击【插入】选项卡的【插图】组中的【图片】按钮，打开如图 5-1 所示的【插入图片】对话框。

图5-1 【插入图片】对话框

在【插入图片】对话框中可进行以下操作。

- 在【查找范围】下拉列表框中选择图片文件所在的文件夹，或在窗口左侧的预设位置列表中选择图片文件所在的文件夹。文件列表框（窗口右边的区域）中列出该文件夹中的图片和子文件夹的图标。
- 在文件列表框中双击一个文件夹图标，打开该文件夹。
- 在文件列表框中单击一个图片文件图标，选择该图片。
- 在文件列表框中双击一个图片文件图标，插入该图片。
- 单击 插入(S) 按钮，插入所选择的图片。

完成以上操作后，图片被插入到光标处，图片默认的环绕方式是“嵌入型”。图片插入后立即被选定，图片周围出现浅蓝色的小圆圈和小方块各 4 个，称为尺寸控点，顶部出现一个绿色小圆圈，称为旋转控点，如图 5-2 所示。

图5-2 图片的尺寸控点和旋转控点

选定图片后，功能区中自动增加一个【格式】选项卡，如图 5-3 所示。通过该选项卡中的工具可设置被选定的图片。

图5-3 【格式】选项卡

二、 插入剪贴画

Word 2007 提供了一个剪辑库，其中包含数百个各种各样的剪贴画。内容包括建筑、卡通、通讯、地图、音乐和人物等。可以用剪辑库提供的查找工具进行浏览，找到合适的剪贴画后，将其插入到文档中。

在【插入】选项卡的【插图】组中单击【剪贴画】按钮，打开如图 5-4 所示的【剪贴画】任务窗格，可进行以下操作。

- 在【搜索文字】文本框中输入所要插入剪贴画的名称或类别。

- 在【搜索范围】下拉列表框中选择所要搜索剪贴画所在的文件夹。
- 在【结果类型】下拉列表框中选择所要搜索剪贴画的类型。
- 单击 搜索 按钮，在任务窗格中列出所搜索到的剪贴画的图标，如图 5-5 所示。
- 单击选中搜索到的剪贴画并将其插入到文档中。

如同图片一样，剪贴画也被插入到鼠标光标处，默认的文字环绕方式是“嵌入型”。

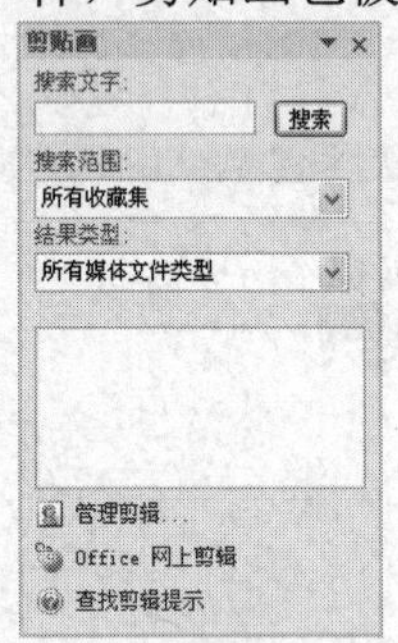

图5-4　【剪贴画】任务窗格

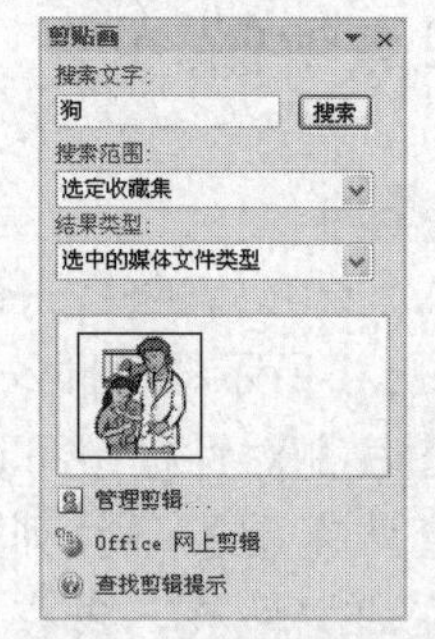

图5-5　搜索到的剪贴画

要点提示　如果计算机和 Internet 相连，那么还可以从微软公司的相关页面上搜寻剪贴画，此时只需在【剪贴画】任务窗格下部选择【Office 网上剪辑】命令就可以到达剪辑库的联机主页。

三、 编辑图片

在插入图片后，还可对图片进行编辑。常用的编辑操作包括选定图片、移动图片、复制图片和删除图片。

(1) 选定图片

图片的许多操作需要先选定图片。移动鼠标指针到图片上，单击即可选定该图片。在图片以外单击，可取消图片的选定。

(2) 移动图片

移动图片有以下几种常用方法。

- 移动鼠标指针到某个图片上，鼠标指针变成✥状，这时拖动鼠标，到达目标位置后，松开鼠标左键。
- 先把选定的图片剪切到剪贴板，再将剪贴板上的图片粘贴到文档中的目标位置。

(3) 复制图片

复制图片有以下几种常用方法。

- 移动鼠标指针到某个图片上，按住 Ctrl 键拖动鼠标，这时鼠标指针变为⊞状，到达目标位置后，松开鼠标左键和 Ctrl 键。
- 先把选定的图片复制到剪贴板，再将剪贴板上的图片粘贴到文档中的目标位置。

(4) 删除图片

选定图片后，可用以下方法删除。

- 按 Delete 或 Backspace 键。
- 把选定的图片剪切到剪贴板。

5.1.2 范例解析——插入鹰和狐狸的图片

在第 1 讲范例解析“山鹰与狐狸.docx”文档的末尾插入事先在【我的文档】文件夹中预备好的图片“鹰.jpg”和“狐狸.jpg”，如图 5-6 所示。

图5-6　插入的“鹰.jpg”和“狐狸.jpg”

范例操作

1. 打开“山鹰与狐狸.docx”文档，将鼠标光标移动到文档的末尾。
2. 单击【插入】选项卡的【插图】组中的【图片】按钮，打开【插入图片】对话框（见图 5-1）。
3. 单击【插入图片】对话框左侧的【我的文档】图标，从文件列表中找到并选择“鹰.jpg”文件，单击 插入(S) 按钮。
4. 用步骤 2～3 的方法，插入“狐狸.jpg”文件。
5. 保存文档。

5.1.3 课堂练习——插入狮子的图片

在第 1 讲课堂练习“狮子、驴子与狐狸.docx”文档的末尾插入事先在【我的文档】文件夹中预备好的图片“狮子.jpg”，如图 5-7 所示。

图5-7　插入的“狮子.jpg”

5.2 Word 2007 的图片设置

图片的设置包括调整图片、设置图片样式、设置排列、设置大小和裁剪图片等，其通常使用【格式】选项卡（包括【调整】组、【图片样式】组、【排列】组和【大小】组）中的工具。注意，在本小节中所涉及的工具均指【格式】选项卡中的工具。

5.2.1 知识点讲解

(1) 调整图片

通过【调整】组（见图 5-8）中的工具可调整图片。常用的调整操作有以下几种。

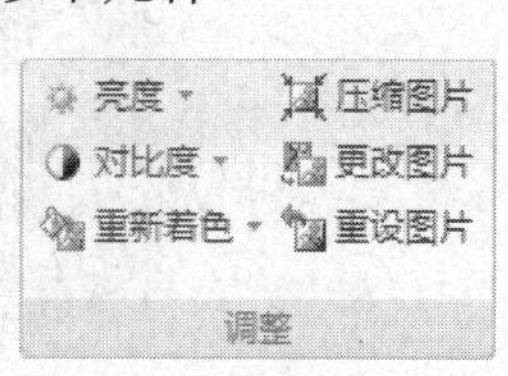

图5-8　【调整】组

- 单击 亮度 按钮，打开【亮度】列表，从中选择一个亮度值，所选定图片的亮度即设置为该值。
- 单击 对比度 按钮，打开【对比度】列表，从中选择一个对比度值，所选定图片的对比度即设置为该值。
- 单击 重新着色 按钮，打开【重新着色】列表，从中选择一个着色类型，所选定的图片即用该类型重新着色。
- 单击 压缩图片 按钮，打开【压缩图片】对话框，用以确定是压缩当前图片还是文档中的所有图片。压缩后的图片将除去图片被裁剪掉的部分。

- 单击更改图片按钮，用新的图片文件来替换选定的图片，操作方法与插入图片大致相同，此处不再赘述。
- 单击重设图片按钮，放弃对图片所做的所有更改，还原成刚插入时的图片。

图 5-9 所示为图片调整的示例。

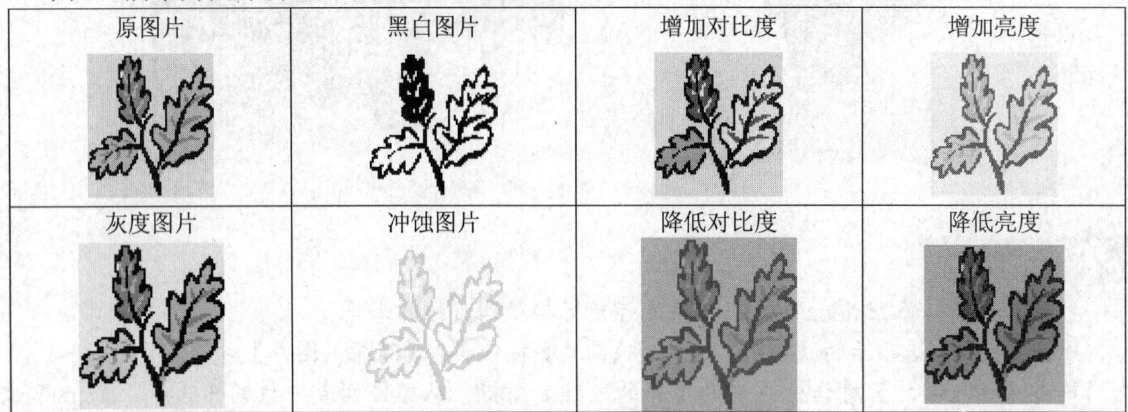

图5-9　图片调整的示例

(2)　设置图片样式

Word 2007 预设了许多常用的图片样式，用户可以对图片自动套用某一种样式，以简化图片的设置。在【图片样式】组（见图 5-10）的【图片样式】列表中包含近 30 种图片样式，这些样式设置了图片的形状、边框和效果。另外，用户还可以单独设置图片的形状、边框和效果。

图5-10　【图片样式】组

选定图片后，可用以下方法设置样式。

- 单击【图片样式】组的【图片样式】列表中的一种图片样式，所选定图片的格式即自动套用该样式。
- 单击【图片样式】组中的图片形状按钮，打开【图片形状】列表，选择其中的一种形状，图片由原来的形状改变为所选择的形状。
- 单击【图片样式】组中的图片边框按钮，打开【图片边框】列表，从中选择边框颜色、边框线粗细、边框线型，为图片加上相应的边框。
- 单击【图片样式】组中的图片效果按钮，打开【图片效果】列表，选择其中的一种效果，图片设置成相应的效果。

图 5-11 所示为图 5-2 所示图片设置样式后的示例。

样式效果 1

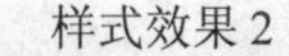

图5-11　图片设置样式后的示例

(3)　设置大小

通过【大小】组（见图 5-12）中的工具可设置图片的大小。

(4) 裁剪图片

单击【大小】组中的【裁剪】按钮，鼠标指针变为 状，把鼠标指针移动到图片的一个尺寸控点上拖动鼠标，虚框内的图片是剪裁后的图片，对一幅图片可多次裁剪。图 5-13 所示为图片裁剪的示例。

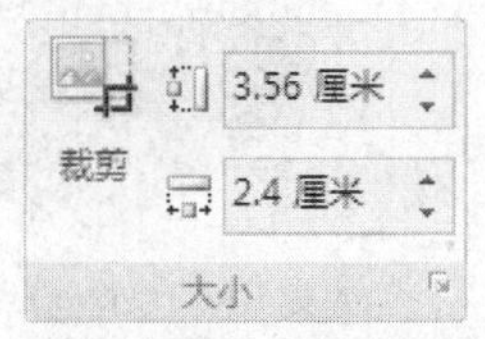

图5-12 【大小】组

原图片

裁剪后的图片

图5-13 图片剪裁的示例

5.2.2 范例解析——设置鹰和狐狸的图片

设置 5.1.2 小节中插入的鹰和狐狸的图片为如图 5-14 所示的样式。

图5-14 设置后的图片

范例操作

1. 选定插入的鹰的图片，将鼠标光标移动到右上角或右下角的尺寸控点上，拖动鼠标，缩小图片的尺寸，使其与狐狸图片的尺寸大致相同。
2. 选定插入的鹰的图片，单击【大小】组中的【裁剪】按钮，此时鼠标指针变为 状。
3. 将鼠标移动到鹰的图片右边中间相应尺寸控点上，向左拖动鼠标，剪裁掉图片中的右边多余的部分。
4. 用类似步骤3 的方法，剪裁掉图片中的左边多余的部分。
5. 选定鹰的图片，单击【格式】选项卡的【图片样式】组中【样式列表】右下角的 按钮，打开如图 5-15 所示的【图片样式】列表。
6. 单击第 3 行第 6 列的图标（椭圆形样式）。
7. 用步骤 1～6 的方法设置狐狸图片，图片样式为【图片样式】列表第 3 行第 7 列的样式。
8. 保存文档。

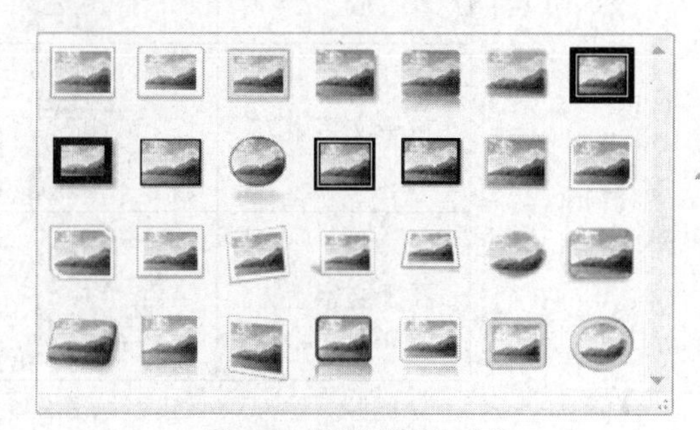

图5-15 【图片样式】列表

5.2.3 课堂练习——设置狮子图片

设置 5.1.3 小节课堂练习插入的狮子图片为如图 5-16 所示的样式。

图5-16 设置后的狮子图片

操作提示

1. 适当缩小图片。
2. 剪裁图片。
3. 设置图片样式（样式列表中第 3 行第 6 列的样式）。

5.3 Word 2007 的图文混排

图文混排就是将文字与图片混合排列，文字可位于图片的四周、嵌入图片下面以及浮于图片上方等。Word 2007 的图文混排是通过【排列】组（见图 5-17）中的【文字环绕】工具来实现的。

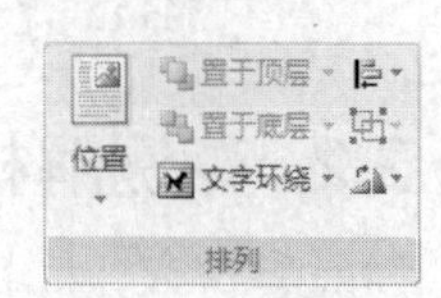

图5-17 【排列】组

5.3.1 知识点讲解

图片的默认文字环绕方式是“嵌入型”，即图片作为一个字符嵌入到文本中，如果要图文混排，则需要改变图片的文字环绕方式。选定图片后，单击【格式】选项卡的【排列】组中的 文字环绕 按钮，打开如图 5-18 所示的【文字环绕】菜单，从菜单中选择一种环绕方式，选定的图片即被设置成该环绕方式。

图5-18 【文字环绕】菜单

图 5-19 所示为图片文字环绕的示例。

嵌入型	我是一只猫，我是一只小猫，我是一只小花猫。
四周型	我是一只猫，我是一只小猫，我是一只小花猫，我是一只可爱的小花猫。我是一只猫，我是一只小猫，我是一只小花猫，我是一只可爱的小花猫。
衬于文字下方	我是一只猫，我是一只小猫，我是一只小花猫，我是一只可爱的小花猫。我是一只猫，我是一只小猫，我是一只小花猫，我是一只可爱的小花猫。我是一只猫，我是一只小猫，我是一只小花猫，我是一只可爱的小花猫。
浮于文字上方	我是一只小猫，我是一只小花猫，我是一只可 。我是一只猫，我是一只小猫，我是一只小花 只可爱的小花猫。我是一只猫，我是一只小猫， 花猫，我是一只可爱的小花猫。

图5-19 图片文字环绕的示例

5.3.2 范例解析（一）——图文混排“山鹰与狐狸.docx”

图文混排“山鹰与狐狸.docx”为以下样式。

★山鹰与狐狸★

【希腊】伊索

山鹰与狐狸互相结为好友，为了彼此的友谊更加巩固，他们决定住在一起。于是鹰飞到一棵高树上面，筑起巢来哺育后代，狐狸则走进树下的灌木丛中间，生儿育女。

有一天，狐狸出去觅食，鹰也正好断了炊，他便飞入灌木丛中，把幼小的狐狸抢走，与雏鹰一起饱餐一顿。狐狸回来后，知道这事是鹰所做，他为儿女的死悲痛，而最令他悲痛的是一时无法报仇，因为他是走兽，只能在地上跑，不能去追逐会飞的鸟。***因此他只好远远地站着诅咒敌人，这是力量弱小者唯一可以做到的事情。***

不久，鹰的背信弃义的罪行也受到了严惩。有一次，一些人在野外杀羊祭神，鹰飞下去，从祭坛上抓起了带着火的羊肉，带回了自己的巢里。这时候一阵狂风吹了过来，巢里细小干枯的树枝马上燃起了猛烈的火焰。那些羽毛未丰的雏鹰都被烧死了，并从树上掉了下来。狐狸便跑了过去，在鹰的眼前，把那些小鹰全都吃了。

这故事说明，对于背信弃义的人，即使受害者弱小，不能报复他，可神会惩治他。

范例操作

1. 选定鹰的图片，单击【格式】选项卡的【排列】组中的【文字环绕】按钮，在打开的【文字环绕】菜单（见图 5-18）中选择“四周型环绕”。
2. 拖动鹰的图片到文档的左边。
3. 用步骤 1～2 的方法设置狐狸的图片的环绕方式。
4. 保存文档，然后关闭文档。

5.3.3 范例解析（二）——图文混排“希望.docx”

在“希望.docx”文档的第3段前中插入一幅在【我的文档】文件夹中事先准备好的图片“奋斗.jpg”，并设置为“四周型环绕”，如图 5-20 所示。

范例操作

1. 打开“希望.docx”文档，将鼠标光标移动到第 3 段前。
2. 单击【插入】选项卡的【插图】组中的【图片】按钮，打开【插入图片】对话框（见图 5-1）。
3. 单击【插入图片】对话框左侧的【我的文档】图标，从文件列表中找到并选择“奋斗.jpg”文件，单击【插入(S)】按钮。

4. 选中插入的图片，拖动图片右上角的尺寸控点，使其大小合适。
5. 单击【格式】选项卡的【排列】组中的 文字环绕 按钮，在打开的【文字环绕】菜单（见图 5-18）中选择“四周型环绕”。
6. 保存文档，然后关闭文档。

希 望

人生在世，犹如汪洋中行船。时而风平浪静，一帆风顺；时而却是浪涛汹涌，一波未平一波又起。如何在这变幻无常的人世间，处之泰然，怡然自得，全看你以何种态度来处世。

莎士比亚曾说过：「希望是治疗不幸的妙方」。「希望」就像人生命中的火炬，它能激励世人。在面对不幸、挫折的时刻，燃烧无比的热情和信心，使人的生命注入一股活力及冲劲。

而古文人苏东坡当年偕友人同游赤壁时，朋友们抒发对人生短暂、渺小的感慨，同行的苏东坡却是以豁达，乐观的态度来看待人生，更是以「希望」来治疗人生无常之感慨的一刻良方。所以，面对渺茫不可预知的人生旅途中之种种考验，倘乏坚定之希望意念，必使人丧失生存、奋斗的勇气。然而，「希望」并非一味地沉醉于自我的幻想中。例如：当今时下的年轻朋友，惯用迷幻药品来制造幻觉上的自我陶醉，终致走上人生的不归路，也正是对人生缺乏「希望」所致，只好寻求暂时的麻醉。

图5-20 图文混排后的文档

5.3.4 课堂练习——图文混排“狮子、驴子和狐狸.docx”

接 5.2.3 小节课堂练习，图文混排“狮子、驴子和狐狸.docx”，如图 5-21 所示。

●狮子、驴子与狐狸●

【希腊】伊索

狮子和驴子以及狐狸商量好一起联合去打猎，他们捕获了许多野兽，狮子命令驴子把猎物分一分。

驴子平均分成三份，请狮子自己挑选，狮子勃然大怒，猛扑过去把驴子吃了。

狮子又命令狐狸来分。狐狸把所有的猎物都堆在一起，仅留一点点给他自己，然后请狮子来拿。

狮子问他，是谁教他这样分的，狐狸回答说：“*是驴子的不幸。*”

这故事说明，应该从别人的不幸中吸取经验和教训。

图5-21 图文混排后的文档

5.4 课后作业

一、操作题

图文混排“爱因斯坦小传.docx”，如下所示。

《爱因斯坦》小传

爱因斯坦（Albert Einstein）1879 年 3 月 14 日出生于德国乌耳姆的一个犹太人家庭，1900 年毕业于苏黎世工业大学，1901 年入瑞士国籍，1902—1909 年在伯尔尼任瑞士专利局技术员，1908—1914 年先后在伯尔尼、苏黎世和布拉格大学任教，1914—1933 年任柏林威廉皇帝物理研究所所长兼柏林大学教授，**1921 年，荣获诺贝尔物理学奖。**为免遭纳粹迫害，他于 1933 年流亡到美国，1940 年入美国籍，1933—1945 年任普林斯顿高级研究院教授，1955 年 4 月 18 日卒于美国普林斯顿。

爱因斯坦在科学上的主要成就有 5 个方面：

1．解决了液体中悬浮粒子运动即布朗运动的理论问题。

2．发展了量子理论。

3．创建狭义相对论。

4．创立广义相对论。

5．开创了现代宇宙学。

爱因斯坦一生主持社会正义，热心于世界和平事业。第一次世界大战时，他积极从事地下反战活动。他热烈拥护俄国十月革命和德国十一月革命。他尊敬马克思和列宁，认为他们都是为社会主义而自我牺牲的典范。他公开谴责社会黑暗和政治迫害，在 20 世纪 30 年代同德国的纳粹党人，在 50 年代同美国的麦卡锡分子都进行过坚决的斗争。他一心希望科学造福于人类，而不要成为祸害。原子弹出现后，他不遗余力地反对核战争，促进保卫世界和平的运动。

操作提示

(1) 插入事先准备好的爱因斯坦照片，并设置图片大小和样式。

(2) 设置图片文字环绕方式（四周型）并移动图片位置。

(3) 插入事先准备好的底图。

(4) 设置图片大小和环绕方式（衬于文字下方）。

(5) 移动图片位置。

二、思考题

1. 如何在文档中插入一幅图片？
2. 图片设置有哪些操作？
3. 如何图文混排？

第6讲

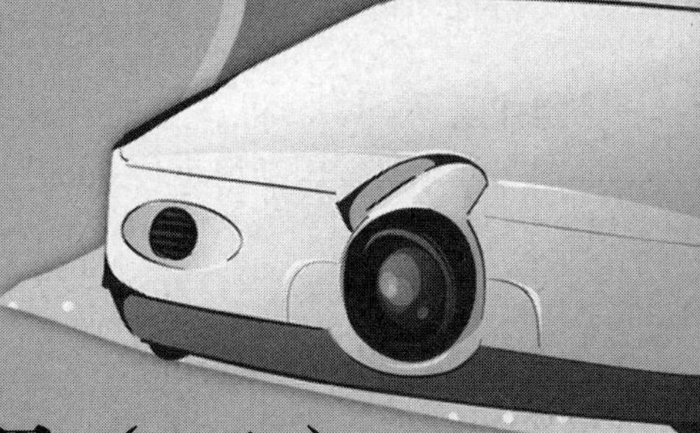

Word 2007 的对象处理（二）

【学习目标】

• 掌握 Word 2007 的形状插入方法。	
• 掌握 Word 2007 的形状设置方法。	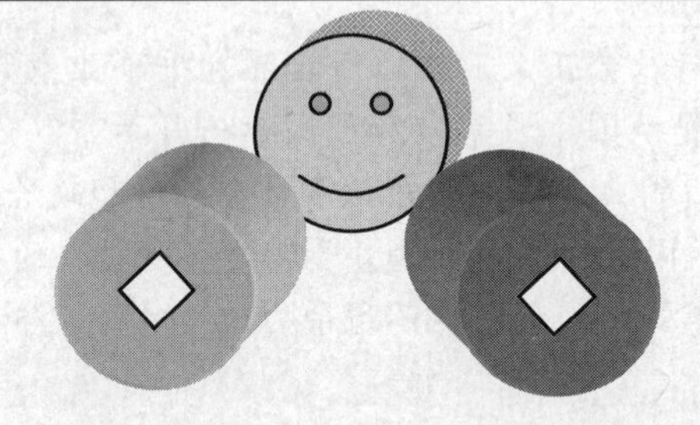
• 掌握 Word 2007 的艺术字插入方法。	先天下之忧而忧
• 掌握 Word 2007 的艺术字设置方法。	

6.1 Word 2007 的形状插入

形状在 Word 2007 的以前版本中称为自选图形，是指一组现成的图形，包括如矩形和圆这样的基本形状以及各种线条和连接符、箭头总汇、流程图符号、星、旗帜和标注等。

6.1.1 知识点讲解

一、 绘制形状

在【插入】选项卡的【插图】组（见图 6-1）中单击【形状】按钮，打开如图 6-2 所示的【形状】列表。在【形状】列表中单击一个形状图标，鼠标指针变为+状，拖动鼠标绘制相应的形状。

图6-1 【插图】组

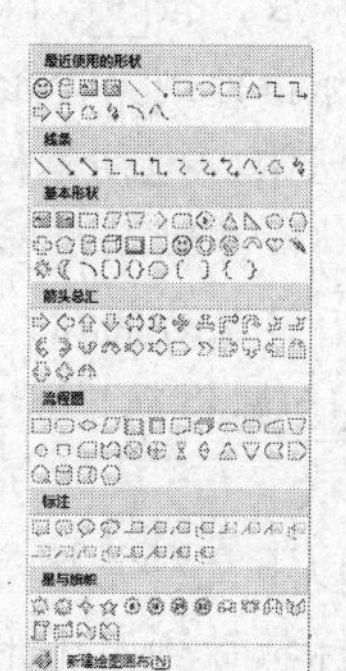

图6-2 【形状】列表

在绘制形状时，拖动鼠标又有以下 4 种方式。

- 直接拖动，按默认的步长移动鼠标。
- 按住 Alt 键拖动鼠标，以小步长移动鼠标。
- 按住 Ctrl 键拖动鼠标，以起始点为中心绘制形状。
- 按住 Shift 键拖动鼠标，如果绘制矩形类或椭圆类形状，则绘制结果是正方形类或圆类形状。

对于绘制的形状，其默认的环绕方式是“浮于文字上方”。绘制的形状立即被选定，形状周围出现浅蓝色的小圆圈和小方块各 4 个，称为尺寸控点；顶部出现一个绿色小圆圈，称为旋转控点；有些形状，在其内部还会出现一个黄色的菱形框，称为形态控点，如图 6-3 所示。

形状被选定后，功能区中自动增加一个【格式】选项卡，如图 6-4 所示。通过【格式】选项卡中的工具可设置被选定的形状。

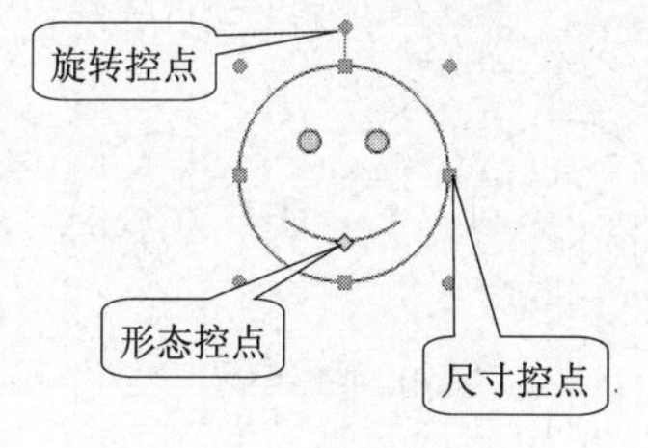

图6-3 选定的形状

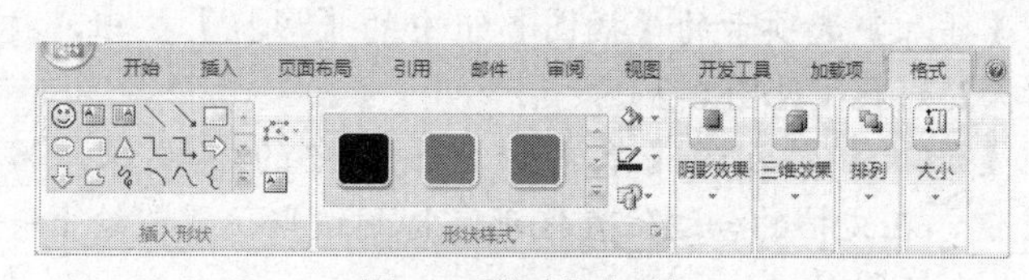

图6-4 【格式】选项卡

二、 编辑形状

绘制完形状后还可对其进行编辑。常用的编辑操作包括选定形状、移动形状、复制形状和删除形状。

(1) 选定形状

形状只有在选定后才能进行其他操作。选定形状有以下几种方法。

- 移动鼠标指针到某个形状上，单击即可选定该形状。
- 在【开始】选项卡的【编辑】组中单击 选择 按钮，在打开的菜单中选择【选择对象】命令，再在文档中拖动鼠标，屏幕上会出现一个虚线矩形框，框内的所有形状被选定。
- 按住 Shift 键逐个单击形状，所单击的形状被选定，而已选定形状的则取消选定。

在形状以外单击，可取消形状的选定。

(2) 移动形状

移动形状有以下几种方法。

- 选定形状后，按 ↑、↓、←、→ 键可上、下、左、右移动形状。
- 移动鼠标指针到某个形状上，鼠标指针变为 状，拖动鼠标可以移动该形状。

在后一种方法中，拖动鼠标又有以下方式。

- 直接拖动，按默认的步长移动形状。
- 按住 Alt 键拖动鼠标，以小步长移动形状。
- 按住 Shift 键拖动鼠标，只在水平或垂直方向上移动形状。

(3) 复制形状

复制形状有以下几种常用方法。

- 移动鼠标指针到某个形状或选定形状的某一个上，按住 Ctrl 键拖动鼠标，这时鼠标指针变为 状，到达目标位置后，松开鼠标左键和 Ctrl 键。
- 先把选定的形状复制到剪贴板，再将剪贴板上的形状粘贴到文档中，如果复制的位置不是目标位置，则可以再把它们移动到目标位置。

(4) 删除形状

选定一个或多个形状后，可用以下方法删除。

- 按 Delete 或 Backspace 键。
- 把选定的形状剪切到剪贴板。

6.1.2 范例解析——建立“左右逢源.docx”

在文档中建立如图 6-5 所示的图形，并以“左右逢源.docx”为文件名保存到【我的文档】文件夹中。

范例操作

图6-5 左右逢源

1. 单击【插入】选项卡的【插图】组中的【形状】按钮，打开【形状】列表（见图 6-2）。
2. 单击【形状】列表的【基本形状】组中的 按钮，按住 Shift 键，在文档的合适位置拖动鼠标到适当位置，绘出一个适当大小的圆。
3. 单击【形状】列表的【基本形状】中的 按钮，按住 Shift 键，在文档的合适位拖动鼠标到适当位置，绘出一个适当大小的菱形。
4. 拖动菱形到合适的位置。

5. 按住Shift键的同时单击插入的圆和正方形，按Ctrl+C键，再按Ctrl+V键，复制一个铜钱。
6. 拖动刚复制的铜钱到适当位置。
7. 单击【插入】选项卡的【插图】组中的【形状】按钮，打开【形状】列表（见图 6-2）。单击【形状】列表的【基本形状】中的心形☺按钮，按住Shift键，在文档的合适位拖动鼠标到适当位置，绘出一个适当大小的笑脸。
8. 如果笑脸的位置不合适，则拖动笑脸到合适位置。
9. 以“左右逢源.docx”为文件名保存到【我的文档】文件夹中。

6.1.3 课堂练习——建立“心心相印.docx”

在文档中绘制如图6-6所示的图形，并以“心心相印.docx”为文件名保存到【我的文档】文件夹中。

图6-6 四喜临门

操作提示

1. 单击【基本形状】中的♡按钮，按住Shift键绘制心形。
2. 复制 3 个心形，并移动到合适的位置。

6.2 Word 2007 的形状设置

形状的设置包括设置样式、设置阴影效果、设置三维效果、设置排列、设置大小和设置形态，其通常使用【格式】选项卡（包括【形状样式】组、【阴影效果】组、【三维效果】组、【排列】组和【大小】组）中的工具。为了叙述方便，在本小节中所涉及的工具，如果没有特别说明，均指【格式】选项卡中的工具。

6.2.1 知识点讲解

(1) 设置样式

Word 2007 预设了许多常用形状样式，用户可以对形状自动套用某一种样式，以简化形状的设置。在【形状样式】组（见图6-7）的【形状样式】列表中包含了70种形状样式，这些样式设置了形状的轮廓颜色及填充色。另外，用户还可以单独设置形状轮廓颜色及填充色。选定形状后，可用以下方法设置样式。

- 单击【形状样式】组的【形状样式】列表中的一种形状样式，所选定形状的格式即自动套用该样式。单击【形状样式】列表中的▲（▼）按钮，形状样式上（下）翻一页。单击【形状样式】列表中的▼按钮，打开一个【形状样式】列表，可从中选择一个形状样式。

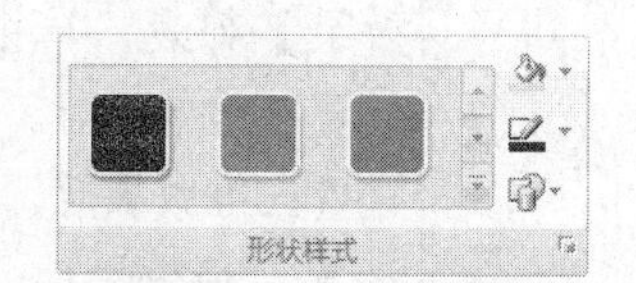

图6-7 【形状样式】组

- 单击【形状样式】组中的填充按钮，形状的填充色设置为最近使用过的颜色。单击填充按钮右边的▼按钮，打开一个颜色列表，单击其中一种颜色，形状的填充色设置为该颜色。
- 单击【形状样式】组中的轮廓按钮，形状轮廓颜色设置为最近使用过的颜色。单击轮廓按钮右边的▼按钮，打开一个颜色和线形列表，单击其中的一种颜色或选择相应线形，设置相应的形状轮廓。

图 6-8 所示为形状设置样式的示例。

图6-8 形状设置样式的示例

(2) 设置阴影效果

通过【阴影效果】组（见图 6-9）中的工具可设置形状的阴影效果。选定形状后，可用以下方法设置阴影效果。

图6-9 【阴影效果】组

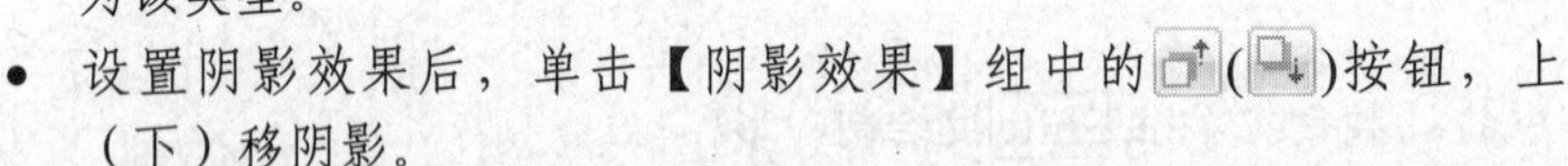

- 单击【阴影效果】组中的【阴影效果】按钮，打开一个【阴影效果】列表，单击其中的一种阴影效果类型，形状的阴影效果设置为该类型。
- 设置阴影效果后，单击【阴影效果】组中的 ( ) 按钮，上（下）移阴影。
- 设置阴影效果后，单击【阴影效果】组中的 ( ) 按钮，左（右）移阴影。
- 设置阴影效果后，单击【阴影效果】组中的 按钮，取消阴影。

图 6-10 所示为形状设置阴影效果的示例。

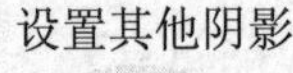

图6-10 形状设置阴影效果的示例

(3) 设置三维效果

通过【三维效果】组（见图 6-11）中的工具可设置形状的三维效果。注意，并非所有形状都可设置三维效果，选定形状后，如果【三维效果】组中的【三维效果】按钮处于可用状态，即可设置三维效果，否则不能设置。选定形状后，可用以下方法设置三维效果。

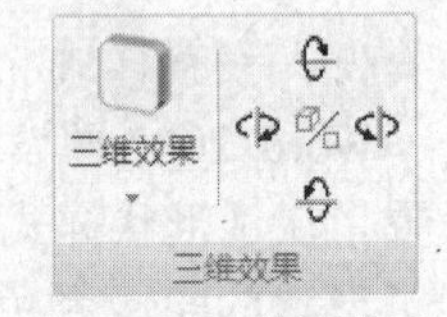

图6-11 【三维效果】组

- 单击【三维效果】组中的【三维效果】按钮，打开一个【三维效果】列表，单击其中的一种三维效果类型，形状的三维效果设置为该类型。
- 设置三维效果后，单击【三维效果】组中的 （ ）按钮，向上（下）倾斜形状。
- 设置三维效果后，单击【三维效果】组中的 （ ）按钮，向左（右）倾斜形状。
- 设置三维效果后，单击【三维效果】组中的 按钮，取消三维效果。

图 6-12 所示为形状设置三维效果的示例。

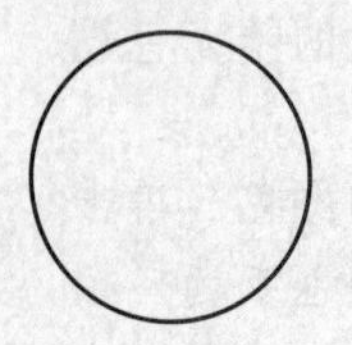

图6-12 形状设置三维效果的示例

(4) 设置排列

通过【排列】组（见图 6-13）中的工具可设置形状的排列。选定形状后，可用以下方法设置排列。

图6-13 【排列】组

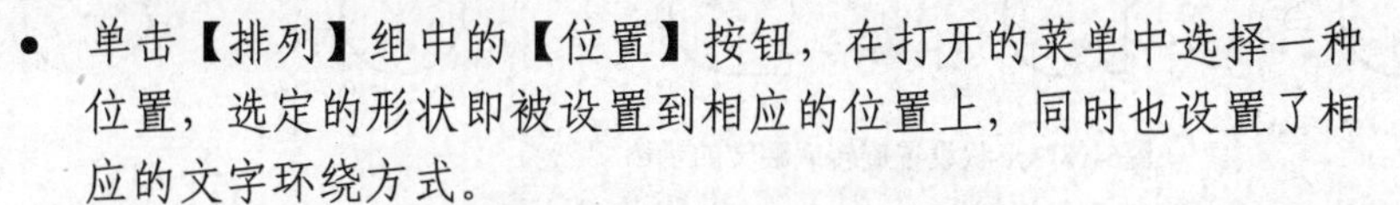

- 单击【排列】组中的【位置】按钮，在打开的菜单中选择一种位置，选定的形状即被设置到相应的位置上，同时也设置了相应的文字环绕方式。
- 单击【排列】组中置于顶层按钮右边的按钮，在打开的菜单中选择一种叠放次序命令，或者单击【排列】组中置于底层按钮右边的按钮，在打开的菜单中选择一种叠放次序命令，选定的形状即被设置成相应的叠放次序。

图 6-14 所示为形状设置叠放次序的示例（操作的形状是菱形）。

图6-14 形状设置叠放次序的示例

- 单击【排列】组中的按钮，在打开的菜单中选择一种对齐或分布命令后，所选定形状的边缘按相应方式对齐，或选定形状按相应方式均匀分布。
- 选定多个形状后，单击【排列】组中的按钮，在打开的菜单中选择【组合】命令，这些形状即被组合成一个形状。那些可改变形态的单个形状组合后，不能再改变形态。选定组合后的形状，单击【排列】组中的按钮，在打开的菜单中选择【取消组合】命令，被组合在一起的形状即分离成单个形状。
- 单击【排列】组中的文字环绕按钮，在打开的菜单中选择一种文字环绕命令后，所选定的形状即按相应方式文字环绕。

图 6-15 所示为形状设置文字环绕的示例。

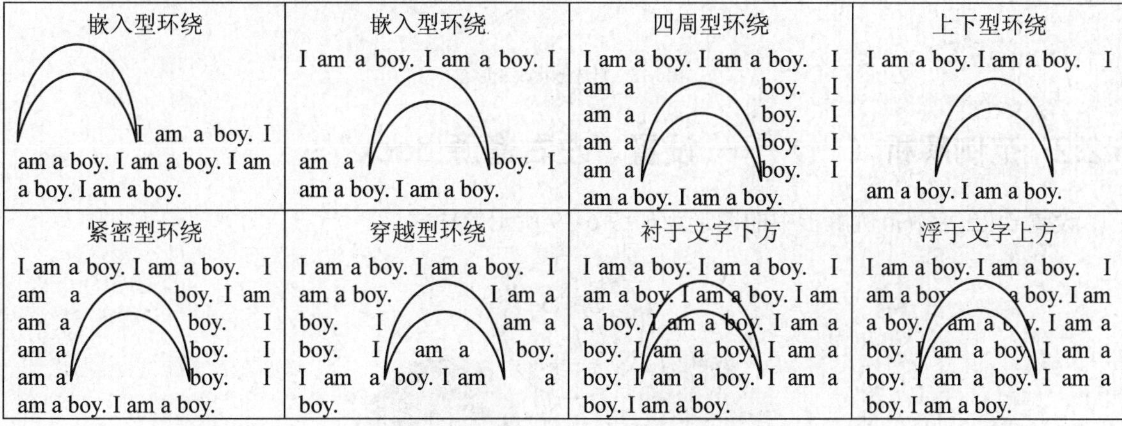

图6-15 形状设置文字环绕的示例

单击【排列】组中的按钮，在打开的菜单中选择一种旋转（向左旋转指逆时针旋转）或翻转命令后，所选定的形状即按相应方式旋转或翻转。选定形状后，单击形状的旋转控点，鼠标指针变为状，在不松开鼠标左键的情况下移动鼠标，形状随之旋转，松开鼠标左键后，完成自由旋转。图 6-16 所示为形状设置旋转或翻转的示例。

原始形状　向左旋转 90°　向右旋转 90°　水平翻转　垂直翻转　自由旋转

图6-16　形状设置旋转或翻转的示例

(5)　设置大小

通过【大小】组（见图 6-17）中的工具可设置形状的大小。选定形状后，在【大小】组的【高度】数值框或【宽度】数值框中输入或调整一个高度或宽度值，选定的形状即设置为相应的高度或宽度。

另外，通过尺寸控点也可设置形状的大小，把鼠标指针移动到形状的尺寸控点上，鼠标指针变为↔、↕、⤢、⤡状，此时拖动鼠标可改变形状的大小。拖动鼠标有以下方式。

图6-17　【大小】组

- 直接拖动，以默认步长按相应方向缩放形状。
- 按住 Alt 键拖动鼠标光标，以小步长按相应方向缩放形状。
- 按住 Shift 键拖动鼠标光标，在水平和垂直方向按相同比例缩放形状。
- 按住 Ctrl 键拖动鼠标光标，以形状中心点为中心，在 4 个方向上按相同比例缩放形状。

(6)　设置形态

选定可改变形态的形状后，形状中会出现形态控点，把鼠标指针移动到形状的形态控点上，鼠标指针变为▷状，此时拖动鼠标可改变自选形状的形态。图 6-18 所示为一个形状改变形态前后的示例。

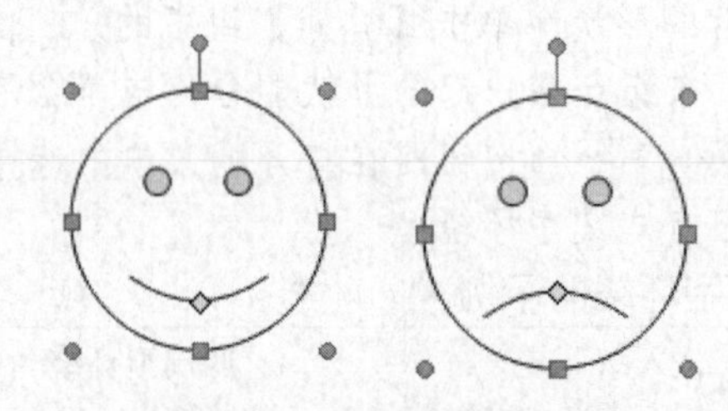

图6-18　自选形状改变形态

6.2.2 范例解析（一）——设置“左右逢源.docx”

设置 6.1.2 小节范例解析中的图形为如图 6-19 所示的样式。

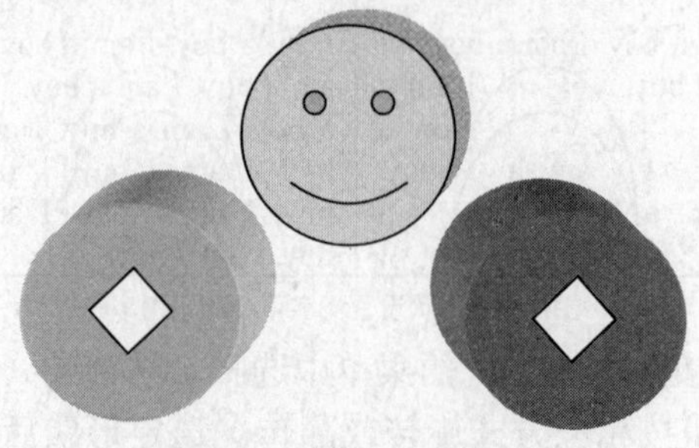

图6-19　设置后的图形

1. 打开“左右逢源.docx”文档。
2. 选定左面的圆，单击【格式】/【形状样式】/按钮右边的按钮，在打开的颜色列表中选择“黄色”。
3. 单击【格式】选项卡的【三维效果】组中的【三维效果】按钮，打开【三维效果】列表，如图 6-20 所示，选择【平行】类中的第 1 行第 1 个图标。
4. 用步骤 2～3 的方法设置右面的笑脸图形的填充色为“橙色”，阴影效果为【三维效果】列表的【平行】类中的第 1 行第 2 个图标。
5. 选定笑脸图形，单击【格式】选项卡的【形状样式】组中按钮右边的按钮，在打开的颜色列表中选择“深色 15%”。
6. 单击【格式】选项卡的【阴影效果】组中的【阴影效果】按钮，打开【阴影效果】列表，如图 6-21 所示，选择【投影】类中的第 1 行第 2 个图标。
7. 保存文档，然后关闭文档。

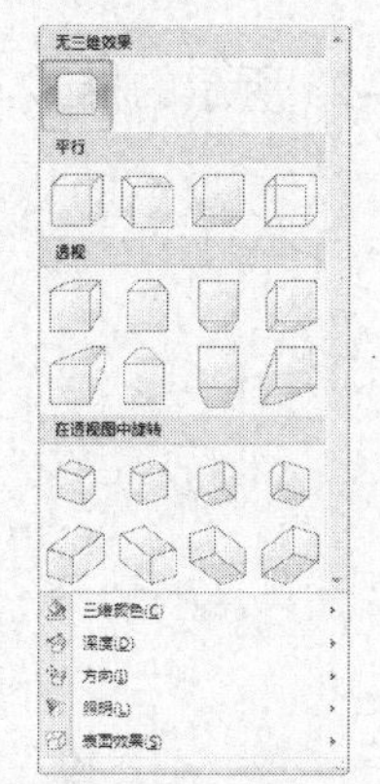

图6-20 【三维效果】列表

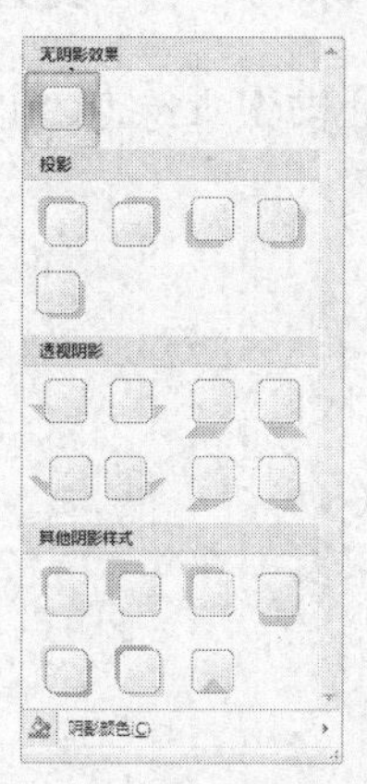

图6-21 【阴影效果】列表

6.2.3 范例解析（二）——建立“弦图.docx”

在文档中建立如图 6-22 所示的图形，并以“弦图.docx”为文件名保存到【我的文档】文件夹中。

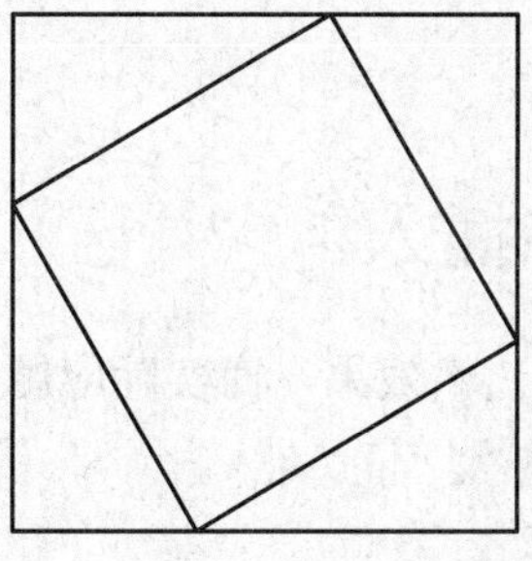

图6-22 弦图

1. 单击【插入】选项卡的【插图】组中的【形状】按钮，打开【形状】列表（见图 6-2）。

2. 单击【形状】列表的【基本形状】中的按钮，在文档的合适位置拖动鼠标到适当位置，绘出一个适当大小的笑脸。
3. 选定刚插入的直角三角形，按Ctrl+C键，再按Ctrl+V键，复制一个直角三角形。
4. 单击【格式】选项卡的【排列】组中的按钮，在打开的菜单中选择“向右旋转 90°”。
5. 拖动第 2 个直角三角形到合适位置。
6. 选定第 2 个直角三角形，按Ctrl+C键，再按Ctrl+V键，复制一个直角三角形。
7. 单击【格式】选项卡的【排列】组中的按钮，在打开的菜单中选择“向右旋转 90°”。
8. 拖动第 3 个直角三角形到合适位置。
9. 选定第 3 个直角三角形，按Ctrl+C键，再按Ctrl+V键，复制一个直角三角形。
10. 单击【格式】选项卡的【排列】组中的按钮，在打开的菜单中选择“向右旋转 90°”。
11. 拖动第 4 个直角三角形到合适位置。
12. 以“弦图.docx”为文件名保存到【我的文档】文件夹中，关闭文档。

6.2.4 课堂练习——设置“心心相印.docx”

设置 6.1.3 小节课堂练习“心心相印.docx”中的图形为如图 6-23 所示的样式。

图6-23　设置效果后的图形

操作提示

(1) 旋转并移动心形。
(2) 设置填充效果。
(3) 设置阴影效果。

6.3 Word 2007 的艺术字插入

通常，Word 2007 中的字体没有艺术效果，而实际应用中经常要用到艺术效果较强的字，可通过插入艺术字满足这种需要。

6.3.1 知识点讲解

一、 插入艺术字

在【插入】选项卡的【文本】组中单击【艺术字】按钮，将打开如图 6-24 所示的【艺术字样式】列表，从中选择一种艺术字样式，弹出如图 6-25 所示的【编辑艺术字文字】对话框。

图6-24 【艺术字样式】列表

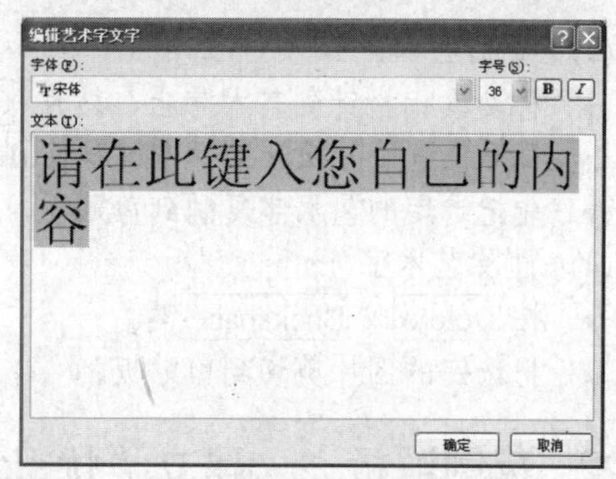

图6-25 【编辑艺术字文字】对话框

在【编辑艺术字文字】对话框中输入艺术字的文字，设置艺术字的字体、字号以及字形后，单击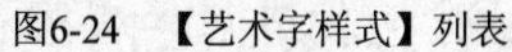按钮，在鼠标光标处插入相应的艺术字。艺术字默认的文字环绕方式是“嵌入型”。

插入艺术字或选定一个已插入的艺术字后，在功能区中将自动增加一个【格式】选项卡，如图 6-26 所示。通过该选项卡可设置艺术字的格式。

图6-26 【格式】选项卡

二、 编辑艺术字

在插入艺术字后，还可对艺术字进行编辑，常用的编辑操作包括选定艺术字、移动艺术字、复制艺术字和删除艺术字。

(1) 选定艺术字

艺术字的许多操作需要先选定艺术字，移动鼠标指针到艺术字上，单击即可选定该艺术字。在艺术字以外单击，可取消艺术字的选定。

当文字环绕方式是“嵌入型”的艺术字被选定后，艺术字被浅蓝色虚线边框包围，虚线边框上有 8 个浅蓝色的方块，称为尺寸控点，如图 6-27 所示。当文字环绕方式不是“嵌入型”的艺术字被选定后，艺术字周围出现浅蓝色的小圆圈和小方块各 4 个，称为尺寸控点，顶部出现一个绿色小圆圈，称为旋转控点。另外，有些艺术字还会出现一个黄色的菱形框，称为形态制点，如图 6-28 所示。

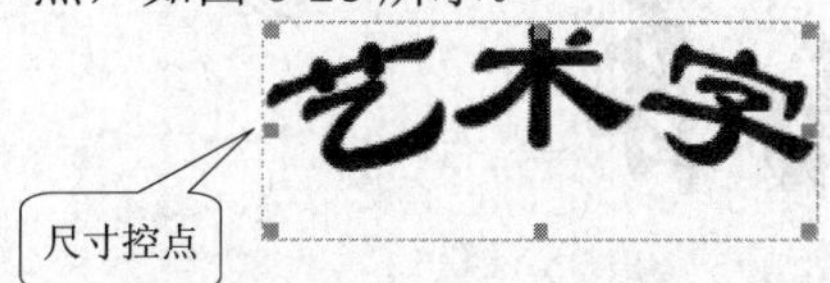

图6-27 选定嵌入型艺术字

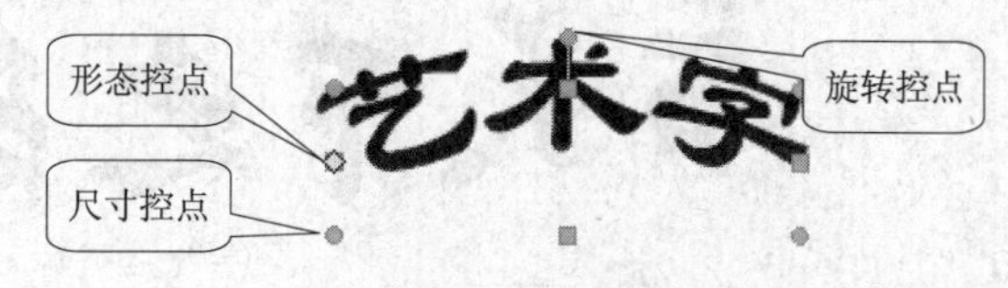

图6-28 选定非嵌入型艺术字

(2) 移动艺术字

- 移动鼠标指针到某个艺术字上，鼠标指针变为✥状，这时拖动鼠标，到达目标位置后，松开鼠标左键。
- 先把选定的艺术字剪切到剪贴板，再从剪贴板上粘贴到文档中的目标位置。

(3) 复制艺术字

- 移动鼠标指针到艺术字上，按住 Ctrl 键拖动鼠标，这时鼠标指针变为状，到达目标位置后，松开鼠标左键和 Ctrl 键。
- 先把选定的艺术字复制到剪贴板，再从剪贴板上粘贴到文档中的目标位置。

(4) 删除艺术字

- 按 Delete 或 Backspace 键。
- 把选定的图片剪切到剪贴板。

6.3.2 范例解析——建立“忧.docx”文档

在文档中插入如图 6-29 所示的艺术字，并以“忧.docx”为文件名保存到【我的文档】文件夹中。

先天下之忧而忧

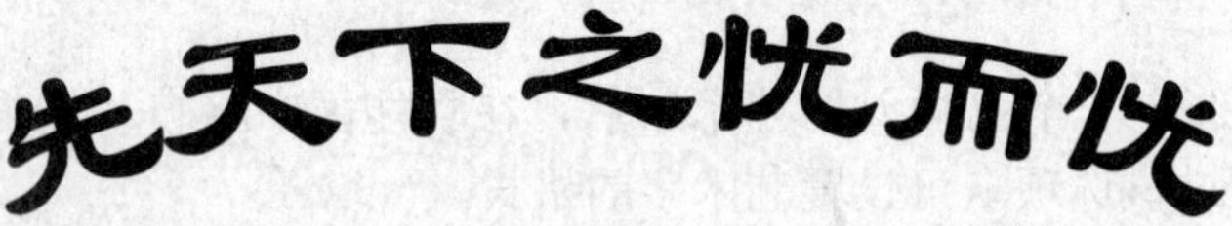

图6-29 艺术字

范例操作

1. 新建一个文档。
2. 单击【插入】选项卡的【文本】组中的【艺术字】按钮，在弹出的【艺术字样式】列表（见图 6-24）中选择第 1 行第 3 列图标，弹出【编辑艺术字文字】对话框（见图 6-25）。
3. 在【编辑艺术字文字】对话框的【文本】文本框中输入“先天下之忧而忧”，在【字体】下拉列表框中选择“隶书”，在【字号】下拉列表框中选择“48”。
4. 在【编辑艺术字文字】对话框中单击 确定 按钮。
5. 以“忧.docx”为文件名保存到【我的文档】文件夹中。

6.3.3 课堂练习——建立“乐.docx”文档

在文档中插入如图 6-30 所示的艺术字，并以“乐.docx”为文件名保存到【我的文档】文件夹中。

图6-30 艺术字

操作提示

1. 艺术字样式是第 1 行第 5 列的艺术字样式。
2. 艺术字的字号是 32 磅。
3. 艺术字的字体是华文行楷。

6.4 Word 2007 的艺术字设置

在插入艺术字后，还可以根据需要对其进行设置。设置艺术字通常使用功能区【格式】选项卡中的工具。

6.4.1 知识点讲解

艺术字的设置包括设置样式、设置阴影效果、设置三维效果、设置排列、设置大小和设置形态，这些与对形状的操作方法大致相同，这里不再赘述。通过【格式】选项卡的【文字】组（见图 6-31）中的工具可对艺术字进行以下设置。

图6-31 【文字】组

- 单击【编辑文字】按钮，打开【编辑艺术字文字】对话框（见图 6-30），编辑艺术字中的文字。
- 单击【间距】按钮，打开【间距】列表，从中选择一种间距类型，设置相应的文字间距。
- 单击 Aa 按钮，在字母等高和不等高之间转换。
- 单击 Ab 按钮，在横排艺术字和竖排艺术字之间转换。
- 单击 ≡ 按钮，打开【对齐】列表，从中选择一种对齐方式，可设置多行艺术字中文字的对齐方式。

6.4.2 范例解析——设置“忧.docx”

设置“忧.docx”文档中的艺术字为如图 6-32 所示的样式。

范例操作

1. 打开“忧.docx”文档。
2. 选定文档中的艺术字，单击【格式】选项卡的【排列】组中的 文字环绕 按钮，在打开的菜单中选择“浮于文字上方”。
3. 单击【格式】选项卡的【艺术字样式】组中的【更改形状】按钮，在打开的【艺术字形状】列表（见图 6-33）中选择最后一行第 3 个样式。
4. 选择【格式】/【文字】/【编辑文字】命令，打开【编辑艺术字文字】对话框（见图 6-25）。
5. 在【编辑艺术字文字】对话框的【字体】下拉列表框中选择“隶书”，单击 确定 按钮。
6. 拖动艺术字底部中间的尺寸控点，使艺术字刚好构成一个圆。
7. 保存文档，然后关闭文档。

图6-32 设置后的艺术字

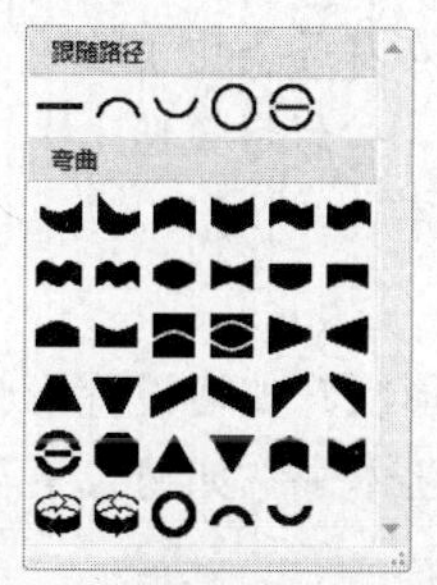

图6-33 【艺术字形状】列表

6.4.3 课堂练习——设置“乐.docx”

设置 6.3.3 小节课堂练习“乐.docx”中插入的艺术字，设置后的效果如图 6-34 所示。

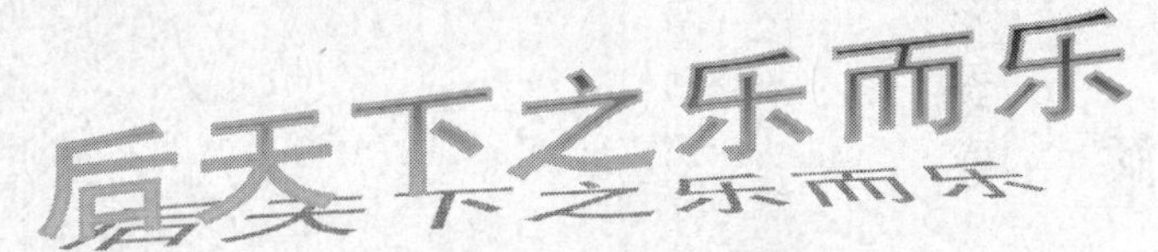

图6-34 设置后的艺术字

操作提示

1. 艺术字样式是图 6-24 中第 4 行第 3 列的样式。
2. 艺术字的字体是黑体，32 磅。
3. 艺术字的形状是形状列表【弯曲】组中的第 4 行第 3 列的形状。

6.5 课后作业

一、操作题

设计如图 6-35 所示的贺卡，并以“生日贺卡.docx”为文件名保存到【我的文档】文件夹中。

图6-35 生日贺卡

操作提示

(1) 剪贴画（在符号类中）。
(2) 插入形状（心形和笑脸）。
(3) 插入艺术字（3 个）。

二、思考题

1. 如何插入形状？如何设置形状？
2. 如何插入艺术字？如何设置艺术字？

第7讲

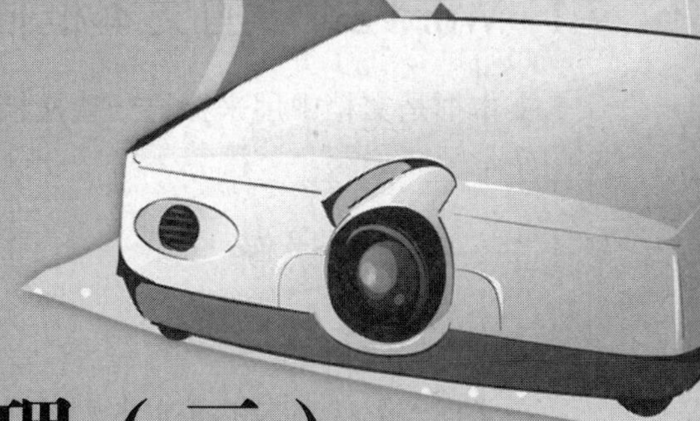

Word 2007的对象处理（三）

【学习目标】

• 掌握文本框的插入方法。 • 掌握文本框的设置方法。	伊索，公元前 6 世纪希腊寓言家。他原是萨摩斯岛雅德蒙家的奴隶，曾被转卖多次，但因为富有智慧，聪颖过人，最后获得自由。伊索四处漫游，为人们讲述寓言故事，深受古希腊人民的喜爱。 伊索，公元前 6 世纪希腊寓言家。他原是萨摩斯岛雅德蒙家的奴隶，曾被转卖多次，但因为富有智慧，聪颖过人，最后获得自由。伊索四处漫游，为人们讲述寓言故事，深受古希腊人民的喜爱。
• 掌握文本框排版的方法。	伊索，公元前 6 世纪希腊寓言家。他原是萨摩斯岛雅德蒙家的奴隶，曾被转卖多次，但因为富有智慧，聪颖过人，最后获得自由。伊索四处漫游，为人们讲述寓言故事，深受古希腊人民的喜爱。 ★山鹰与狐狸★ 【希腊】伊索 山鹰与狐狸互相结为好友，为了固，他们决定住在一起。于是鹰飞到一巢来哺育后代，狐狸则走进树下的灌女。 有一天，狐狸出去觅食，鹰也正好灌木丛中，把幼小的狐狸抢走，与雏鹰一起饱餐一顿。狐狸回来后，知道这事是鹰所做，他为儿女的死悲痛，而最令他悲痛的是一时无法报仇，因为他是走兽，只能在地上跑，不能去追逐会飞的鸟。***因此他只好远远地站着诅咒敌***
• 掌握公式的插入方法。	$\int_a^b \frac{x^3}{\sqrt{x+1}}dx$

7.1 Word 2007 的文本框插入

文本框是文档中用来标记一块文档的方框。插入文本框的目的是为了在文档中形成一块独立的文本区域。

7.1.1 知识点讲解

一、插入文本框

在【插入】选项卡的【文本】组（见图 7-1）中单击【文本框】按钮，打开如图 7-2 所示的【文本框】列表，可进行以下操作。

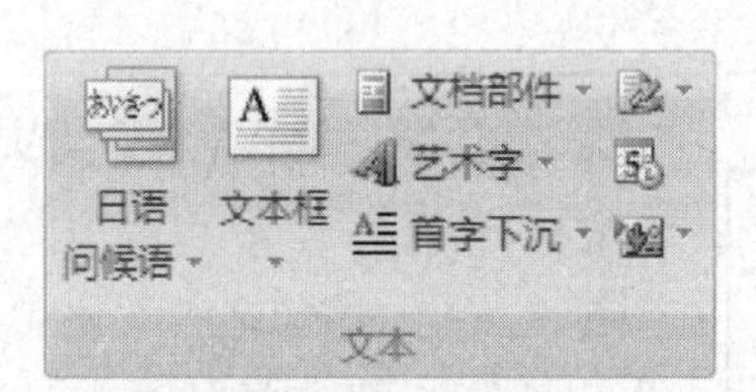

图7-1 【文本】组

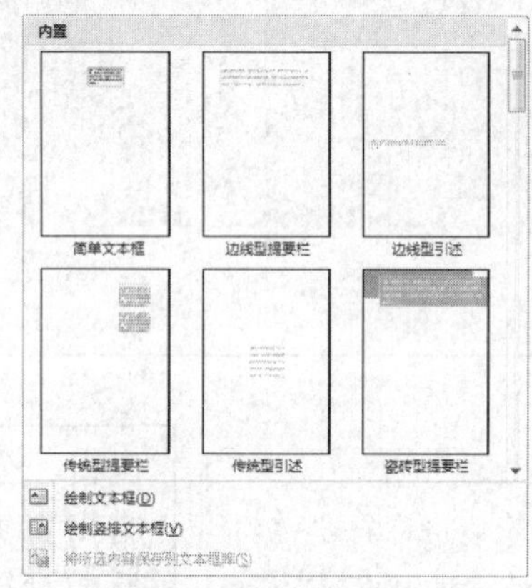

图7-2 【文本框】列表

- 选择一种文本框样式，在文档的相应位置插入相应大小的空白文本框，并且设置相应的文字环绕方式。
- 选择【绘制文本框】命令，鼠标指针变为十状，拖动鼠标绘制相应大小的横排空白文本框，在文本框中输入文字后，文字横排。
- 选择【绘制竖排文本框】命令，鼠标指针变为十状，拖动鼠标绘制相应大小的竖排空白文本框，在文本框中输入文字后，文字竖排。

用后两种方法插入文本框时，有以下几种拖动鼠标的方法。

- 直接拖动鼠标，插入相应的文本框。
- 按住 Alt 键拖动鼠标，以小步长移动鼠标。
- 按住 Ctrl 键拖动鼠标，以起始点为中心插入文本框。
- 按住 Shift 键拖动鼠标，插入正方形文本框。

用第 1 种方法插入的文本框，文本框自动设置相应的环绕方式，而用后两种方法绘制的文本框，则默认的文字环绕方式是“浮于文字上方”。

在插入或绘制文本框后，文本框处于编辑状态，这时文本框被浅蓝色虚线边框包围，虚线边框上有浅蓝色的小圆圈和小方块各 4 个，称为尺寸控点，如图 7-3 所示。文本框处于编辑状态时，内部有一个鼠标光标，此时可以在其中输入文字，而且还可以设置文字格式。

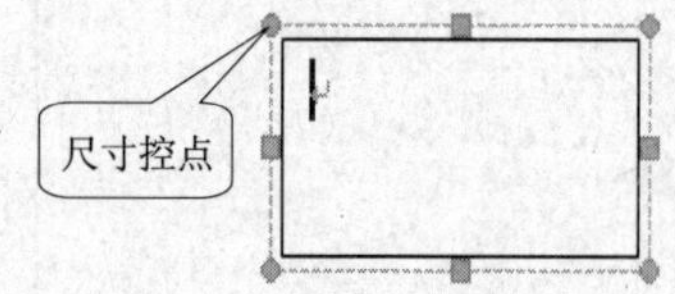

图7-3 编辑状态的文本框

当文本框被选定或处于编辑状态时，功能区中自动增加一个【格式】选项卡，如图 7-4 所示。通过该选项卡中的工具可设置被选定或正在编辑的文本框。

图7-4 【格式】选项卡

二、 编辑文本框

在插入文本框后，还可对其进行编辑，常用的编辑操作包括选定文本框、移动文本框、复制文本框以及删除文本框等。

(1) 选定文本框

文本框只有在选定后才能进行其他操作，选定文本框有以下几种方法。

- 移动鼠标指针到文本框的边框上，单击即可选定该文本框。
- 在【开始】选项卡的【编辑】组中单击 选择 按钮，在打开的菜单中选择【选择对象】命令，再在文档中拖动鼠标，屏幕上会出现一个虚线矩形框，框内的所有文本框被选定。
- 按住 Shift 键逐个单击文本框的边框，所单击的文本框被选定，而已选定文本框的则取消选定。

当文本框被选定后，其边线上有浅蓝色的小圆圈和小方块各 4 个，称为尺寸控点，如图 7-5 所示。在文本框以外单击，可取消文本框的选定。

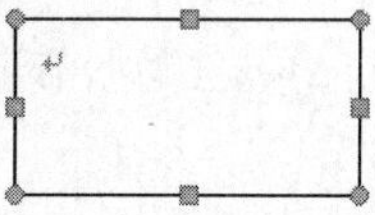

图7-5 选定状态的文本框

(2) 移动文本框

移动文本框有以下几种方法。

- 选定文本框后，按 ↑、↓、←、→ 键可上、下、左、右移动文本框。
- 移动鼠标指针到文本框的边框上，鼠标指针变为✥状，拖动鼠标即可移动该文本框。

在后一种方法中，拖动鼠标又有以下几种方式。

- 直接拖动，按默认的步长移动文本框。
- 按住 Alt 键拖动鼠标，以小步长移动文本框。
- 按住 Shift 键拖动鼠标，只在水平或垂直方向上移动文本框。

(3) 复制文本框

复制文本框有以下几种常用方法。

- 移动鼠标指针到文本框的边框上，按住鼠标左键和 Ctrl 键拖动鼠标，这时鼠标指针变为状，到达目标位置后，松开鼠标左键和 Ctrl 键。
- 先把选定的文本框复制到剪贴板，再将剪贴板上的文本框粘贴到文档中，如果复制的位置不是目标位置，则可以再将其移动到目标位置。

(4) 删除文本框

选定一个或多个文本框后，可用以下方法删除。

- 按 Delete 或 Backspace 键。
- 把选定的文本框剪切到剪贴板。

7.1.2 范例解析——插入文本框

在“山鹰与狐狸.docx”最后插入如下两个文本框，如图 7-6 所示。

范例操作

1. 打开“山鹰与狐狸.docx”。
2. 单击【插入】选项卡的【文本】组中的【文本框】按钮，打开【文本框】列表（见图 7-2），选择【绘制文本框】命令，鼠标指针变为+状。
3. 在文档末尾拖动鼠标，绘制一个与第 1 个文本框大小适当的文本框。
4. 在文本框中输入相应的文字，如果文本框的大小不合适，则拖动文本框的相应尺寸控点，使其大小合适。
5. 用类似步骤 2～4 的方法插入一个竖排文本框（选择【文本框】列表中的【绘制竖排文本框】命令），并输入文字，然后保存文档。

伊索，公元前 6 世纪希腊寓言家。他原是萨摩斯岛雅德蒙家的奴隶，曾被转卖多次，但因为富有智慧，聪颖过人，最后获得自由。伊索四处漫游，为人们讲述寓言故事，深受古希腊人民的喜爱。

这故事说明，对于背信弃义的人，即使受害者弱小，不能报复他，可神会惩治他。

图7-6　插入的文本框

7.1.3 课堂练习——插入文本框

在 5.3.4 小节课堂练习“狮子、驴子与狐狸.docx”末尾插入如图 7-7 所示的两个文本框。

狐狸生活在森林、草原、半沙漠、丘陵地带，居住于树洞或土穴中。由于它的嗅觉和听觉极好，加上行动敏捷，所以能捕食各种老鼠、野兔、小鸟、鱼、蛙、蜥蜴、昆虫和蠕虫等，也食一些野果。故事中虚构的狐狸狡猾形象，绝不能和狐狸真正的行为等同起来。

这故事说明，应该从别人的不幸中吸取经验和教训。

图7-7　插入的文本框

7.2 Word 2007 的文本框设置

文本框的设置包括设置样式、设置阴影效果、设置三维效果、设置排列、设置大小和设置链接等，其通常使用【格式】选项卡（包括【形状样式】组、【阴影效果】组、【三维效果】组、【排列】组和【大小】组）中的工具。为了叙述方便，在本小节中所涉及的工具，如果没有特别说明，均指【格式】选项卡中的工具。

7.2.1 知识点讲解

(1) 设置样式

Word 2007 预设了许多常用的文本框样式，用户可以对文本框自动套用某一种样式，以简化文本框的设置。在【文本框样式】组（见图7-8）的【文本框样式】列表中包含了 70 种文本框样式，这些样式设置了文本框的轮廓颜色及填充色。另外，用户还可以单独设置文本框轮廓颜色及填充色。选定文本框后，可用以下方法设置样式。

- 选择【文本框样式】组的【文本框样式】列表中的一种文本框样式，所选定文本框的格式即自动套用该样式。单击【文本框样式】列表中的 ▲（▼）按钮，文本框样式上（下）翻一页。单击【文本框样式】列表中的 ▼ 按钮，打开一个【文本框样式】列表，可从中选择一个文本框样式。
- 单击【文本框样式】组中的 按钮，文本框的填充色设置为最近使用过的颜色。单击 按钮右边的 ▼ 按钮，打开一个颜色列表，单击其中一种颜色，文本框的填充色即设置为该颜色。
- 单击【文本框样式】组中的 按钮，文本框轮廓颜色设置为最近使用过的颜色。单击 按钮右边的 ▼ 按钮，打开一个颜色和线形列表，单击其中的一种颜色，或选择相应线形，设置相应的文本框轮廓。

图7-8 【文本框样式】组

(2) 设置阴影效果

通过【阴影效果】组（见图 7-9）中的工具可设置文本框的阴影效果。选定文本框后，可用以下方法设置阴影效果。

- 单击【阴影效果】组中的【阴影效果】按钮，打开一个【阴影效果】列表，单击其中的一种阴影效果类型，文本框的阴影效果即设置为该类型。
- 设置阴影效果后，单击【阴影效果】组中的 （ ）按钮，上（下）移阴影。
- 设置阴影效果后，单击【阴影效果】组中的 （ ）按钮，左（右）移阴影。
- 设置阴影效果后，单击【阴影效果】组中的 按钮，取消阴影效果。

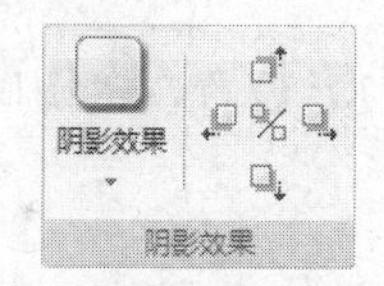

图7-9 【阴影效果】组

(3) 设置三维效果

通过【三维效果】组（见图 7-10）中的工具可设置文本框的三维效果。注意，并非所有文本框都可设置三维效果，选定文本框后，如果【三维效果】组中的【三维效果】按钮处于可用状态，即可设置三维效果，否则不能设置。选定文本框后，可用以下方法设置三维效果。

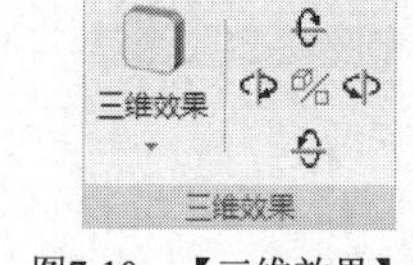

图7-10 【三维效果】组

- 单击【三维效果】组中的【三维效果】按钮，打开一个【三维效果】列表，单击其中的一种三维效果类型，文本框的三维效果即设置为该类型。
- 设置三维效果后，单击【三维效果】组中的 （ ）按钮，向上（下）倾斜文本框。
- 设置三维效果后，单击【三维效果】组中的 （ ）按钮，向左（右）倾斜文本框。
- 设置三维效果后，单击【三维效果】组中的 按钮，取消三维效果。

(4) 设置大小

通过【大小】组（见图 7-11）中的工具可设置文本框的大小。选定文本框后，在【大小】组的【高度】数值框或【宽度】数值框中输入或调整一个高度或宽度值，选定的文本框设置为相应的高度或宽度。

图7-11 【大小】组

另外，通过尺寸控点也可设置文本框的大小，把鼠标指针移动到文本框的尺寸控点上，鼠标指针变为↔、↕、⤢、⤡状，此时拖动鼠标可改变文本框的大小。拖动鼠标有以下几种方式。

- 直接拖动鼠标，以默认步长按相应方向缩放文本框。
- 按住 Alt 键拖动鼠标，以小步长按相应方向缩放文本框。
- 按住 Shift 键拖动鼠标，在水平和垂直方向按相同比例缩放文本框。
- 按住 Ctrl 键拖动鼠标，以文本框中心点为中心，在 4 个方向上按相同比例缩放文本框。

(5) 设置链接

如果多个文本框建立了链接，那么当一个文本框中的内容满了以后，其余的内容将自动移到下一个文本框中。

当文本框处于选定或编辑状态时，单击【文本】组（见图 7-12）中的创建链接按钮，鼠标指针变为状，单击一个空文本框，将其作为当前文本框的后继链接，这时鼠标指针恢复原状。有后继链接的文本框处于选定或编辑状态时，单击【文本】组中的断开链接按钮，可断开与后继文本框的链接。

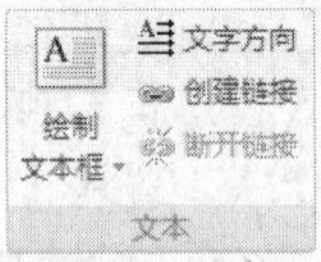

文字方向
创建链接
绘制文本框
断开链接
文本

图7-12 【文本】组

链接和断开文本框的以下情况应引起特别注意。

- 输入文本时，如果一个文本框已满，自动进入后继链接文本框内输入，不能直接将鼠标光标移动到后继链接的空文本框内。
- 当前或选定的文本框只能链接一个空文本框，并且不能链接到其本身。
- 如果一个被链接的空文本框已经在文本框链中，该文本框断开与原来文本框的链接。
- 删除文本框链中的一个文本框时，文本框链并不断裂，会自动衔接。

7.2.2 范例解析——设置文本框

设置在“山鹰和狐狸.docx”最后插入的两个文本框，结果如图 7-13 所示。

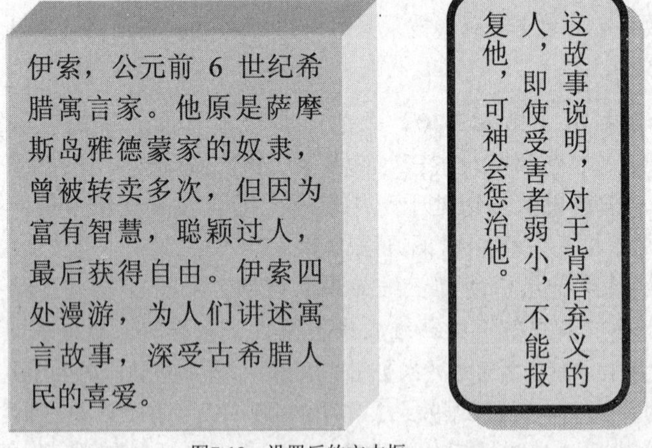

伊索，公元前 6 世纪希腊寓言家。他原是萨摩斯岛雅德蒙家的奴隶，曾被转卖多次，但因为富有智慧，聪颖过人，最后获得自由。伊索四处漫游，为人们讲述寓言故事，深受古希腊人民的喜爱。

这故事说明，对于背信弃义的人，即使受害者弱小，不能报复他，可神会惩治他。

图7-13 设置后的文本框

范例操作

1. 选定第 1 个文本框。单击【格式】选项卡的【三维效果】组中的【三维效果】按钮，打开如图 7-14 所示的【三维效果】列表，选择【平行】类中的第 1 个三维效果。
2. 选定第 2 个文本框。
3. 单击【格式】选项卡的【文本框样式】组的【文本框样式】列表框中的按钮，打开如图 7-15 所示的【文本框样式】列表，选择第 3 行的第 1 个文本框样式。

4. 单击【格式】选项卡的【文本框样式】组中的【更改形状】按钮，在打开的【形状】列表中选择“圆角矩形”。
5. 单击【格式】选项卡的【文本框样式】组中的【形状填充】按钮，在【填充颜色】列表中选择“深色 15%”。
6. 单击【格式】选项卡的【阴影效果】组中的【阴影效果】按钮，打开如图 7-16 所示的【阴影效果】列表，选择【投影】类的第 4 个阴影效果，然后保存文档。

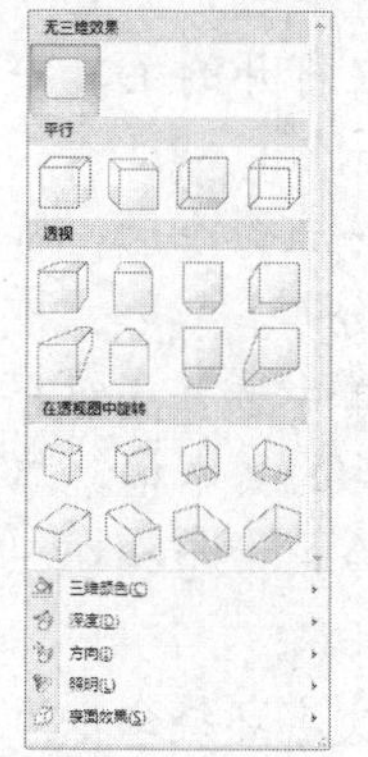

图7-14 【三维效果】列表

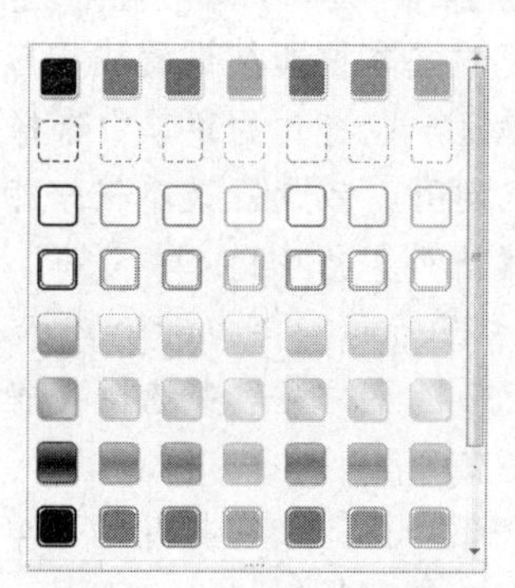

图7-15 【文本框样式】列表

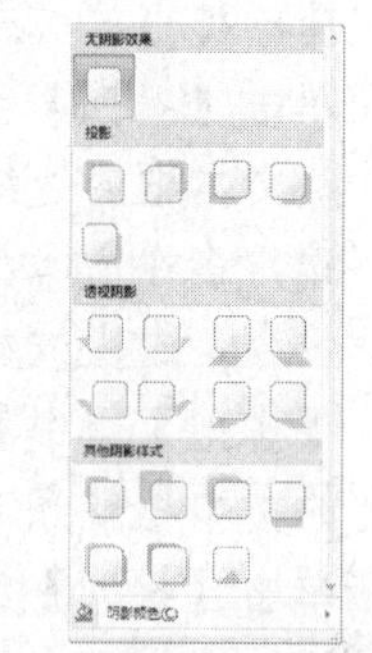

图7-16 【阴影效果】列表

7.2.3 课堂练习——设置文本框

设置 7.1.3 小节课堂练习在“狮子、驴子与狐狸.docx”插入的两个文本框，如图 7-17 所示。

图7-17 设置后的文本框

7.3 Word 2007 的文本框排版

文本框排版就是将文字与文本框混合排列，文字可环绕文本框排列等。Word 2007 的图文混排是通过【排列】组（见图 7-18）中的【文字环绕】工具来实现的。

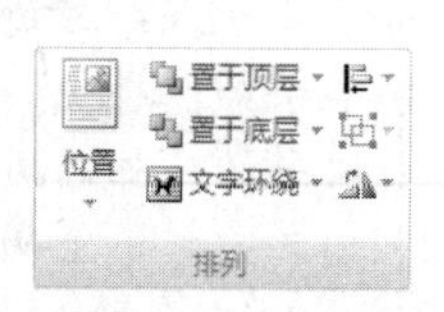

图7-18 【排列】组

7.3.1 知识点讲解

选定文本框后，可用以下方法设置排列。

- 单击【排列】组中的【位置】按钮，在打开的菜单中选择一种位置，选定的文本框被设置到相应的位置上，同时也设置了相应的文字环绕方式。
- 单击【排列】组中置于顶层按钮右边的▾按钮，在打开的菜单中选择一种叠放次序命令，或者单击【排列】组中置于底层按钮右边的▾按钮，在打开的菜单中选择一种叠放次序命令，选定的文本框即被设置成相应的叠放次序。
- 单击【排列】组中的按钮，在打开的菜单中选择一种对齐或分布命令后，所选定文本框的边缘按相应方式对齐，或选定文本框按相应方式均匀分布。
- 选定多个文本框后，单击【排列】组中的按钮，在打开的菜单中选择【组合】命令，这些文本框就被组合在一起，作为一个整体。选定组合后的文本框，单击【排列】组中的按钮，在打开的菜单中选择【取消组合】命令，被组合在一起的文本框就分离成单个文本框。
- 单击【排列】组中的文字环绕按钮，在打开的菜单中选择一种文字环绕命令后，所选定的文本框即按相应方式文字环绕。
- 单击【排列】组中的按钮，在打开的菜单中选择一种旋转（向左旋转指逆时针旋转）或翻转命令后，所选定的文本框即按相应方式旋转或翻转。

7.3.2 范例解析——文本框排版

设置在“山鹰和狐狸.docx”最后插入的两个文本框，结果如下所示。

★山鹰与狐狸★

【希腊】伊索

伊索，公元前 6 世纪希腊寓言家。他原是萨摩斯岛雅德蒙家的奴隶，曾被转卖多次，但因为富有智慧，聪颖过人，最后获得自由。伊索四处漫游，为人们讲述寓言故事，深受古希腊人民的喜爱。

山鹰与狐狸互相结为好友，为了彼此的友谊更加巩固，他们决定住在一起。于是鹰飞到一棵高树上面，筑起巢来哺育后代，狐狸则走进树下的灌木丛中间，生儿育女。

有一天，狐狸出去觅食，鹰也正好断了炊，他便飞入灌木丛中，把幼小的狐狸抢走，与雏鹰一起饱餐一顿。狐狸回来后，知道这事是鹰所做，他为儿女的死悲痛，而最令他悲痛的是一时无法报仇，因为他是走兽，只能在地上跑，不能去追逐会飞的鸟。***因此他只好远远地站着诅咒敌人，这是力量弱小者唯一可以做到的事情。***

不久，鹰的背信弃义的罪行也受到了严惩。有一次，一些人在野外杀羊祭神，鹰飞下去，从祭坛上抓起了带着火的羊肉，带回了自己的巢里。这时候一阵狂风吹了过来，巢里细小干枯的树枝马上燃起了猛烈的火焰。那些羽毛未丰的雏鹰都被烧死了，并从树上掉了下来。狐狸便跑了过去，在鹰的眼前，把那些小鹰全都吃了。

这故事说明，对于背信弃义的人，即使受害者弱小，不能报复他，可神会惩治他。

范例操作

1. 选定第 1 个文本框，单击【格式】选项卡的【排列】组中的文字环绕按钮，在打开的【文字环绕】菜单中选择“四周型环绕”。
2. 拖动第 1 个文本框到文档的右边。
3. 用步骤 1～2 的方法设置第 2 个文本框的环绕方式。
4. 保存文档，然后关闭文档。

7.3.3 课堂练习——文本框排版

设置 7.2.3 小节课堂练习在“狮子、驴子与狐狸.docx”插入的两个文本框，如下所示。

●狮子、驴子与狐狸●

狐狸生活在森林、草原、半沙漠、丘陵地带，居住于树洞或土穴中。由于它的嗅觉和听觉极好，加上行动敏捷，所以能捕食各种老鼠、野兔、小鸟、鱼、蛙、蜥蜴、昆虫和蠕虫等，也食一些野果。故事中虚构的狐狸狡猾形象，绝不能和狐狸真正的行为等同起来。

【希腊】伊索

狮子和驴子以及狐狸商量好一起联合去打猎，他们捕获了许多野兽，狮子命令驴子把猎物分一分。

驴子平均分成 3 份，请狮子自己挑选，狮子勃然大怒，猛扑过去把驴子吃了。

狮子又命令狐狸来分。狐狸把所有的猎物都堆在一起，仅留一点点给他自己，然后请狮子来拿。

狮子问他，是谁教他这样分的，狐狸回答说：“***是驴子的不幸。***”

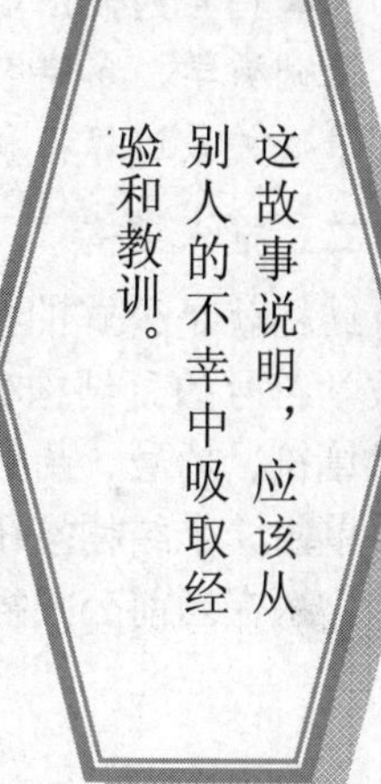

7.4 Word 2007 的公式插入

Word 2007 提供了强大的公式编辑功能。利用公式编辑功能可以在文档中插入具有专业水平的数学公式。

7.4.1 知识点讲解

在【插入】选项卡的【符号】组中单击π 公式按钮，文档中自动插入如图 7-19 所示的空白公式，包含一个空白公式插槽，有“在此处键入公式。”字样。同时功能区中自动增加一个【设计】选项卡，如图 7-20 所示。通过该选项卡可在公式插槽中插入符号，也可插入结构。

在建立公式时，如果有多个公式插槽，则浅蓝色底色的公式插槽是当前公式插槽，当前公式插槽中有一个光标（空白公式插槽例外）。

在此处键入公式。

图7-19　空白公式

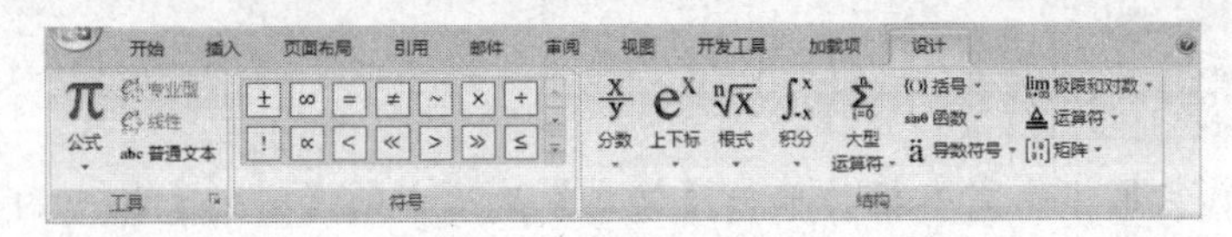

图7-20　【设计】选项卡

一、 插入符号

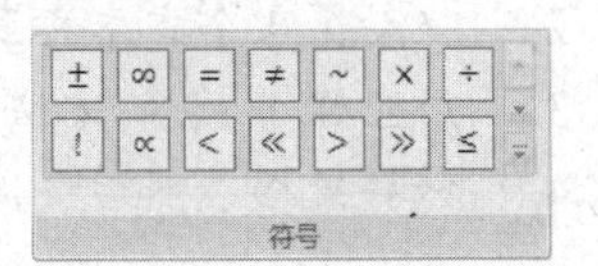

图7-21　【符号】组

通过键盘可插入公式中的字母或符号，对于不能通过键盘输入的字母或符号，则可通过【符号】组（见图 7-21）中的按钮来插入。

单击【符号】组的【符号】列表中的一个符号，可在当前插槽中插入相应的符号；单击【符号】列表中的▲按钮，符号上翻一页；单击【符号】列表中的▼按钮，符号下翻一页；单击【符号】列表中的▼按钮，打开一个如图 7-22 所示的【符号】对话框，可进行以下操作。

- 单击符号列表中的一个按钮，当前插槽中插入相应的符号。
- 单击位于对话框顶部的下拉列表框（如基础数学▼），打开一个下拉列表，可从中选择符号的类别，同时符号列表中显示该类别所有的符号。符号类别有基础数学、希腊字母、字母类符号、运算符、箭头、求反关系运算符和手写体等。

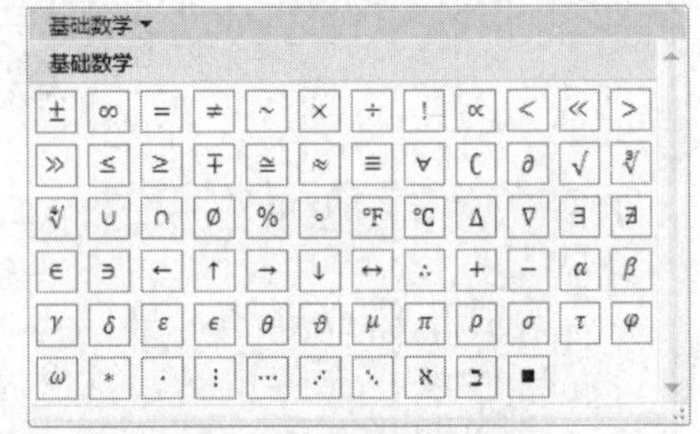

图7-22　【符号】对话框

二、插入结构

结构就是公式的模板，其中包含一个或多个公式插槽，公式插槽或者是空白的，或者是包含数学符号的。结构被组织在【结构】组（见图 7-23）中，有分数、上下标、根式、积分、大型运算符、括号、函数、导数符号、极限和对数、运算符以及矩阵等几类。

单击一个结构按钮，将弹出相应的结构列表，图 7-24 所示为【分数结构】列表。单击一个结构，可在当前公式插槽中插入相应的结构。

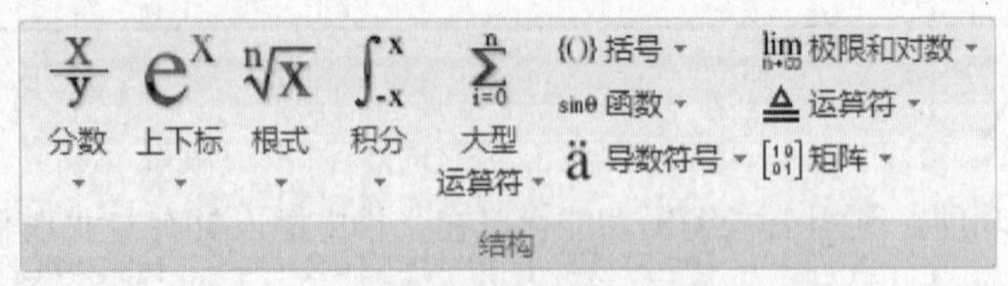

图7-23　【结构】组

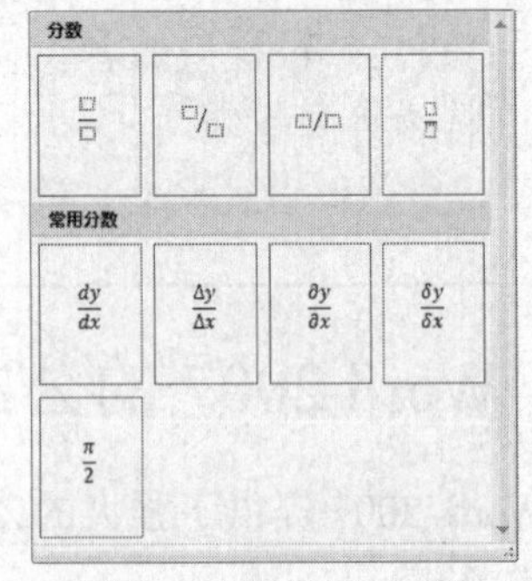

图7-24　【分数结构】列表

在建立公式时，可把鼠标光标移动到当前公式插槽的不同位置，也可把鼠标光标移动到不同的插槽中。单击某一公式插槽，如果是非空白公式插槽，可使鼠标光标直接移动到该公式插槽中，否则选定该公式插槽。

7.4.2　范例解析——插入数学公式

在文档中插入如图 7-25 所示的数学公式，并以“求定积分.docx”为文件名保存到【我的文档】文件夹中。

$$\int_a^b \frac{x^3}{\sqrt{x+1}}dx$$

图7-25　公式

1. 单击【插入】选项卡的【符号】组中的 π 公式 按钮，在文档中插入一个空白公式。
2. 单击【设计】选项卡的【结构】组中的【积分】按钮，在打开的【积分结构】列表中单击 $\int_{\square}^{\square}\square$ 按钮，结果如图 7-26 所示。
3. 单击积分结构中的下界插槽，从键盘上输入“a”；单击积分结构中的上界插槽，从键盘上输入“b”。
4. 单击积分结构中的函数插槽，然后单击【设计】选项卡的【结构】组中的【分数】按钮，在打开的【分数结构】列表中单击 $\frac{\square}{\square}$ 按钮，结果如图 7-27 所示。
5. 单击分数结构中的分母插槽，然后单击【设计】选项卡的【结构】组中的【根式】按钮，在打开的【根式结构】列表中单击 $\sqrt{\square}$ 按钮，结果如图 7-28 所示。
6. 单击根式结构中的插槽，从键盘上输入“x+1”。
7. 单击分数结构中的分子插槽，然后单击【设计】选项卡的【结构】组中的【上下标】按钮，在打开的【上下标结构】列表中单击 $\square^{\square}$ 按钮，结果如图 7-29 所示。

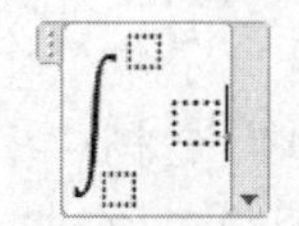

图7-26　插入积分结构

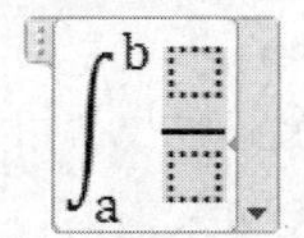

图7-27　插入分数结构

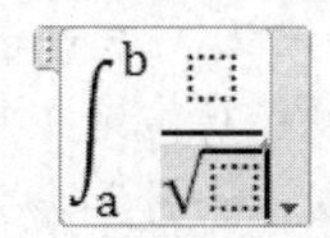

图7-28　插入根式结构

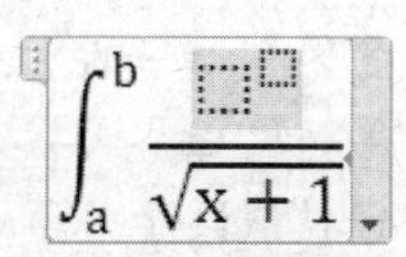

图7-29　插入上下标结构

8. 单击上下标结构中的底数插槽，从键盘上输入“x”；单击上下标结构中的指数插槽，从键盘上输入“3”。
9. 在积分结构中的函数插槽的末尾单击，输入“dx”，然后，在公式外单击，完成图 7-25 所示公式的建立。
10. 以“求定积分.docx”为文件名保存到【我的文档】文件夹中，然后关闭文档。

7.4.3 课堂练习——插入数学公式

在文档中插入如图 7-30 所示的数学公式，并以“数学公式.docx”为文件名保存到【我的文档】文件夹中。

$$\sqrt{ab+\frac{a^3-b^3}{a-b}}=|a+b|$$

图7-30　要建立的公式

操作提示

1. 插入根式结构。
2. 插入分数结构。
3. 插入括号结构。

7.5 课后作业

一、操作题

1. 修改以前“爱因斯坦小传.docx”，如下所示。

《爱因斯坦》小传

爱因斯坦（Albert Einstein）1879 年 3 月 14 日出生于德国乌耳姆的一个犹太人家庭，1900 年毕业于苏黎世工业大学，1901 年入瑞士国籍，1902—1909 年在伯尔尼任瑞士专利局技术员，1908—1914 年先后在伯尔尼、苏黎世和布拉格大学任教，1914—1933 年任柏林威廉皇帝物理研究所所长兼柏林大学教授，**1921 年，荣获诺贝尔物理学奖。**为免遭纳粹迫害，他于 1933 年流亡到美国，1940 年入美国籍，1933—1945 年任普林斯顿高级研究院教授，1955 年 4 月 18 日卒于美国普林斯顿。

爱因斯坦在科学上的主要成就有 5 个方面：

1、解决了液体中悬浮粒子运动即布朗运动的理论问题。

2、发展了量子理论。

3、创建狭义相对论。

4、创立广义相对论。

5、开创了现代宇宙学。

爱因斯坦一生主持社会正义，热心于世界和平事业。第一次世界大战时，他积极从事地下反战活动。他热烈拥护俄国十月革命和德国十一月革命。他尊敬马克思和列宁，认为他们都是为社会主义而自我牺牲的典范。他公开谴责社会黑暗和政治迫害，在 20 世纪 30 年代同德国的纳粹党人，在 50 年代同美国的麦卡锡分子都进行过坚决的斗争。他一心希望科学造福于人类，而不要成为祸害。原子弹出现后，他不遗余力地反对核战争，促进保卫世界和平的运动。

截至到 2008 年，已经有 5 位华裔科学家获得了诺贝尔物理学奖，他们是杨振宁、李政道（1957 年）、丁肇中（1976 年）、朱棣文（1997 年）、崔琪（1998 年）。

操作提示

(1) 插入文本框。

(2) 设置文本框样式。

(3) 设置文本框形状。

(4) 设置文本框阴影。

(5) 设置文本框文字环绕。

2. 建立如图 7-31 所示的公式，并以“点到直线距离公式.docx”为文件名保存到【我的文档】文件夹中。

$$d=\frac{|ax_0+by_0+c|}{\sqrt{a^2+b^2}}$$

图7-31　文档中要插入的公式

二、思考题

1. 如何插入文本框？
2. 文本框的设置操作有哪些？
3. 如何插入公式？

第 8 讲

Word 2007 的页面排版

【学习目标】

• 掌握设置纸张的方法。	月亮 古时候，有个地方夜晚总是漆黑一片，天空就像笼罩着一块黑布。因为在这里，月亮从来没有升起过，星星也不闪烁。其实在上帝创造世界时，晚上还是很明亮的。
• 掌握页眉、页脚和页码的插入方法。	世界童话选 月亮 古时候，有个地方夜晚总是漆黑一片，天空就像笼罩着一块黑布。因为在这里，月亮从来没有升起过，星星也不闪烁。其实在上帝创造世界时，晚上还是很明亮的。
• 掌握背景和边框的设置方法。	世界童话选 月亮 古时候，有个地方夜晚总是漆黑一片，天空就像笼罩着一块黑布。因为在这里，月亮从来没有升起过，星星也不闪烁。其实在上帝创造世界时，晚上还是很明亮的。 有一次，有四个年轻人离开了这片国土，来到了另一个国度。在那儿，当傍晚太阳消失在山后时，树梢上总会挂着一个光球，

8.1 Word 2007 的纸张设置

Word 文档最后通常要在纸张上打印出来，纸张的大小和方向直接影响排版的效果。纸张的设置包括设置纸张大小、纸张方向和页边距等。设置纸张通常使用【页面布局】选项卡的【页面设置】组（见图 8-1）中的工具来完成。

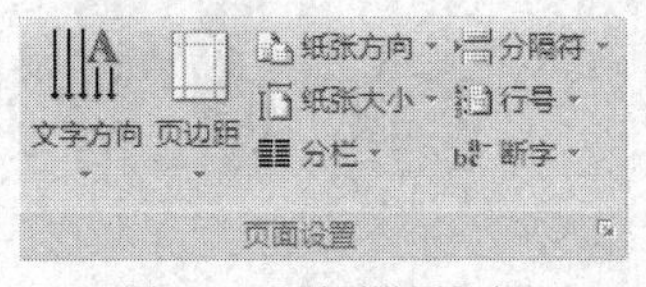

图8-1　【页面设置】组

8.1.1 知识点讲解

一、 设置纸张大小

单击【页面设置】组中的纸张大小按钮，打开如图 8-2 所示的【纸张大小】列表。从该列表中选择一种纸张类型，即可将当前文档的纸张设置为相应的大小；如果选择【其他页面大小】命令，则弹出【页面设置】对话框，当前选项卡是【纸张】选项卡，如图 8-3 所示。

在【纸张】选项卡中可进行以下操作。

- 在【纸张大小】下拉列表框中选择所需要的标准纸张类型，Word 2007 中默认设置为“A4（210 毫米×297 毫米）”纸。
- 如果标准纸张类型不能满足需要，可在【高度】和【宽度】数值框内输入或调整高度或宽度数值。
- 在【应用于】下拉列表框中选择要应用的文档范围，此时默认范围是“整篇文档”。
- 单击 确定 按钮，完成纸张设置。

二、 设置纸张方向

纸张的方向有横向和纵向两种，通常情况下，默认的纸张方向是纵向。根据需要，可以改变纸张的方向。单击【页面设置】组中的纸张方向按钮，打开如图 8-4 所示的【纸张方向】列表，从中选择一种方向，即可将当前文档的纸张设置为相应的方向。

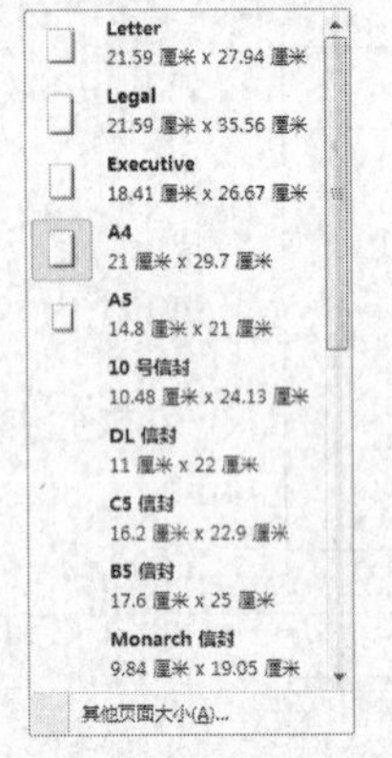

图8-2　【纸张大小】列表

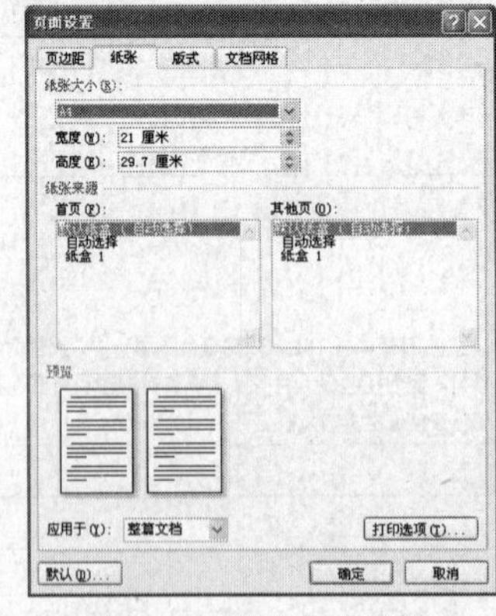

图8-3　【纸张】选项卡

图8-4　【纸张方向】列表

三、 设置页边距

页边距是指页面四周的空白区域。通常可以在页边距的可打印区域中插入文字和图形，也可以将某些项放在页边距中，如页眉、页脚和页码等。页边距包括 4 项：距纸张上边缘的距离、距纸张下边缘的距离、距纸张左边缘的距离、距纸张右边缘的距离。除了页边距外，有时还需要设置装订线边距，装订线边距在要装订的文档两侧或顶部添加额外的边距空间，以免因装订而遮住文字。

单击【页面设置】组中的【页边距】按钮，打开如图 8-5 所示的【页边距】列表。在该列表中选择一种页边距类型，即可将当前文档的纸张设置为相应的边距；如果选择【自定义边距】命令，则弹出【页面设置】对话框，当前选项卡是【页边距】选项卡，如图 8-6 所示。

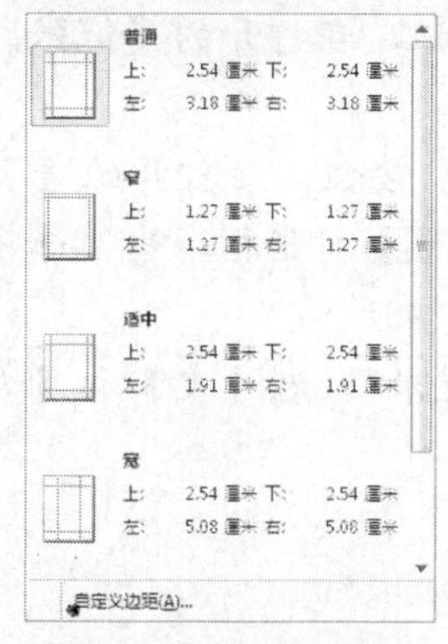

图8-5 【页边距】列表

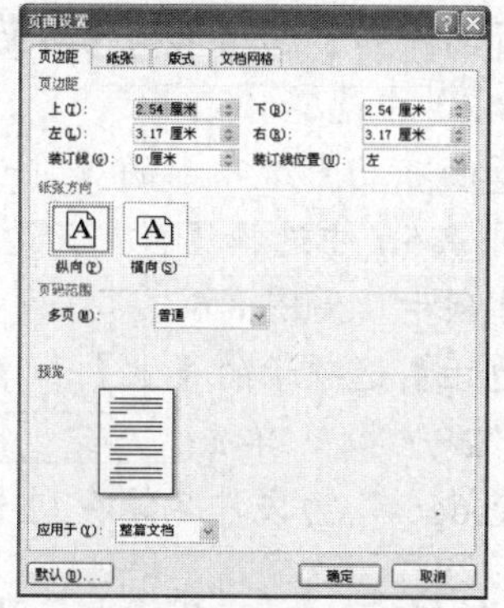

图8-6 【页边距】选项卡

在【页边距】选项卡中可进行以下操作。

- 在【上】、【下】、【左】、【右】数值框中输入数值或调整数值，改变上、下、左、右边距。
- 在【装订线】数值框中输入或调整数值，打印后保留出装订线距离。
- 在【装订线位置】下拉列表框中选择装订线的位置。
- 在【应用于】下拉列表框中选择页边距的应用范围。
- 单击 确定 按钮，完成页边距的设置。

8.1.2 范例解析——设置纸张

建立如图 8-7 所示的文档，要求设置纸张为 32 开，上下页边距为 2cm，左右页边距为 2cm，并以“月亮.docx”为文件名保存到【我的文档】文件夹中。

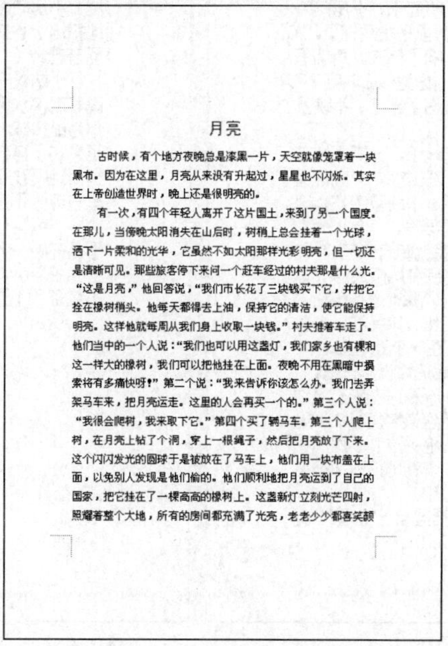

月亮

古时候，有个地方夜晚总是漆黑一片，天空就像笼罩着一块黑布。因为在这里，月亮从来没有升起过，星星也不闪烁。其实在上帝创造世界时，晚上还是很明亮的。

有一次，有四个年轻人离开了这片国土，来到了另一个国度。在那儿，当傍晚太阳消失在山后时，树梢上总会挂着一个光球，洒下一片柔和的光华，它虽然不如太阳那样光彩明亮，但一切还是清晰可见。那些旅客停下来问一个赶车经过的村夫那是什么光。“这是月亮，”他回答说，“我们市长花了三块钱买下它，并把它拴在橡树梢头。他每天都得去上油，保持它的清洁，使它能保持明亮。这样他就每周从我们身上收取一块钱。”村夫推着车走了。他们当中的一个人说：“我们也可以用这盏灯，我们家乡也有棵和这一样大的橡树，我们可以把他挂在上面。夜晚不用在黑暗中摸索将有多痛快呀！”第二个说：“我来告诉你该怎么办。我们去弄架马车来，把月亮运走。这里的人会再买一个的。”第三个人说：“我很会爬树，我来取下它。”第四个买了辆马车。第三个人爬上树，在月亮上钻了个洞，穿上一根绳子，然后把月亮放了下来。这个闪闪发光的圆球于是被放在了马车上，他们用一块布盖在上面，以免别人发现是他们偷的。他们顺利地把月亮运到了自己的国家，把它挂在了一棵高高的橡树上。这盏新灯立刻光芒四射，照耀着整个大地，所有的房间都充满了光亮，老老少少都喜笑颜

图8-7 “月亮.docx”文档

范例操作

1. 新建一文档，输入文档中的文字，设置标题为四号字、黑体、居中，设置正文为小五号字。
2. 单击【页面布局】选项卡的【页面设置】组中的纸张大小按钮，在打开的【纸张大小】列表（见图8-2）中选择“32开”。
3. 单击【页面布局】选项卡的【页面设置】组中的【页边距】按钮，在打开的【页边距】列表（见图8-5）中选择【自定义边距】命令，弹出【页面设置】对话框，当前选项卡是【页边距】选项卡（见图8-6）。
4. 在【页边距】选项卡的【上】和【下】数值框中输入“3厘米”，在【左】和【右】数值框中输入“2厘米”，单击确定按钮。
5. 以“月亮.docx”为文件名保存到【我的文档】文件夹中。

8.1.3 课堂练习——设置纸张

建立如图8-8所示的文档，要求设置纸张为32开，上、下、左、右边距均为2cm，并以“虱子和跳蚤.docx”为文件名保存到【我的文档】文件夹中。

操作提示

1. 在【纸张大小】列表中选择【其他页面大小】命令，在【纸张】选项卡中设置纸张的大小。
2. 在【页边距】列表中选择【自定义边距】命令，在【页边距】选项卡中设置页边距。

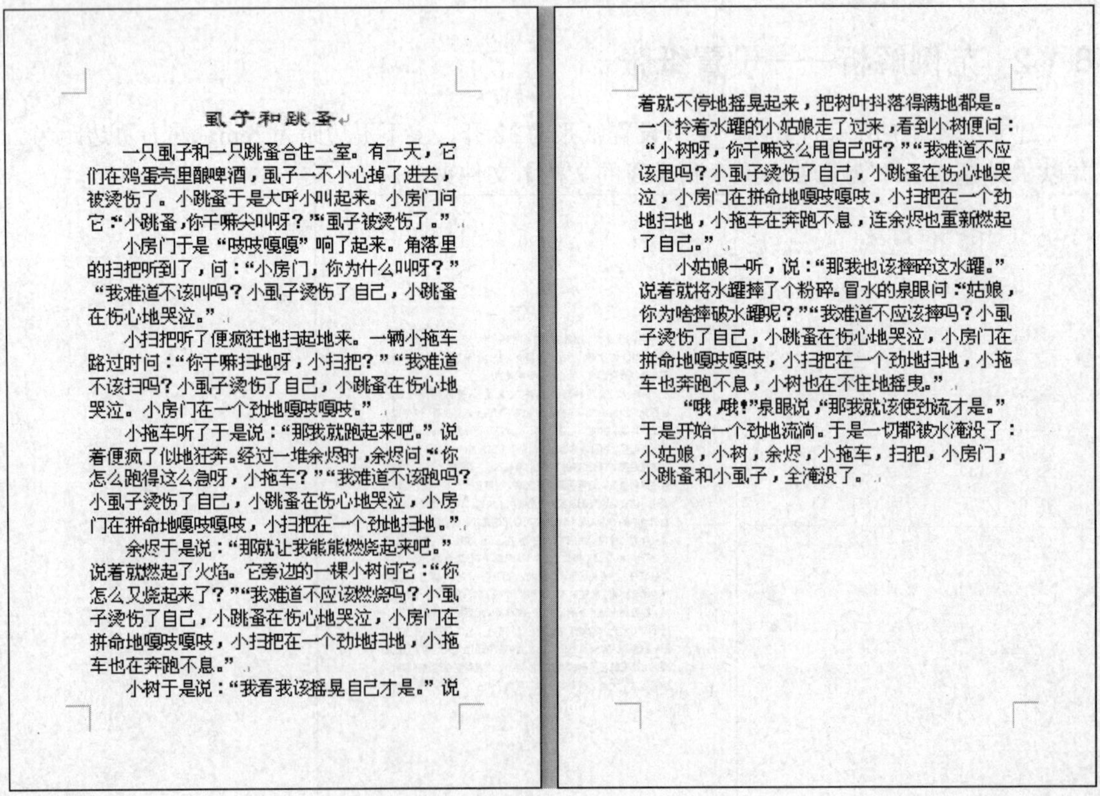

虱子和跳蚤

一只虱子和一只跳蚤合住一室。有一天，它们在鸡蛋壳里酿啤酒，虱子一不小心掉了进去，被烫伤了。小跳蚤于是大呼小叫起来。小房门问它：“小跳蚤，你干嘛尖叫呀？”“虱子被烫伤了。”

小房门于是“吱吱嘎嘎”响了起来。角落里的扫把听到了，问：“小房门，你为什么叫呀？”“我难道不该叫吗？小虱子烫伤了自己，小跳蚤在伤心地哭泣。”

小扫把听了便疯狂地扫起地来。一辆小拖车路过时问：“你干嘛扫地呀，小扫把？”“我难道不该扫吗？小虱子烫伤了自己，小跳蚤在伤心地哭泣。小房门在一个劲地嘎吱嘎吱。”

小拖车听了于是说：“那我就跑起来吧。”说着便疯了似地狂奔。经过一堆余烬时，余烬问：“你怎么跑得这么急呀，小拖车？”“我难道不该跑吗？小虱子烫伤了自己，小跳蚤在伤心地哭泣，小房门在拼命地嘎吱嘎吱，小扫把在一个劲地扫地。”

余烬于是说：“那就让我熊熊燃烧起来吧。”说着就燃起了火焰。它旁边的一棵小树问它：“你怎么又烧起来了？”“我难道不应该燃烧吗？小虱子烫伤了自己，小跳蚤在伤心地哭泣，小房门在拼命地嘎吱嘎吱，小扫把在一个劲地扫地，小拖车也在奔跑不息。”

小树于是说：“我看我该摇晃自己才是。”说着就不停地摇晃起来，把树叶抖落得满地都是。一个拎着水罐的小姑娘走了过来，看到小树便问：“小树呀，你干嘛这么甩自己呀？”“我难道不应该甩吗？小虱子烫伤了自己，小跳蚤在伤心地哭泣，小房门在拼命地嘎吱嘎吱，小扫把在一个劲地扫地，小拖车在奔跑不息，连余烬也重新燃起了自己。”

小姑娘一听，说：“那我也该摔碎这水罐。”说着就将水罐摔了个粉碎。冒水的泉眼问：“姑娘，你为啥摔破水罐呢？”“我难道不应该摔吗？小虱子烫伤了自己，小跳蚤在伤心地哭泣，小房门在拼命地嘎吱嘎吱，小扫把在一个劲地扫地，小拖车也奔跑不息，小树也在不住地摇曳。”

“哦，哦！”泉眼说，“那我就该使劲流才是。”于是开始一个劲地流淌。于是一切都被水淹没了：小姑娘，小树，余烬，小拖车，扫把，小房门，小跳蚤和小虱子，全淹没了。

图8-8 “虱子和跳蚤.docx”文档

8.2 Word 2007 的页眉、页脚和页码设置

页眉和页脚是指文档中每个页面的顶部、底部和两侧的页边距中的区域。在页眉和页脚中可插入文本或图形。页码是为文档每页所编的号码，通常添加在页眉或页脚中。通常使用【插入】选项卡的【页眉和页脚】组（见图 8-9）中的工具插入页眉、页脚和页码。

图8-9 【页眉和页脚】组

8.2.1 知识点讲解

一、 插入页眉

单击【页眉和页脚】组中的【页眉】按钮，打开如图 8-10 所示的【页眉】列表，可进行以下操作。

- 选择一种页眉类型，插入该类型的页眉，这时鼠标光标出现在页眉中，可修改页眉，同时，在功能区中增添了一个【设计】选项卡，如图 8-11 所示。
- 选择【编辑页眉】命令，可以进入页眉编辑状态。
- 选择【删除页眉】命令，可以删除插入的页眉。

在页眉编辑状态下可修改页眉中各域的内容，也可输入新的内容，但需注意的是，在页眉编辑过程中不能编辑文档。在文档中双击鼠标左键或单击【设计】选项卡的【关闭】组中的【关闭页眉和页脚】按钮可退出页眉编辑状态，返回到文档编辑状态。

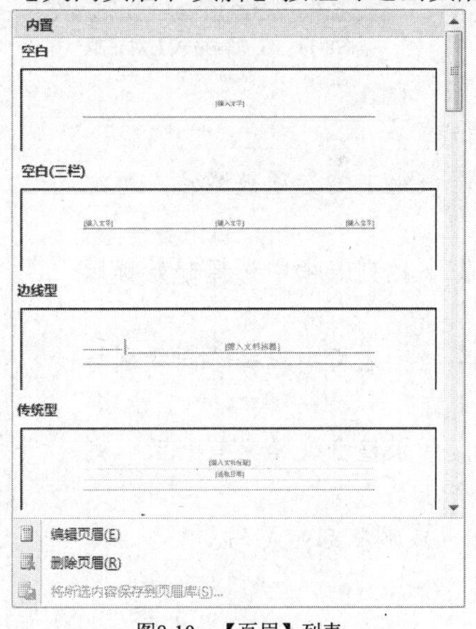

图8-10 【页眉】列表

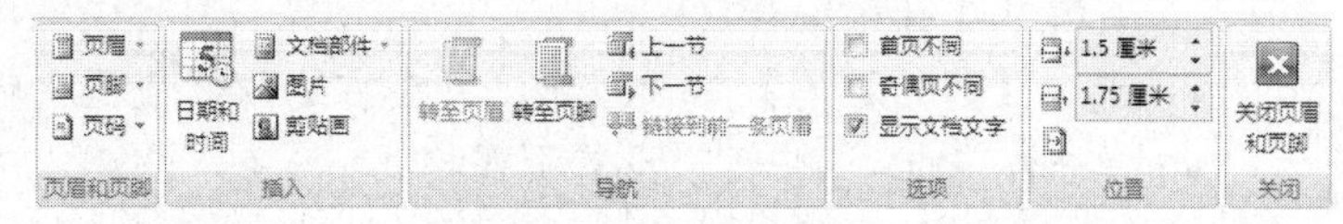

图8-11 【设计】选项卡

二、 插入页脚

单击【页眉和页脚】组中的【页脚】按钮，打开【页脚】列表，【页脚】列表与【页眉】列表类似，相应的操作也类似，这里不再赘述。

三、 插入页码

页码是指文档页数的编号，其通常插入在页眉或页脚中。单击【页眉和页脚】组中的【页码】按钮，打开如图 8-12 所示的【页码】列表，可进行以下操作。

- 选择【页面顶端】命令，打开【页面顶端】子菜单，如图 8-13 所示，选择一种页码类型后，在页面顶端插入相应类型的页码。
- 选择【页面底端】命令，打开【页面底端】子菜单选择一种页码类型后，在页面底端插入相应类型的页码。
- 选择【页边距】命令，打开【页边距】子菜单选择一种页码类型后，在页边距中插入相应类型的页码。
- 选择【当前位置】命令，打开【当前位置】子菜单选择一种页码类型后，在当前位置插入相应类型的页码。
- 选择【删除页码】命令，删除已插入的页码。
- 选择【设置页码格式】命令，弹出如图 8-14 所示的【页码格式】对话框。

页面顶端(T)
页面底端(B)
页边距(P)
当前位置(C)
设置页码格式(F)...
删除页码(R)

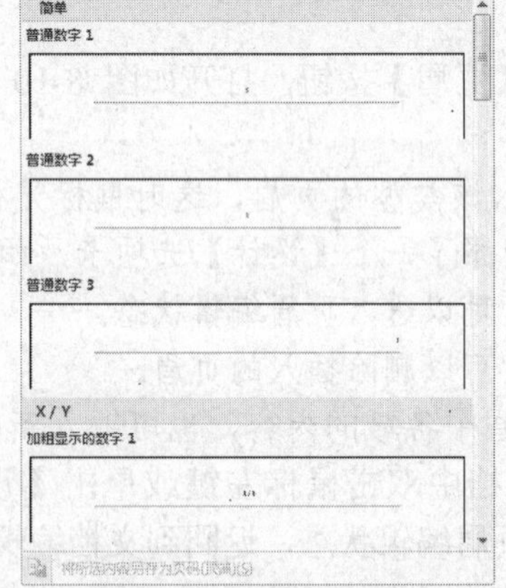

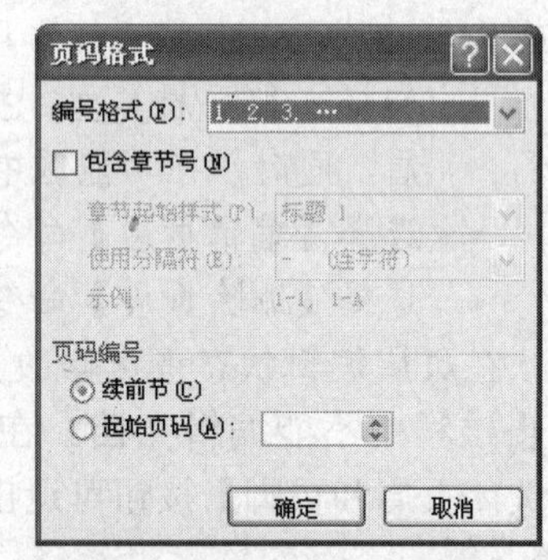

图8-12　【页码】列表　　图8-13　【页面顶端】子菜单　　图8-14　【页码格式】对话框

在【页码格式】对话框中可进行以下操作。

- 在【编号格式】下拉列表框中选择一种页码的编号格式。
- 选中【包含章节号】复选框，页码中可包含章节号，该组中的选项被激活，可继续进行相应设置。
- 选中【包含章节号】复选框后，在【章节起始样式】下拉列表框中选择起始标题的级别（如标题 1、标题 2 等）。
- 选中【包含章节号】复选框后，在【使用分隔符】下拉列表框中选择不同级别标题之间的分隔符。
- 选中【续前节】单选按钮，页码接着前一节的编号，如果整个文档只有一节，则页码从 1 开始编号。
- 选中【起始页码】单选按钮，可在右边的数值框中输入或调整起始页码。
- 单击 确定 按钮，设置页码格式。

8.2.2　范例解析——设置页眉、页脚和页码

设置 8.1.2 小节范例解析中的“月亮.docx”如图8-15所示。要求奇数页的页眉为“世界童话选”，偶数页的页眉为“格林童话”，在页脚居中位置添加页码。

1. 打开“月亮.docx”文档。

2. 单击【插入】选项卡的【页眉和页脚】组中的【页眉】按钮，在打开的【页眉】列表中选择【空白】命令，这时文档进入页眉和页脚编辑状态，同时出现【设计】选项卡（见图 8-11）。
3. 选中【设计】/【选项】/【奇偶页不同】复选框，在第 1 页的页眉中输入“世界童话选”，在第 2 页的页眉中输入“格林童话”。
4. 将鼠标光标移动到第 1 页的页脚，单击【设计】选项卡的【页眉和页脚】组中的【页码】按钮，在打开的【页码】列表（见图 8-12）中选择【页面底端】/【普通数字 2】命令。
5. 将鼠标光标移动到第 2 页的页脚，单击【设计】选项卡的【页眉和页脚】组中的【页码】按钮，在打开的【页码】列表（见图 8-12）中选择【页面底端】/【普通数字 2】命令。
6. 单击【设计】选项卡的【关闭】组中的【关闭页眉和页脚】按钮。
7. 保存文档。

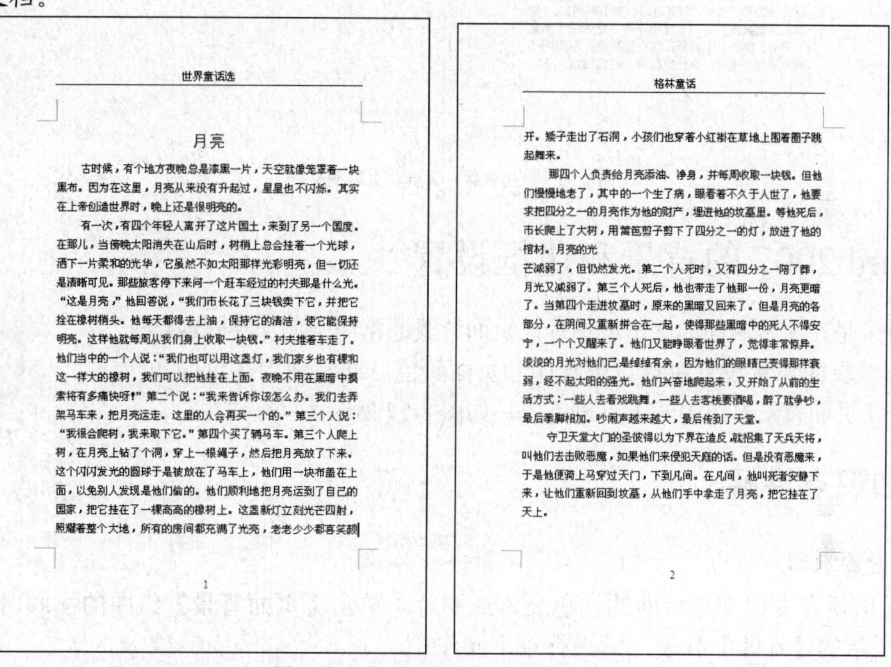
世界童话选

月亮

古时候，有个地方夜晚总是漆黑一片，天空就像笼罩着一块黑布。因为在这里，月亮从来没有升起过，星星也不闪烁。其实在上帝创造世界时，晚上还是很明亮的。

有一次，有四个年轻人离开了这片国土，来到了另一个国度。在那儿，当傍晚太阳消失在山后时，树梢上总会挂着一个光球，洒下一片柔和的光华，它虽然不如太阳那样光彩明亮，但一切还是清晰可见。那些旅客停下来问一个赶车经过的村夫那是什么光。“这是月亮，”他回答说，“我们市长花了三块钱卖下它，并把它拴在橡树梢头。他每天都得去上油，保持它的清洁，使它能保持明亮。这样他就每周从我们身上收取一块钱。”村夫推着车走了。他们当中的一个人说：“我们也可以用这盏灯，我们家乡也有棵和这一样大的橡树，我们可以把他挂在上面。夜晚不用在黑暗中摸索将有多痛快呀！”第二个说：“我来告诉你该怎么办。我们去弄架马车来，把月亮运走。这里的人会再买一个的。”第三个人说：“我很会爬树，我来取下它。”第四个买了辆马车。第三个人爬上树，在月亮上钻了个洞，穿上一根绳子，然后把月亮放了下来。这个闪闪发光的圆球于是被放在了马车上，他们用一块布盖在上面，以免别人发现是他们偷的。他们顺利地把月亮运到了自己的国家，把它挂在了一棵高高的橡树上。这盏新灯立刻光芒四射，照耀着整个大地，所有的房间都充满了光亮，老老少少都喜笑颜

1

格林童话

开。矮子走出了石洞，小孩们也穿着小红褂在草地上围着圈子跳起舞来。

那四个人负责给月亮添油、净身，并每周收取一块钱。但他们慢慢地老了，其中的一个生了病，眼看着不久于人世了，他要求把四分之一的月亮作为他的财产，埋进他的坟墓里。等他死后，市长爬上了大树，用篱笆剪子剪下了四分之一的灯，放进了他的棺材。月亮的光
芒减弱了，但仍然发光。第二个人死时，又有四分之一陪了葬，月光又减弱了。第三个人死后，他也带走了他那一份，月亮更暗了。当第四个走进坟墓时，原来的黑暗又回来了。但是月亮的各部分，在阴间又重新拼合在一起，使得那些黑暗中的死人不得安宁，一个个又醒来了。他们又能睁眼看世界了，觉得非常惊异。淡淡的月光对他们已是绰绰有余，因为他们的眼睛已变得那样衰弱，经不起太阳的强光。他们兴奋地爬起来，又开始了从前的生活方式：一些人去看戏跳舞，一些人去客栈要酒喝，醉了就争吵，最后拳脚相加。吵闹声越来越大，最后传到了天堂。

守卫天堂大门的圣彼得以为下界在造反，就招集了天兵天将，叫他们去击败恶魔，如果他们来侵犯天庭的话。但是没有恶魔来，于是他便骑上马穿过天门，下到凡间。在凡间，他叫死者安静下来，让他们重新回到坟墓，从他们手中拿走了月亮，把它挂在了天上。

2

图8-15 添加页眉、页脚和页码的文档

删除页眉直线的方法为，选择页眉段落标志，单击【开始】选项卡的【段落】组中的 按钮，打开下拉菜单，选择无框线即可。

8.2.3 课堂练习——设置页眉、页脚和页码

设置 8.1.3 小节课堂练习中的“虱子和跳蚤.docx”如图 8-16 所示。要求奇数页的页眉为“格林童话”，偶数页的页眉为“虱子和跳蚤”，在页脚居左位置添加页码，页码格式为大写罗马数字。

操作提示

1. 插入页码和页脚，设置奇、偶数页不同。
2. 在奇、偶数页中分别输入页眉。
3. 在奇、偶数页中分别插入页码。
4. 设置页码格式。

格林童话选

虱子和跳蚤

一只虱子和一只跳蚤合住一室。有一天，它们在鸡蛋壳里酿啤酒，虱子一不小心掉了进去，被烫伤了。小跳蚤于是大呼小叫起来。小房门问它：“小跳蚤，你干嘛尖叫呀？”“虱子被烫伤了。”

小房门于是“吱吱嘎嘎”响了起来。角落里的扫把听到了，问：“小房门，你为什么叫呀？”“我难道不该叫吗？小虱子烫伤了自己，小跳蚤在伤心地哭泣。”

小扫把听了便疯狂地扫起地来。一辆小拖车路过时问：“你干嘛扫地呀，小扫把？”“我难道不该扫吗？小虱子烫伤了自己，小跳蚤在伤心地哭泣。小房门在一个劲地嘎吱嘎吱。”

小拖车听了于是说：“那我就跑起来吧。”说着便疯了似地狂奔。经过一堆余烬时，余烬问：“你怎么跑得这么急呀，小拖车？”“我难道不该跑吗？小虱子烫伤了自己，小跳蚤在伤心地哭泣，小房门在拼命地嘎吱嘎吱，小扫把在一个劲地扫地。”

余烬于是说：“那就让我熊熊燃烧起来吧。”说着就燃起了火焰。它旁边的一棵小树问它：“你怎么又烧起来了？”“我难道不应该燃烧吗？小虱子烫伤了自己，小跳蚤在伤心地哭泣，小房门在拼命地嘎吱嘎吱，小扫把在一个劲地扫地，小拖

虱子和跳蚤

车也在奔跑不息。”

小树于是说：“我看我该摇晃自己才是。”说着就不停地摇晃起来，把树叶抖落得满地都是。一个拎着水罐的小姑娘走了过来，看到小树便问：“小树呀，你干嘛这么甩自己呀？”“我难道不应该甩吗？小虱子烫伤了自己，小跳蚤在伤心地哭泣，小房门在拼命地嘎吱嘎吱，小扫把在一个劲地扫地，小拖车在奔跑不息，连余烬也重新燃起了自己。”

小姑娘一听，说：“那我也该摔碎这水罐。”说着就将水罐摔了个粉碎。冒水的泉眼问：“姑娘，你为啥摔破水罐呢？”“我难道不应该摔吗？小虱子烫伤了自己，小跳蚤在伤心地哭泣，小房门在拼命地嘎吱嘎吱，小扫把在一个劲地扫地，小拖车也奔跑不息，小树也在不住地摇曳。”

“哦，哦！”泉眼说，“那我就该使劲流才是。”于是开始一个劲地流淌。于是一切都被水淹没了：小姑娘，小树，余烬，小拖车，扫把，小房门，小跳蚤和小虱子，全淹没了。

图8-16　添加页眉、页脚和页码的文档

8.3　Word 2007 的背景和边框设置

页面背景是在文本后面的文本或图片，页面背景通常用于增加趣味或标识文档状态。页面背景设置包括设置水印和页面颜色。通常使用【页面布局】选项卡【页面背景】组中的工具来完成，如图 8-17 所示。

图8-17　【页面背景】组

8.3.1　知识点讲解

一、　设置水印

水印是出现在文档文本后面的浅色文本或图片。单击【页面背景】组中的 水印 按钮，打开如图 8-18 所示的【水印】列表，可进行以下操作。

- 选择一种水印类型，页面的背景设置为相应的水印效果。
- 选择【删除水印】命令，可取消页面背景的水印效果。
- 选择【自定义水印】命令，弹出如图 8-19 所示的【水印】对话框。

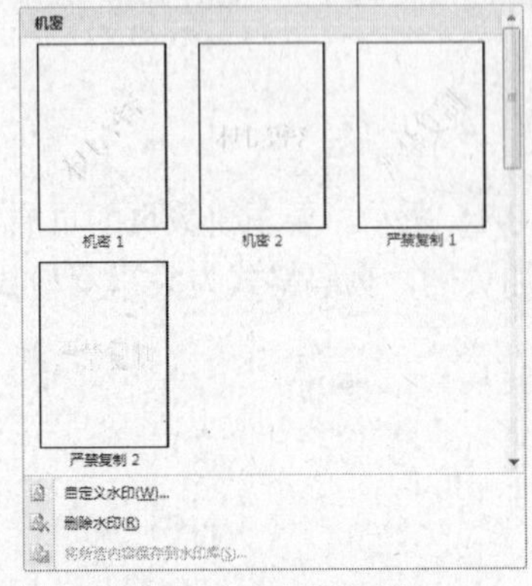

图8-18　【水印】列表

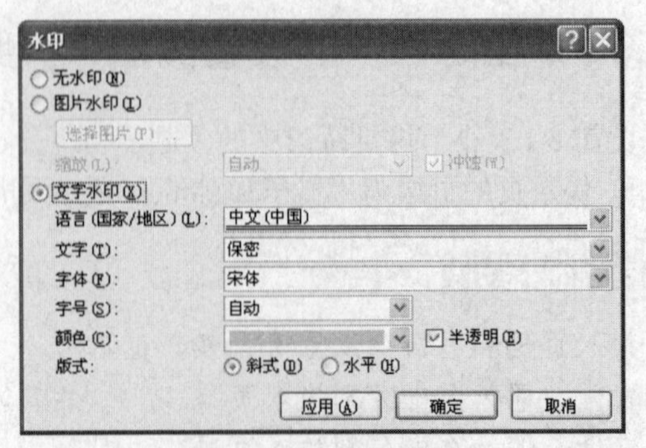

图8-19　【水印】对话框

在【水印】对话框中可进行以下操作。

- 如果选中【无水印】单选按钮，则页面无水印。
- 如果选中【图片水印】单选按钮，则以图片为页面水印，该单选按钮中其他选项被激活。
- 选中【图片水印】单选按钮后，单击 选择图片(P)... 按钮，打开【插入图片】对话框，可从中选择一个图片作为水印。
- 选中【图片水印】单选按钮后，在【缩放】下拉列表框中选择图片的缩放比例。
- 选中【图片水印】单选按钮后，如果选中【冲蚀】复选框，所选择的图片淡化处理后作为水印。
- 如果选中【文字水印】单选按钮，以文字作为页面水印，该单选按钮中的选项被激活。
- 选中【文字水印】单选按钮后，在【语言】下拉列表框中选择语言的种类，以该语言的文字作为水印。
- 选中【文字水印】单选按钮后，在【文字】下拉列表框中选择或输入水印的文字。
- 选中【文字水印】单选按钮后，在【字体】下拉列表框中选择水印文字的字体。
- 选中【文字水印】单选按钮后，在【字号】下拉列表框中选择水印文字的字号。
- 选中【文字水印】单选按钮后，在【颜色】下拉列表框中选择水印文字的颜色。
- 选中【文字水印】单选按钮后，如果选中【版式】组中的【斜式】单选按钮，水印文字斜排；如果选中【版式】组中的【水平】单选按钮，水印文字水平排列。
- 选中【文字水印】单选按钮后，如果选中【半透明】复选框，水印文字半透明。
- 单击 应用(A) 按钮，按所做选择设置水印，不关闭对话框。
- 单击 确定 按钮，按所做选择设置水印，关闭对话框。

二、 设置页面颜色

单击【页面背景】组中的 页面颜色 按钮，打开如图8-20所示的【页面颜色】列表，可进行以下操作。

- 在【页面颜色】列表中选择一种颜色，页面的背景色设置为相应的颜色。
- 选择【无颜色】命令，取消页面背景色的设置。
- 选择【其他颜色】命令，弹出【颜色】对话框，可自定义一种颜色作为页面的背景色。
- 选择【填充效果】命令，弹出【填充效果】对话框，可设置页面颜色的填充效果。

三、 设置页面边框

单击【页面背景】组中的 页面边框 按钮，弹出如图8-21所示的【边框和底纹】对话框，可进行以下操作。

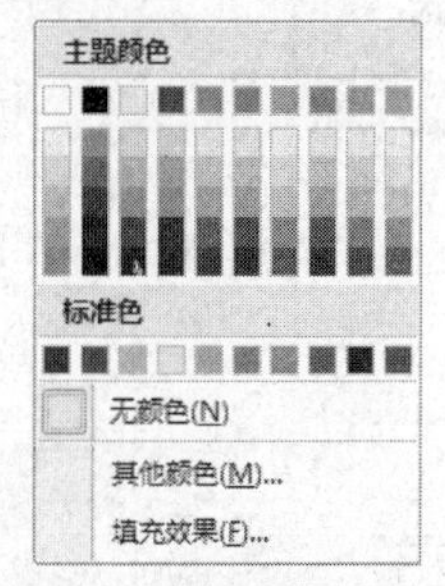

图8-20 【页面颜色】列表

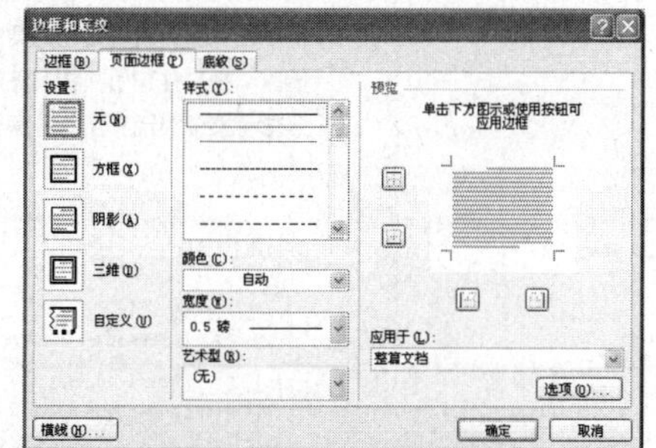

图8-21 【边框和底纹】对话框

- 在【设置】组中选择一种类型的页面边框，如果选择【无】类型，则设置页面无边框。
- 在【样式】列表框中选择页面边框线的样式。
- 在【颜色】下拉列表框中选择页面边框的颜色。
- 在【宽度】下拉列表框中选择页面边框线的宽度。
- 在【艺术型】下拉列表框中选择一种艺术型的页面边框。
- 在【应用于】下拉列表框中选择页面边框应用的范围，默认是整篇文档。
- 单击 选项(O)... 按钮，弹出【边框和底纹选项】对话框，在该对话框中可设置边框在页面中的位置。
- 单击 确定 按钮，完成设置页面边框。

8.3.2 范例解析——设置背景和边框

设置 8.2.2 小节范例解析“月亮.docx”为如图 8-22 所示。要求设置页面水印为文字“内部资料”，设置页面颜色为淡橙色，设置页面边框为双波浪线边框。

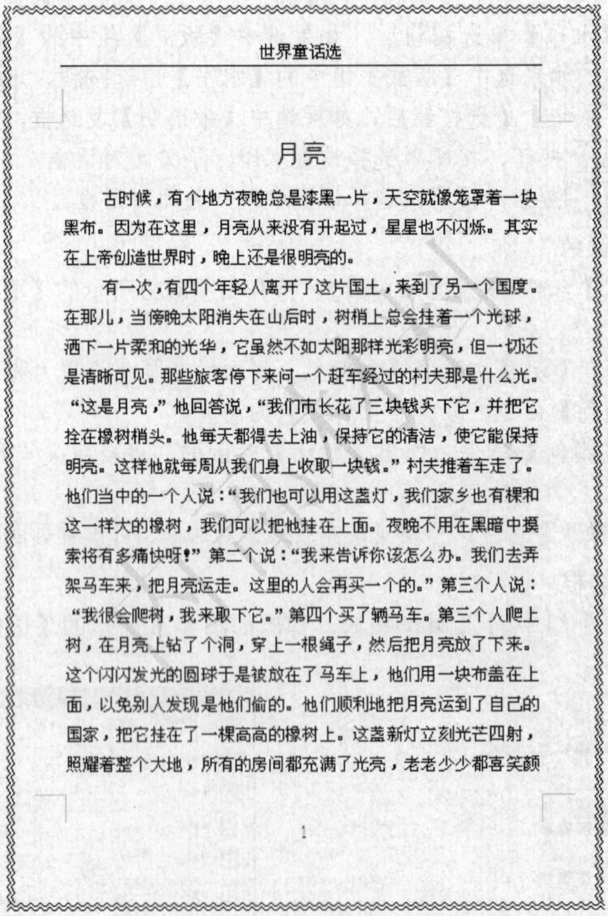

世界童话选

月亮

古时候，有个地方夜晚总是漆黑一片，天空就像笼罩着一块黑布。因为在这里，月亮从来没有升起过，星星也不闪烁。其实在上帝创造世界时，晚上还是很明亮的。

有一次，有四个年轻人离开了这片国土，来到了另一个国度。在那儿，当傍晚太阳消失在山后时，树梢上总会挂着一个光球，洒下一片柔和的光华，它虽然不如太阳那样光彩明亮，但一切还是清晰可见。那些旅客停下来问一个赶车经过的村夫那是什么光。“这是月亮，”他回答说，“我们市长花了三块钱买下它，并把它拴在橡树梢头。他每天都得去上油，保持它的清洁，使它能保持明亮。这样他就每周从我们身上收取一块钱。”村夫推着车走了。他们当中的一个人说：“我们也可以用这盏灯，我们家乡也有棵和这一样大的橡树，我们可以把他挂在上面。夜晚不用在黑暗中摸索将有多痛快呀！”第二个说：“我来告诉你该怎么办。我们去弄架马车来，把月亮运走。这里的人会再买一个的。”第三个人说：“我很会爬树，我来取下它。”第四个买了辆马车。第三个人爬上树，在月亮上钻了个洞，穿上一根绳子，然后把月亮放了下来。这个闪闪发光的圆球于是被放在了马车上，他们用一块布盖在上面，以免别人发现是他们偷的。他们顺利地把月亮运到了自己的国家，把它挂在了一棵高高的橡树上。这盏新灯立刻光芒四射，照耀着整个大地，所有的房间都充满了光亮，老老少少都喜笑颜

1

图8-22 设置背景和边框后的文档

范例操作

1. 打开“月亮.docx”文档。
2. 单击【页面布局】选项卡的【页面背景】组中的 水印 按钮，在打开的【水印】列表（见图 8-18）中选择【自定义水印】命令，弹出【水印】对话框（见图 8-19）。
3. 在【水印】对话框中选中【文字水印】单选按钮，再在【文字】下拉列表框中输入“内部材料”，单击 确定 按钮。
4. 单击【页面布局】选项卡的【页面背景】组中的 页面颜色 按钮，在打开的【页面颜色】列表（见图 8-20）中选择“淡橙色”（颜色列表中最后一列第 2 行的颜色）。
5. 单击【页面布局】选项卡的【页面背景】组中的 页面边框 按钮，弹出【边框和底纹】对话框（见图 8-21）。
6. 在【边框和底纹】对话框的【设置】类中选择“方框”，在【样式】列表框中选择“双波浪线”，单击 确定 按钮。
7. 保存文档，然后关闭文档。

8.3.3 课堂练习——设置背景和边框

设置 8.2.3 小节课堂练习中的“虱子和跳蚤.docx”为如图 8-23 所示。要求设置页面水印为文字“严禁外传”，设置页面边框为双粗线边框。

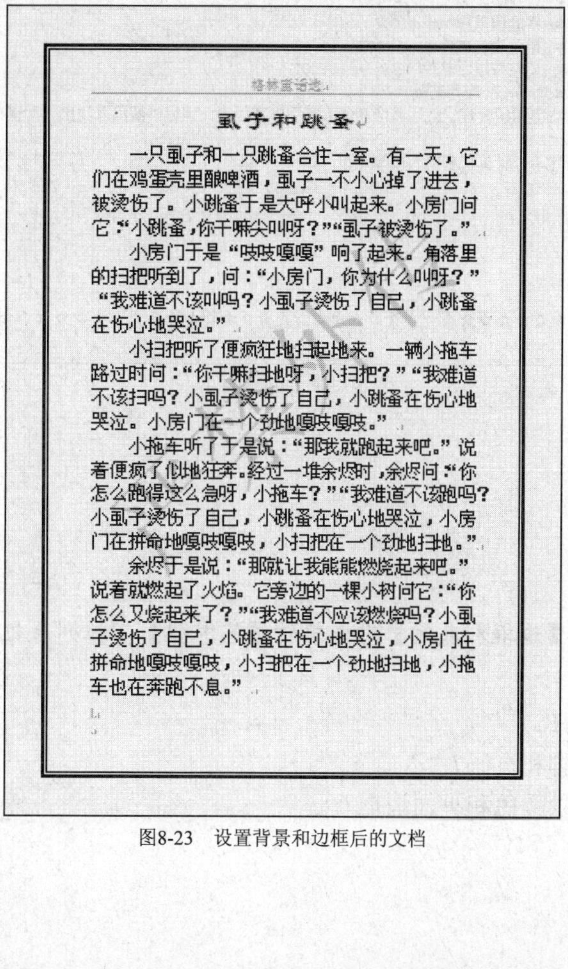

格林童话选

虱子和跳蚤

一只虱子和一只跳蚤合住一室。有一天，它们在鸡蛋壳里酿啤酒，虱子一不小心掉了进去，被烫伤了。小跳蚤于是大呼小叫起来。小房门问它：“小跳蚤，你干嘛尖叫呀？”“虱子被烫伤了。”

小房门于是“吱吱嘎嘎”响了起来。角落里的扫把听到了，问：“小房门，你为什么叫呀？”“我难道不该叫吗？小虱子烫伤了自己，小跳蚤在伤心地哭泣。”

小扫把听了便疯狂地扫起地来。一辆小拖车路过时问：“你干嘛扫地呀，小扫把？”“我难道不该扫吗？小虱子烫伤了自己，小跳蚤在伤心地哭泣。小房门在一个劲地嘎吱嘎吱。”

小拖车听了于是说：“那我就跑起来吧。”说着便疯了似地狂奔。经过一堆余烬时，余烬问：“你怎么跑得这么急呀，小拖车？”“我难道不该跑吗？小虱子烫伤了自己，小跳蚤在伤心地哭泣，小房门在拼命地嘎吱嘎吱，小扫把在一个劲地扫地。”

余烬于是说：“那就让我熊熊燃烧起来吧。”说着就燃起了火焰。它旁边的一棵小树问它：“你怎么又烧起来了？”“我难道不应该燃烧吗？小虱子烫伤了自己，小跳蚤在伤心地哭泣，小房门在拼命地嘎吱嘎吱，小扫把在一个劲地扫地，小拖车也在奔跑不息。”

图8-23 设置背景和边框后的文档

操作提示

1. 设置水印。
2. 设置背景颜色。
3. 设置页面边框。

8.4 课后作业

一、操作题

建立如图 8-24 所示的文档，并以“通知书.docx”为文件名保存到【我的文档】文件夹中。要求纸张大小选择 A5 纸，纸张方向横向，加文字水印“尽快”，设置页面颜色为淡绿色，设置页面边框为五角星边框。

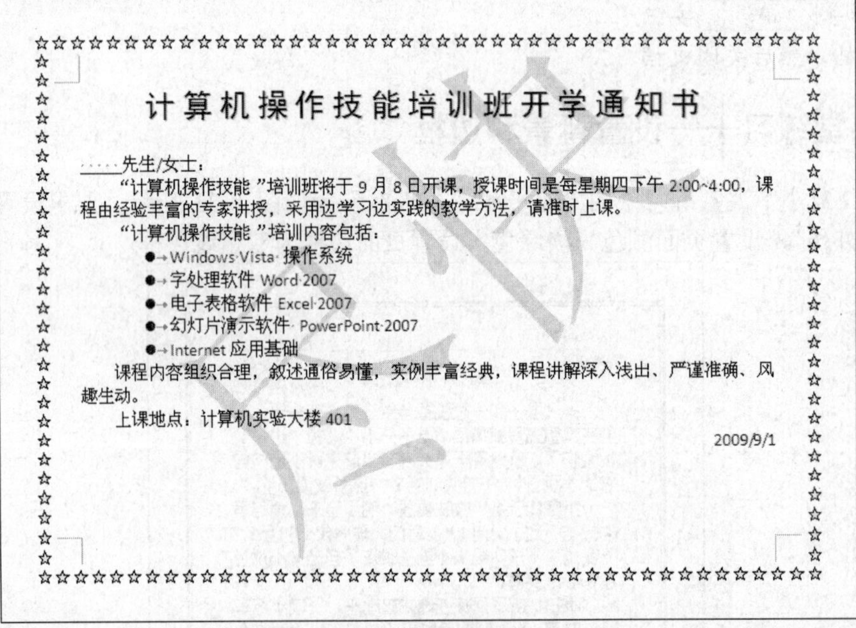

计算机操作技能培训班开学通知书

……先生/女士：

“计算机操作技能”培训班将于 9 月 8 日开课，授课时间是每星期四下午 2:00~4:00，课程由经验丰富的专家讲授，采用边学习边实践的教学方法，请准时上课。

“计算机操作技能”培训内容包括：

- Windows Vista 操作系统
- 字处理软件 Word 2007
- 电子表格软件 Excel 2007
- 幻灯片演示软件 PowerPoint 2007
- Internet 应用基础

课程内容组织合理，叙述通俗易懂，实例丰富经典，课程讲解深入浅出、严谨准确、风趣生动。

上课地点：计算机实验大楼 401

2009/9/1

图8-24 开学通知书

操作提示

(1) 设置纸张。
(2) 设置水印。
(3) 设置背景颜色。
(4) 设置页面边框（在【边框和底纹】对话框的【艺术型】下拉列表框中选择）。

二、思考题

1. 如何设置文档的纸张？
2. 如何设置页眉、页脚和页码？
3. 如何设置水印、背景颜色和页面边框？

第 9 讲

Excel 2007 的基本操作

【学习目标】

<table>
<tr>
<td>• 掌握 Excel 2007 工作簿的操作方法。</td>
<td>
<table>
<tr><td></td><td>A</td><td>B</td><td>C</td><td>D</td></tr>
<tr><td>1</td><td>姓名</td><td>性别</td><td>生日</td><td>手机</td></tr>
<tr><td>2</td><td>赵情共</td><td>男</td><td>1990-5-1</td><td>13688888888</td></tr>
<tr><td>3</td><td>钱同同</td><td>女</td><td>1990-6-1</td><td>13588888888</td></tr>
<tr><td>4</td><td>孙进</td><td>男</td><td>1990-7-1</td><td>13988888888</td></tr>
<tr><td>5</td><td></td><td></td><td></td><td></td></tr>
</table>
</td>
</tr>
<tr>
<td>• 掌握 Excel 2007 的工作表操作方法。</td>
<td>Sheet1 Sheet2 Sheet3
就绪

初中同学 高中同学
就绪</td>
</tr>
</table>

9.1 Excel 2007 的工作簿操作

在 Windows XP 中，选择【开始】/【程序】/【Microsoft Office】/【Microsoft Office Excel 2007】命令，启动 Excel 2007，打开如图 9-1 所示的 Excel 2007 窗口。Excel 2007 工作簿的基本操作包括新建工作簿、保存工作簿、另存工作簿、打开工作簿和关闭工作簿等。

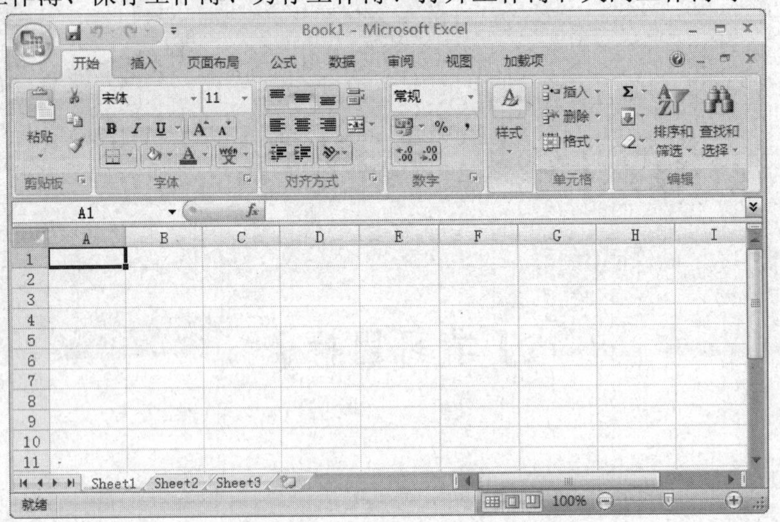

图9-1　Excel 2007 窗口

9.1.1 知识点讲解

工作簿是磁盘上的一个文件，用来保存 Excel 2007 中所建立的所有数据。Excel 2007 之前版本工作簿文件的扩展名是“.xls”，Excel 2007 工作簿文件的扩展名是“.xlsx”，该类文件的图标是。

一个工作簿由若干个工作表组成，至少包含 1 个工作表，在内存允许的情况下，工作表数可有任意多个（Excel 2007 之前的版本最多可包含 255 个工作表）。在 Excel 2007 新建的工作簿中，默认包含 3 个工作表，其名称分别是“Sheet1”、“Sheet2”和“Sheet3”。

一、 新建工作簿

启动 Excel 2007 时，系统会自动建立一个空白工作簿，默认的文件名是“Book1”。在 Excel 2007 中，新建工作簿有以下几种方法。

- 按 Ctrl+N 键。
- 单击按钮，在打开的菜单中选择【新建】命令。

使用第 1 种方法，系统会自动建立一个默认模板的空白工作簿；使用第 2 种方法，将弹出如图 9-2 所示的【新建工作簿】对话框。

在【新建工作簿】对话框中可进行以下操作。

- 选择【模板】窗格（最左边的窗格）中的一个命令，【模板列表】窗格（中间的窗格）显示该组模板中的所有模板。
- 单击【模板列表】窗格中的一个模板，【模板效果】窗格（最右边的窗格）显示该模板的效果。
- 单击 创建 按钮，建立基于该模板的一个新工作簿。

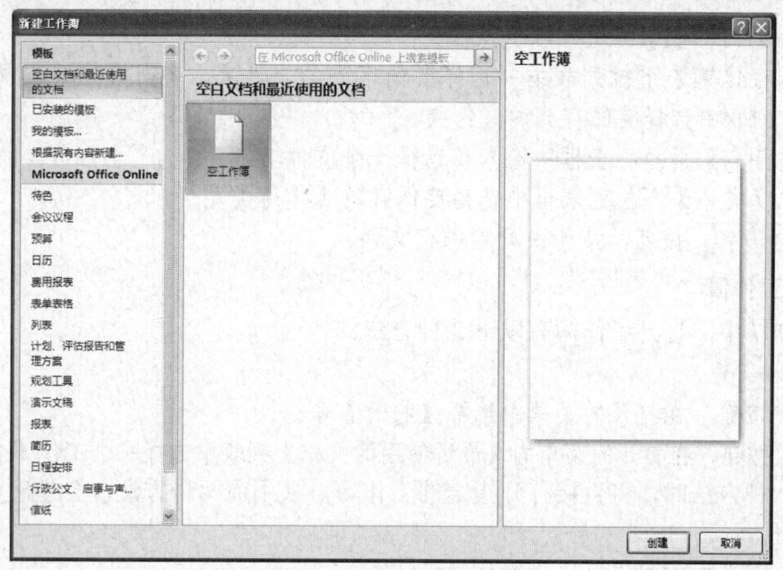

图9-2 【新建工作簿】对话框

二、 保存工作簿

在 Excel 2007 工作时，工作簿的内容驻留在计算机内存和磁盘的临时文件中，没有正式保存。常用保存工作簿的方法有：保存和另存为。

(1) 保存

在 Excel 2007 中，保存工作簿有以下几种方法。

- 按Ctrl+S键。
- 单击【快速访问工具栏】中的按钮。
- 单击按钮，在打开的菜单中选择【保存】命令。

如果工作簿已被保存过，则系统自动将工作簿的最新内容保存起来；如果工作簿从未保存过，则系统需要用户指定文件的保存位置及文件名，相当于执行另存为操作（工作簿另存为操作将在下面讲述）。

(2) 另存为

另存为是指把当前编辑的工作簿以新文件名或在新的保存位置保存起来。单击按钮，在打开的菜单中选择【另存为】命令，弹出如图 9-3 所示的【另存为】对话框。

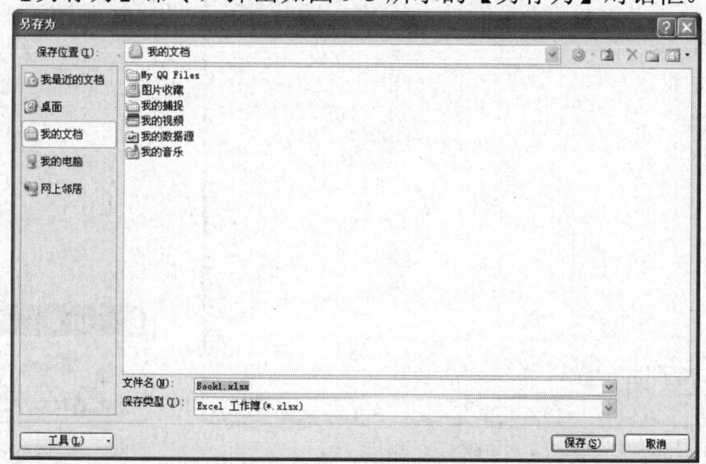

图9-3 【另存为】对话框

在【另存为】对话框中可进行以下操作。

- 在【保存位置】下拉列表框中选择要保存到的文件夹，也可在窗口左侧的预设保存位置列表中选择要保存到的文件夹。
- 在【文件名】下拉列表框中输入或选择一个文件名。
- 在【保存类型】下拉列表框中选择要保存的工作簿类型。
- 单击 保存(S) 按钮，按所做设置保存文件。

三、 打开工作簿

在 Excel 2007 中，打开工作簿有以下 3 种方法。

- 按 Ctrl+O 键。
- 单击 按钮，在打开的菜单中选择【打开】命令。
- 单击 按钮，在打开的菜单的【最近使用的文档】列表中选择一个工作簿名。

采用最后一种方法时，将直接打开指定的工作簿。采用前两种方法，会弹出如图 9-4 所示的【打开】对话框。

在【打开】对话框中可进行以下操作。

- 在【查找范围】下拉列表框中选择要打开工作簿所在的文件夹，也可在窗口左侧的预设位置列表中选择要打开工作簿所在的文件夹。
- 在打开的文件列表中单击一个文件图标，选择该工作簿。
- 在打开的文件列表中双击一个文件图标，打开该工作簿。
- 在【文件名】下拉列表框中输入或选择所要打开的工作簿名。
- 单击 打开(O) 按钮，打开所选择的工作簿或【文件名】下拉列表框中指定的工作簿。

打开工作簿后便可以进行编辑工作表、格式化工作表、使用公式、数据管理和打印工作表等操作。

四、 关闭工作簿

在 Excel 2007 中，单击 按钮，然后在打开的菜单中选择【关闭】命令，即可关闭当前打开的工作簿。关闭工作簿时，如果工作簿改动过且没有保存，则系统会弹出如图 9-5 所示的【Microsoft Office Excel】对话框（以“Book1”为例），以确定是否保存。

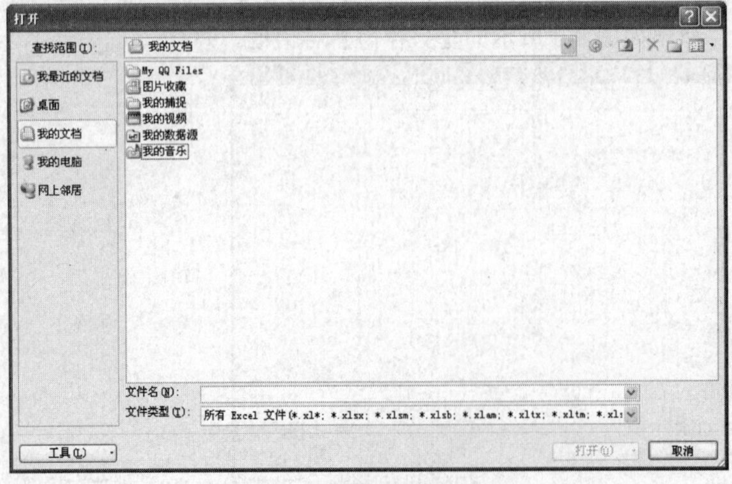

图9-4 【打开】对话框

图9-5 【Microsoft Office Excel】对话框

9.1.2 范例解析——创建第一个工作簿

在 Excel 2007 的工作簿的“Book1”工作表中输入如图 9-6 所示的内容，并以“同窗.xlsx”文件名保存到【我的文档】文件夹中，然后再把文档以“同窗.xls”文件名保存到【我的文档】文件夹中，关闭文档。再打开“同窗.xlsx”，并添加一行记录“李足步，女，1990-8-1，13677777777”，保存文档，然后关闭文档。

	A	B	C	D
1	姓名	性别	生日	手机
2	赵情共	男	1990-5-1	13688888888
3	钱同同	女	1990-6-1	13588888888
4	孙进	男	1990-7-1	13988888888
5				

图9-6　工作表的内容

范例操作

1. 选择【开始】/【程序】/【Microsoft Office】/【Microsoft Office Excel 2007】命令，启动 Excel 2007。
2. 单击 A1 单元格，打开汉字输入法，输入“姓名”，用同样方法在其他单元格中输入相应的内容。
3. 单击【快速访问工具栏】中的按钮，弹出【另存为】对话框（见图 9-3）。
4. 在【另存为】对话框的窗口左侧的预设位置列表中单击【我的文档】文件夹图标，在【文件名】下拉列表框中输入“同窗”，单击 保存(S) 按钮。
5. 单击按钮，在打开的菜单中选择【另存为】/【Excel 97-2003 工作簿】命令，弹出【另存为】对话框（类似于图 9-3，这时默认的文件名是“同窗.xls”，文件类型是.xls 型），单击 保存(S) 按钮。
6. 单击按钮，在打开的菜单中选择【关闭】命令。
7. 单击按钮，在打开的菜单中选择【打开】命令，弹出【打开】对话框（见图 9-4）。
8. 在【打开】对话框的窗口左侧的预设位置列表中单击【我的文档】文件夹图标，在窗口中央的文件列表中单击“同窗.xlsx”文件名，单击 打开(O) 按钮。
9. 在工作表的 A5 单元格中输入“李足步”，B5 单元格中输入“女”，C5 单元格中输入“1990-8-1”，D5 单元格中输入“13677777777”。
10. 单击【快速访问工具栏】中的按钮，
11. 单击按钮，在打开的菜单中选择【关闭】命令。

9.1.3 课堂练习——创建第一个工作簿

在 Excel 2007 的工作簿的“Book1”工作表中输入如图 9-7 所示的内容，并以“网友.xlsx”文件名保存到【我的文档】文件夹中，再以“网友.xls”另存工作簿，然后关闭工作簿。再打开“网友.xlsx”文档，再添加一条记录“李志马，重庆，358999999”，保存文档，然后关闭文档。

	A	B	C
1	姓名	地区	QQ号
2	赵轩	北京	358111111
3	钱帖雅	天津	358222222
4	孙喜乐	上海	358333333

图9-7　工作表的内容

要点提示　在单元格中，文本自动左对齐，数字自动右对齐。

9.2 Excel 2007 的工作表操作

工作表隶属于工作簿，由若干行和若干列组成，而行号和列号交叉的方框称为单元格。在单元格中可输入数据或公式。Excel 2007 的一个工作表最多有 1048676 行和 16384 列（Excel 2007 先前的版本最多有 65536 行和 256 列），行号依次是 1、2、3、……、1048676，列号依次是 A、B、C、……、Y、Z、AA、AB、……、ZZ、AAA、……、XFD。每个工作表有一个名字，显示在工作表标签上。工作表标签底色为白色的工作表是当前工作表，任何时候只有一个工作表是当前工作表。用户可切换另外一个工作表为当前工作表。

Excel 2007 常用的工作表的管理操作包括插入工作表、删除工作表、重命名工作表、移动工作表、复制工作表和切换工作表等。下面具体进行介绍。

9.2.1 知识点讲解

一、 插入工作表

插入工作表有以下几种方法。

- 单击工作簿窗口中工作表标签右侧的按钮，在最后一个工作表之后插入一个空白工作表。
- 单击【开始】选项卡的【单元格】组（见图 9-8）中插入按钮右边的按钮，打开【插入】菜单，如图 9-9 所示。从中选择【插入工作表】命令，在当前工作表之前插入一个空白工作表。

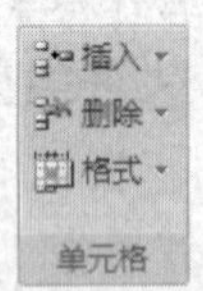

图9-8 【单元格】组

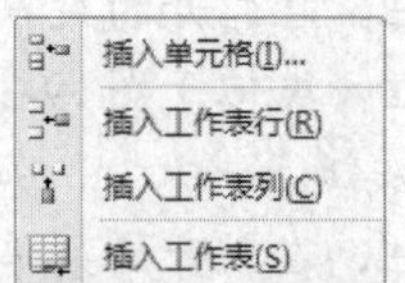

图9-9 【插入】菜单

- 在工作表的标签上单击鼠标右键，在弹出的快捷菜单（见图9-10）中选择【插入】命令，弹出如图 9-11 所示的【插入】对话框。在该对话框中选择“工作表”，再单击 确定 按钮，在此工作表之前插入一个空白工作表。

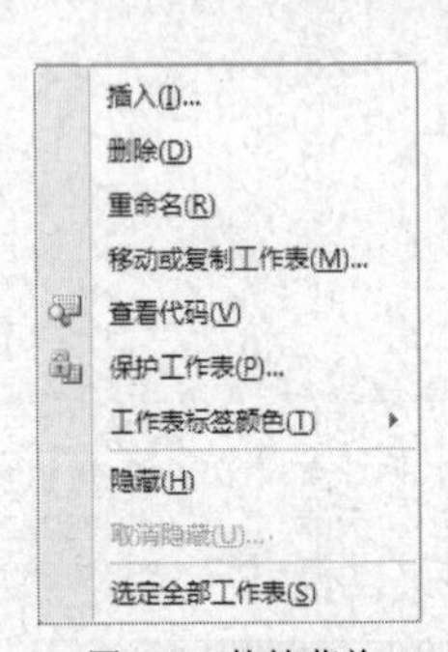

图9-10 快捷菜单

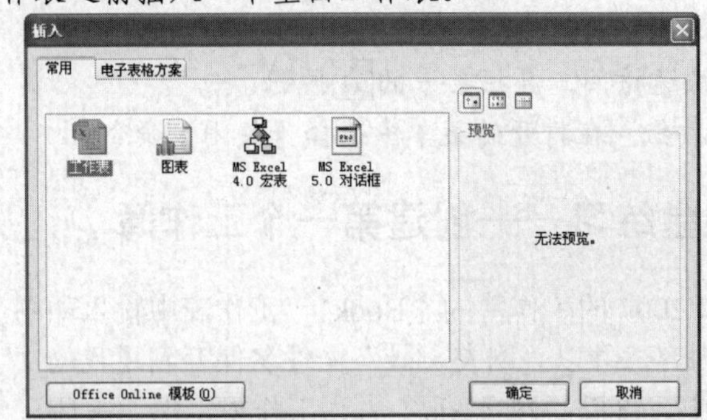

图9-11 【插入】对话框

插入的工作表名为“Sheet4”，如果之前插入过工作表，则工作表名中的序号将依次递增，并自动将其作为当前工作表。

二、 删除工作表

删除工作表有以下几种方法。

- 单击【开始】选项卡中【单元格】组（见图 9-8）中删除按钮右边的按钮，在打开的【删除】菜单（见图 9-12）中选择【删除工作表】命令，删除当前工作表。

- 在工作表标签上单击鼠标右键，在弹出的快捷菜单中选择【删除】命令，可删除该工作表。

如果要删除的工作表不是空白工作表，系统会弹出如图 9-13 所示的【Microsoft Excel】对话框，以确定是否真正删除。

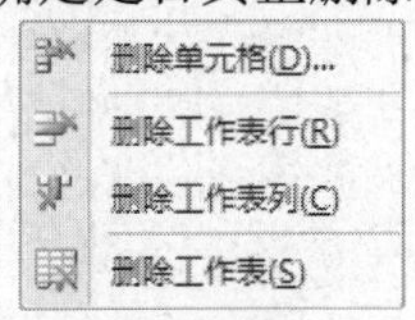

图9-12 【删除】菜单

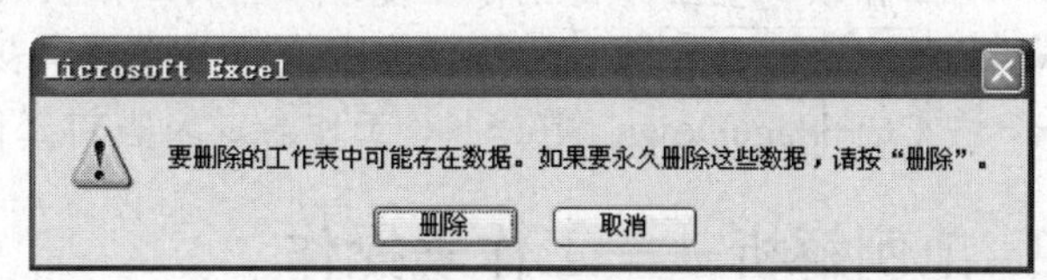

图9-13 【Microsoft Excel】对话框

三、 重命名工作表

重命名工作表有以下几种方法。

- 在工作表标签上双击鼠标左键，工作表标签变为黑色，这时可输入新的工作表名。
- 在工作表标签上单击鼠标右键，在弹出的快捷菜单（见图 9-10）中选择【重命名】命令，工作表标签变为黑色，这时可输入新的工作表名。
- 新工作表名输入完后，按 Enter 键或在工作表标签外单击鼠标左键，工作表名被更改。输入工作表名时按 Esc 键，则退出工作表重命名操作，并且工作表名不变。

四、 复制工作表

复制工作表就是指在工作簿中插入一个与当前工作表完全相同的工作表。复制工作表有以下几种方法。

- 按住 Ctrl 键拖动当前工作表标签到某位置，即可复制当前工作表到该位置。
- 在工作表标签上单击鼠标右键，在弹出的快捷菜单（见图 9-10）中选择【移动或复制工作表】命令。

使用后一种方法，将弹出如图9-14所示的【移动或复制工作表】对话框。在该对话框中可进行以下操作。

- 在【工作簿】下拉列表框中选择一个工作簿，把工作表复制到该工作簿。
- 在【下列选定工作表之前】列表框中选择一个工作表，把工作表复制到所选择的工作表之前。
- 选中【建立副本】复选框。
- 单击 确定 按钮，当前工作表复制到选择的工作表之前。

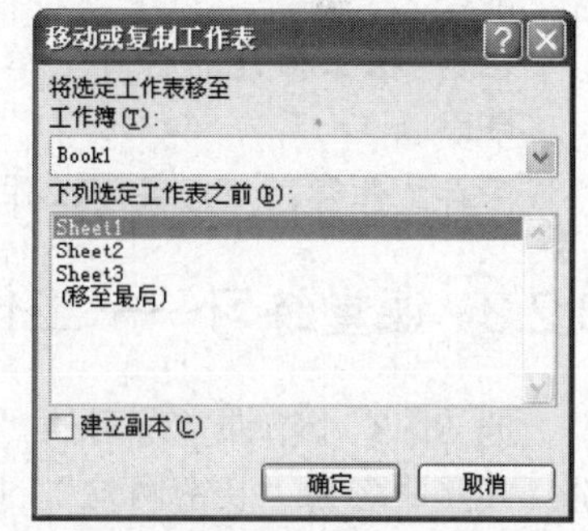

图9-14 【移动或复制工作表】对话框

工作表复制后，新的工作表名为原来的工作表名再加上一个空格和用括号括起来的序号，如“Sheet1 (2)”。

五、 移动工作表

移动工作表就是指在工作簿中改变工作表的排列顺序。移动工作表有以下几种方法。

- 拖动当前工作表标签到某位置，即可移动工作表到该位置。
- 在工作表标签上单击鼠标右键，在弹出的快捷菜单（见图 9-10）中选择【移动或复制工作表】命令。

使用后一种方法，也会弹出如图9-14所示的【移动或复制工作表】对话框，除了不选中【建立副本】复选框外，其他操作与复制工作表相同。

六、切换工作表

在 Excel 2007 中，只有一个工作表是当前活动工作表，当前工作表标签的底色为白色，非当前工作表标签的底色为浅蓝色。切换工作表有以下几种常用方法。

- 在工作表标签上单击鼠标左键，相应的工作表成为当前工作表。
- 按 Ctrl+PageUp 键，上一工作表成为当前工作表。
- 按 Ctrl+PageDown 键，下一工作表成为当前工作表。

9.2.2 范例解析——工作表操作

把 9.1.2 小节范例解析的“同窗.xlsx”的第 1 张工作表重命名为“高中同学”，然后复制一份，并重命名为“初中同学”，把“初中同学”工作表移动到把“高中同学”之前，删除其余两张工作表，最后的工作表标签如图 9-15 所示。

图9-15 工作表标签（一）

范例操作

1. 打开“同窗.xlsx”。
2. 在第 1 张工作表的标签上双击鼠标左键，工作表标签变为黑色，删除原来的工作表名，然后输入“高中同学”，再按 Enter 键。
3. 按住 Ctrl 键并拖动第 1 张工作表的标签到最后1张工作表标签之后，在该工作表标签上双击鼠标左键，工作表标签变为黑色，删除原来的工作表名，然后输入“初中同学”，再按 Enter 键。
4. 拖动“初中同学”工作表的标签到第 1 张工作表的标签之前。
5. 在第4张工作表的标签上单击鼠标右键，在弹出的快捷菜单（见图9-10）中选择【删除】命令。
6. 在第3张工作表的标签上单击鼠标右键，在弹出的快捷菜单（见图9-10）中选择【删除】命令。
7. 保存工作簿，然后关闭工作簿。

9.2.3 课堂练习——工作表操作

把 9.1.3 小节课堂练习的“网友.xlsx”的第 1 张工作表重命名为“普通网友”，然后复制一份，并重命名为“亲密网友”，把“亲密网友”工作表移动到“普通网友”工作表之前，删除其余两张工作表，最后的工作表标签如图 9-16 所示。

图9-16 工作表标签（二）

9.3 课后作业

一、操作题

在工作簿的“Book1”工作表中输入如图 9-17 所示的内容，把第1张工作表重命名为“高中老师”，然后复制两份，并分别重命名为“小学老师”和“初中老师”，然后把工作表以“小学老师”、“初中老师”和“高中老师”的顺序排列，删除其余两张工作表，最后的工作表标签如图 9-18 所示，然后以“恩师.xlsx”文件名保存到【我的文档】文件夹中。

	A	B	C
1	姓名	课程	电话
2	赵春	数学	
3	钱进	语文	
4	孙到成	英语	
5	李辉	物理	
6	周丝	化学	
7	吴方始	政治	
8	郑尽	体育	

图9-17　工作表内容

图9-18　工作表标签

操作提示

(1)　输入工作表内容。

(2)　复制工作表。

(3)　重命名工作表。

(4)　移动工作表。

(5)　删除工作表。

(6)　保存工作表。

二、思考题

1.　工作簿有哪些操作？如何操作？

2.　工作表有哪些操作？如何操作？

第 10 讲

Excel 2007 的数据录入

【学习目标】

<table>
<tr><td>

- 掌握 Excel 2007 的数据录入方法。

</td><td>

	A	B	C	D
1	学号	姓名	语文	英语
2	09001	赵严谨	90	85
3	09002	钱勤奋	80	77
4	09003	孙求实	95	93
5	09004	李创新	70	63
6	09005	周博学	80	78
7	09006	吴谦虚	50	46
8	09007	郑团结	95	94
9	09008	王勇敢	90	87

</td></tr>
<tr><td>

- 掌握 Excel 2007 的工作表编辑方法。

</td><td>

	A	B	C	D	E
1	考试成绩表				
2	学号	姓名	数学	语文	英语
3	09001	赵严谨	92	90	85
4	09002	钱勤奋	89	80	77
5	09003	孙求实	94	95	93
6	09004	李创新	74	70	63
7	09005	周博学	83	80	78
8	09006	吴谦虚	51	50	46
9	09007	郑团结	98	95	94
10	09008	王勇敢	90	90	87

</td></tr>
</table>

10.1 Excel 2007 的数据录入

在单元格中录入数据是 Excel 2007 的基本操作，但在录入数据前必须先激活单元格。可以在单元格中输入数据，也可以用填充柄填充数据，还可以对已经输入的数据进行解析、编辑或修改。

10.1.1 知识点讲解

若要对某一单元格进行操作，则必须先激活该单元格。被激活的单元格称为活动单元格，其所在的行称为当前行，其所在的列称为当前列。若要对某些单元格统一处理（如设置字体或字号等），则需要选定这些单元格。

一、激活单元格

活动单元格是指当前对其进行操作的单元格，其边框要比其他单元格的边框粗黑，如图 10-1 所示。新工作表默认A1 单元格为活动单元格。在一个单元格上单击鼠标左键，该单元格即成为活动单元格。

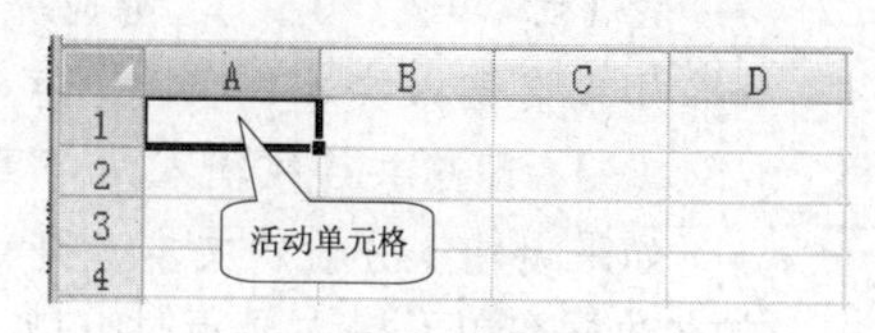

图10-1 活动单元格

利用键盘上的光标移动键可以移动活动单元格的位置，具体按键及功能如表 10-1 所示。

表 10-1 移动活动单元格的光标移动键

按键	功能	按键	功能
↑	上移一格	↓	下移一格
Shift+Enter	上移一格	Enter	下移一格
PageUp	上移一屏	PageDown	下移一屏
←	左移一格	→	右移一格
Shift+Tab	左移一格	Tab	右移一格
Home	到本行 A 列	Ctrl+Home	到 A1 单元格

二、选定单元格区域

被选定的单元格区域被粗黑边框包围，有一个单元格的底色为白色，其余单元格的底色为浅蓝色，如图 10-2 所示。底色为白色的单元格是活动单元格。

用以下方法可选定一个矩形单元格区域。

- 按住 Shift键移动鼠标光标，选定以开始单元格和结束单元格为对角的矩形区域。
- 拖动鼠标光标从一个单元格到另一个单元格，选定以这两个单元格为对角的矩形区域。
- 按住 Shift键单击一个单元格，选定以活动单元格和该单元格为对角的矩形区域。

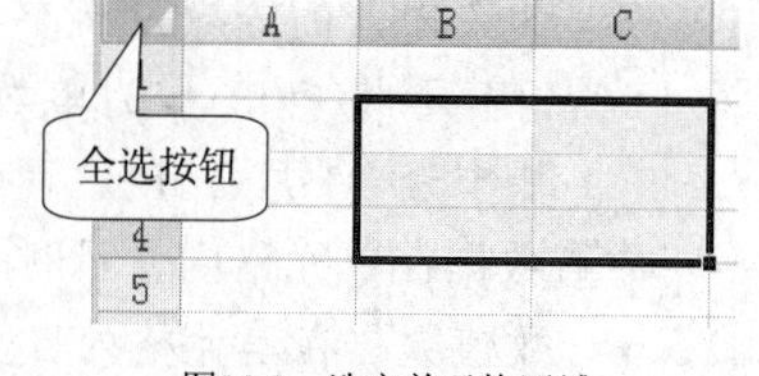

图10-2 选定单元格区域

用以下方法可选定一整行（列）或若干相邻的行（列）。

- 在工作表的行（列）号上单击，选定该行（列）。
- 按住 Shift键在工作表的行（列）号上单击，选定从当前行（列）到所单击行（列）之间的行（列）。

- 拖动鼠标光标从一行（列）到另一行（列），选定两行（列）之间的行（列）。
- 另外，按Ctrl+A键或单击全选按钮，可选定整个工作表。

选定单元格区域后，单击工作表的任意一个单元格，或按键盘上的任一光标移动键，即可取消单元格的选定状态。

三、 输入数据

(1) 输入文本数据

文本数据用来表示一个名字或名称，可以是汉字、英文字母、数字和空格等用键盘输入的字符。需要注意的是，文本数据仅供显示或打印用，而不能进行数学运算。

输入文本数据时，应注意以下特殊情况。

- 如果要输入的文本可视作数值数据（如“12”）、日期数据（如“3 月 5 日”）或公式（如“=A1*0.5”），则应先输入一个英文单引号（'），再输入文本。
- 如果要输入文本的第1个字符是英文单引号（'），则也应先输入一个英文单引号（'），即总共连续输入两个英文单引号（'）。
- 如果要输入分段的文本，则输入完一段后要按Alt+Enter 键，再输入下一段。

文本数据在单元格内显示时有以下特点。

- 文本数据在单元格内自动左对齐。
- 对于有分段文本的单元格，单元格高度将根据文本高度自动调整。
- 当文本的长度超过单元格宽度时，如果右边单元格中无数据，则文本扩展到右边单元格中显示，否则文本根据单元格宽度截断显示。

(2) 输入数值数据

数值数据表示一个有大小值的数，可以进行算术运算，同时也可以比较大小。在 Excel 2007 中，数值数据可以用以下 5 种形式输入。

- 整数形式（如“100”）。
- 小数形式（如“3.14”）。
- 分数形式（如“1 1/2”，等于“1.5”。注意，在这里两个 1 之间要有空格）。
- 百分数形式（如“10%”，等于“0.1”）。
- 科学记数法形式（如“1.2E3”，等于“1200”）。

对于整数和小数，输入时还可以带千分位（如“10,000”）或货币符号（如“$100”）。输入数值数据时，应注意以下特殊情况。

- 如果输入一个用英文小括号括起来的正数，则系统会将其当作有相同绝对值的负数对待。例如输入“(100)”，系统将其作为“−100”。
- 如果输入的分数没有整数部分，则系统会将其作为日期数据或文本数据对待，此时只要将“0”作为整数部分加上，就可避免这种情况。例如输入“1/2”，系统将其作为“1 月 2 日”，而输入“0 1/2”，则系统就将其作为“0.5”。

数值数据在单元格内显示时有以下特点。

- 数值数据在单元格内自动右对齐。
- 当数值的长度超过 12 位时，自动以科学计数法形式表示。
- 当数值的长度超过单元格宽度时，如果未设置单元格宽度，则单元格宽度自动增加，否则将以科学计数法形式表示。
- 如果科学计数法形式仍然超过单元格的宽度，则单元格内显示“####”，此时只要将单元格增大到一定宽度，就能将其正确显示。

(3) 输入日期

输入日期有以下 6 种格式。

①M/D（如“3/14”）	④Y/M/D（如“2008/3/14”）
②M-D（如“3-14”）	⑤Y-M-D（如“2008-3-14”）
③M 月 D 日（如“3 月 14 日”）	⑥Y 年 M 月 D 日（如“2008 年 3 月 14 日”）

输入日期时，应注意以下情况。

- 按①～③这 3 种格式输入，则默认的年份是系统时钟的当前年份。
- 按④～⑥这 3 种格式输入，则年份可以是两位（系统规定，“00～29”表示“2000～2029”，“30～99”表示“1930～1999”），也可以是 4 位。
- 按 Ctrl+; 键，则输入系统时钟的当前日期。
- 如果输入一个非法的日期，如“2008-2-30”，则作为文本数据对待。

日期在单元格内显示时有以下特点。

- 日期在单元格内自动右对齐。
- 按①～③这 3 种格式输入，显示形式是“M 月 D 日”，不显示年份。
- 按第④、第⑤种格式输入，显示形式是“Y-M-D”，其中，年份显示 4 位。
- 按第⑥种格式输入，显示形式是“Y 年 M 月 D 日”，其中，年份显示 4 位。
- 按 Ctrl+; 键，输入系统的当前日期，显示形式是“Y-M-D”，其中，年份显示 4 位。
- 当日期的长度超过单元格宽度时，如果未设置单元格宽度，则单元格宽度自动增加，否则单元格内显示“####”，此时只要将单元格增大到一定宽度，就能将其正确显示。

(4) 输入时间

输入时间有以下 6 种格式。

①H:M	④H:M:S
②H:M AM	⑤H:M:S AM
③H:M PM	⑥H:M:S PM

输入时间时，应注意以下情况。

- 时间格式中的“AM”表示上午，“PM”表示下午，它们前面必须有空格。
- 带“AM”或“PM”的时间，H 的取值范围从“0”～“12”。
- 不带“AM”或“PM”的时间，H 的取值范围从“0”～“23”。
- 按 Ctrl+Shift+; 键，输入系统时钟的当前时间，显示形式是“H:M”。
- 如果输入时间的格式不正确，则系统将其当作文本数据对待。

时间在单元格内显示时有以下特点。

- 时间在单元格内自动右对齐。
- 时间在单元格内按输入格式显示，“AM”或“PM”自动转换成大写。
- 当时间的长度超过单元格宽度时，如果未设置单元格宽度，则单元格宽度自动增加，否则单元格内显示“####”，此时只要将单元格增大到一定宽度，就能将其正确显示。

四、 填充数据

如果要使输入到某行或某列的数据有规律，可使用自动填充功能来完成数据输入。填充柄是指活动单元格或选定单元格区域右下角的黑色小方块，如图 10-3 所示。将鼠标光标移动到填充柄上时，鼠标光标变为+状，在这种状态下拖动鼠标，拖动所覆盖的单元格即被相应的内容填充。

利用填充柄进行填充时，有以下几种不同情况。

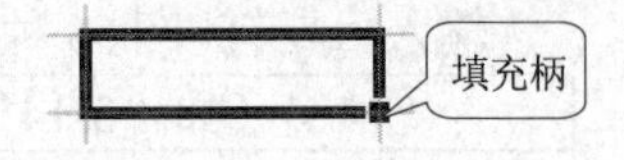

图10-3 填充柄

- 如果当前单元格中的内容是数，则该数被填充到所覆盖的单元格中。
- 如果当前单元格中的内容是文字，且该文字的开始和最后都不是数字，则该文字被填充到所覆盖的单元格中。
- 如果当前单元格中的内容是文字，且文字的最后是阿拉伯数字，则填充时文字中的数将自动增加，步长为 1（如"零件 1"、"零件 2"、"零件 3"等）。
- 如果当前单元格中的内容是文字，且文字的开始是阿拉伯数字，最后不是数字，则填充时文字中的数将自动增加，步长为 1（如"1 班"、"2 班"、"3 班"等）。
- 如果当前单元格中的内容是日期，则公差为 1 天的日期序列依次被填充到所覆盖的单元格中。
- 如果当前单元格中的内容是时间，则公差为 1 小时的时间序列依次被填充到所覆盖的单元格中。
- 如果当前单元格中的内容是公式，则填充结果详见第 11.2 节相关内容。
- 如果当前单元格中的内容是内置序列中的一项，则该序列中的以后项依次被填充到所覆盖的单元格中。

Excel 2007 提供了以下 11 个内置序列。

- Sun、Mon、Tue、Wed、Thu、Fri、Sat。
- Sunday、Monday、Tuesday、Wednesday、Thursday、Friday、Saturday。
- Jan、Feb、Mar、Apr、May、Jun、Jul、Aug、Sep、Oct、Nov、Dec。
- January、February、March、April、May、June、July、August、September、October、November、December。
- 日、一、二、三、四、五、六。
- 星期日、星期一、星期二、星期三、星期四、星期五、星期六。
- 一月、二月、三月、四月、五月、六月、七月、八月、九月、十月、十一月、十二月。
- 正月、二月、三月、四月、五月、六月、七月、八月、九月、十月、十一月、腊月。
- 第一季、第二季、第三季、第四季。
- 子、丑、寅、卯、辰、巳、午、未、申、酉、戌、亥。
- 甲、乙、丙、丁、戊、己、庚、辛、壬、癸。

五、 修改数据

如果输入的内容不正确，可以对其进行修改。要对单元格的数据进行修改，首先要进入修改状态，然后进行修改操作，如移动鼠标光标、插入、改写和删除等操作。修改完成后，可以确认或取消所做的修改。

(1) 进入修改状态

- 单击要修改的单元格，再单击编辑栏，鼠标光标出现在编辑栏内。
- 单击要修改的单元格，再按 F2 键，鼠标光标出现在单元格内。
- 双击要修改的单元格，鼠标光标出现在单元格内。

(2) 移动鼠标光标

- 在编辑栏或单元格内某一点单击鼠标左键，鼠标光标定位到该位置。

- 用键盘上的光标移动键也可移动鼠标光标，如表 10-2 所示。

表 10-2　　常用的移动鼠标光标按键

按键	移动到	按键	移动到	按键	移动到
←	左侧一个字符	Ctrl+←	左侧一个词	Home	当前行的行首
→	右侧一个字符	Ctrl+→	右侧一个词	End	当前行的行尾
↑	上一行	Ctrl+↑	前一个段落	Ctrl+Home	单元格内容的开始
↓	下一行	Ctrl+↓	后一个段落	Ctrl+End	单元格内容的结束

(3) 插入与删除

- 在改写状态下（鼠标光标是黑色方块），输入的字符将覆盖方块上的字符；在插入状态下（鼠标光标是竖线），输入的字符将插入到鼠标光标处。按 Insert 键，可切换插入/改写状态。
- 按 Backspace 键，可删除鼠标光标左边的字符或选定的字符；按 Delete 键，可删除鼠标光标右边的字符或选定的字符。

(4) 确认或取消修改

- 单击编辑栏左边的✓按钮，所做修改有效，活动单元格不变。
- 单击编辑栏左边的✕按钮或按 Esc 键，取消所做的修改，活动单元格不变。
- 按 Enter 键，所做修改有效，本列下一行的单元格为活动单元格。
- 按 Tab 键，所做修改有效，本行下一列的单元格为活动单元格。

六、 删除数据

用以下方法可以删除活动单元格或所选定单元格中的所有内容。

- 按 Delete 或 Backspace 键。
- 单击【编辑】组（见图 10-4）中的按钮，在打开的菜单中选择【清除内容】命令。

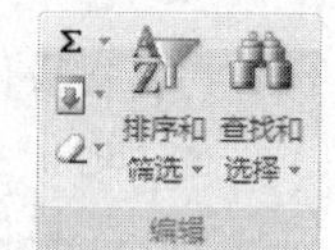

图10-4　【编辑】组

在单元格中的内容被删除后，单元格及单元格中内容的格式仍然保留，以后再往此单元格中输入数据时，数据采用原来的格式。

10.1.2 范例解析——创建“考试成绩表.xlsx”

创建如图10-5所示的学生成绩表，并以“考试成绩表.xlsx”为文件名保存到【我的文档】文件夹中。

1. 在 Excel 2007 中新建一个工作簿。
2. 单击 A2 单元格，先输入英文单引号“'”，再输入“09001”。
3. 拖动 A2 单元格的填充柄到 A9 单元格。
4. 在其余单元格中输入相应的数据。
5. 以“考试成绩表.xlsx”为文件名保存到【我的文档】文件夹中，关闭文档。

	A	B	C	D
1	学号	姓名	语文	英语
2	09001	赵严谨	90	85
3	09002	钱勤奋	80	77
4	09003	孙求实	95	93
5	09004	李创新	70	63
6	09005	周博学	80	78
7	09006	吴谦虚	50	46
8	09007	郑团结	95	94
9	09008	王勇敢	90	87

图10-5　考试成绩表

10.1.3　课堂练习——创建“公司业绩表.xlsx”

创建如图10-6所示的公司业绩表，并以“公司业绩表.xlsx”为文件名保存到【我的文档】文件夹中。

	A	B	C	D
1	营业部1	营业部2	营业部3	营业部4
2	635	285	355	300
3	578	316	534	320
4	645	409	456	308
5	567	257	578	467

图10-6　公司业绩表

操作提示

1. 输入“营业部 1”、“营业部 2”等，用填充方式输入。
2. 输入各数据。

10.2　Excel 2007 的工作表编辑

工作表中单元格常用的编辑操作包括插入单元格、删除单元格、复制单元格和移动单元格等。

10.2.1　知识点讲解

一、 插入单元格

在功能区【开始】选项卡的【单元格】组（见图 10-7）中单击插入按钮右边的按钮，在打开的菜单中选择【单元格】命令，弹出如图 10-8 所示的【插入】对话框。

在【插入】对话框中的 4 个单选按钮的作用如下。

- 选中【活动单元格右移】单选按钮，则插入单元格后，活动单元格及其右侧的单元格依次向右移动。
- 选中【活动单元格下移】单选按钮，则插入单元格后，活动单元格及其下方的单元格依次向下移动。
- 选中【整行】单选按钮，则插入一行后，当前行及其下方的行依次向下移动。
- 选中【整列】单选按钮，则插入一列后，当前列及其右侧的列依次向右移动。

二、 删除单元格

在功能区【开始】选项卡的【单元格】组（见图 10-7）中单击删除按钮右边的按钮，在打开的菜单中选择【单元格】命令，弹出如图 10-9 所示的【删除】对话框。

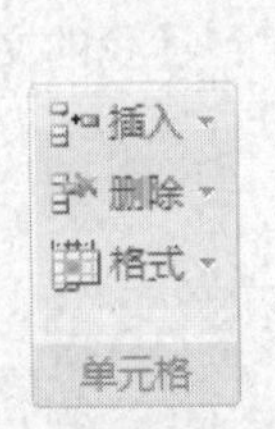

图10-7　【单元格】组

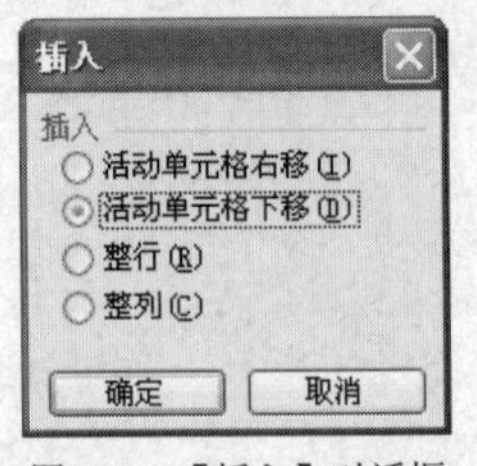

图10-8　【插入】对话框

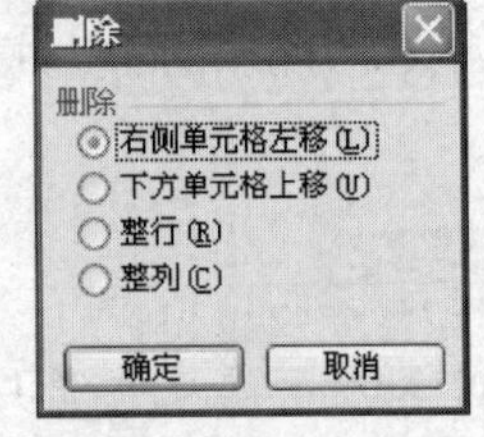

图10-9　【删除】对话框

在【删除】对话框中的 4 个单选按钮的作用如下。

- 选中【右侧单元格左移】单选按钮，则删除活动单元格后，右侧的单元格依次向左移动。
- 选中【下方单元格上移】单选按钮，则删除活动单元格后，下方的单元格依次向上移动。

- 选中【整行】单选按钮，则删除活动单元格所在的行后，下方的行依次向上移动。
- 选中【整列】单选按钮，则删除活动单元格所在的列后，右侧的列依次向左移动。

三、 复制单元格

把鼠标光标放到选定的单元格或单元格区域的边框上，按住 Ctrl 键的同时拖动鼠标到目标单元格，可复制单元格。另外，把选定的单元格或单元格区域的内容复制到剪贴板，再将剪贴板上的内容粘贴到目标单元格或单元格区域中，也可复制单元格。

复制单元格时，以下情况要特别注意。

- 复制单元格时，单元格的内容和格式一同复制。
- 如果单元格中的内容是公式，则复制后的公式会根据目标单元格的地址进行调整，具体可参见第 11 讲的相关内容。

四、 移动单元格

把鼠标光标放到选定的单元格或单元格区域的边框上，拖动鼠标到目标单元格，可移动单元格。另外，把选定的单元格或单元格区域的内容剪切到剪贴板，再把剪贴板上的内容粘贴到目标单元格或单元格区域中，也可移动单元格。

移动单元格时，以下情况要特别注意。

- 移动单元格时，单元格的内容和格式一同移动。
- 如果单元格中的内容是公式，则移动后的公式不会根据目标单元格的地址进行调整，具体可参见第 11 讲的相关内容。

10.2.2 范例解析——编辑“考试成绩表.xlsx”

编辑 10.1.2 小节范例解析的“考试成绩表.xlsx”，结果如图 10-10 所示。

	A	B	C	D	E
1	考试成绩表				
2	学号	姓名	数学	语文	英语
3	09001	赵严谨	92	90	85
4	09002	钱勤奋	89	80	77
5	09003	孙求实	94	95	93
6	09004	李创新	74	70	63
7	09005	周博学	83	80	78
8	09006	吴谦虚	51	50	46
9	09007	郑团结	98	95	94
10	09008	王勇敢	90	90	87

图10-10 编辑后的考试成绩表

1. 打开“考试成绩表.xlsx”。
2. 选定第1行的一个单元格，在功能区【开始】选项卡的【单元格】组中单击 插入 按钮右边的 ▾ 按钮，在打开的菜单中选择【插入工作表行】命令，插入一个新行。
3. 在 A1 单元格中输入“考试成绩表”。
4. 选定第C列的一个单元格，在功能区【开始】选项卡的【单元格】组中单击 插入 按钮右边的 ▾ 按钮，在打开的菜单中选择【插入工作表列】命令，插入一个新列。
5. 在 C2 单元格中输入“数学”，然后在其下面的单元格中输入相应的分数。
6. 保存文档，然后关闭文档。

10.2.3 课堂练习——编辑“公司业绩表.xlsx”

编辑 10.1.3 小节课堂练习的“公司业绩表.xlsx”，结果如图 10-11 所示。

	A	B	C	D	E
1	公司业绩表				
2	季度	营业部1	营业部2	营业部3	营业部4
3	第1季度	635	285	355	300
4	第2季度	578	316	534	320
5	第3季度	645	409	456	308
6	第4季度	567	257	578	467
7					

图10-11 公司业绩表

操作提示

1. 插入工作表行，再插入工作表列。
2. 输入标题，输入季度名称（用填充方式）。

10.3 课后作业

一、操作题

建立如图 10-12 所示的课程表，并以“课程表.xlsx”为文件名保存到【我的文档】文件夹中。

	A	B	C	D	E	F
1	课程表					
2		星期一	星期二	星期三	星期四	星期五
3	第1节	数学	语文	英语	数学	语文
4	第2节	语文	英语	数学	语文	英语
5	第3节	英语	数学	语文	英语	数学
6	第4节	自习	自习	自习	自习	自习
7	第5节	音乐	绘画	计算机	科技	体育
8	第6节	语文	英语	数学	语文	数学
9						

图10-12 课程表

操作提示

(1) 课节和星期用填充方式输入。

(2) 输入一个课程名，其余相同的课程名用复制方法输入。

二、思考题

1. Excel 2007 的数据有哪些类型？如何输入？
2. 工作表的单元格有哪些编辑操作？如何操作？

第 11 讲

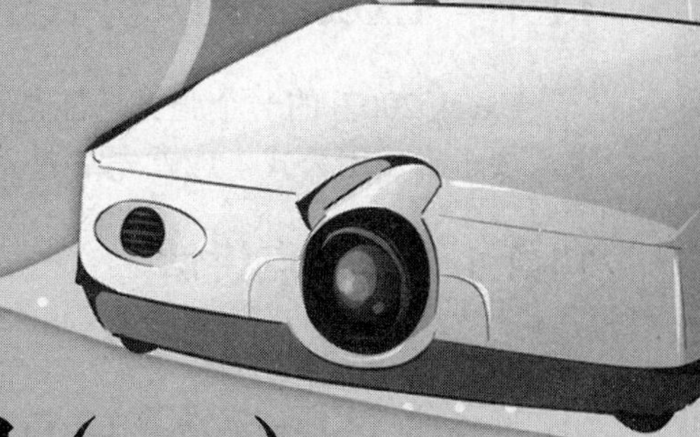

Excel 2007 的公式使用（一）

【学习目标】

<table>
<tr><td>• 掌握 Excel 2007 公式的基本概念。</td><td>

出版社	图书系列	单价	数量	折扣率	进价	总价
人民	操作系统	21.6	500	0.7		
科学	计算机文化基础	24.2	500	0.65		
高教	VB	26.8	1000	0.8		
清华	VC	38.9	1000	0.5		
人民	计算机文化基础	23.5	1000	0.62		
高教	操作系统	29.9	1000	0.8		
科学	VB	21.5	1000	0.7		
人民	VB	21.7	400	0.6		
高教	VC	32.3	3000	0.8		
清华	计算机文化基础	24.8	1000	0.7		

</td></tr>
<tr><td>• 掌握 Excel 2007 公式的使用方法。</td><td>

出版社	图书系列	单价	数量	折扣率	进价	总价
人民	操作系统	21.6	500	0.7	15.1	7560
科学	计算机文化基础	24.2	500	0.65	15.7	7865
高教	VB	26.8	1000	0.8	21.4	21440
清华	VC	38.9	1000	0.5	19.5	19450
人民	计算机文化基础	23.5	1000	0.62	14.6	14570
高教	操作系统	29.9	1000	0.8	23.9	23920
科学	VB	21.5	1000	0.7	15.1	15050
人民	VB	21.7	400	0.6	13	5208
高教	VC	32.3	3000	0.8	25.8	77520
清华	计算机文化基础	24.8	1000	0.7	17.4	17360

</td></tr>
</table>

11.1 Excel 2007 公式的基本概念

Excel 2007 的一个强大功能是可以在单元格内输入公式，系统自动在单元格内显示计算结果。要正确使用公式，应首先掌握公式的基本概念，包括常量、运算符和公式的规则等。

11.1.1 知识点讲解

一、常量

常量是一个固定的值，从字面上就能知道该值是什么或其大小是多少。公式中的常量有数值型常量、文本型常量和逻辑常量。

(1) 数值型常量

数值型常量可以是整数、小数、分数和百分数，可以带正（负）号，但不能带千分位和货币符号。

以下是合法的数值型常量：100（整数）、-200（整数，带负号）、3.14（小数）、-2.48（小数，带负号）、1/2（真分数）、1 1/2（带分数，整数和分数中间有一个空格）、15%（百分数，等于 0.15）。

以下是非法的数值型常量：2A（不是一个数）、1,000（带千分位）、$123（带货币符号）、1+1（是一个运算式，不是一个数值型常量）、"250"（是一个文本型常量，不是一个数值型常量）。

(2) 文本型常量

文本型常量是用英文双引号（""）括起来的若干字符，但其中不能包含英文双引号。例如，" 平均值是"、"总金额是"等都是合法的文本型常量。

以下是非法的文本型常量：平均值是（无英文双引号）、“平均值是”（双引号是中文双引号）、"平均值是（少一半英文双引号）、"平均值"是"（多一半英文双引号）。

(3) 逻辑常量

逻辑常量只有 TRUE 和 FALSE 这两个值，分别表示真和假。

二、单元格地址

单元格的列号与行号称为单元格地址，地址有相对地址、绝对地址和混合地址 3 种类型。

(1) 相对地址

相对地址仅包含单元格的列号与行号（列号在前，行号在后），如 A1、B2。相对地址是 Excel 2007 默认的单元格引用方式。在复制或填充公式时，系统根据目标位置自动调节公式中的相对地址。例如，C2 单元格中的公式是“=A2+B2”，如果将 C2 单元格中的公式复制或填充到 C3 单元格，则 C3 单元格中的公式自动调整为“=A3+B3”，即公式中相对地址的行坐标加 1。

(2) 绝对地址

绝对地址是在列号与行号前均加上“$”符号，如$A$1、$B$2。在复制或填充公式时，系统不改变公式中的绝对地址。例如，C2 单元格中的公式是“=$A$2+$B$2”，如果将 C2 单元格中的公式复制或填充到 C3 单元格，则 C3 单元格的公式仍然为“=$A$2+$B$2”。

(3) 混合地址

混合地址是在列号和行号中的一个之前加上“$”符号，如$A1、B$2。在复制或填充公式时，系统改变公式中的相对部分（不带“$”者），不改变公式中的绝对部分（带“$”者）。例如，C2 单元格中的公式是“=$A2+B$2”，如果把它复制或填充到 C3 单元格，则 C3 单元格中的公式变为“=$A3+B$2”。

三、 运算符

公式中表示运算的符号称为运算符。运算符根据参与运算数值的个数分为单目运算符和双目运算符。单目运算符只有一个数值参与运算，而双目运算符有两个数值参与运算。常用的运算符有算术运算符、比较运算符和文字连接符。

(1) 算术运算符

算术运算符用来比较两个数值或文本的大小，算术运算的结果是数值。算术运算符共有 7 个，其含义如表 11-1 所示。

表 11-1　　算术运算符

算术运算符	类型	含义	示例
–	单目	求负	–A1（等于–1* A1）
+	双目	加	3+3
–	双目	减	3–1
*	双目	乘	3*3
/	双目	除	3/3
%	单目	百分比	20%（等于 0.2）
^	双目	乘方	3^2（等于 3*3）

算术运算的优先级由高到低为：–（求负）、%、^、*和/、+和–。如果优先级相同（如*和/），则按从左到右的顺序计算。使用括号可改变运算顺序，先计算括号内后计算括号外。

例如：

```
 1+2^3-4/5%*6              (1+2)^4-3/(5%*6)
=1+2^3-4/0.05*6            =3^4-3/(0.05*6)
=1+2^3-80*6                =3^4-3/0.3
=1+8-80*6                  =81-3/0.3
=1+8-480                   =81-10
=9-480                     =71
=-472
```

(2) 比较运算符

比较运算符用来表示比较运算，参与比较运算的数据必须是同一类型，文本、数值、日期和时间都可进行比较。比较运算的结果是一个逻辑值（TRUE 或 FALSE）。比较运算的优先级比算术运算的低。比较运算符及其含义如表 11-2 所示。

表 11-2　　比较运算符

比较运算符	含义	比较运算符	含义
=	等于	>=	大于等于
>	大于	<=	小于等于
<	小于	<>	不等于

各种类型数据的比较规则如下。

- 数值型数据的比较规则是：按照数值的大小进行比较。
- 日期型数据的比较规则是：昨天<今天<明天。
- 时间型数据的比较规则是：过去<现在<将来。

- 文本型数据的比较规则是：按照字典顺序比较。

字典顺序的比较规则如下。

- 从左向右进行比较，第 1 个不同字符的大小就是两个文本数据的大小。
- 如果前面的字符都相同，则没有剩余字符的文本小。
- 英文字符<中文字符。
- 英文字符按在 ASCII 码表中的顺序进行比较，位置靠前的小。从 ASCII 码表中不难看出：空格<数字<大写字母<小写字母。
- 汉字的大小按字母顺序，即汉字的拼音顺序，如果拼音相同则比较声调，如果声调相同则比较笔画。如果一个汉字有多个读音或者一个读音有多个声调，则系统选取最常用的拼音和声调。

例如："12"<"3"、"AB"<"AC"、"A"<"AB"、"AB"<"ab"、"AB"<"中"、"美国"<"中国"的结果都为 TRUE。

(3) 文字连接符

文字连接符只有一个“&”，是双目运算符，用来连接文本或数值，结果是文本类型。文字连接的优先级比算术运算符的低，但比比较运算的高。以下是文字连接的示例。

- "计算机" & "应用"，其结果是"计算机应用"。
- "总成绩是" & 543，其结果是"总成绩是 543"。
- "总分是" & 87+88+89，其结果是"总分是 264"。

四、 公式的组成规则

公式是 Excel 2007 的主要功能。实际应用中，使用公式可以很方便地完成数据计算功能。注意，在使用公式时一定要遵循公式的组成规则。Excel 2007 公式的组成规则如下。

- 公式必须以英文等于号“=”开始，然后再输入计算式。
- 常量、单元格引用、函数名、运算符等必须是英文符号。
- 参与运算数据的类型必须与运算符相匹配。
- 使用函数时，函数参数的数量和类型必须和要求的一致。
- 括号必须成对出现，且配对正确。

11.1.2 范例解析——构造公式

(1) 计算销售额

单元格 F3 为商品单价，单元格 F4 为商品销售量，如果单元格 F5 为商品销售额，则单元格 F5 的公式应为："=F3*F4"。

(2) 按百分比增加

单元格 F5 为一个初始值，如果单元格 F6 为计算初始值增长 5%的值，则单元格 F6 的公式应为："=F5*(1+5%)"。

11.1.3 课堂练习——构造公式

(1) 计算销售额

单元格 F3 为商品销售量，单元格 F4 为商品销售额，如果单元格 F5 为商品销售平均价格，则单元格 F5 的公式应是什么？

(2) 增长或减少百分比

单元格 F5 为初始值，单元格 F6 为变化后的值，如果单元格 F7 为增长或减少百分比，则单元格 F7 中的公式应是什么？

11.2 Excel 2007 公式的使用

在 Excel 2007 中，可在单元格中输入公式，也可编辑已输入的公式，还可复制与移动公式。

11.2.1 知识点讲解

一、 输入公式

输入公式有两种方式：直接输入公式和插入常用函数。

(1) 直接输入公式

直接输入公式的过程与编辑单元格中内容的过程大致相同（参见第 10 讲的相关内容），不同之处是公式必须以英文等于号（“=”）开始。如果输入的公式中有错误，则系统会弹出如图 11-1 所示的【Microsoft Excel】对话框。

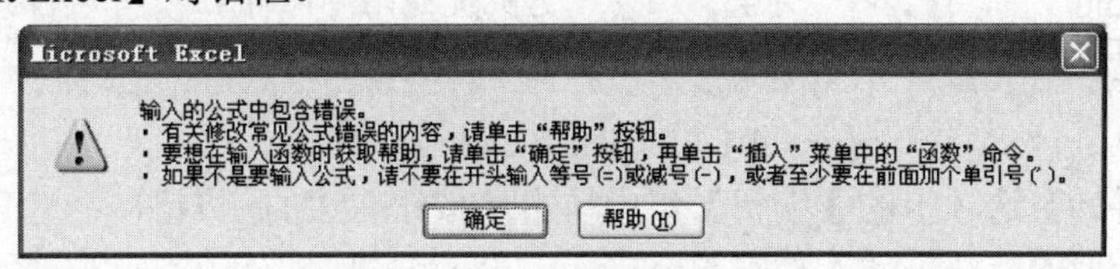

图11-1 【Microsoft Excel】对话框

当输入公式后，如果公式运算出现错误，则会在单元格中显示错误信息代码，如图 11-2 中“王五”的总分。表 11-3 列出了常见的公式错误代码及其错误原因。

表 11-3 常见的公式错误代码及其错误原因

错误代码	错误原因
#DIV/0	除数为 0
#N/A	公式中无可用数值或缺少函数参数
#NAME?	使用了 Excel 不能识别的名称
#NULL!	使用了不正确的区域运算或不正确的单元格引用
#NUM!	在需要数值参数的函数中使用了不能接受的参数或结果数值溢出
#REF!	公式中引用了无效的单元格
#VALUE!	需要数值或逻辑值时输入了文本

如果公式中有单元格地址，当相应单元格中的数据变化时，公式的计算结果也随之变化。图 11-2 所示为不同的计算总分方式在单元格中的显示情况。图 11-3 所示为数据变化后公式计算结果的显示情况。

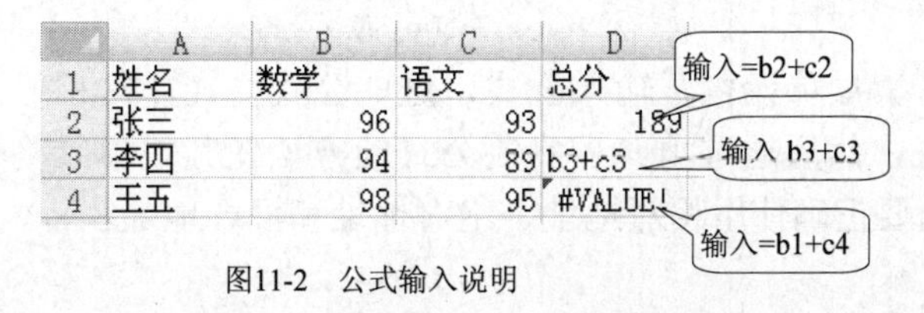

图11-2 公式输入说明

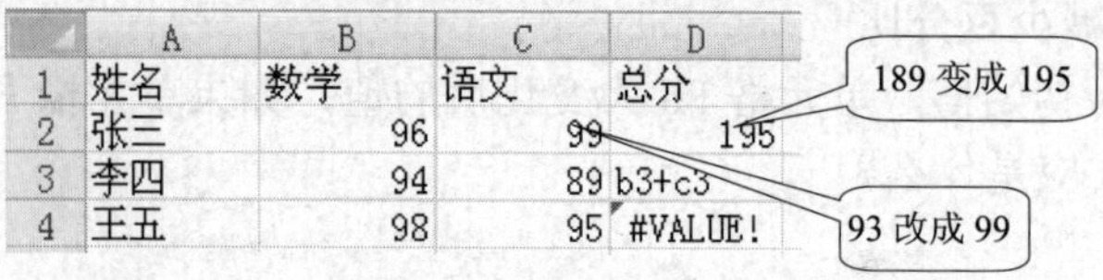

A B C D
1 姓名 数学 语文 总分
2 张三 96 99 195
3 李四 94 89 b3+c3
4 王五 98 95 #VALUE!
189 变成 195
93 改成 99

图11-3　计算结果同步更新

(2)　插入常用函数

在功能区【开始】选项卡的【编辑】组中单击Σ按钮，当前单元格中出现一个包含 SUM 函数的公式，同时出现被虚线方框围住的用于求和的单元格区域，如图 11-4 所示。如果要改变求和的单元格区域，则选定所需的区域，然后按 Enter 键，或按 Tab 键，或单击编辑栏中的✓按钮，即可完成公式的输入。

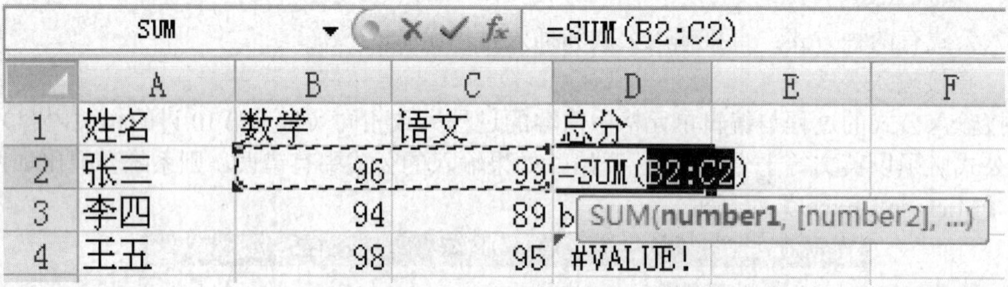

SUM
=SUM(B2:C2)
A B C D E F
1 姓名 数学 语文 总分
2 张三 96 99 =SUM(B2:C2)
3 李四 94 89 b
4 王五 98 95 #VALUE!
SUM(number1, [number2], ...)

图11-4　SUM 函数与单元格区域

在功能区【开始】选项卡的【编辑】组中单击Σ按钮右边的▾按钮，在打开的菜单中选择一种常用函数，用类似的方法可插入相应的公式。

通常，在单元格中用户只能看到公式的计算结果，要想看到相应的公式，有以下两种常用方法。

- 单击相应的单元格，在编辑框中就可看到相应的公式，如图 11-5 所示。
- 双击单元格，在单元格和编辑框中均可看到相应的公式，并且在单元格内可编辑其中的公式，如图 11-6 所示。

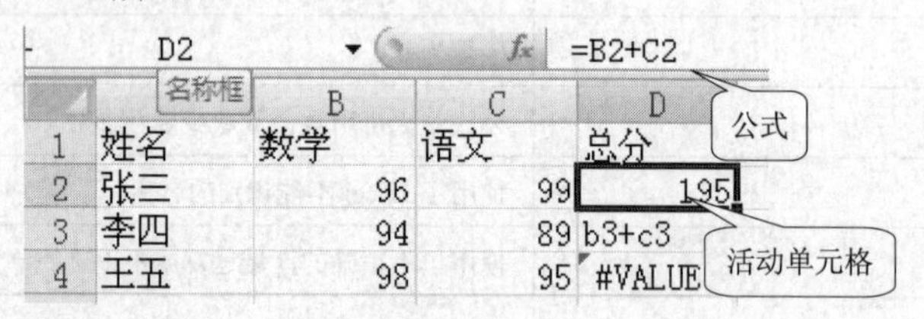

D2
=B2+C2
名称框
B C D
1 姓名 数学 语文 总分
2 张三 96 99 195
3 李四 94 89 b3+c3
4 王五 98 95 #VALUE
公式
活动单元格

图11-5　查看公式

SUM
=B2+C2
A B C D
1 姓名 数学 语文 总分
2 张三 96 99 =B2+C2
3 李四 94 89 b3+c3
4 王五 98 95 #VALUE!
公式
公式

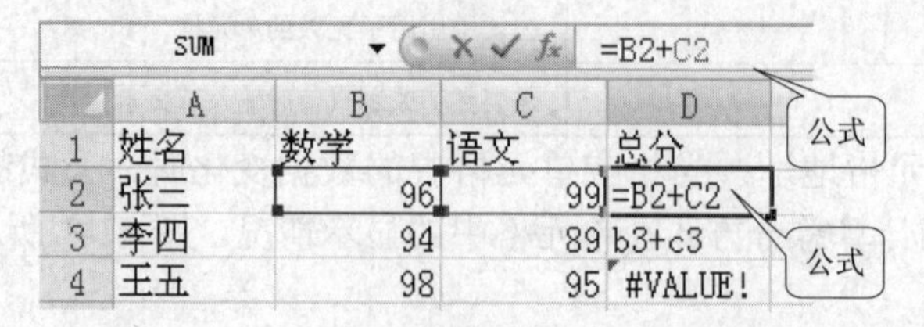

图11-6　编辑公式

实际应用中，大量单元格要输入公式，这些公式往往非常相似。通常情况下，用户可以先输入一个样板公式，然后通过填充、复制公式的方法在其他单元格中快速输入公式。样板公式中需要根据实际需要正确使用相对地址、绝对地址和混合地址。

二、 填充公式

填充公式与填充单元格数据的方法大致相同（参见第 10 讲的相关内容），不同的是，填充的公式根据目标单元格与原始单元格的位移，自动调整原始公式中的相对地址或混合地址的相对部分，并且填充公式后，填充的单元格或单元格区域中显示公式的计算结果。

例如：C2 单元格中的公式是“=A2*0.7+B2*0.3”，把 C2 单元格中的公式填充到 C3 单元格时，C3 单元格中的公式是“=A3*0.7+B3*0.3”。

C2 单元格中的公式是“=$A$2*0.7+$B$2*0.3”，把 C2 单元格中的公式填充到 C3 单元格时，C3 单元格中的公式是“=$A$2*0.7+$B$2*0.3”。

C2 单元格中的公式是“=$A2*0.7+B$2*0.3”，把 C2 单元格中的公式填充到 C3 单元格时，C3 单元格中的公式是“=$A3*0.7+B$2*0.3”。

三、 复制公式

复制公式的方法与复制单元格中数据的方法大致相同（参见第 10 讲的相关内容），不同的是，复制的公式根据目标单元格与原始单元格的位移，自动调整原始公式中的相对地址或混合地址的相对部分，并且复制公式后，复制的单元格或单元格区域中显示公式的计算结果。

由于填充和复制的公式仅调整原始公式中的相对地址或混合地址的相对部分，因此输入原始公式时，一定要正确使用相对地址、绝对地址和混合地址。

四、 移动公式

移动公式的方法与移动单元格的方法大致相同（参见第10讲的相关内容）。与复制公式不同的是，移动公式不自动调整原始公式。

11.2.2 范例解析——公式计算

对如图 11-7 所示的“图书.xlsx”工作簿，用公式计算“进价”和“总价”。

出版社	图书系列	单价	数量	折扣率	进价	总价
人民	操作系统	21.6	500	0.7		
科学	计算机文化基础	24.2	500	0.65		
高教	VB	26.8	1000	0.8		
清华	VC	38.9	1000	0.5		
人民	计算机文化基础	23.5	1000	0.62		
高教	操作系统	29.9	1000	0.8		
科学	VB	21.5	1000	0.7		
人民	VB	21.7	400	0.6		
高教	VC	32.3	3000	0.8		
清华	计算机文化基础	24.8	1000	0.7		

图11-7 图书销售统计表原始数据

范例操作

1. 单击 F2 单元格，输入“=C2* E2”，然后按 Enter 键。
2. 选中 F2 单元格，拖动 F2 单元格填充柄到 F11 单元格，完成这一列内容的填充。
3. 在 G2 单元格内输入公式“=F2*D2”，按 Enter 键。
4. 选中 G2 单元格，拖动 G2 单元格填充柄到 G11 单元格。
5. 最后结果如图 11-8 所示，保存文档，然后关闭文档。

出版社	图书系列	单价	数量	折扣率	进价	总价
人民	操作系统	21.6	500	0.7	15.1	7560
科学	计算机文化基础	24.2	500	0.65	15.7	7865
高教	VB	26.8	1000	0.8	21.4	21440
清华	VC	38.9	1000	0.5	19.5	19450
人民	计算机文化基础	23.5	1000	0.62	14.6	14570
高教	操作系统	29.9	1000	0.8	23.9	23920
科学	VB	21.5	1000	0.7	15.1	15050
人民	VB	21.7	400	0.6	13	5208
高教	VC	32.3	3000	0.8	25.8	77520
清华	计算机文化基础	24.8	1000	0.7	17.4	17360

图11-8 图书销售统计表最后结果

完成公式也可以单击编辑栏中的✓按钮。

11.2.3 课堂练习——公式计算

对如图11-9所示的“消费调查表.xlsx”，用公式计算“消费比例”和“剩余”，计算公式是：消费比例＝花费/总收入，剩余＝总收入-花费。最后结果如图 11-10 所示。

调查编号	姓名	总收入（年）	花费（年）	消费比例	剩余
1001	张玲玲	83734	42345		
1002	刘银彬	25428	12389		
1003	王永光	3184	488.6		
1004	刘杰	64932	12367		
1005	梁景丽	9356	5500		
1006	刘娟	3238	1456		
1007	董桦	24214	4589		
1008	赵葆光	8527	4367		
1009	赵子雄	13109	8790		
1010	陆清平	43954	3444		
1011	赵可忠	63109	34512		
1012	李天标	3107	435		
1013	李航	3213	3434		

图11-9 消费调查表原始数据

调查编号	姓名	总收入（年）	花费（年）	消费比例	剩余
1001	张玲玲	83734	42345	0.505709	41389
1002	刘银彬	25428	12389	0.487219	13039
1003	王永光	3184	488.6	0.153455	2695.4
1004	刘杰	64932	12367	0.190461	52565
1005	梁景丽	9356	5500	0.587858	3856
1006	刘娟	3238	1456	0.44966	1782
1007	董桦	24214	4589	0.189518	19625
1008	赵葆光	8527	4367	0.512138	4160
1009	赵子雄	13109	8790	0.670532	4319
1010	陆清平	43954	3444	0.078355	40510
1011	赵可忠	63109	34512	0.546863	28597
1012	李天标	3107	435	0.140006	2672
1013	李航	3213	3434	1.068783	-221

图11-10 消费调查表最后结果

11.3 课后作业

一、操作题

对如图 11-11 所示的“商品销售表.xlsx”，用公式计算 “销售额”和“毛利”。销售额的计算公式是“销售额=(销售数量-退货数量)*销售价格”，毛利的计算公式是“毛利=销售额*毛利率”。

操作提示

(1) 先计算“销售额”，再计算“毛利”。

(2) F4 单元格中的公式是“=B4*(D4-E4)”。

(3) G4 单元格中的公式是“=F4*C4”。

	A	B	C	D	E	F	G
1	商品销售表						
2							
3	商品名称	销售价格	毛利率	销售数量	退货数量	销售额	毛利
4	商品1	1600	25%	40	2	60800	15200
5	商品2	13000	18%	12	1	143000	25740
6	商品3	4600	20%	20	2	82800	16560
7	商品4	180	28%	230	15	38700	10836
8	商品5	2300	22%	40	1	89700	19734
9	商品6	6920	19%	15	0	103800	19722
10	商品7	3020	21%	31	1	90600	19026
11	商品8	1920	18%	10	0	19200	3456

图11-11 商品销售表

二、思考题

1. 公式中的常量有哪几种？
2. 单元格地址有哪几种类型？
3. 公式中的运算符有哪几类？
4. Excel 2007 中公式的规则有哪些？
5. 如何输入公式？如何填充公式？
6. 如何复制公式？如何移动公式？
7. 复制公式和移动公式有哪些不同？

第12讲

Excel 2007 的公式使用（二）

【学习目标】

- 掌握 Excel 2007 常用函数的使用。

	A	B	C	D	E	F	G
1	考试成绩表						
2	学号	姓名	数学	语文	英语	平均成绩	是否优秀
3	09001	赵严谨	92	90	85	89	
4	09002	钱勤奋	89	80	77	82	
5	09003	孙求实	94	95	93	94	优秀
6	09004	李创新	74	70	63	69	
7	09005	周博学	83	80	78	80.33333	
8	09006	吴谦虚	51	50	46	49	
9	09007	郑团结	98	95	94	95.66667	优秀
10	09008	王勇敢	90	90	87	89	
11							
12		最高分	98	95	94	95.66667	
13		最低分	51	50	46	49	
14		平均分	83.875	81.25	77.875	81	

- 掌握 Excel 2007 不同地址类型的使用。

	A	B	C	D	E	F	G
1	学生总评表						
2	学分		3	3	2	1	
3	学号	姓名	数学	英语	计算机	体育	总评
4	09001	赵好	85	70	80	77	70.2
5	09002	钱好	77	80	95	93	75.4
6	09003	孙学芬	93	83	90	63	77.1
7	09004	李习芳	63	51	90	90	61.2
8	09005	周天祖	92	98	50	94	76.4
9	09006	吴天国	89	90	95	87	81.4
10	09007	郑向栋	94	94	78	77	79.7
11	09008	王梁	74	87	46	93	66.8

12.1　Excel 2007 常用函数的使用

内部函数是 Excel 2007 预先定义的计算公式或计算过程。按要求传递给函数一个或多个数据（称为参数）就能计算出一个唯一的结果。例如，SUM（1,3,5,7）的结果是16。Excel 2007 提供了大量的内部函数，这为用户进行数据处理提供了极大便利。

12.1.1　知识点讲解

使用内部函数时，必须以函数名称开始，后面是圆括号括起来的参数，参数之间用逗号分隔，如 SUM（1,3,5,7）。参数可以是常量、单元格地址、单元格区域地址、名称、运算式或其他函数，给定的参数必须符合函数的要求，例如，SUM 函数的参数必须是数值型数据。

Excel 2007 提供了近 200 个内部函数，以下是 8 个常用函数的说明。

一、 SUM 函数

SUM 函数用来将各参数累加求和。参数可以是数值常量，也可以是单元格地址，还可以是单元格区域引用。下面是 SUM 函数的例子。

- SUM(1,2,3)：计算 1+2+3 的值，结果为 6。
- SUM(A1,A2,A3)：求 A1、A2 和 A3 单元格中数的和。
- SUM(A1:F4)：求 A1:F4 单元格区域中数的和。

二、 AVERAGE 函数

AVERAGE 函数用来求参数中数值的平均值。其参数要求与 SUM 函数相同。下面是 AVERAGE 函数的例子。

- AVERAGE(1,2,3)：求 1、2 和 3 的平均值，结果为 2。
- AVERAGE(A1,A2,A3)：求 A1、A2 和 A3 单元格中数的平均值。
- AVERAGE (A1:F4)：求 A1:F4 单元格区域中数的平均值。

三、 COUNT 函数

COUNT 函数用来计算参数中数值项的个数，只有数值类型的数据才被计数。下面是 COUNT 函数的例子。

- COUNT (A1,B2,C3,E4)：统计 A1、B2、C3、E4 单元格中数值项的个数。
- COUNT (A1:A8)：统计 A1:A8 单元格区域中数值项的个数。

四、 MAX 函数

MAX 函数用来求参数中数值的最大值。其参数要求与 SUM 函数相同。下面是 MAX 函数的例子。

- MAX(1,2,3)：求 1、2 和 3 中的最大值，结果为 3。
- MAX(A1,A2,A3)：求 A1、A2 和 A3 单元格中数的最大值。
- MAX (A1:F4)：求 A1:F4 单元格区域中数的最大值。

五、 MIN 函数

MIN 函数用来求参数中数值的最小值。其参数要求与 SUM 函数相同。下面是 MIN 函数的例子。

- MIN(1,2,3)：求 1、2 和 3 中的最小值，结果为 1。
- MIN(A1,A2,A3)：求 A1、A2 和 A3 单元格中数的最小值。

- MIN (A1:F4)：求 A1:F4 单元格区域中数的最小值。

六、 LEFT 函数

LEFT 函数用来取文本数据左面的若干个字符。它有两个参数，第 1 个是文本常量或单元格地址，第 2 个是整数，表示要取字符的个数。在 Excel 2007 中，系统把一个汉字当作一个字符处理。下面是 LEFT 函数的例子。

- LEFT("Excel 2007",3)：取"Excel 2007"左边的 3 个字符，结果为"Exc"。
- LEFT("计算机",2)：取"计算机"左边的两个字符，结果为"计算"。

七、 RIGHT 函数

RIGHT 函数用来取文本数据右面的若干个字符，其参数要求与 LEFT 函数相同。下面是 RIGHT 函数的例子。

- RIGHT("Excel 2007",3)：取"Excel 2007"右边的 3 个字符，结果为"007"。
- RIGHT("计算机",2)：取"计算机"右边的两个字符，结果为"算机"。

八、 IF 函数

IF 函数检查第 1 个参数的值是真还是假，如果是真，则返回第 2 个参数的值，如果是假，则返回第 3 个参数的值。此函数包含3个参数：要检查的条件、当条件为真时的返回值和条件为假时的返回值。下面是 IF 函数的例子。

- IF（1+1=2, "天才", "奇才"）：因为“1+1=2”为真，所以结果为"天才"。
- IF(B5<60, "不及格", "及格")：如果 B5 单元格中的值小于 60，则结果为"不及格"，否则结果为"及格"。

12.1.2 范例解析——“考试成绩表.xlsx”的公式计算

为“考试成绩表.xlsx”添加统计信息，如图 12-1 所示。其中，平均成绩大于等于 90 分的为优秀。

	A	B	C	D	E	F	G
1	考试成绩表						
2	学号	姓名	数学	语文	英语	平均成绩	是否优秀
3	09001	赵严谨	92	90	85	89	
4	09002	钱勤奋	89	80	77	82	
5	09003	孙求实	94	95	93	94	优秀
6	09004	李创新	74	70	63	69	
7	09005	周博学	83	80	78	80.33333	
8	09006	吴谦虚	51	50	46	49	
9	09007	郑团结	98	95	94	95.66667	优秀
10	09008	王勇敢	90	90	87	89	
11							
12		最高分	98	95	94	95.66667	
13		最低分	51	50	46	49	
14		平均分	83.875	81.25	77.875	81	

图12-1 添加统计信息后的工作表

范例操作

1. 打开“考试成绩表.xlsx”工作簿。
2. 在相应单元格中输入各标题。
3. 单击 F3 单元格，输入“=AVERAGE(C3:E3)”，然后按 Enter 键。

4. 选中 F3 单元格，拖动 F3 单元格填充柄到 F10 单元格，完成这一列内容的填充。
5. 单击 G3 单元格，输入“=IF(F3>=90, “优秀”, “””，然后按 Enter 键。
6. 选中 G3 单元格，拖动 G3 单元格填充柄到 G10 单元格，完成这一列内容的填充。
7. 在 C12 单元格中输入公式“=MAX(C3:C10)”，按 Enter 键。
8. 选中 C12 单元格，拖动 C12 单元格填充柄到 F12 单元格。
9. 在 C13 单元格中输入公式“=MIN(C3:C10)”，按 Enter 键。
10. 选中 C13 单元格，拖动 C13 单元格填充柄到 F13 单元格。
11. 在 C14 单元格中输入公式“=AVERAGE(C3:C10)”，按 Enter 键。
12. 选中 C14 单元格，拖动 C14 单元格填充柄到 F14 单元格。
13. 保存文档，然后关闭文档。

12.1.3 课堂练习——“公司业绩表.xlsx”的公式计算

为“公司业绩表.xlsx”添加统计信息，如图 12-2 所示。其中，最高值和最低值之差不超过 200 为达标。

	A	B	C	D	E
1	公司业绩表				
2	季度	营业部1	营业部2	营业部3	营业部4
3	第1季度	635	285	355	300
4	第2季度	578	316	534	320
5	第3季度	645	409	456	308
6	第4季度	567	257	578	467
7					
8	合计	2425	1267	1923	1395
9	最高	645	409	578	467
10	最低	567	257	355	300
11	平均	606.25	316.75	480.75	348.75
12	是否达标	达标	达标		达标

图12-2 添加统计信息后的工作表

12.2 Excel 2007 不同地址类型的使用

第 11 讲中使用的单元格地址都是相对地址，公式中还可以使用绝对地址和混合地址。在公式的填充或复制中，含有不同类型地址的公式，填充或复制后的公式也不同。

12.2.1 知识点讲解

由于填充和复制的公式仅调整原始公式中的相对地址或混合地址的相对部分，因此输入原始公式时，一定要正确使用相对地址、绝对地址和混合地址。

下面以图 12-3 所示的计算美元换算人民币值为例，来说明如何正确使用相对地址、绝对地址和混合地址。

如果 B3 单元格中输入公式“=A3*B1”，虽然 B3 单元格中的结果正确，但是将公式复制或填充到 B4、B5 单元格时，公式分别是“=A4*B2”、“=A5*B3”，结果不正确，如图 12-4 所示。原因是 B3 单元格公式中的汇率采用相对地址 B1，填充公式后，公式中的汇率不再是 B1 了，因而出现错误。

如果 B3 单元格输入公式“=A3*$B$1”，即汇率使用绝对地址，再将公式填充到 B4、B5 单元格时，公式分别是“= A4*$B$1”、“= A5*$B$1”，结果正确，如图 12-5 所示。

	A	B
1	汇率	7.05
2	美元	人民币
3	100	
4	200	
5	300	

图12-3 美元换算为人民币

	A	B
1	汇率	7.05
2	美元	人民币
3	100	705
4	200	#VALUE!
5	300	211500

=A3*B1

图12-4 错误的原始公式

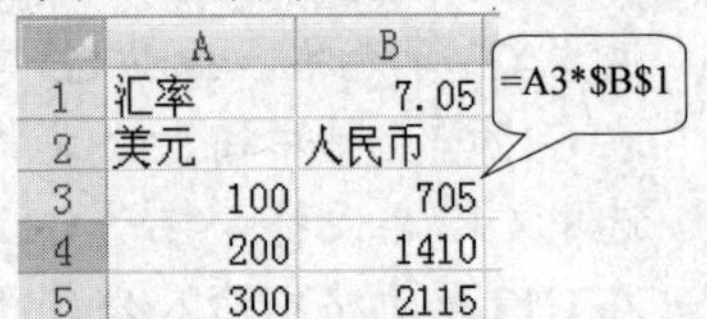

	A	B
1	汇率	7.05
2	美元	人民币
3	100	705
4	200	1410
5	300	2115

图12-5 正确的原始公式

12.2.2 范例解析——“学生总评表.xlsx”的公式计算

对如图 12-6 所示的“学生总评表.xlsx”，用公式计算总评分，总评分的计算方法是，每门课程的成绩除以 10 再乘以学分，然后再相加。

范例操作

1. 打开“学生总评表.xlsx”。
2. 在 G4 单元格中输入“=C4/10*$C$2+D4/10*$D$2+E4/10*$E$2+F4/10*$F$2”，然后按 Enter 键。
3. 选中 G4 单元格，拖动 G4 单元格填充柄到 G11 单元格，完成这一列内容的填充。
4. 最后结果如图 12-7 所示，保存文档，然后关闭文档。

	A	B	C	D	E	F	G
1	学生总评表						
2	学分		3	3	2	1	
3	学号	姓名	数学	英语	计算机	体育	总评
4	09001	赵好	85	70	80	77	
5	09002	钱好	77	80	95	93	
6	09003	孙学芬	93	83	90	63	
7	09004	李习芳	63	51	90	90	
8	09005	周天祖	92	98	50	94	
9	09006	吴天国	89	90	95	87	
10	09007	郑向栋	94	94	78	77	
11	09008	王梁	74	87	46	93	

图12-6 学生总评表原始数据

	A	B	C	D	E	F	G
1	学生总评表						
2	学分		3	3	2	1	
3	学号	姓名	数学	英语	计算机	体育	总评
4	09001	赵好	85	70	80	77	70.2
5	09002	钱好	77	80	95	93	75.4
6	09003	孙学芬	93	83	90	63	77.1
7	09004	李习芳	63	51	90	90	61.2
8	09005	周天祖	92	98	50	94	76.4
9	09006	吴天国	89	90	95	87	81.4
10	09007	郑向栋	94	94	78	77	79.7
11	09008	王梁	74	87	46	93	66.8

图12-7 计算总评分后的学生总评表

12.2.3 课堂练习——“销售业绩奖.xlsx”的公式计算

对如图 12-8 所示的“销售业绩奖.xlsx”，用公式计算“业绩奖”，每人的业绩是销售商品的数量乘以该商品的提成，然后各项相加。

	A	B	C	D	E
1	销售业绩奖				
2	提成	50	100	300	
3	姓名	电视机	电冰箱	空调	业绩奖
4	赵尊一	80	55	20	15500
5	钱重	76	47	18	13900
6	孙客	92	38	21	14700
7	李仁	65	62	14	13650
8	周热	78	48	24	15900
9	吴情	84	38	23	14900
10	郑丽	98	46	18	14900
11	王晴	79	50	19	14650

图12-8 销售业绩奖计算结果

12.3 课后作业

一、操作题

对如图 12-9 所示的“奖金发放表.xlsx”，用公式计算“总天数”（各员工出勤天数之和），“奖金”、“最高”、“最低”、“平均”和“达标”。出勤天数占总天数的比例即为该销售员奖金占总奖金的比例，如果某员工的奖金达到平均奖金，则该员工为达标。最后的结果如图 12-10 所示。

操作提示

(1) “总天数”的公式是“=SUM(B4:B11)”。

(2) C4 单元格的公式是“=$B$2/$D$2*B4”。

(3) C13 单元格的公式是“=MAX(C4:C11)”。

(4) C14 单元格的公式是“=MIN(C4:C11)”。

(5) C15 单元格的公式是“=AVERAGE(C4:C11)”。

(6) D4 单元格的公式是“=IF(C4>=$C$15,"达标","")”。

	A	B	C	D
1	奖金发放表			
2	总奖金	10000	总天数	
3	姓名	出勤天数	奖金	是否达标
4	赵尊一	18		
5	钱重	23		
6	孙客	16		
7	李仁	24		
8	周热	17		
9	吴情	19		
10	郑丽	21		
11	王晴	22		
12				
13	最高			
14	最低			
15	平均			

图12-9 奖金发放表原始数据

	A	B	C	D
1	奖金发放表			
2	总奖金	10000	总天数	160
3	姓名	出勤天数	奖金	是否达标
4	赵尊一	18	1125	
5	钱重	23	1437.5	达标
6	孙客	16	1000	
7	李仁	24	1500	达标
8	周热	17	1062.5	
9	吴情	19	1187.5	
10	郑丽	21	1312.5	达标
11	王晴	22	1375	达标
12				
13	最高		1500	
14	最低		1000	
15	平均		1250	

图12-10 奖金发放表计算结果

二、思考题

1. Excel 2007 中有哪些常用函数？
2. 公式中的相对地址、绝对地址和混合地址在填充时有什么不同？

第13讲

Excel 2007 的工作表格式化

【学习目标】

- 掌握 Excel 2007 的数据格式化方法。

	A	B	C	D	E	F	G
1	考试成绩表						
2	学号	姓名	数学	语文	英语	平均成绩	是否优秀
3	09001	赵严谨	92	90	85	89	
4	09002	钱勤奋	89	80	77	82	
5	09003	孙求实	94	95	93	94	优秀
6	09004	李创新	74	70	63	69	
7	09005	周博学	83	80	78	80	
8	09006	吴谦虚	51	50	46	49	
9	09007	郑团结	98	95	94	96	优秀
10	09008	王勇敢	90	90	87	89	
11							
12		最高分	98	95	94	96	
13		最低分	51	50	46	49	
14		平均分	84	81	78	81	

- 掌握 Excel 2007 的表格格式化方法。

	A	B	C	D	E	F	G
1	考试成绩表						
2	学号	姓名	数学	语文	英语	平均成绩	是否优秀
3	09001	赵严谨	92	90	85	89	
4	09002	钱勤奋	89	80	77	82	
5	09003	孙求实	94	95	93	94	优秀
6	09004	李创新	74	70	63	69	
7	09005	周博学	83	80	78	80	
8	09006	吴谦虚	51	50	46	49	
9	09007	郑团结	98	95	94	96	优秀
10	09008	王勇敢	90	90	87	89	
11							
12		最高分	98	95	94	96	
13		最低分	51	50	46	49	
14		平均分	84	81	78	81	

- 掌握 Excel 2007 的条件格式化方法。

	A	B	C	D	E	F	G
1	考试成绩表						
2	学号	姓名	数学	语文	英语	平均成绩	是否优秀
3	09001	赵严谨	92	90	85	89	
4	09002	钱勤奋	89	80	77	82	
5	09003	孙求实	94	95	93	94	优秀
6	09004	李创新	74	70	63	69	
7	09005	周博学	83	80	78	80	
8	09006	吴谦虚	51	50	46	49	
9	09007	郑团结	98	95	94	96	优秀
10	09008	王勇敢	90	90	87	89	
11							
12		最高分	98	95	94	96	
13		最低分	51	50	46	49	
14		平均分	84	81	78	81	

13.1 Excel 2007 的数据格式化

在 Excel 2007 中可以对单元格中的数据进行格式化设置，使其更加美观。单元格内数据的格式化设置主要包括：设置字符格式、设置数字格式、设置对齐与方向和设置缩进等。

13.1.1 知识点讲解

一、 设置字符格式

利用功能区【开始】选项卡的【字体】组（见图 13-1）中的工具，可以很容易地设置数据的字符格式，这些设置与 Word 2007 中的几乎相同，此处不再赘述。

图13-1 【字体】组

与 Word 2007 不同的是，Excel 2007 不支持中文的“号数”，只支持“磅值”。“号数”和“磅值”的换算关系如表 13-1 所示。

表 13-1 “号数”和“磅值”之间的换算关系

号数	磅值	号数	磅值
初号	42 磅	四号	14 磅
小初	36 磅	小四	12 磅
一号	26 磅	五号	10.5 磅
小一	24 磅	小五	9 磅
二号	22 磅	六号	7.5 磅
小二	18 磅	小六	6.5 磅
三号	16 磅	七号	5.5 磅
小三	15 磅	八号	5 磅

二、 设置数字格式

利用功能区【开始】选项卡的【数字】组（见图13-2）中的工具，可进行以下数字格式设置操作。

图13-2 【数字】组

- 单击【数字样式】下拉列表框（位于【数字】组的顶部）中的按钮，打开【数字样式】列表，可从中选择一种数字样式。
- 单击按钮，设置数字为中文（中国）货币样式（数值前加“¥”符号，千分位用“,”分隔，保留两位小数）。单击按钮右边的按钮，在打开的列表中可选择其他语言（国家）的货币样式。
- 单击%按钮，设置数字为百分比样式（如 1.23 变为 123%）。
- 单击,按钮，为数字加千分位（如 123456.789 变为 123,456.789）。
- 单击按钮，增加小数位数；单击按钮，减少小数位数（4 舍 5 入）。
- 单击【数字】组右下角的按钮，弹出【设置单元格格式】对话框，通过其中的【数字】选项卡可设置数字的格式。

三、 设置对齐与方向

利用功能区【开始】选项卡的【对齐方式】组（见图13-3）中的工具，可进行以下对齐方式设置。

- 单击按钮，设置垂直靠上对齐。
- 单击按钮，设置垂直中部对齐。
- 单击按钮，设置垂直靠下对齐。
- 单击按钮，设置水平左对齐。
- 单击按钮，设置水平居中对齐。
- 单击按钮，设置水平右对齐。
- 单击按钮，打开【文字方向】列表，可从中选择一种文字方向。
- 单击【对齐方式】组右下角的按钮，弹出【设置单元格格式】对话框，当前选项卡是【对齐】选项卡，如图 13-4 所示。可在该选项卡中设置对齐方式和文字方向。

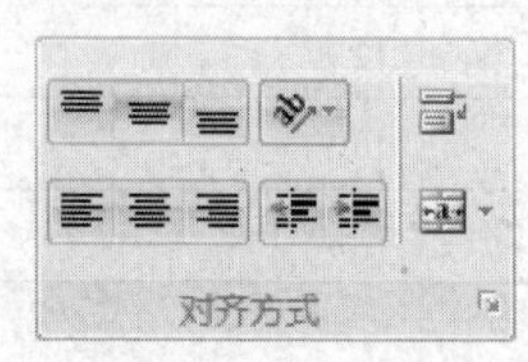

图13-3　【对齐方式】组

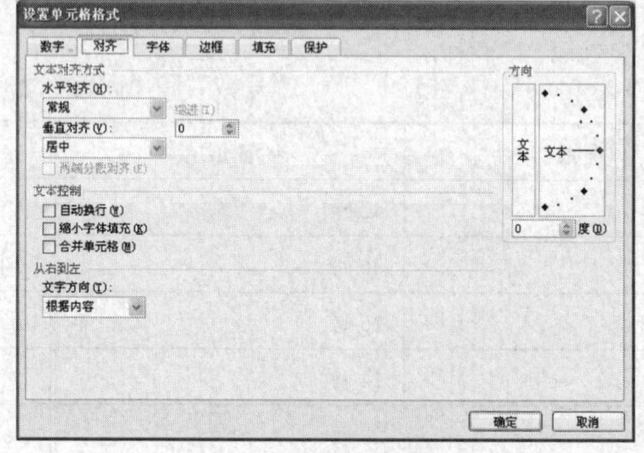

图13-4　【对齐】选项卡

四、 设置缩进

单元格内的数据左边可以缩进若干个单位，1 个单位相当于两个字符的宽度。利用功能区【开始】选项卡的【对齐方式】组（见图 13-3）中的工具，可进行以下缩进设置。

- 单击按钮，缩进增加 1 个单位。
- 单击按钮，缩进减少 1 个单位。

13.1.2 范例解析——设置“考试成绩表.xlsx”的数据格式

设置 12.1.2 小节范例解析“考试成绩表.xlsx”为如图 13-5 所示。要求总标题为隶书、字号为18 磅、红色，其余数据的字号为 12 磅，表格其余标题为黑体、蓝色，姓名为楷体，优秀为仿宋体，除学号和姓名右对齐外，其余数据（包括标题）居中对齐，所有成绩不保留小数。

范例操作

1. 打开“考试成绩表.xlsx”。
2. 单击A1单元格，在【开始】选项卡的【字体】组的【字体】组合框中选择“隶书”，在【字号】下拉列表框中选择“18”，单击【开始】选项卡的【字体】组中按钮右侧下拉箭头，打开颜色菜单，选择【标准色】中的“红色”。
3. 用步骤 2 的方法，设置其余文字的字体、字号和颜色。

4. 选定 A1:G14 单元格区域，单击【开始】选项卡的【对齐】组中的按钮。
5. 选定 A3:B10 单元格区域，单击【开始】选项卡的【对齐】组中的按钮。
6. 选定 G3:G14 单元格区域，单击【开始】选项卡的【对齐】组中的按钮。
7. 选定 C14:E14 单元格区域，单击【开始】选项卡的【对齐】组中的按钮。
8. 保存文档，然后关闭文档。

要点提示 字体的格式化也可以通过以下操作来实现，即：单击【开始】选项卡的【字体】组中的按钮，打开【设置单元格格式】对话框的【字体】选项卡，如图 13-6 所示，在【字体】选项卡中设置。

	A	B	C	D	E	F	G
1	考试成绩表						
2	学号	姓名	数学	语文	英语	平均成绩	是否优秀
3	09001	赵严谨	92	90	85	89	
4	09002	钱勤奋	89	80	77	82	
5	09003	孙求实	94	95	93	94	优秀
6	09004	李创新	74	70	63	69	
7	09005	周博学	83	80	78	80	
8	09006	吴谦虚	51	50	46	49	
9	09007	郑团结	98	95	94	96	优秀
10	09008	王勇敢	90	90	87	89	
11							
12		最高分	98	95	94	96	
13		最低分	51	50	46	49	
14		平均分	84	81	78	81	

图13-5 设置数据格式后的工作表

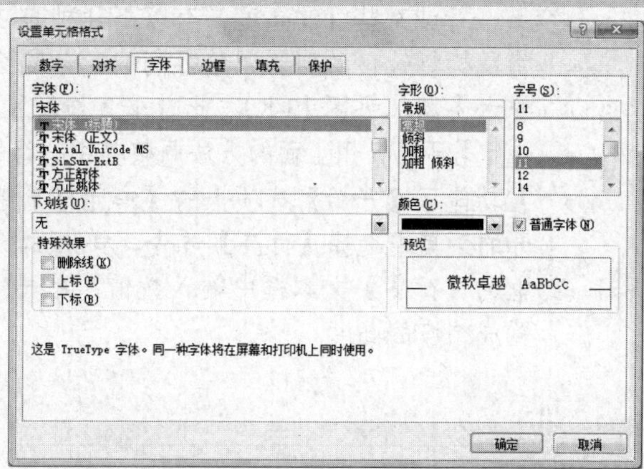

图13-6 【设置单元格格式】对话框

13.1.3 课堂练习——设置“公司业绩表.xlsx”的数据格式

设置 12.1.3 小节课堂练习“公司业绩表.xlsx”为如图 13-7 所示。要求总标题为楷体、字号为20 磅、绿色，其余数据的字号为 12 磅，表格其余标题为黑体、红色，达标为仿宋体，所有非数字数据居中对齐，所有数字数据保留 1 位小数。

	A	B	C	D	E
1	公司业绩表				
2	季度	营业部1	营业部2	营业部3	营业部4
3	第1季度	635.0	285.0	355.0	300.0
4	第2季度	578.0	316.0	534.0	320.0
5	第3季度	645.0	409.0	456.0	308.0
6	第4季度	567.0	257.0	578.0	467.0
7					
8	合计	2425.0	1267.0	1923.0	1395.0
9	最高	645.0	409.0	578.0	467.0
10	最低	567.0	257.0	355.0	300.0
11	平均	606.3	316.8	480.8	348.8
12	是否达标	达标	达标		达标

图13-7 设置数据格式后的工作表

操作提示

1. 设置字体、字号。
2. 设置字颜色，设置对齐。
3. 平均值减少小数位数，其余数据增加小数位数。

13.2　Excel 2007 的表格格式化

表格的格式化常用的操作包括：设置行高、设置列宽、设置边框和设置合并居中等。

13.2.1　知识点讲解

一、 设置行高

改变某一行或某些行的高度，有以下几种方法。

- 将鼠标指针移动到要调整行高的行分隔线上（该行行号按钮的下边线），鼠标指针变为✣状（见图 13-8），此时垂直拖动鼠标，即可改变行高。
- 选定若干行，用上面的方法调整其中一行的高度，则其他各行设置成同样高度。
- 在功能区【开始】选项卡的【单元格】组（见图 13-9）中单击 格式 按钮，在打开的菜单中选择【行高】命令，弹出如图 13-10 所示的【行高】对话框。在该对话框的【行高】文本框中输入数值，单击 确定 按钮，将当前行或被选定的行设置成相应的高度。

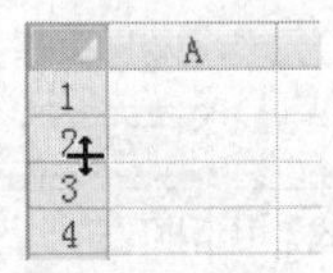
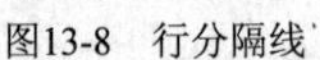
图13-8　行分隔线

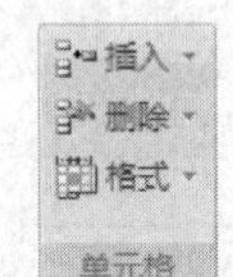

图13-9　【单元格】组

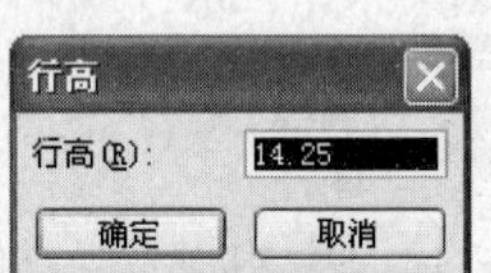

图13-10　【行高】对话框

二、 设置列宽

改变某一列或某些列的宽度，有以下几种方法。

- 将鼠标指针移动到要调整列宽的列分隔线上（该列列号按钮的右边线），鼠标指针变为✣状（见图 13-11），此时水平拖动鼠标，即可改变列宽。
- 选定若干列，用上面的方法调整其中一列的宽度，则其他各列设置成同样宽度。
- 在功能区【开始】选项卡的【单元格】组（见图 13-9）中单击 格式 按钮，在打开的菜单中选择【列宽】命令，弹出如图 13-12 所示的【列宽】对话框。在该对话框的【列宽】文本框中输入数值，单击 确定 按钮，将当前列或被选定的列设置成相应的宽度。

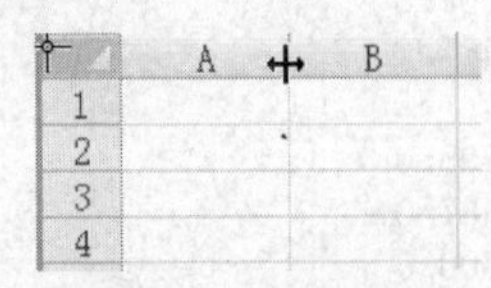
图13-11　列分隔线

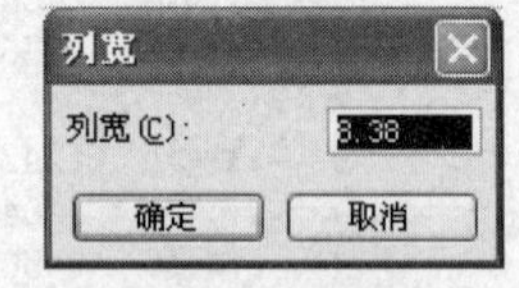

图13-12　【列宽】对话框

三、 设置边框

单击功能区【开始】选项卡的【字体】组（见图 13-1）中 按钮右边的 按钮，打开【边框】列表（见图 13-13），可进行以下边框设置。

- 在边框列表中选择一种边框类型，可将活动单元格或选定单元格的边框设置成相应格式。
- 选择【线条颜色】命令，在打开的【线条颜色】列表中选择一种颜色，这时鼠标指针变为 状，在工作表中拖动鼠标，鼠标指针所经过的边框设置成相应颜色，边框的线型为最近使用过的边框线型。

- 选择【线型】命令，在打开的【线型】列表中选择一种线型，这时鼠标指针变为✎状，在工作表中拖动鼠标，鼠标指针所经过的边框设置成相应线型，边框的颜色为最近使用过的边框颜色。
- 选择【绘图边框】命令，这时鼠标指针变为✎状，在工作表中拖动鼠标，绘制鼠标指针所经过的单元格的外围边框，边框颜色为最近使用过的边框颜色，边框线型为最近使用过的边框线型。
- 选择【绘图边框网格】命令，这时鼠标指针变为✎状，在工作表中拖动鼠标，绘制鼠标指针所经过的单元格的内部网格，边框颜色为最近使用过的边框颜色，边框线型为最近使用过的边框线型。
- 选择【擦除边框】命令，这时鼠标指针变为⌫状，在工作表中拖动鼠标，鼠标指针所经过的边框被擦除。

以上绘制或擦除边框的操作完成后，鼠标指针没还原成原来的形状，还可以继续绘制或擦除边框。

再次单击▦按钮（注意：该按钮会随操作的不同而发生改变）或按Esc键，鼠标指针还原成原来的形状。

边框
下框线(O)
上框线(P)
左框线(L)
右框线(R)
无框线(N)
所有框线(A)
外侧框线(S)
粗匣框线(T)
双底框线(B)
粗底框线(H)
上下框线(D)
上框线和粗下框线(C)
上框线和双下框线(U)
绘制边框
绘图边框(W)
绘图边框网格(G)
擦除边框(E)
线条颜色(I)
线型(Y)
其他边框(M)...

图13-13 【边框】列表

四、 设置合并居中

在功能区【开始】选项卡的【对齐方式】组（见图 13-3）中单击▦按钮右边的▾按钮，打开【合并居中】菜单（如图 13-14 所示），可进行以下合并居中设置。

- 选择【合并后居中】命令，把选定的单元格区域合并成一个单元格，合并后单元格的内容为最左上角非空单元格的内容，并且该内容水平居中对齐。
- 选择【跨越合并】命令，把选定单元格区域的第一行合并成一个单元格，合并后单元格的内容为最左上角非空单元格的内容。跨越合并只能水平合并一行，既不能合并多行，也不能垂直合并。
- 选择【合并单元格】命令，把选定的单元格区域合并成一个单元格，合并后单元格的内容为最左上角非空单元格的内容。
- 选择【取消单元格合并】命令，把已合并的单元格还原成合并前的单元格，最左上角单元格的内容为原单元格的内容。

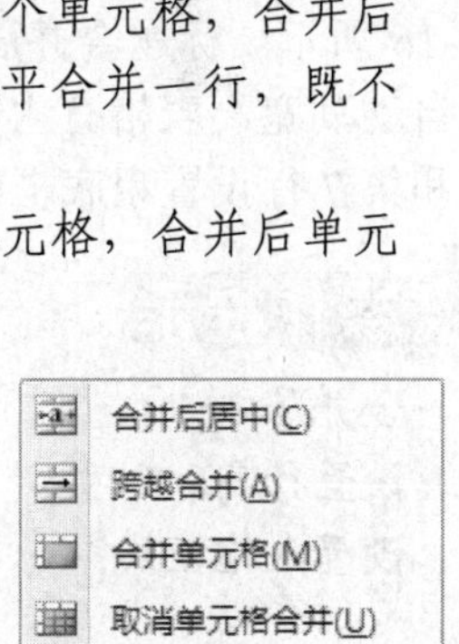

图13-14 【合并居中】菜单

合并居中非常适合设置表格的标题，对于水平标题，合并居中后即可完成，由于单元格中内容默认的文字方向是“水平”，因此，要设置垂直标题，另外，合并居中后还需要设置文字方向为“竖排”。

13.2.2 范例解析——设置“考试成绩表.xlsx”的表格格式

设置 13.1.2 小节范例解析“考试成绩表.xlsx”为如图 13-15 所示。标题合并居中，第 2～14 行的行高为 16，列宽为自动列宽，表格有内部框线，外围框线为粗匣框线，第 2 行和第 11 行设置双底框线。

范例操作

1. 打开“考试成绩表.xlsx”。
2. 选定 A1:G1 单元格，单击【开始】选项卡的【对齐方式】组中的按钮。
3. 选定 A2:G14 单元格区域，单击【开始】选项卡的【单元格】组中的【格式】按钮，在打开的菜单中选择【行高】命令，弹出【行高】对话框（见图 13-10），在【行高】文本框中输入“16”，单击【确定】按钮。
4. 单击【开始】选项卡的【单元格】组中的【格式】按钮，在打开的菜单中选择【自动调整列宽】命令。
5. 单击【开始】选项卡的【字体】组中按钮右边的按钮，打开【边框】列表（见图 13-13），从中选择【所有框线】命令。
6. 单击【开始】选项卡的【字体】组中按钮右边的按钮，打开【边框】列表（见图 13-13），从中选择【粗匣框线】命令。
7. 选定 A2:G2 单元格区域，单击【开始】选项卡的【字体】组中按钮右边的按钮，打开【边框】列表（见图 13-13），从中选择【双底框线】命令。
8. 选定 A11:G11 单元格区域，单击【开始】选项卡的【字体】组中按钮右边的按钮，打开【边框】列表（见图 13-13），从中选择【双底框线】命令。
9. 保存文档，然后关闭文档。

	A	B	C	D	E	F	G
1	考试成绩表						
2	学号	姓名	数学	语文	英语	平均成绩	是否优秀
3	09001	赵严谨	92	90	85	89	
4	09002	钱勤奋	89	80	77	82	
5	09003	孙求实	94	95	93	94	优秀
6	09004	李创新	74	70	63	69	
7	09005	周博学	83	80	78	80	
8	09006	吴谦虚	51	50	46	49	
9	09007	郑团结	98	95	94	96	优秀
10	09008	王勇敢	90	90	87	89	
11							
12		最高分	98	95	94	96	
13		最低分	51	50	46	49	
14		平均分	84	81	78	81	

图13-15　设置表格格式后的工作表

13.2.3　课堂练习——设置“公司业绩表.xlsx”的表格格式

设置 13.1.3 小节课堂练习“公司业绩表.xlsx”为如图 13-16 所示。标题合并居中，第 2～14 行的行高为 16，列宽为自动列宽，表格有内部框线，外围框线为粗匣框线，第 2 行和第 7 行设置粗底框线。

	A	B	C	D	E
1	公司业绩表				
2	季度	营业部1	营业部2	营业部3	营业部4
3	第1季度	635.0	285.0	355.0	300.0
4	第2季度	578.0	316.0	534.0	320.0
5	第3季度	645.0	409.0	456.0	308.0
6	第4季度	567.0	257.0	578.0	467.0
7					
8	合计	2425.0	1267.0	1923.0	1395.0
9	最高	645.0	409.0	578.0	467.0
10	最低	567.0	257.0	355.0	300.0
11	平均	606.3	316.8	480.8	348.8
12	是否达标	达标	达标		达标

图13-16　设置表格格式后的工作表

操作提示

1. 合并居中。
2. 设置行高和列宽。
3. 设置表格框线。

13.3　Excel 2007 的条件格式化

条件格式是指单元格中数据的格式依赖于某个条件，当条件的值为真时，数据的格式为指定的格式，否则为原来的格式。

13.3.1　知识点讲解

选定要条件格式化的单元格或单元格区域，单击【样式】组（见图 13-17）中的【条件格式】按钮，打开【条件格式】菜单，如图 13-18 所示。

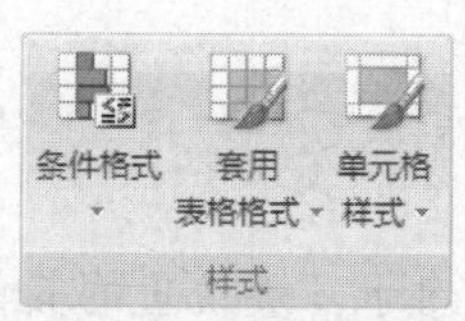

图13-17 【样式】组

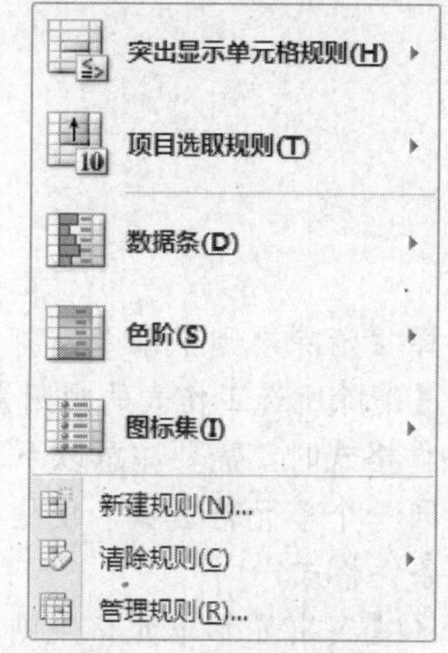

图13-18 【条件格式】菜单

通过【条件格式】菜单可进行以下条件格式化操作。

- 选择【突出显示单元格规则】命令，从打开的菜单中选择一个规则后，弹出一个对话框（以“大于”规则为例，见图 13-19）。通过该对话框，设置条件格式化所需要的界限值和格式。
- 选择【项目选取规则】命令，从打开的菜单中选择一个规则后，弹出一个对话框（以“10 个最大的项”规则为例，见图 13-20）。通过该对话框，设置条件格式化所需要的项目数和格式。

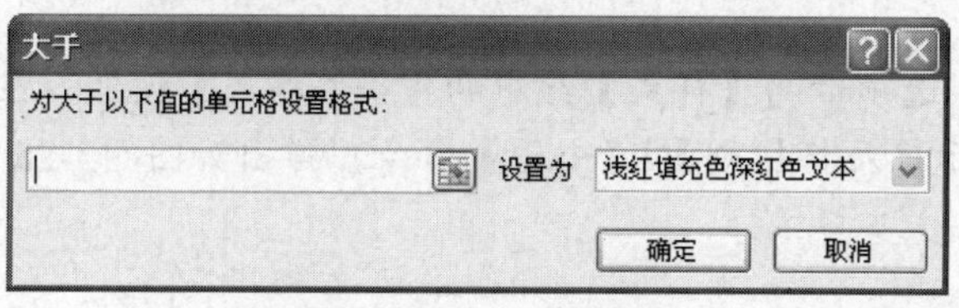

图13-19 【大于】对话框

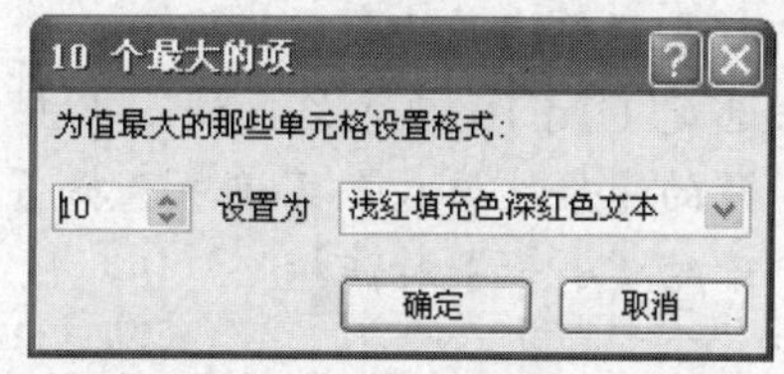

图13-20 【10 个最大的项】对话框

- 选择【数据条】命令，从打开的菜单中选择一种数据条的颜色类型，设置相应的数据条格式。单元格区域中用来表示数据大小的彩条称为数据条。数据条越长，表示数据在单元格区域中越大。图 13-21 所示的是单元格区域的一种数据条设置。
- 选择【色阶】命令，从打开的菜单中选择一种色阶的颜色类型，设置相应的色阶格式。单元格区域中用来表示数值大小的双色或三色渐变的底色称为色阶。色阶的颜色深浅不同，表示数值在单元格区域中的大小不同。图 13-22 所示的是单元格区域的一种色阶设置。

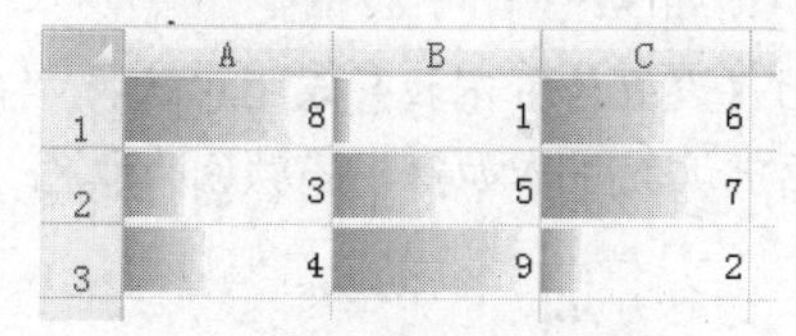

图13-21 数据条设置

	A	B	C
1	8	1	6
2	3	5	7
3	4	9	2

图13-22 色阶设置

- 选择【图标集】命令，从打开的菜单中选择一种图标集类型，设置相应的图标集格式。单元格区域中用来表示数据大小的多个图标称为图标集。图标集中的一个图标用来表示一个值或一类（如大、中、小）值。图 13-23 所示的是单元格区域的一种图标集设置。

	A	B	C
1	↑ 8	↓ 1	⇨ 6
2	↓ 3	⇨ 5	↑ 7
3	⇨ 4	↑ 9	↓ 2

图13-23　图标集设置

- 选择【清除规则】命令，打开一个菜单，可选择【清除所选单元格的规则】命令或【清除所选工作表的规则】命令，以清除相应的条件格式。

设置条件格式时，需要注意以下事项。

- 对同一个单元格区域，使用某一规则设置了条件格式后，还可使用其他规则再设置条件格式。
- 除了【突出显示单元格规则】条件格式化命令以外，对于多次设置的其他规则，仅最后一次生效。

13.3.2　范例解析——设置“考试成绩表.xlsx”的条件格式

设置 13.2.2 小节范例解析“考试成绩表.xlsx”为如图 13-24 所示。把不及格的成绩设置成红色并加粗。

范例操作

1. 打开“考试成绩表.xlsx”。
2. 选定 C1:F10 单元格区域，单击【开始】选项卡的【样式】组中的【条件格式】按钮，在打开的【条件格式】菜单中选择【突出显示单元格规则】/【小于】命令，弹出如图 13-25 所示的【小于】对话框。

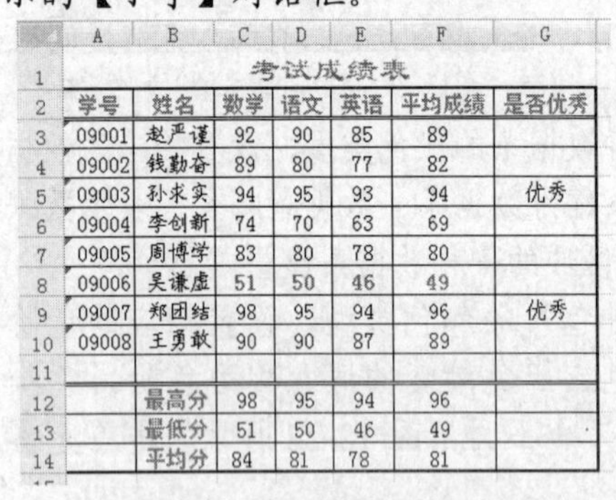

	A	B	C	D	E	F	G
1	考试成绩表						
2	学号	姓名	数学	语文	英语	平均成绩	是否优秀
3	09001	赵严谨	92	90	85	89	
4	09002	钱勤奋	89	80	77	82	
5	09003	孙求实	94	95	93	94	优秀
6	09004	李创新	74	70	63	69	
7	09005	周博学	83	80	78	80	
8	09006	吴谦虚	51	50	46	49	
9	09007	郑团结	98	95	94	96	优秀
10	09008	王勇敢	90	90	87	89	
11							
12		最高分	98	95	94	96	
13		最低分	51	50	46	49	
14		平均分	84	81	78	81	

图13-24　设置条件格式后的工作表

图13-25　【小于】对话框

3. 在【小于】对话框左边的文本框中输入“60”，在右边的【设置为】下拉列表框中选择“自定义格式”，弹出【设置单元格格式】对话框。在该对话框中设置字体加粗，字颜色为红色。
4. 在【小于】对话框中，单击 确定 按钮。
5. 保存文档，然后关闭文档。

13.3.3　课堂练习——设置“公司业绩表.xlsx”的条件格式

设置 13.2.3 小节课堂练习“公司业绩表.xlsx”为如图 13-26 所示。把各公司的销售额小于350 的设置为浅红色填充。

	A	B	C	D	E
1	公司业绩表				
2	季度	营业部1	营业部2	营业部3	营业部4
3	第1季度	635.0	285.0	355.0	300.0
4	第2季度	578.0	316.0	534.0	320.0
5	第3季度	645.0	409.0	456.0	308.0
6	第4季度	567.0	257.0	578.0	467.0
7					
8	合计	2425.0	1267.0	1923.0	1395.0
9	最高	645.0	409.0	578.0	467.0
10	最低	567.0	257.0	355.0	300.0
11	平均	606.3	316.8	480.8	348.8
12	是否达标	达标	达标		达标

图13-26　设置条件格式后的工作表

13.4　课后作业

一、操作题

第 12 讲课后作业的“奖金发放表.xlsx”如图 13-27 所示。要求标题合并居中、楷体、大小为 18 磅、红色，表格其余文字和数字皆为 12 磅大小，表格其余标题为黑体、蓝色、居中，奖金额保留 1 位小数，姓名设置为楷体、右对齐，达标设置为仿宋体、居中，第 2～15 行的行高为 15，列宽设置为 10，第 3～15 列的表格有内部框线，外围框线为粗匣框线，第 3 行和第 12 行设置粗底框线。若员工奖金超过 1300 元，则设置为蓝色、加粗。

操作提示

(1)　设置文本和数字的格式。

(2)　设置条件格式。

	A	B	C	D
1	奖金发放表			
2	总奖金	10000	总天数	160
3	姓名	出勤天数	奖金	是否达标
4	赵尊一	18	1125	
5	钱重	23	1437.5	达标
6	孙客	16	1000	
7	李仁	24	1500	达标
8	周热	17	1062.5	
9	吴情	19	1187.5	
10	郑丽	21	1312.5	达标
11	王晴	22	1375	达标
12				
13	最高		1500	
14	最低		1000	
15	平均		1250	

图13-27　设置格式后的工作表

二、思考题

1.　如何设置工作表中数据的格式？
2.　如何设置工作表表格的格式？
3.　如何设置条件格式？

第14讲

Excel 2007的数据处理

【学习目标】

- 掌握Excel 2007的数据排序方法。

	A	B	C	D
1	员工信息表			
2				
3	姓名	性别	学历	工资
4	赵尊一	男	大专	2500
5	钱重	女	本科	2700
6	孙客	男	大专	2400
7	李仁	男	本科	2600
8	周热	女	大专	2550
9	吴情	男	本科	2750
10	郑丽	女	大专	2460
11	王晴	男	大专	2800

- 掌握Excel 2007的数据筛选方法。

	A	B	C	D
1	员工信息表			
2				
3	姓名	性别	学历	工资
5	钱重	女	本科	2700
8	周热	女	大专	2550
10	郑丽	女	大专	2460

- 掌握Excel 2007的分类汇总方法。

	A	B	C	D
1	员工信息表			
2				
3	姓名	性别	学历	工资
7			**本科 平均**	2683.333
13			**大专 平均**	2542
14			**总计平均**	2595
15				

14.1 Excel 2007 的数据排序

在实际应用中，往往需要按工作表中的某一个或某几个字段的值从小到大（或从大到小）排列，这称为排序。通过排序可以对照和比较工作表中的数据。

14.1.1 知识点讲解

在排序过程中，排序的的字段称为关键字段。Excel 2007 可以按一个关键字段排序，也可以按多个关键字段排序。

一、 按单个关键字段排序

把活动单元格移到工作表中要排序的列，在功能区【数据】选项卡的【排序和筛选】组（见图 14-1）中单击按钮，则从小到大排序；单击按钮，则从大到小排序。表排序具有以下特点。

图14-1 【排序和筛选】组

- 排序时数值、日期和时间的大小比较可参见第 11 讲的相关内容。
- 文本数据的大小比较有两种方式：字母顺序和笔画顺序，排序时采用最近使用过的方式，默认方式是按字母顺序排序。
- 如果当前列或选定单元格区域的内容是公式，则按公式的计算结果进行排序。
- 如果两个关键字段的数据相同，则原来在前面的数据排序后仍然排在前面，原来在后面的数据排序后仍然排在后面。

二、 按多个关键字段排序

按多个关键字段排序时，如果第 1 关键字段的值相同，则比较第 2 关键字段，依此类推。Excel 2007 最多可对 64 个关键字段排序。

在功能区【数据】选项卡的【排序和筛选】组（见图 14-1）中单击【排序】按钮，弹出如图 14-2 所示的【排序】对话框，可进行以下操作。

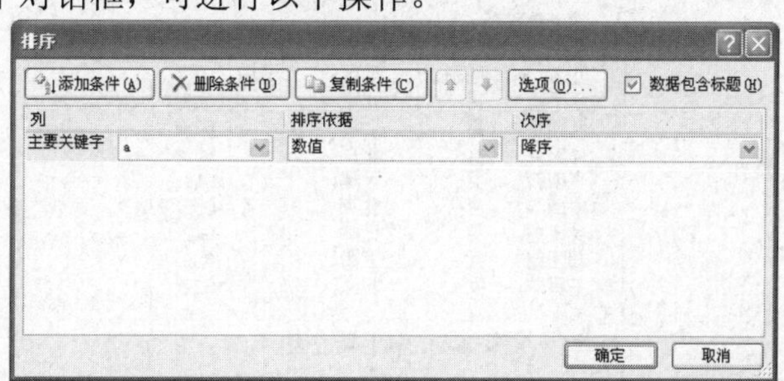

图14-2 【排序】对话框

- 在【主要关键字】下拉列表框中选择排序的主要关键字。
- 在【排序依据】下拉列表框中选择排序的依据，通常选择“数值”，即按数据的大小排序。
- 在【次序】下拉列表框中选择排序的方式，主要有“升序”、“降序”和“自定义序列”3 种方式。

- 如果还要按其他关键字排序，则单击【添加条件(A)】按钮，添加一个条件行，从【主要关键字】、【排序依据】和【次序】下拉列表框中做相应选择，方法同前。需要注意的是，该操作可进行多次，但不能超过 64 个条件行。
- 在一个条件行内单击，该条件行为当前条件行，可设置相应选项。
- 单击【删除条件(D)】按钮，删除当前的条件行。
- 单击【复制条件(C)】按钮，复制当前的条件行。
- 单击【上移】按钮，当前条件行上升一行；单击【下移】按钮，当前条件行下降一行。
- 选中【数据包含标题】复选框，则表明工作表有标题行。
- 单击【确定】按钮，按所做设置进行排序。

在【排序】对话框中单击【选项(O)...】按钮，弹出如图 14-3 所示的【排序选项】对话框，可进行以下排序设置操作。

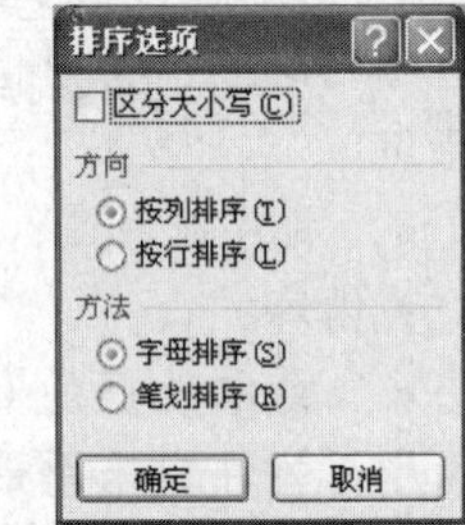

图14-3 【排序选项】对话框

- 选中【区分大小写】复选框，则排序时字母区分大小写。
- 选中【按列排序】单选按钮，则按表列中数据的大小对表中的各行排序。
- 选中【按行排序】单选按钮，则按表行中数据的大小对表中的各列排序。
- 选中【字母排序】单选按钮，则汉字的排序方式是按拼音字母的顺序。
- 选中【笔划排序】单选按钮，则汉字的排序方式是按笔划数的多少。

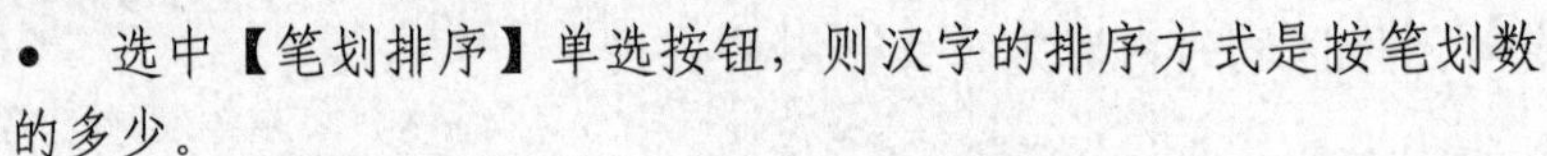

- 单击【确定】按钮，所做的设置生效，关闭该对话框，返回【排序】对话框。

14.1.2 范例解析——“学生录取表.xlsx”的排序

对如图 14-4 所示的“学生录取表.xlsx”分别进行以下排序：（1）按地区名称由小到大排序；（2）按分数由大到小排序；（3）按性别排序，同一性别再按分数由小到大排序；（4）按姓氏笔划由小到大排序。

	A	B	C	D
1	学生录取表			
2				
3	姓名	性别	地区	分数
4	赵严谨	男	北京	643
5	钱勤奋	男	上海	628
6	孙求实	女	北京	609
7	李创新	女	天津	614
8	周博学	男	北京	652
9	吴谦虚	男	天津	642
10	郑团结	女	上海	639
11	王勇敢	女	北京	622

图14-4 学生录取表

范例操作

1. 打开“学生录取表.xlsx”。
2. 选定 C3:C11 中的一个单元格。
3. 单击【数据】选项卡的【排序和筛选】组中的【升序】按钮，按地区名称由小到大排序，结果如图 14-5 所示。
4. 选定 D3:D11 中的一个单元格。

5. 单击【数据】选项卡的【排序和筛选】组中的 按钮，按分数由大到小排序，排序结果如图 14-6 所示。

	A	B	C	D
1	学生录取表			
2				
3	姓名	性别	地区	分数
4	赵严谨	男	北京	643
5	孙求实	女	北京	609
6	周博学	男	北京	652
7	王勇敢	女	北京	622
8	钱勤奋	男	上海	628
9	郑团结	女	上海	639
10	李创新	女	天津	614
11	吴谦虚	男	天津	642

图14-5　按地区排序的结果

	A	B	C	D
1	学生录取表			
2				
3	姓名	性别	地区	分数
4	周博学	男	北京	652
5	赵严谨	男	北京	643
6	吴谦虚	男	天津	642
7	郑团结	女	上海	639
8	钱勤奋	男	上海	628
9	王勇敢	女	北京	622
10	李创新	女	天津	614
11	孙求实	女	北京	609

图14-6　按分数排序的结果

6. 选定 A3:D11 中的一个单元格。
7. 单击【数据】选项卡的【排序和筛选】组中的【排序】按钮，弹出【排序】对话框（见图 14-2）。
8. 在【排序】对话框的【主要关键字】下拉列表框中选择“性别”。
9. 单击 添加条件(A) 按钮，添加一个条件行，如图 14-7 所示。

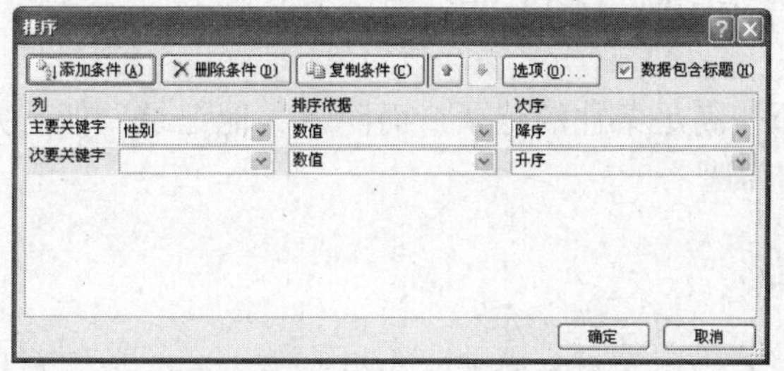

图14-7　【排序】对话框

10. 在【排序】对话框的【次要关键字】下拉列表框中选择“分数”，在【次序】下拉列表框中选择“升序”。单击 确定 按钮，排序结果如图 14-8 所示。
11. 选定 A3:D11 中的一个单元格。
12. 单击【数据】选项卡的【排序和筛选】组中的【排序】按钮，弹出【排序】对话框（见图 14-7）。
13. 单击【次要关键字】下拉列表框，再单击 删除条件(D) 按钮，删除该条件行。
14. 在【排序】对话框中单击 选项(O)... 按钮，弹出【排序选项】对话框（见图 14-3）。
15. 在【排序选项】对话框中选中【笔划顺序】单选按钮，单击 确定 按钮。
16. 在【排序】对话框的【主要关键字】下拉列表框中选择“姓名”，在【次序】下拉列表框中选择“升序”。单击 确定 按钮，排序结果如图 14-9 所示。

	A	B	C	D
1	学生录取表			
2				
3	姓名	性别	地区	分数
4	孙求实	女	北京	609
5	李创新	女	天津	614
6	王勇敢	女	北京	622
7	郑团结	女	上海	639
8	钱勤奋	男	上海	628
9	吴谦虚	男	天津	642
10	赵严谨	男	北京	643
11	周博学	男	北京	652

图14-8　按性别和分数排序的结果

	A	B	C	D
1	学生录取表			
2				
3	姓名	性别	地区	分数
4	王勇敢	女	北京	622
5	孙求实	女	北京	609
6	吴谦虚	男	天津	642
7	李创新	女	天津	614
8	周博学	男	北京	652
9	郑团结	女	上海	639
10	赵严谨	男	北京	643
11	钱勤奋	男	上海	628

图14-9　按姓氏笔划排序的结果

17. 不保存工作簿，关闭工作簿。

14.1.3 课堂练习——“教师信息表.xlsx”的排序

对如图 14-10 所示的“教师信息表.xlsx”分别进行以下排序：（1）按职称名称由小到大排序；（2）按年龄由大到小排序；（3）按性别排序，同一性别再按职称名称由大到小排序；（4）按姓氏笔划由小到大排序。

	A	B	C	D
1	教师信息表			
2				
3	姓名	性别	职称	年龄
4	赵春	男	教授	53
5	钱进	男	讲师	26
6	孙到成	女	讲师	28
7	李辉	男	副教授	37
8	周丝	女	教授	43
9	吴方始	女	副教授	48
10	郑尽	男	讲师	32

图14-10 教师信息表

14.2 Excel 2007 的数据筛选

数据筛选是指显示那些满足条件的记录，而隐藏其他记录，但其并不删除表中的记录。数据筛选常用的操作是自动筛选。

14.2.1 知识点讲解

自动筛选常用的操作有：启用自动筛选、用字段值进行筛选、自定义筛选、多次筛选、删除筛选和取消筛选。

(1) 启用自动筛选

单击表内的一个单元格，在功能区【数据】选项卡的【排序和筛选】组（见图 14-1）中单击【筛选】按钮，即可启用自动筛选。这时，表中各字段名称变成下拉列表框，如图 14-11 所示。

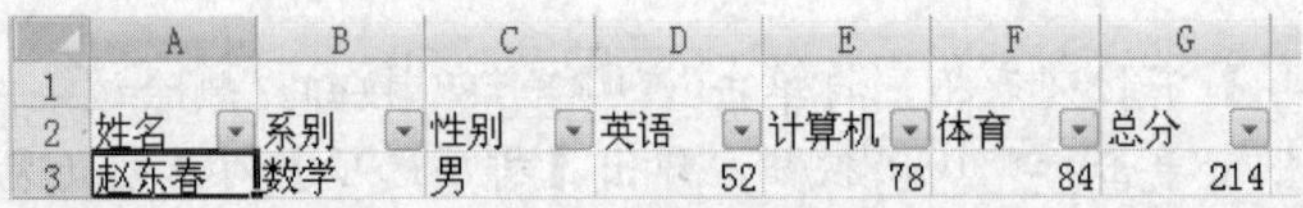

	A	B	C	D	E	F	G
1							
2	姓名	系别	性别	英语	计算机	体育	总分
3	赵东春	数学	男	52	78	84	214

图14-11 自动筛选

(2) 用字段值进行筛选

在自动筛选状态下，单击字段下拉列表框，打开如图 14-12 所示的【自动筛选】列表（以“系别”字段为例）。

【自动筛选】列表的下半部分是字段值复选框组，默认的方式是所有字段值全选，如果取消选择某字段值，则筛选掉该字段值的所有记录。单击 确定 按钮，进行筛选。

(3) 自定义筛选

有时需要按某个条件进行筛选，可在【自动筛选】列表中选择【文本筛选】命令（对于数值字段，则是【数值筛选】命令），在打开的菜单中选择【自定义】命令，则弹出【自定义自动筛选方式】对话框。例如，在如图 14-11 所示的表中，在打开的“计算机”字段的【自动筛选】列表中选择【数值筛选】命令，在打开的菜单中选择【自定义】命令，则弹出如图 14-13 所示的【自定义自动筛选方式】对话框。

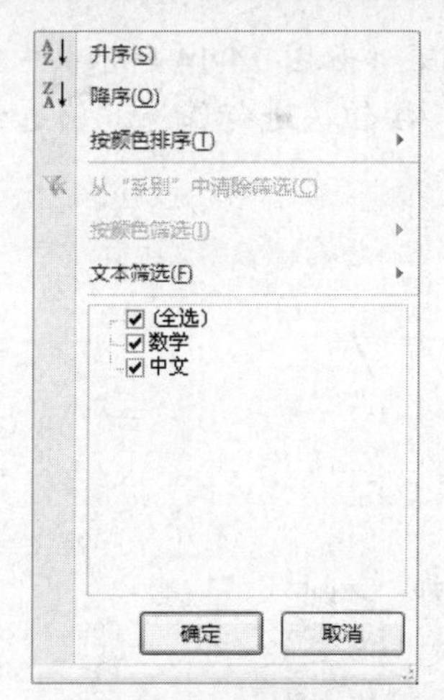

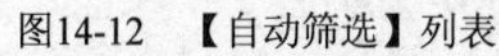

图14-12 【自动筛选】列表

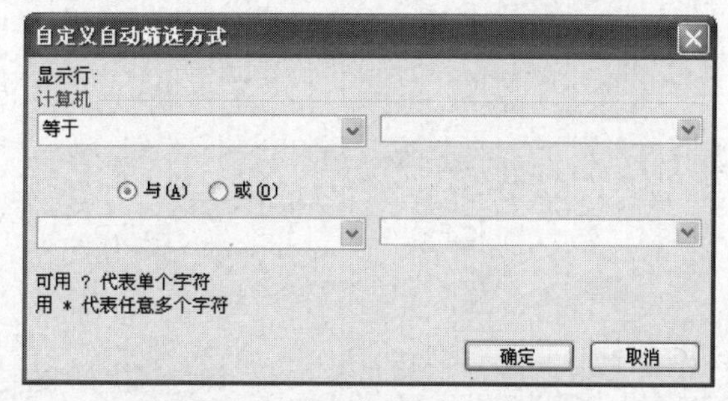

图14-13 【自定义自动筛选方式】对话框

在【自定义自动筛选方式】对话框中可进行以下操作。

- 在第 1 个条件的左边下拉列表框中选择一种比较方式。
- 在第 1 个条件的右边下拉列表框中输入或选择一个值。
- 选中【与】单选按钮，则筛选出同时满足两个条件的记录。
- 选中【或】单选按钮，则筛选出满足任何一个条件的记录。
- 如有必要，在第 2 个条件的左边下拉列表框中选择一种比较方式，在第 2 个条件的右边下拉列表框中输入或选择一个值。
- 单击 确定 按钮，按所做设置进行筛选。

(4) 多次筛选

对一个字段筛选完成后，还可以用前面的方法对另外的字段再次进行筛选，这样可以进行多次筛选。例如，在如图 14-11 所示的表中，筛选出性别为“男”的记录后，还可以再筛选出“数学大于 80”的记录，最终结果是筛选出性别为“男”且“数学大于 80”的记录。

(5) 删除筛选

在某个字段的【自动筛选】列表的字段值复选框组中选中【全选】复选框，取消对该字段的筛选。

单击【数据】选项卡的【排序和筛选】组（见图 14-1）中的 清除 按钮，可以清除原筛选条件，进行其他条件的筛选。

(6) 取消筛选

单击【排序和筛选】组（见图 14-1）中的【筛选】按钮，取消所有筛选，表恢复到筛选前的状态。

14.2.2 范例解析——“学生录取表.xlsx”的筛选

对 14.1.2 小节范例解析的“学生录取表.xlsx”分别进行以下筛选：（1）筛选出女学生；（2）筛选出北京地区的学生；（3）筛选出分数大于 630 分的男学生。

范例操作

1. 打开“学生录取表.xlsx”。
2. 选定 A3:D11 中的一个单元格，单击【数据】选项卡的【排序和筛选】组中的【筛选】按钮。

3. 单击【性别】字段名中的▾按钮，在打开的【自动筛选】列表（如图 14-14 所示）中取消选中【全选】复选框，选中【女】复选框，然后单击 确定 按钮，进行筛选。筛选结果如图 14-15 所示。

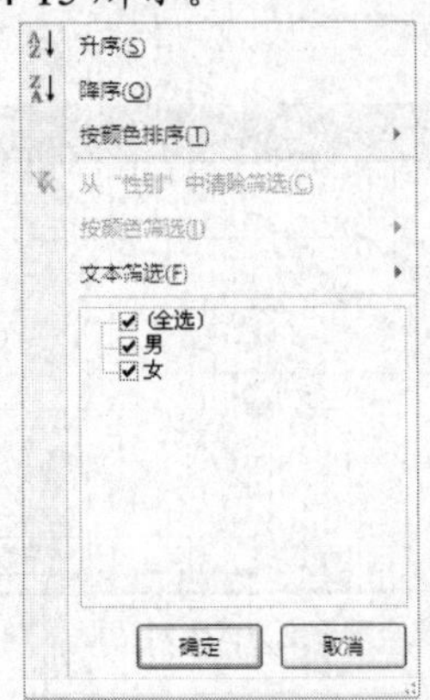

图14-14 【自动筛选】列表

	A	B	C	D
1	学生录取表			
2				
3	姓名	性别	地区	分数
6	孙求实	女	北京	609
7	李创新	女	天津	614
10	郑团结	女	上海	639
11	王勇敢	女	北京	622

图14-15 筛选出的女学生

4. 单击【数据】选项卡的【排序和筛选】组中的 清除 按钮，删除筛选结果。
5. 用类似步骤 3 的方法筛选出北京地区的学生，结果如图 14-16 所示。

	A	B	C	D
1	学生录取表			
2				
3	姓名	性别	地区	分数
4	赵严谨	男	北京	643
6	孙求实	女	北京	609
8	周博学	男	北京	652
11	王勇敢	女	北京	622

图14-16 筛选出的北京地区的学生

6. 单击【数据】选项卡的【排序和筛选】组中的 清除 按钮，删除筛选结果。
7. 用步骤 3 的方法筛选出性别为男的学生。
8. 单击【分数】字段名中的▾按钮，在打开的【自动筛选】列表（如图 14-17 所示）中选择【数字筛选】/【大于】命令，弹出【自定义自动筛选方式】对话框（类似于图 14-13）。
9. 在【自定义自动筛选方式】对话框的第 1 个下拉列表框中选择"大于"，在其右边的下拉列表框中输入"630"，单击 确定 按钮。最后的筛选结果如图 14-18 所示。

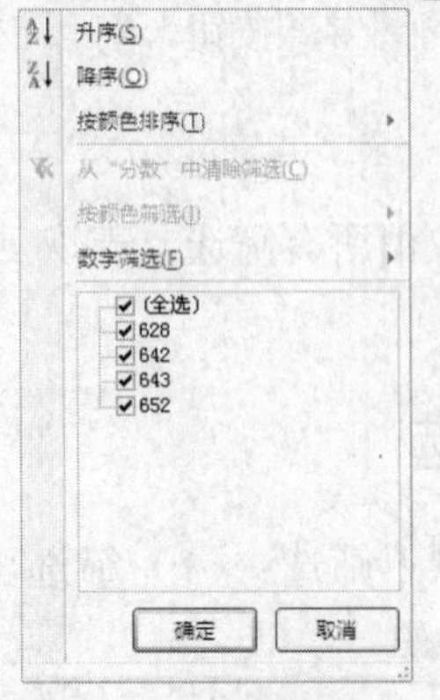

图14-17 【自动筛选】列表

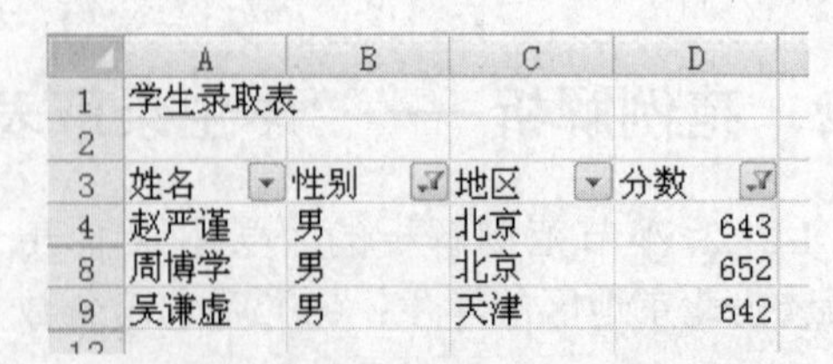

	A	B	C	D
1	学生录取表			
2				
3	姓名	性别	地区	分数
4	赵严谨	男	北京	643
8	周博学	男	北京	652
9	吴谦虚	男	天津	642

图14-18 筛选出的分数大于 630 的男学生

10. 单击【数据】选项卡的【排序和筛选】组中的【筛选】按钮，取消筛选，工作表恢复到原来的状态。
11. 不保存工作簿，关闭工作簿。

14.2.3 课堂练习——“教师信息表.xlsx”的筛选

对 14.1.3 小节课堂练习“教师信息表.xlsx”（如图 4-19 所示）分别进行以下筛选：（1）筛选出男教师；（2）筛选出职称为教授的教师；（3）筛选出 30 岁以下的男讲师。

	A	B	C	D
1	教师信息表			
2				
3	姓名	性别	职称	年龄
4	赵春	男	教授	53
5	钱进	男	讲师	26
6	孙到成	女	讲师	28
7	李辉	男	副教授	37
8	周丝	女	教授	43
9	吴方始	女	副教授	48
10	郑尽	男	讲师	32

图14-19　教师信息表

14.3　Excel 2007 的分类汇总

将表中同一类别的数据放在一起，求出它们的总和、平均值或个数等，称为分类汇总。Excel 2007 提供的分类汇总功能可以方便地对数据进行分级统计。

14.3.1　知识点讲解

一、 分类汇总

Excel 2007 在分类汇总前，必须先按分类的字段进行排序（不限升序和降序），否则分类汇总的结果将不是所要求的结果。

在功能区【数据】选项卡的【分级显示】组（见图 14-20）中单击【分类汇总】按钮，弹出如图 14-21 所示的【分类汇总】对话框，可进行以下操作。

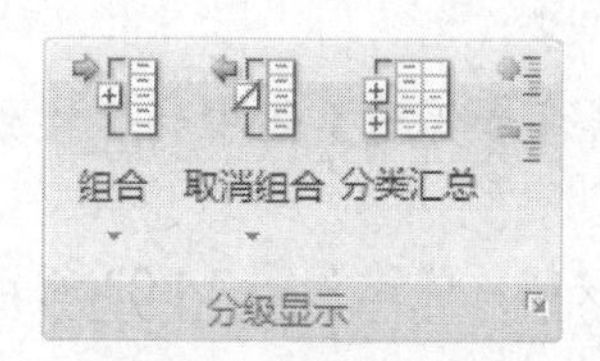

图14-20　【分级显示】组

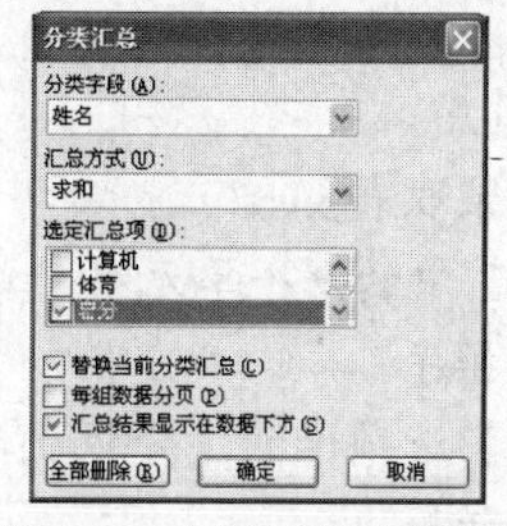

图14-21　【分类汇总】对话框

- 在【分类字段】下拉列表框中选择一个分类字段，该字段必须是排序时的关键字段。
- 在【汇总方式】下拉列表框中选择一种汇总方式，有“求和”、“平均值”、“计数”、“最大值”和“最小值”等选项。
- 在【选定汇总项】列表框中选择按【汇总方式】进行汇总的字段名，可以选择多个字段名。
- 选中【替换当前分类汇总】复选框，则先前的分类汇总结果被删除，以最新的分类汇总结果取代，否则再增加一个分类汇总结果。
- 选中【每组数据分页】复选框，则分类汇总后，在每组数据后面自动插入分页符，否则不插入分页符。

- 选中【汇总结果显示在数据下方】复选框，则汇总结果放在数据下方，否则放在数据上方。
- 单击 确定 按钮，按所做设置进行分类汇总。

二、 分类汇总控制

分类汇总完成后，可以在工作表中折叠或展开数据，还可以删除全部分类汇总结果，恢复到分类汇总前的状态。

(1) 折叠或展开数据

分类汇总完成后，可以利用分类汇总控制区域（见图 14-22）中的按钮，折叠或展开表中的数据。

- 单击 - 按钮，折叠该组中的数据，只显示分类汇总结果，同时该按钮变成 + 。
- 单击 + 按钮，展开该组中的数据，显示该组中的全部数据，同时该按钮变成 - 。
- 单击分类汇总控制区域顶端的数字按钮，只显示该级别的分类汇总结果。

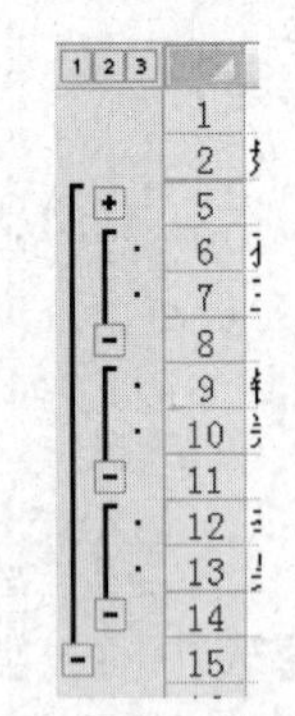

图14-22　分类汇总控制区域

(2) 删除分类汇总

把活动单元格移动到表中，再次单击【分类汇总】按钮，这时弹出【分类汇总】对话框（见图 14-21）。在该对话框中单击 全部删除(R) 按钮，即可删除全部分类汇总结果。

14.3.2 范例解析——“学生录取表.xlsx”的分类汇总

对 14.2.2 小节范例解析的“学生录取表.xlsx”分类汇总不同地区学生的平均分数，显示 2 级分类汇总的结果。

范例操作

1. 打开“学生录取表.xlsx”。
2. 选定 C3:C11 中的一个单元格，单击【数据】选项卡的【排序和筛选】组中的 A↓Z 按钮，按地区从小到大排序。
3. 单击【数据】选项卡的【分级显示】组中的【分类汇总】按钮，弹出如图 14-23 所示的【分类汇总】对话框。
4. 在【分类汇总】对话框的【分类字段】下拉列表框中选择“地区”，在【汇总方式】下拉列表框中选择“平均值”，单击 确定 按钮，完成分类汇总，结果如图 14-24 所示。

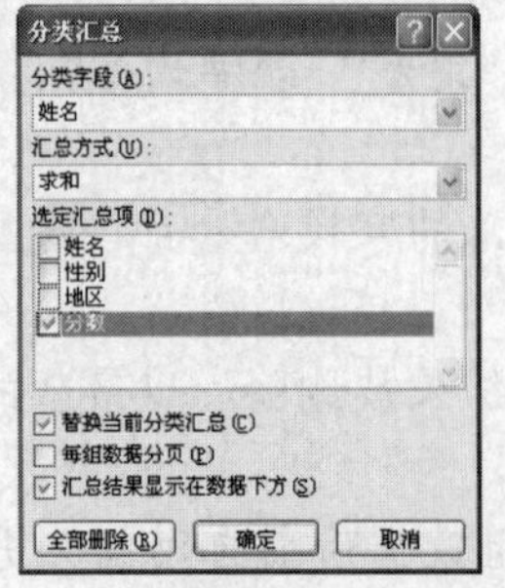

图14-23　【分类汇总】对话框

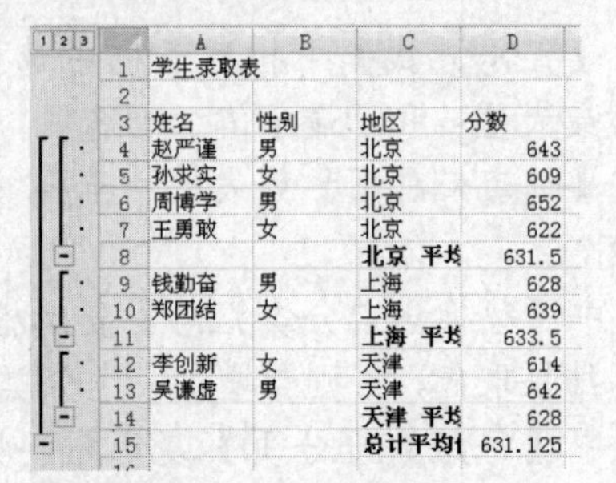

	A	B	C	D
1	学生录取表			
2				
3	姓名	性别	地区	分数
4	赵严谨	男	北京	643
5	孙求实	女	北京	609
6	周博学	男	北京	652
7	王勇敢	女	北京	622
8			北京 平均	631.5
9	钱勤奋	男	上海	628
10	郑团结	女	上海	639
11			上海 平均	633.5
12	李创新	女	天津	614
13	吴谦虚	男	天津	642
14			天津 平均	628
15			总计平均值	631.125

图14-24　分类汇总结果

5. 单击分类汇总控制区域顶端的 2 按钮，分类汇总结果如图 14-25 所示。
6. 单击【数据】选项卡的【分级显示】组中的【分类汇总】按钮，弹出【分类汇总】对话框（见图 14-23）。
7. 在【分类汇总】对话框中单击全部删除(R)按钮，删除分类汇总结果，工作簿恢复到原来的状态。
8. 不保存工作簿，关闭工作簿。

	A	B	C	D
1	学生录取表			
2				
3	姓名	性别	地区	分数
8			北京 平均	631.5
11			上海 平均	633.5
14			天津 平均	628
15			总计平均值	631.125

图14-25　2 级分类汇总结果

14.3.3　课堂练习——“教师信息表.xlsx”的分类汇总

对 14.2.3 小节课堂练习的“教师信息表.xlsx”分类汇总不同学历的平均年龄，显示 2 级分类汇总的结果，如图 14-26 所示。

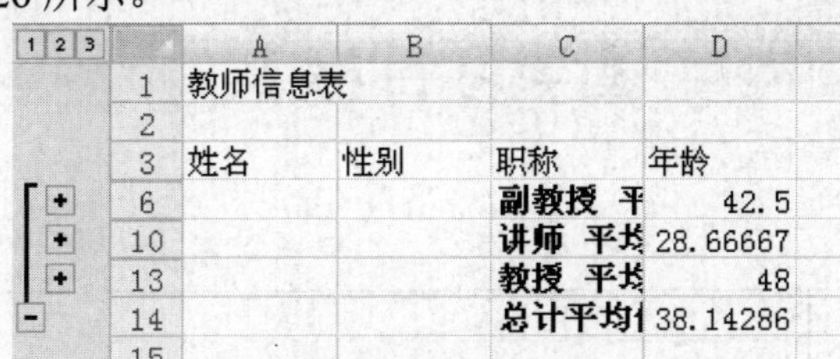

	A	B	C	D
1	教师信息表			
2				
3	姓名	性别	职称	年龄
6			副教授 平	42.5
10			讲师 平均	28.66667
13			教授 平均	48
14			总计平均值	38.14286

图14-26　2 级分类汇总结果

14.4　课后作业

一、操作题

对如图 14-27 所示的“奖金发放表.xlsx”完成以下操作：（1）按部门名称由小到大排序；（2）按奖金由大到小排序；（3）按性别排序，同一性别再按奖金由小到大排序；（4）按姓氏笔画由小到大排序；（5）筛选出女员工；（6）筛选出人事处的员工；（7）筛选出奖金大于 1500 元的男员工；（8）分类汇总不同部门的平均奖金，显示 2 级分类汇总的结果。

	A	B	C	D
1	奖金发放表			
2				
3	姓名	性别	部门	奖金
4	赵严谨	男	组织部	1200
5	钱以纪	男	人事处	1400
6	孙律	女	组织部	1380
7	李法	男	教务处	1600
8	周宽克	女	教务处	1550
9	吴以伟	男	组织部	1470
10	郑奉	男	人事处	1620
11	王丽	女	人事处	1480

图14-27　奖金发放表

二、思考题

1. 如何对工作表中的数据进行排序？
2. 如何对工作表中的数据进行筛选？如何取消筛选？
3. 如何对工作表中的数据进行分类汇总？如何取消分类汇总？

第15讲

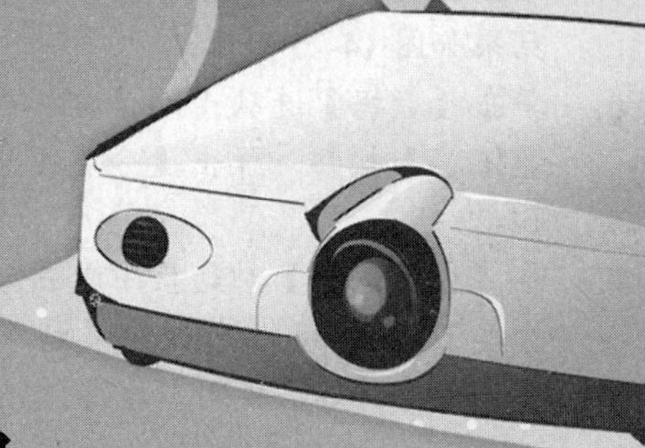

Excel 2007 的图表使用

【学习目标】

<table>
<tr>
<td>

- 掌握 Excel 2007 插入图表的方法。

</td>
<td>

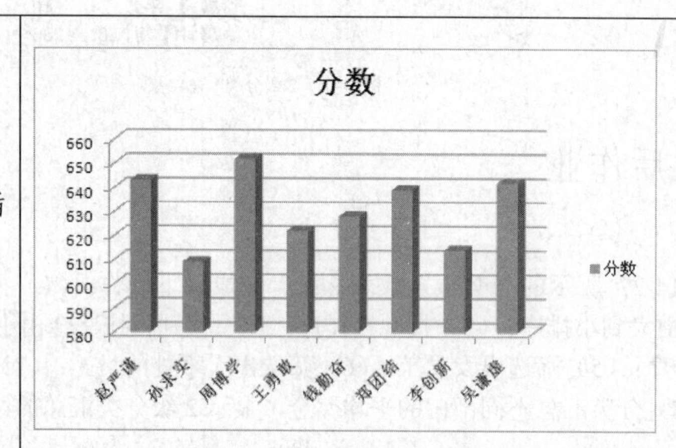

</td>
</tr>
<tr>
<td>

- 掌握 Excel 2007 设置图表的方法。

</td>
<td>

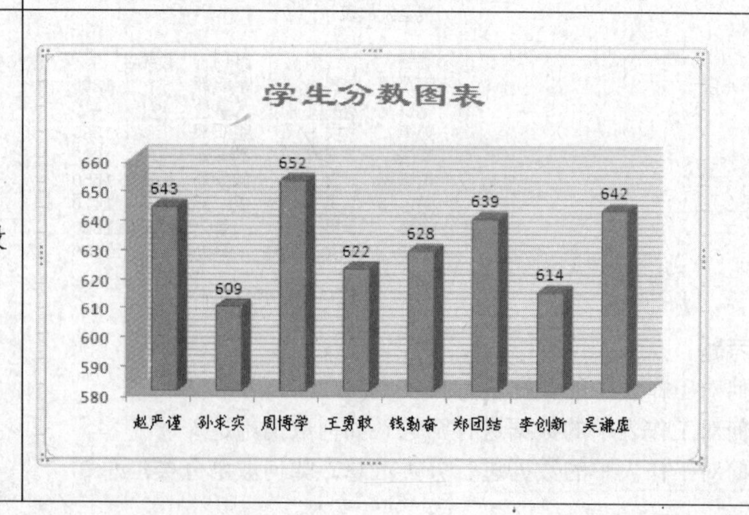

</td>
</tr>
</table>

15.1 Excel 2007 图表的插入

图表就是将表中的数据以各种图的形式显示，使得数据更加直观。Excel 2007 支持多种类型的图表，可使用对用户有意义的方式来显示数据。创建图表或更改现有图表时，可以从许多图表类型（如柱形图或饼图）及其子类型（如三维图表中的堆积柱形图或饼图）中进行选择。

15.1.1 知识点讲解

Excel 2007 提供了两种建立图表的方法：按默认方式建立图表和用自选方式建立图表。默认方式建立的图表放置在一个新工作表中；自选方式建立的图表嵌入到当前的工作表中。

一、 以默认方式建立图表

首先激活表中的一个单元格，然后按F11键，则 Excel 2007 自动产生一个工作表，工作表名为“chart1”（如果前面创建过图表工作表，则名称中的序号将依次递增），工作表的内容是该表的图表。按默认方式建立的图表的类型是二维簇状柱型，大小充满一个页面，页面设置自动调整为“横向”。例如，图 15-1 所示的表以默认方式建立的图表如图 15-2 所示。

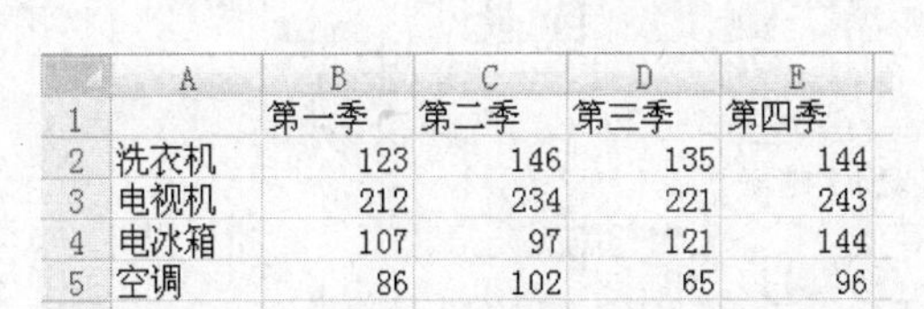

	A	B	C	D	E
1		第一季	第二季	第三季	第四季
2	洗衣机	123	146	135	144
3	电视机	212	234	221	243
4	电冰箱	107	97	121	144
5	空调	86	102	65	96

图15-1 表

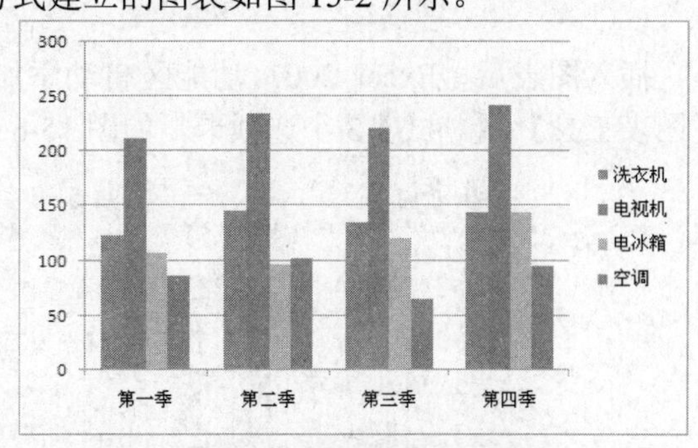

图15-2 以默认方式建立的图表

建立图表后，图表被选定，同时功能区中会增加【设计】、【布局】和【格式】3 个选项卡，通过这些选项卡的组中的工具可设置图表。

二、 以自选方式建立图表

选定要建立图表的单元格区域后，单击功能区【插入】选项卡的【图表】组（如图 15-3 所示）中的一个图表类型按钮，打开该类型图表的一个子类型图表列表，从中选择一种图表子类型，则会在当前工作表中建立相应的图表。例如，图 15-4 所示的图表即为图 15-1 中的表的条形图表，图表子类型是三维条形。

图15-3 【图表】组

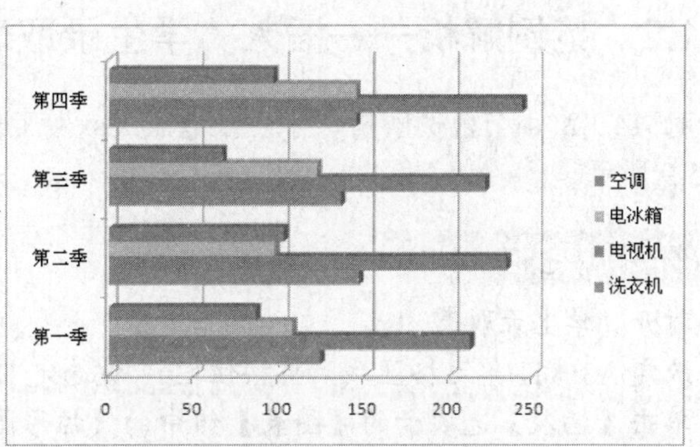

图15-4 三维条形图表

在【图表】组中单击某图表类型，在打开的下拉菜单中选择【所有图表类型】命令，弹出如图 15-5 所示的【插入图表】对话框。在该对话框的左窗格中可选择一种图表类型，然后在右窗格中选择相应的子类型，单击 确定 按钮即可插入一个图表。

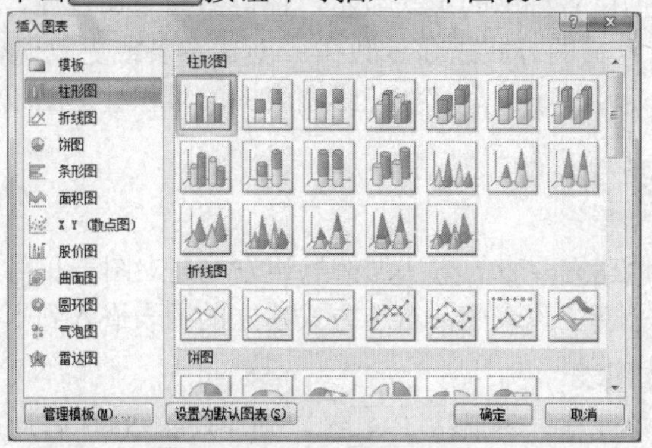

图15-5 【插入图表】对话框

当鼠标指针停留在任何图表类型或图表子类型上时，屏幕提示将显示该图表类型的名称。

插入图表后，Excel 2007 功能区自动添加【图表工具】/【设计】、【图表工具】/【布局】、【图表工具】/【格式】3 个选项卡，如图 15-6～图 15-8 所示。

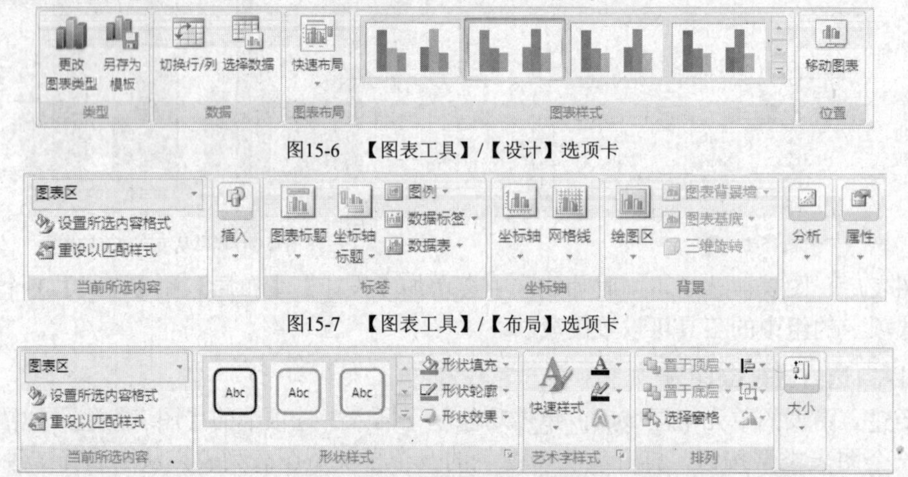

图15-6 【图表工具】/【设计】选项卡

图15-7 【图表工具】/【布局】选项卡

图15-8 【图表工具】/【格式】选项卡

15.1.2 范例解析——插入“学生录取表.xlsx”图表

对 14.3.2 小节范例解析“学生录取表.xlsx”工作簿，以姓名和分数建立三维柱形图表，如图 15-9 所示。

范例操作

1. 打开“学生录取表.xlsx”。
2. 选定 A3:A11 单元格区域，再按住 Ctrl 键选定 D3:D11 单元格区域。
3. 单击【插入】选项卡的【图表】组中的【柱形图】按钮，打开如图 15-10 所示【柱形图类型】列表。

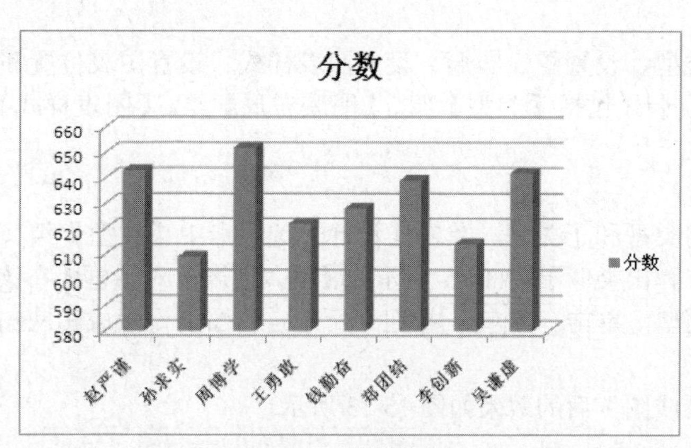

图15-9　三维柱形图表

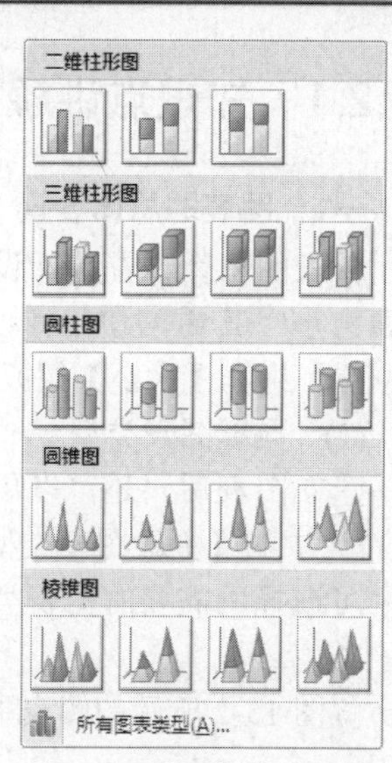

图15-10　【柱形图类型】列表

4. 在【柱形图类型】列表中单击【三维柱形图】子类型的第 1 个图标，在工作表中插入学生三维柱形图图表。
5. 保存工作簿，然后关闭工作簿。

15.1.3　课堂练习——插入“教师信息表.xlsx”图表

对 14.3.3 小节课堂练习“教师信息表.xlsx”工作簿，以姓名和年龄建立三维条形图表，如图 15-11 所示。

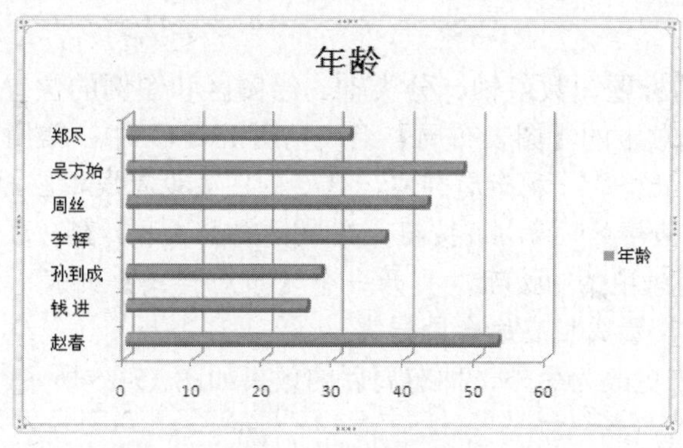

图15-11　三维条形图表

操作提示

1. 选定“姓名”列和“年龄”列。
2. 在【条形图类型】列表中单击【三维条形图】子类型的第 1 个图标。

15.2　Excel 2007 图表的设置

图表的设置包括图表的总体设置和局部设置。总体设置用来设置图表的整体外观特征；局部设置用来设置图表的局部外观特征。需要注意的是，设置图表前，应先单击图表，使其进入选定状态。

15.2.1　知识点讲解

一、　图表的总体设置

图表的总体设置包括设置图表类型、设置图表布局、设置图表样式、设置图表位置和设置图表大小，其通常使用【设计】选项卡（包括【类型】组、【图表布局】组、【图表样式】组、【位置】组和【大小】组）中的工具。

(1)　设置图表类型

建立图表后，还可以更改图表的类型和子类型。单击【设计】选项卡中【类型】组（见图 15-12）中的【更改图表类型】按钮，弹出类似于图 15-5 所示的【插入图表】对话框。在该对话框中可选择所需要的图表类型及子类型，单击 确定 按钮，所选定的图表设置成相应的类型和子类型。

将图 15-2 所示的图表更改为“折线图”后的效果如图 15-13 所示。

图15-12　【类型】组

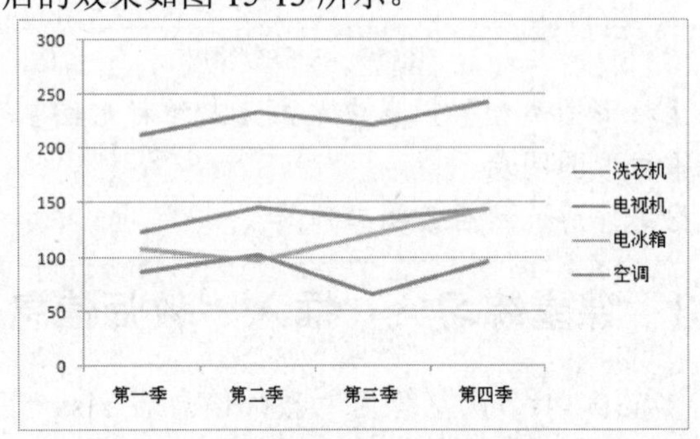

图15-13　更改图表类型后的图表

(2)　设置图表布局

图表布局是指图表的标题、数值轴、分类轴、绘图区和图例的位置关系。图表预置的布局样式被组织在【设计】选项卡的【图表布局】组（见图 15-14）中，常用的操作如下。

- 单击【布局】列表中的一种布局样式，选定的图表设置成相应的布局样式。
- 单击【布局】列表中的 ( ) 按钮，布局样式上（下）翻一页。
- 单击【布局】列表中的 按钮，打开一个【布局样式】列表，可从中选择一种样式，选定的图表设置成相应的布局样式。

将图 15-2 所示的图表更改为另外一种布局后的效果如图 15-15 所示。

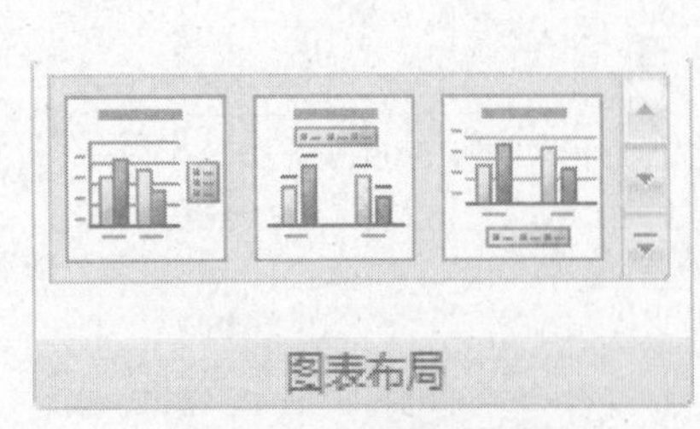

图15-14　【图表布局】组

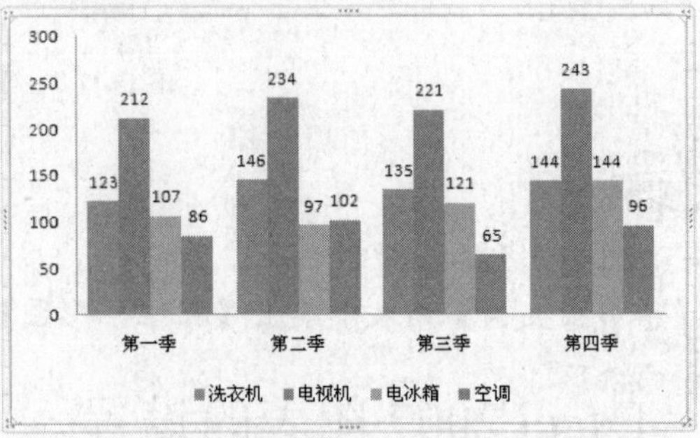

图15-15　更改布局后的图表

(3)　设置图表样式

图表样式是指图表绘图区中网格线和数据图示的大小、形状和颜色。图表预置的图表样式被组织在【设计】选项卡的【图表样式】组（见图 15-16）中，常用的操作如下。

- 单击【图表样式】列表中的一种图表样式，所选定的图表设置成相应的图表样式。
- 单击【图表样式】列表中的 ( ) 按钮，图表样式上（下）翻一页。
- 单击【图表样式】列表中的 按钮，打开一个【图表样式】列表，可从中选择一种样式，所选定的图表设置成相应的图表样式。

将图 15-2 所示的图表更改成另外一种图表样式后的效果如图 15-17 所示。

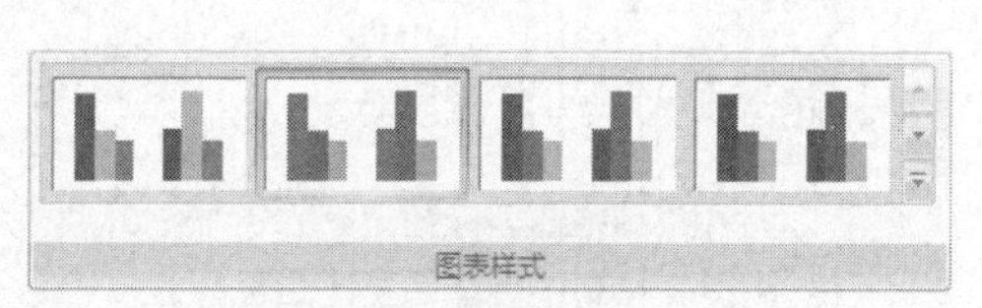

图15-16 【图表样式】组

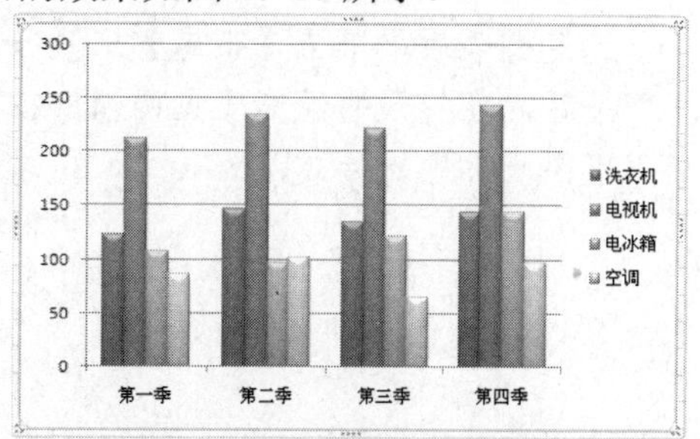

图15-17 更改图表样式后的图表

(4) 设置图表位置

单击【设计】选项卡的【位置】组（见图 15-18）中的【移动图表】按钮，弹出如图 15-19 所示的【移动图表】对话框。在该对话框中可进行以下操作。

图15-18 【位置】组

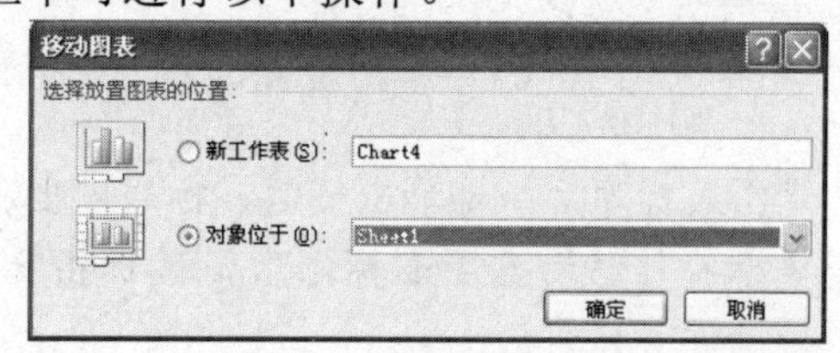

图15-19 【移动图表】对话框

- 选中【新工作表】单选按钮，并在其右侧的文本框中输入一个工作表名，则图表将移动到这个新建的工作表中。
- 选中【对象位于】单选按钮，并在其右侧的下拉列表框中选择一个工作表名，则图表将移动到这个已有的工作表中。
- 单击 确定 按钮，按所做的设置移动工作表。

将鼠标指针移动到图表的空白区域，鼠标指针变为✥状，拖动图表，这时有一个虚框随之移动，松开鼠标左键，图表即移动到相应的位置。

(5) 设置图表大小

选定图表后，通过【格式】选项卡中的【大小】组（见图 15-20）中的工具，可以设置图表的大小。

- 在【大小】组的【高度】数值框中输入或调整一个高度值，选定的图表设置为该高度。
- 在【大小】组的【宽度】数值框中输入或调整一个宽度值，选定的图表设置为该宽度。

图15-20 【大小】组

- 单击图表，图表四周出现 8 个黑点组，称为图表的尺寸控点。将鼠标指针移动到图表的尺寸控点上，鼠标指针变为↕、↔、↘、↗状，此时拖动鼠标即可改变图表的大小。注意，当图表的大小改变时，图表内对象的大小也会随之改变。

二、 局部设置

图表的局部设置包括设置图表标题、设置坐标轴标题、设置图例、设置数据标签、设置数据表、设置坐标轴和设置网格线。图表的局部设置通常使用【布局】选项卡（包括【标签】组和【坐标轴】组）中的工具。

(1) 设置图表标题

设置图表标题常用的操作如下。

- 选定图表后，单击【布局】选项卡的【标签】组（见图 15-21）中的【图表标题】按钮，在打开的菜单（见图 15-22）中选择一个命令，可设置有无图表标题，或指定图表标题的样式。

图15-21 【标签】组

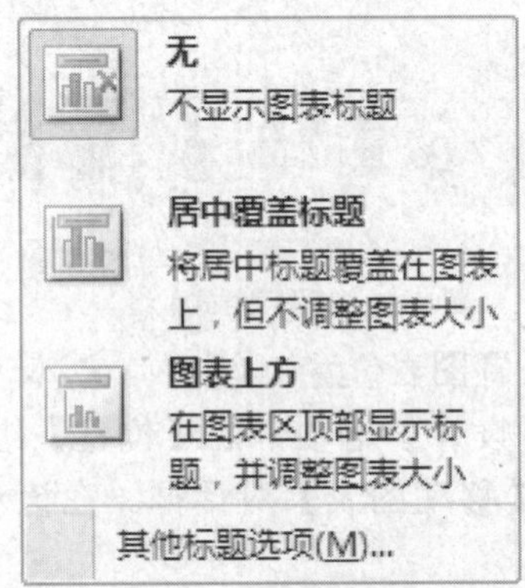

图15-22 【图表标题】菜单

- 选定图表标题后，再单击标题，标题内出现鼠标光标，这时可编辑标题。
- 把鼠标指针移动到图表标题上，鼠标指针变为✥状，这时拖动鼠标可移动图表标题的位置。

(2) 设置坐标轴标题

设置坐标轴标题常用的操作如下。

- 选定图表后，单击【布局】选项卡的【标签】组（见图 15-21）中的【坐标轴标题】按钮，在打开的菜单（见图 15-23）中选择【主要横坐标轴标题】或【主要纵坐标轴标题】命令，再从打开的菜单（以选择【主要横坐标轴标题】命令为例，见图 15-24）中选择一个命令，可设置有无横坐标轴标题，或指定横坐标轴标题的样式。

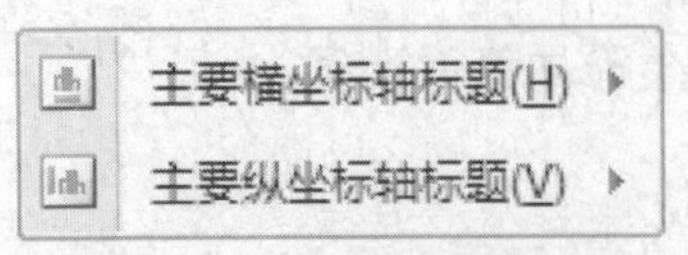

图15-23 【坐标轴标题】菜单

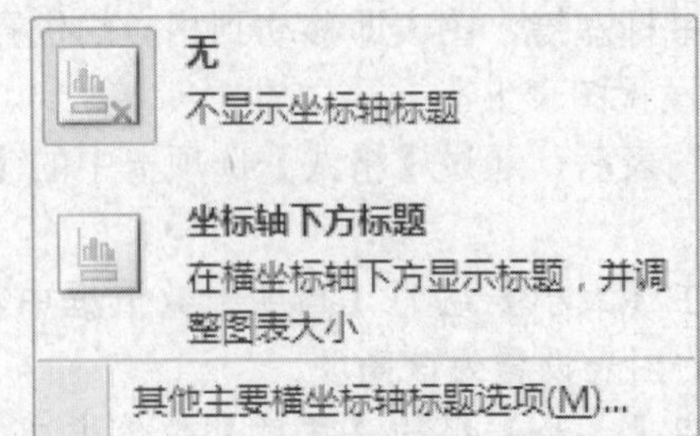

图15-24 【主要横坐标轴标题】菜单

- 选定横（纵）坐标轴标题后，再单击该标题，标题内出现鼠标光标，这时可编辑标题。
- 把鼠标指针移动到横（纵）坐标轴标题上，鼠标指针变为✥状，这时拖动鼠标可移动横（纵）坐标轴标题的位置。

(3) 设置图例

设置图例常用的操作如下。

- 选定图表后，单击【布局】选项卡的【标签】组（见图 15-21）中的【图例】按钮，在打开的菜单（见图 15-25）中选择一个命令，可设置有无图例，或指定图例的样式。
- 把鼠标指针移动到图例上，鼠标指针变为✥状，这时拖动鼠标可移动图例的位置。
- 单击图例，图例四周出现尺寸控点，把鼠标指针移动到尺寸控点上，拖动鼠标可改变图例的大小，图例的内容不变。

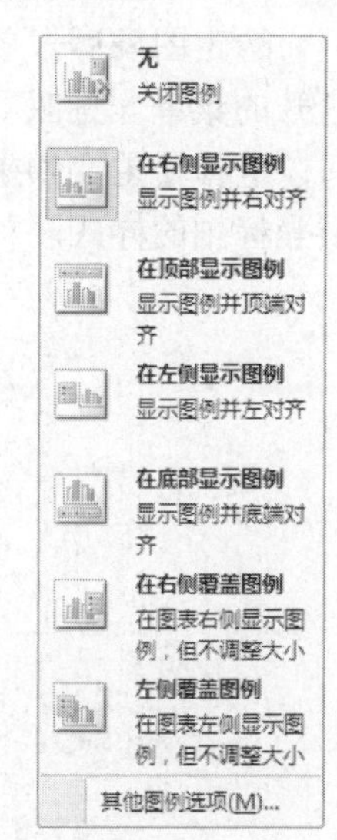

图15-25 【图例】菜单

(4) 设置数据标签

数据标签就是指绘图区中在每个数据图示上标注的数值，这个值就是该数据图示对应表中的值。注意，默认方式下建立的图表没有数据标签。

选定图表后，单击【布局】选项卡的【标签】组（见图 15-21）中的【数据标签】按钮，在打开的菜单（见图 15-26）中选择一个命令，可设置有无数据标签，或指定数据标签的样式。

将图 15-2 所示的图表添加数据标签后的效果如图 15-27 所示。

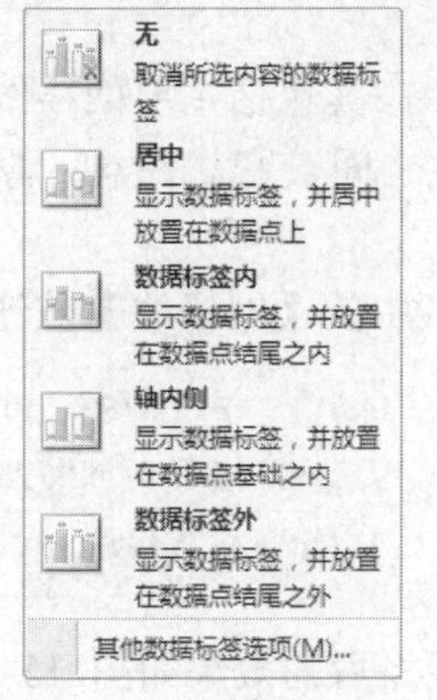

图15-26 【数据标签】菜单

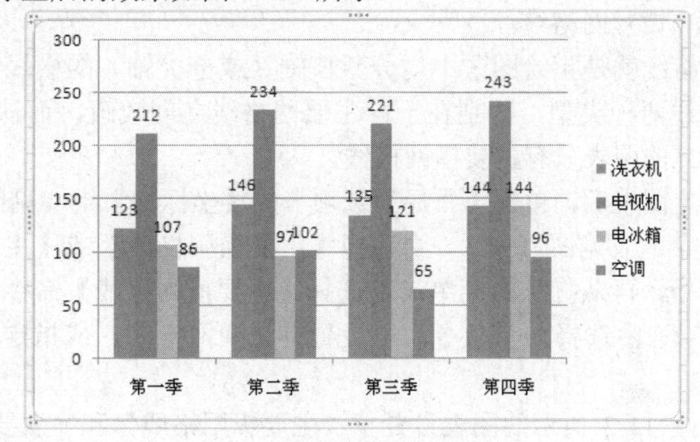

图15-27 添加数据标签后的图表

(5) 设置数据表

数据表就是指在图表中同时显示表中的数据。注意，默认方式下建立的图表没有数据表。

选定图表后，单击【布局】选项卡的【标签】组（见图 15-21）中的【数据表】按钮，在打开的菜单（见图 15-28）中选择一个命令，可设置有无数据表，或指定数据表的样式。

将图 15-2 所示的图表添加数据表后的效果如图 15-29 所示。

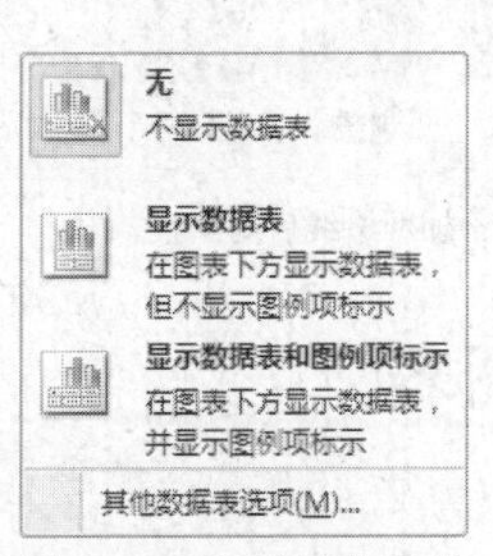

图15-28 【数据表】菜单

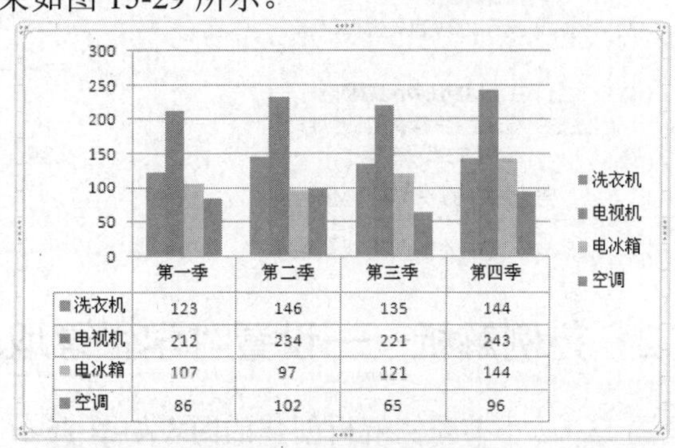

	第一季	第二季	第三季	第四季
洗衣机	123	146	135	144
电视机	212	234	221	243
电冰箱	107	97	121	144
空调	86	102	65	96

图15-29 添加数据表后的图表

(6) 设置坐标轴

选定图表后，单击【布局】选项卡的【坐标轴】组（见图 15-30）中的【坐标轴】按钮，在打开的菜单（见图 15-31）中选择【主要横坐标轴】或【主要纵坐标轴】命令，再从打开的菜单（以选择【主要横坐标轴】为例，见图 15-32）中选择一个命令，可设置有无横坐标轴，或指定横坐标轴的样式。

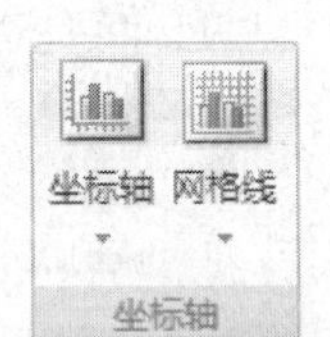

图15-30　【坐标轴】组

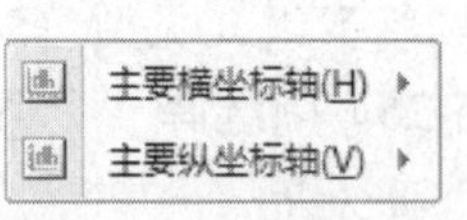

图15-31　【坐标轴】菜单

图15-32　【主要横坐标轴】菜单

(7) 设置网格线

网格线就是指绘图区中均分数值轴（或分类轴）的横线（或竖线），其包括主要网格线和次要网格线两种类型，区别在于：主要网格线之间较疏，而次要网格线之间较密。注意，默认方式下建立的图表只有主要横网格线。

选定图表后，单击【布局】选项卡的【坐标轴】组（见图 15-30）中的【网格线】按钮，在打开的菜单（见图 15-33）中选择【主要横网格线】或【主要纵网格线】命令，再从打开的菜单（以选择【主要横网格线】命令为例，见图 15-34）中选择一个命令，可设置有无横网格线，或指定横网格线的样式。

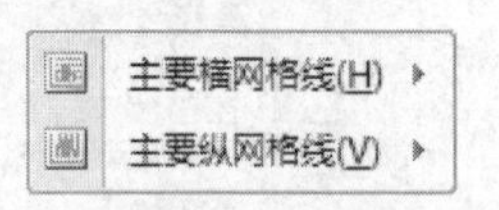

图15-33　【网格线】菜单

将图 15-2 所示的图表设置了“主要纵网格线”和“次要横网格线”后的效果如图 15-35 所示。

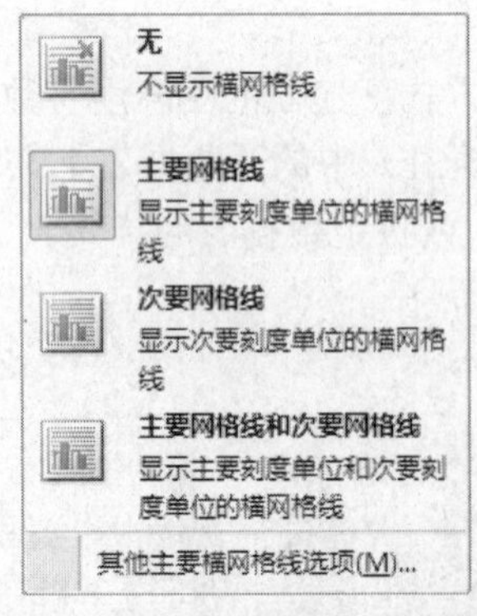

图15-34　【主要横网格线】菜单

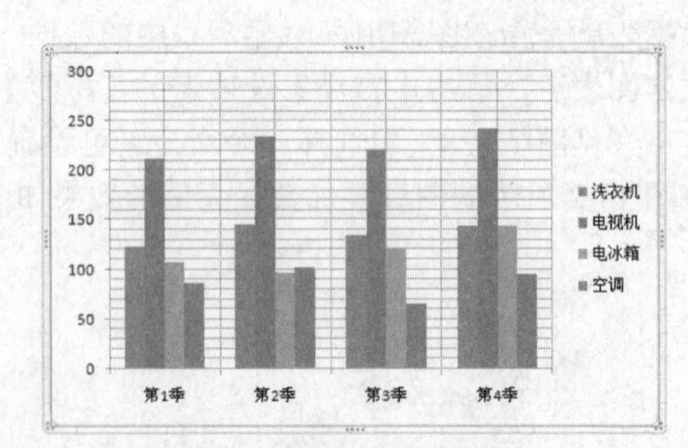

图15-35　添加网格线后的图表

15.2.2 范例解析——设置“学生录取表.xlsx”图表

设置 15.1.2 小节范例解析创建的图表如图 15-36 所示。

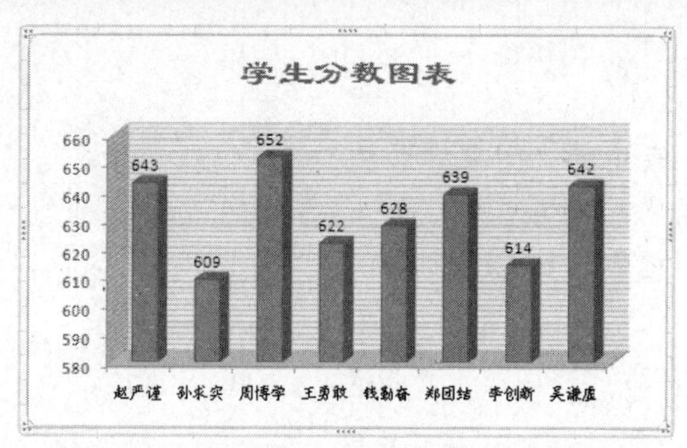

图15-36 设置后的图表

范例操作

1. 打开“学生录取表.xlsx”。
2. 选定图表，在【图表工具】的【设计】选项卡的【图表样式】列表中选择“图表样式 34”。
3. 单击图表的标题，并将其更改为“学生分数图表”。
4. 选择图表的标题，在【开始】选项卡的【字体】组中的“宋体 (中文正文)”下拉列表框中选择“隶书”，在【开始】选项卡的【字体】组中的“18”下拉列表框中选择“20”，单击【开始】选项卡的【字体】组中A按钮右边的▾按钮，在打开的颜色列表中选择“蓝色”。
5. 单击选定垂直轴标题，单击【开始】选项卡的【字体】组中的B按钮，单击【开始】选项卡的【字体】组中A按钮右边的▾按钮，在打开的颜色列表中选择“红色”。
6. 单击选定水平轴标题，在【开始】选项卡的【字体】组中的“宋体 (中文正文)”下拉列表框中选择“楷体_GB2312”，在【开始】选项卡的【字体】组中的“18”下拉列表框中选择“9”。
7. 单击【图表工具】的【布局】选项卡的【标签】组中的【图例】按钮，在打开的菜单中选择【无】命令。
8. 单击【图表工具】的【布局】选项卡的【标签】组中的【数据标签】按钮，在打开的菜单中选择【显示】命令。
9. 单击【图表工具】的【布局】选项卡的【坐标轴】组中的【网格线】按钮，在打开的菜单中选择【主要横网格线】/【次要网格线】命令。
10. 保存工作簿，然后关闭工作簿。

15.2.3 课堂练习——设置“教师信息表.xlsx”图表

设置 15.1.3 小节课堂练习创建的图表如图 15-37 所示。

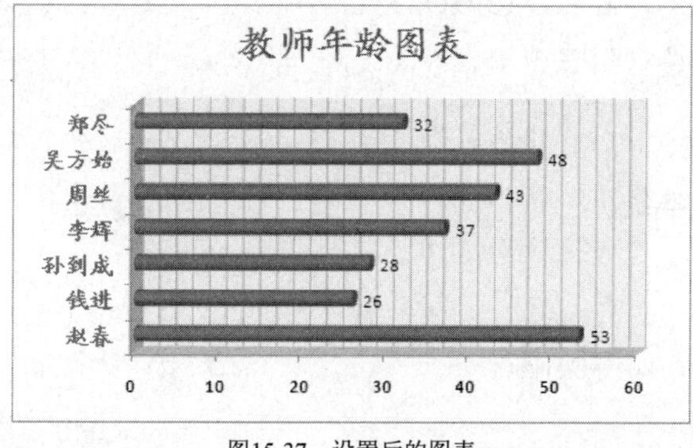

图15-37 设置后的图表

操作提示

1. 设置图表样式为样式列表中的“图表样式 33”。
2. 设置图表标题红色、楷体、20 磅。
3. 设置垂直轴标题蓝色、楷体、10 磅、加粗。
4. 设置水平轴标题加粗。
5. 取消显示图例。
6. 显示数据标签。
7. 显示次要纵网格线。

15.3 课后作业

一、操作题

为 14.4 小节中的课后作业“奖金发放表.xlsx”建立如图 15-38 所示的图表。

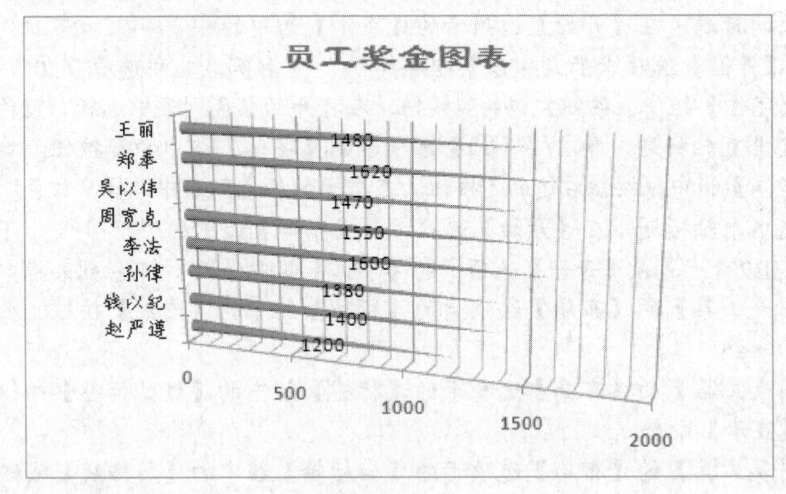

图15-38 图表

操作提示

(1) 插入图表（图表类型为条形图，图表子类型为堆积水平圆锥图）。
(2) 设置标题（隶书、蓝色、18 磅）。
(3) 设置垂直轴标题（楷体、蓝色、10 磅）。
(4) 设置水平轴标题（红色、加粗）。
(5) 取消显示图例。
(6) 显示数据标签。
(7) 显示主要和次要纵网格线。

二、思考题

1. 如何插入图表？
2. 图表有哪些设置操作？如何操作？

第16讲

PowerPoint 2007 的基本操作

【学习目标】

• 掌握 PowerPoint 2007 演示文稿的操作方法。	
• 掌握 PowerPoint 2007 的幻灯片管理方法。 • 掌握 PowerPoint 2007 的视图方式。	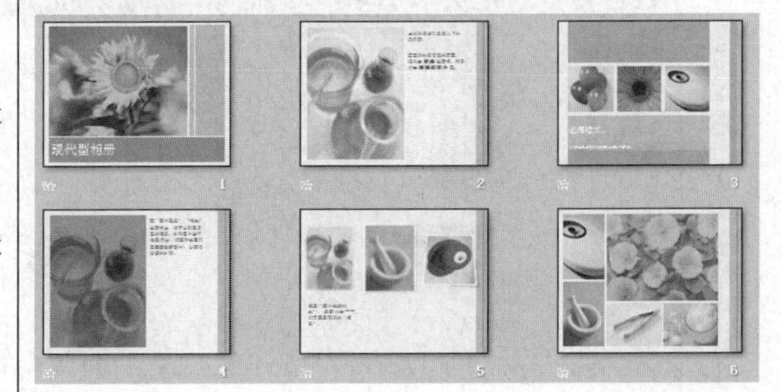

16.1 PowerPoint 2007 的演示文稿操作

在 Windows XP 中，选择【开始】/【程序】/【Microsoft Office】/【Microsoft Office PowerPoint 2007】命令，启动 PowerPoint 2007，打开如图 16-1 所示 PowerPoint 2007 窗口。PowerPoint 2007 演示文稿的基本操作包括新建演示文稿、保存演示文稿、打开演示文稿和关闭演示文稿等。

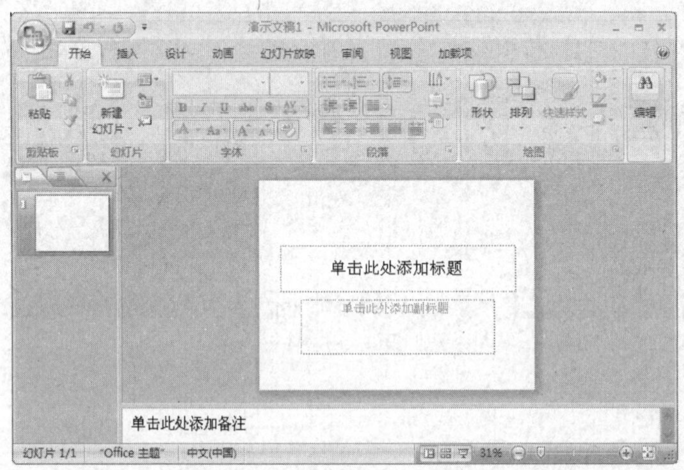

图16-1　PowerPoint 2007 窗口

16.1.1 知识点讲解

一、 新建演示文稿

启动 PowerPoint 2007 时，系统会自动建立一个只有一张标题幻灯片的演示文稿，默认的文档名是“演示文稿 1”。在 PowerPoint 2007 中，还可以再新建演示文稿，有以下几种方法。

- 按 Ctrl+N 键。
- 单击按钮，在打开的菜单中选择【新建】命令。

使用第 1 种方法，系统会自动根据默认模板建立一个只有一张标题幻灯片的演示文稿。使用第 2 种方法，将弹出如图 16-2 所示的【新建演示文稿】对话框。

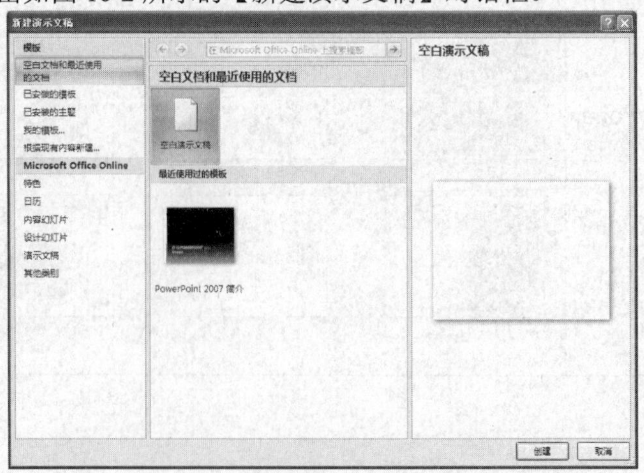

图16-2　【新建演示文稿】对话框

在【新建演示文稿】对话框中可进行以下新建文档的操作。

- 单击【模板】窗格（最左边的窗格）中的一个命令，【模板列表】窗格（中间的窗格）显示该组模板中的所有模板。
- 单击【模板列表】窗格中的一个模板将其选中，【模板效果】窗格（最右边的窗格）显示该模板的效果。
- 单击 创建 按钮，基于所选择的模板建立一个新演示文稿。

二、 保存演示文稿

PowerPoint 2007工作时，演示文稿的内容驻留在计算机内存和磁盘的临时文件中，没有正式保存。保存演示文稿有两种方式：保存和另存为。

(1) 保存演示文稿

在 PowerPoint 2007 中，保存演示文稿有以下几种方法。

- 按Ctrl+S键。
- 单击【快速访问工具栏】中的按钮。
- 单击按钮，在打开的菜单中选择【保存】命令。

如果演示文稿已被保存过，则系统自动将演示文稿的最新内容保存起来；如果演示文稿从未保存过，则系统需要用户指定文件的保存位置及文件名，相当于执行另存演示文稿操作（见下面介绍）。

(2) 另存演示文稿

另存演示文稿是指把当前编辑的演示文稿以新文件名或新的保存位置保存起来。单击按钮，在打开的菜单中选择【另存为】命令，弹出如图 16-3 所示的【另存为】对话框。

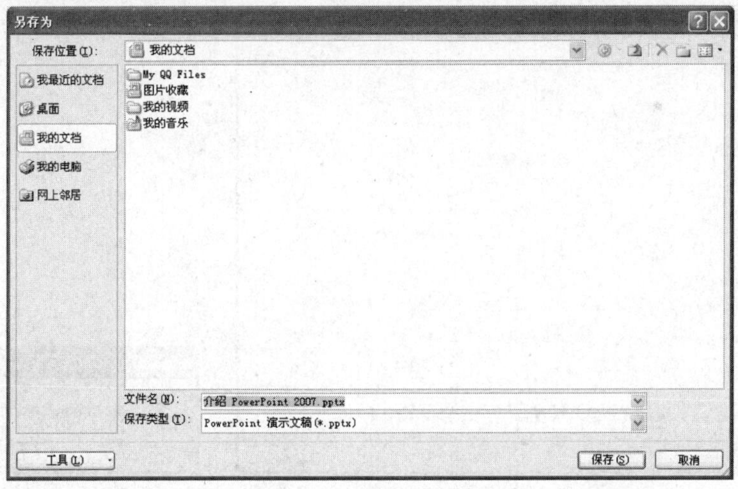

图16-3 【另存为】对话框

在【另存为】对话框中可进行以下操作。

- 在【保存位置】下拉列表框中选择要保存到的文件夹，也可在窗口左侧的预设保存位置列表中选择要保存到的文件夹。
- 在【文件名】下拉列表框中输入或选择一个文件名。
- 在【保存类型】下拉列表框中选择要保存的文件类型。此时需注意的是，PowerPoint 2007 之前版本默认的保存类型是.ppt 型，而 PowerPoint 2007 则是.pptx 型文件。
- 单击 保存(S) 按钮，按所做设置保存文件。

三、 打开演示文稿

在 PowerPoint 2007 中，打开演示文稿有以下几种方法。

- 按Ctrl+O键。
- 单击按钮，在打开的菜单中选择【打开】命令。

采用以上方法均会弹出如图 16-4 所示的【打开】对话框。

在【打开】对话框中可进行以下操作。

- 在【查找范围】下拉列表框中选择要打开文件所在的文件夹，也可在窗口左侧的预设位置列表中选择要打开文件所在的文件夹。
- 在打开的文件列表中单击一个文件图标，选择该文件。
- 在打开的文件列表中双击一个文件图标，打开该文件。
- 在【文件名】下拉列表框中输入或选择所要打开文件的名称。
- 单击 打开(O) 按钮，打开所选择的文件或在【文件名】下拉列表框中指定的文件。

四、 关闭演示文稿

在 PowerPoint 2007 中，关闭演示文稿有以下几种常用方法。

- 单击 PowerPoint 2007 窗口右上角的按钮。
- 双击按钮。
- 单击按钮，在打开的菜单中选择【关闭】命令。

关闭演示文稿时，如果演示文稿改动过并且没有保存，则系统会弹出如图 16-5 所示的【Microsoft Office PowerPoint】对话框（以“演示文稿 1”为例），以确定是否保存，操作方法同前。

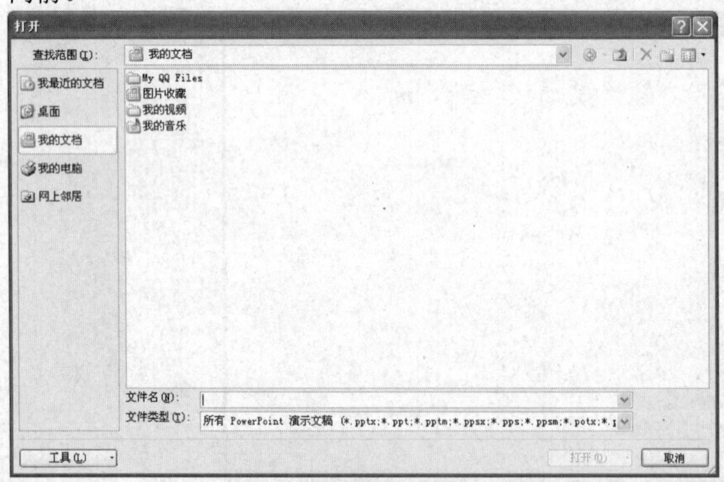

图16-4 【打开】对话框

图16-5 【Microsoft Office PowerPoint】对话框

16.1.2 范例解析——建立“相册.pptx”

在 PowerPoint 2007 中，以“现代型相册”为模板建立演示文稿，如图 16-6 所示。以“相册.pptx”为文件名保存到【我的文档】文件夹中，然后再把演示文稿以“相册.ppt”文件名保存到【我的文档】文件夹中，关闭文档。再打开“相册.pptx”，并把第 1 张幻灯片中“现代型相册”修改为“我的相册”，然后保存文档，关闭文档。

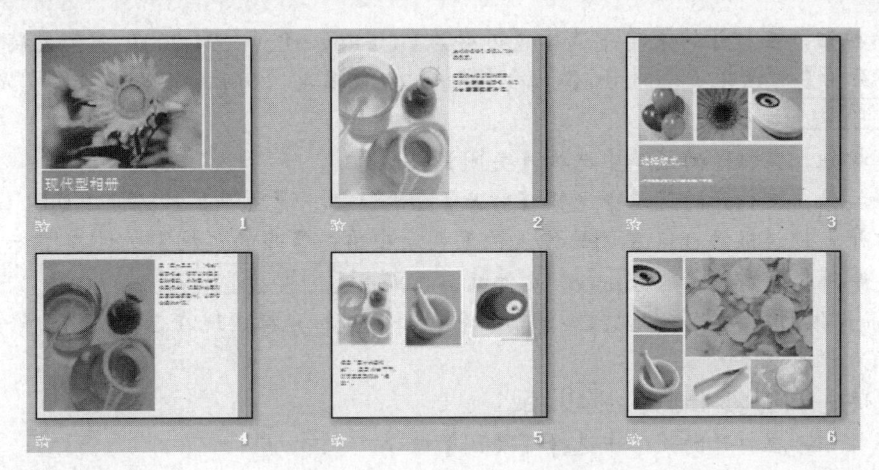

图16-6 “现代型相册”演示文稿

范例操作

1. 选择【开始】/【程序】/【Microsoft Office】/【Microsoft Office PowerPoint 2007】命令，启动 PowerPoint 2007。
2. 在【PowerPoint 2007】窗口中单击按钮，在打开的菜单中选择【新建】命令，弹出【新建演示文稿】对话框（见图 16-2）。
3. 在【新建演示文稿】对话框的【模板】窗格中单击“已安装的模板”，如图 16-7 所示。

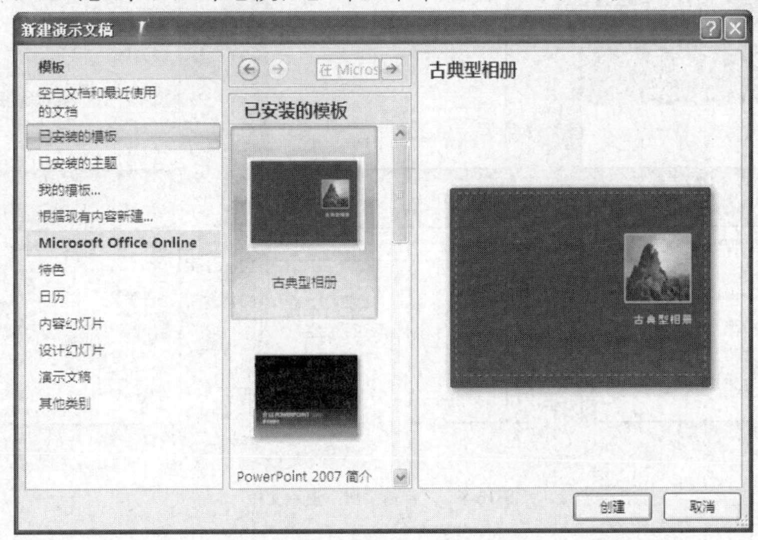

图16-7 【新建演示文稿】对话框

4. 在【新建演示文稿】对话框的【已安装的模板】列表中单击“现代型相册”图标。
5. 在【新建演示文稿】对话框中单击 创建 按钮，则在 PowerPoint 2007 窗口中将出现以“现代型相册”为模板的演示文稿，共包含 6 张幻灯片。
6. 单击【快速访问工具栏】中的按钮，弹出【另存为】对话框（见图 16-3）。
7. 如果【保存位置】下拉列表框中显示的不是“我的文档”，则需在该下拉列表框中选择“我的文档”。
8. 在【文件名】下拉列表框中修改文件名为“相册.pptx”。
9. 单击 保存(S) 按钮。

10. 单击按钮，在打开的菜单中选择【另存为】/【PowerPoint 97-2003 演示文稿】命令，弹出【另存为】对话框（见图 16-3，这时默认的文件名是“相册.ppt”，文件类型是.ppt 型），单击 保存(S) 按钮。
11. 单击按钮，在打开的菜单中选择【关闭】命令。
12. 单击按钮，在打开的菜单中选择【打开】命令，弹出【打开】对话框（见图 16-4）。
13. 在【打开】对话框的窗口左侧的预设位置列表中单击【我的文档】文件夹图标，在窗口中央的文件列表中单击“相册.pptx”文件名，再单击 打开(O) 按钮。
14. 单击第 1 张幻灯片中的“现代型相册”占位符，鼠标光标出现在占位符中，修改“现代型相册”为“我的相册”。
15. 单击【快速访问工具栏】中的按钮，
16. 单击按钮，在打开的菜单中选择【关闭】命令。

16.1.3 课堂练习——建立“宣传手册.pptx”

在 PowerPoint 2007 中，以“宣传手册”为模板建立演示文稿，如图 16-8 所示。以“宣传手册.pptx”为文件名保存到【我的文档】文件夹中，然后再把演示文稿以“宣传手册.ppt”文件名保存到【我的文档】文件夹中，关闭文档。再打开“宣传手册.pptx”，并把第 1 张幻灯片中“手册”修改为“宣传手册”，然后保存文档，关闭文档。

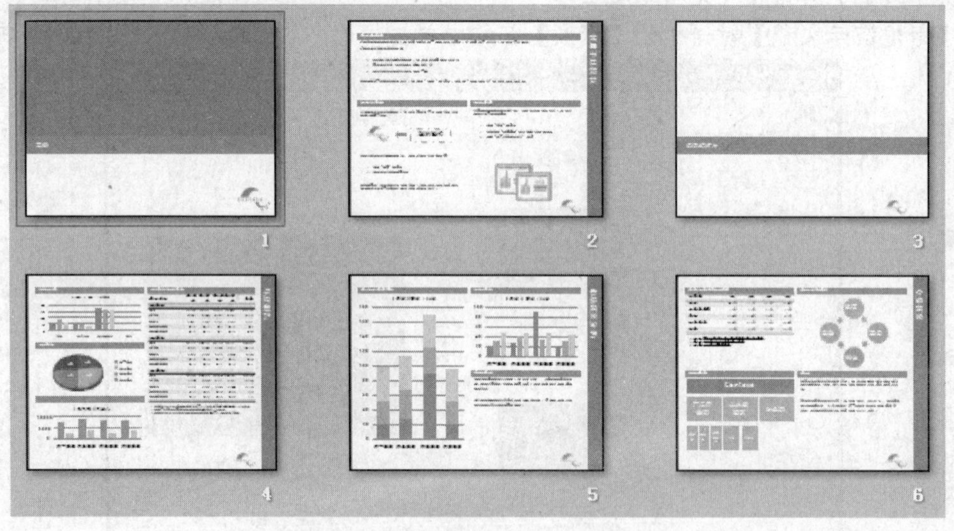

图16-8 “宣传手册”演示文稿

16.2 PowerPoint 2007 的视图方式

PowerPoint 2007 有 4 种视图方式：普通视图、幻灯片浏览视图、幻灯片放映视图和备注页视图，每种视图都将用户的处理焦点集中在演示文稿的某个要素上。

16.2.1 知识点讲解

单击状态栏中的某个视图按钮或单击功能区【视图】选项卡的【演示文稿视图】组（见图 16-9）中的某个视图按钮，均可切换到相应的幻灯片视图方式。

图16-9　【演示文稿视图】组

一、 普通视图

单击状态栏上【视图状态】区中的按钮或单击【演示文稿视图】组（见图 16-9）中的【普通视图】按钮，即可切换到普通视图方式（见图 16-10）。

普通视图是启动 PowerPoint 2007 后默认的视图方式，主要用于撰写或设计演示文稿。它包含 3 个窗格：幻灯片/大纲窗格、幻灯片设计窗格和备注窗格。

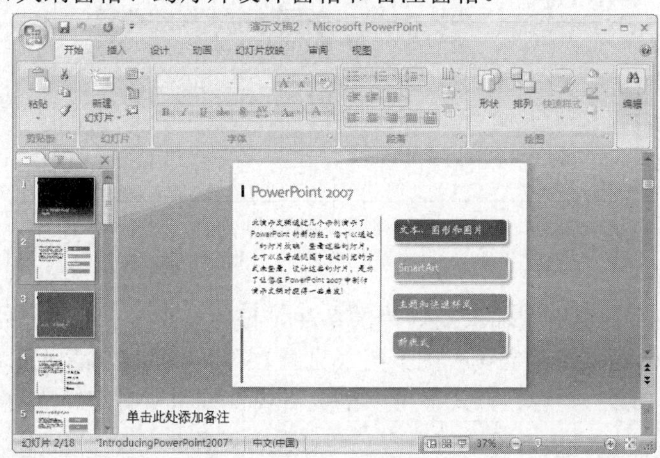

图16-10　普通视图

二、 幻灯片浏览视图

单击状态栏上【视图状态】区中的按钮或单击【演示文稿视图】组（见图 16-9）中的【幻灯片浏览】按钮，即可切换到幻灯片浏览视图方式（见图 16-11）。幻灯片浏览视图是以缩略图形式显示幻灯片的视图。

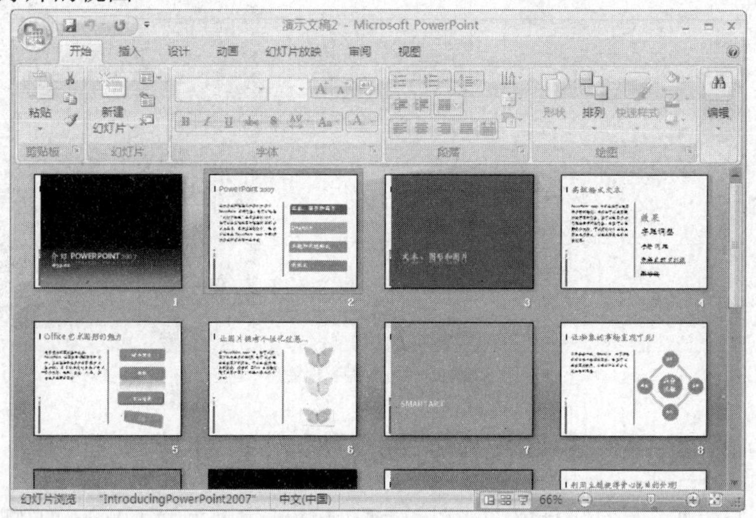

图16-11　幻灯片浏览视图

三、 幻灯片放映视图

单击状态栏上【视图状态】区中的按钮或单击【演示文稿视图】组（见图 16-9）中的【幻灯片放映】按钮，即可切换到幻灯片放映视图方式（见图 16-12）。幻灯片放映视图占据整个计算机屏幕，从当前幻灯片开始逐幅地放映演示文稿中的幻灯片。

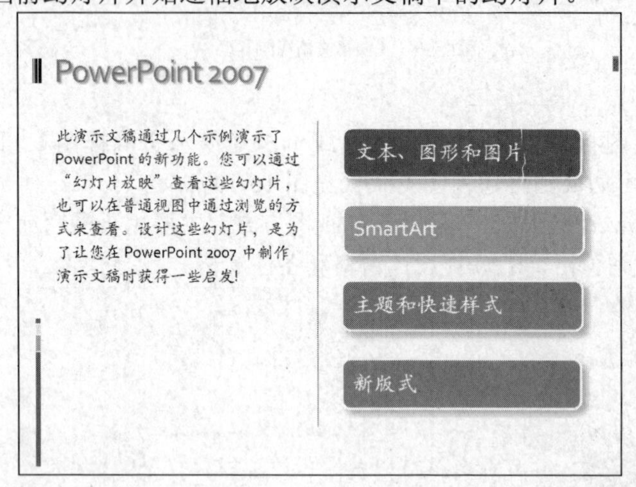

图16-12 幻灯片放映视图

四、 备注页视图

用户可以在【备注】窗格中输入幻灯片的备注，该窗格位于普通视图中【幻灯片】窗格的下方（见图16-10）。单击【演示文稿视图】组（见图16-9）中的【备注页】按钮，即可切换到备注页视图方式（见图16-13）。在该方式下可以整页格式查看和使用幻灯片的备注。

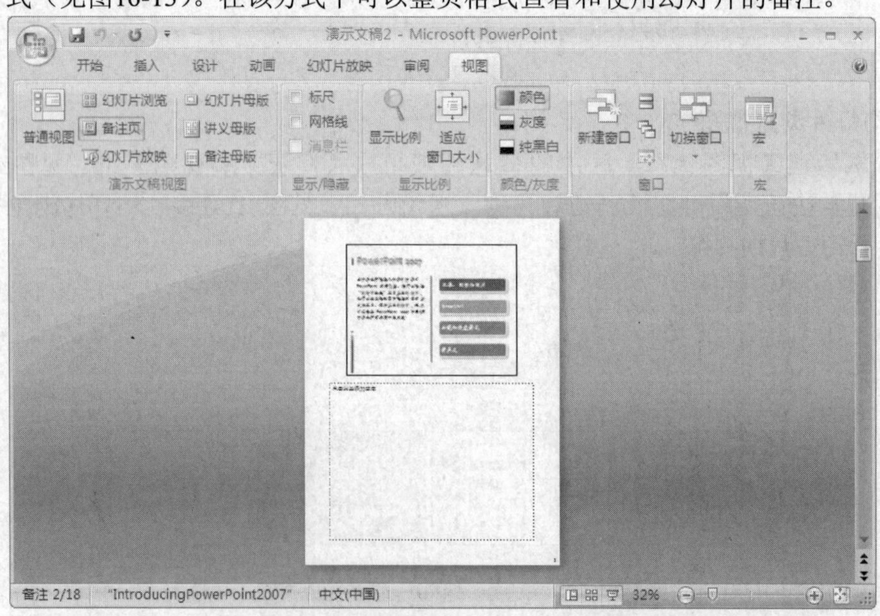

图16-13 备注页视图

16.2.2 范例解析——不同视图方式下显示幻灯片

下面分别在普通视图、幻灯片浏览视图和幻灯片放映视图方式下显示“相册.pptx”。

1. 在 PowerPoint 2007 中打开“相册.pptx”。
2. 单击状态栏上【视图状态】区中的按钮，切换到普通视图方式，结果如图 16-14 所示（当前幻灯片是第 1 张幻灯片）。
3. 单击状态栏上【视图状态】区中的按钮，切换到幻灯片浏览视图方式（结果见图 16-6）。
4. 单击状态栏上【视图状态】区中的按钮，切换到幻灯片放映方式，开始放映幻灯片，第 2 张幻灯片的放映效果如图 16-15 所示。

图16-14 普通视图方式下的幻灯片

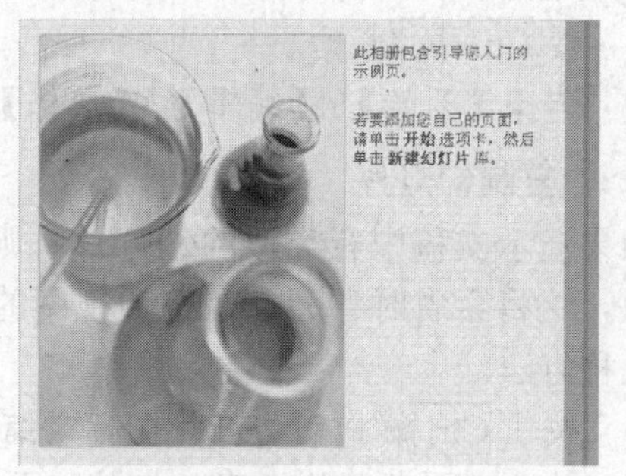

图16-15 幻灯片放映视图方式下的幻灯片

5. 放映完幻灯片后，不保存演示文稿，关闭演示文稿。

16.2.3 课堂练习——不同视图方式下显示幻灯片

下面分别在普通视图、幻灯片浏览视图和幻灯片放映视图方式下显示 16.1.3 小节建立的“宣传手册.pptx”，并观察在不同视图方式下幻灯片有哪些不同。

16.3 PowerPoint 2007 的幻灯片管理

建立了演示文稿后，有时还需要对演示文稿中的幻灯片进行管理，PowerPoint 2007 常用的幻灯片管理操作有：选定幻灯片、插入幻灯片、移动幻灯片、复制幻灯片和删除幻灯片。

16.3.1 知识点讲解

一、 选定幻灯片

用户在管理幻灯片时，往往需要先选定幻灯片，然后再进行某些管理操作。在幻灯片/大纲窗格和幻灯片浏览视图中均可选定幻灯片。

(1) 在幻灯片/大纲窗格中选定幻灯片

- 单击幻灯片图标，选定该幻灯片。
- 选定一张幻灯片后，按住 Shift 键，再单击另一张幻灯片，即可选定这两张幻灯片间的所有幻灯片。

在幻灯片/大纲窗格中选定幻灯片后，单击幻灯片图标以外的任意一点，可取消幻灯片的选定状态。

(2) 在幻灯片浏览视图中选定幻灯片

- 单击幻灯片的缩略图，选定该幻灯片。

- 选定一张幻灯片后，按住 Shift 键，再单击另一张幻灯片，选定这两张幻灯片间的所有幻灯片。
- 选定一张幻灯片后，按住 Ctrl 键，再单击另一张未选定的幻灯片，该幻灯片即被选定。
- 选定一张幻灯片后，按住 Ctrl 键，再单击另一张已选定的幻灯片，该幻灯片被取消选定状态。

在幻灯片浏览视图中选定幻灯片后，在窗口的空白处单击鼠标，可取消幻灯片的选定状态。

(3) 选定所有的幻灯片

- 按 Ctrl+A 键。
- 选择【开始】/【编辑】/【选择】/【全选】命令。

二、 复制幻灯片

如果演示文稿中有类似的幻灯片，则不需要逐张制作，在制作完成一张后将其复制，然后再修改，这将会省时省力。在普通视图的幻灯片/大纲窗格或幻灯片浏览视图中，复制幻灯片有以下几种方法。

- 按住 Ctrl 键拖动幻灯片图标或缩略图，在目标位置复制该幻灯片。
- 先选定要复制的多张幻灯片，再按住 Ctrl 键拖动所选定幻灯片中某一张幻灯片的图标或缩略图，将选定的幻灯片复制到目标位置。

另外，还可以先把选定的幻灯片复制到剪贴板上，再选定一张幻灯片，然后从剪贴板上将幻灯片粘贴到选定幻灯片的后面。

三、 移动幻灯片

如果演示文稿中幻灯片的顺序不正确，则可通过移动幻灯片来改变顺序。在普通视图的幻灯片/大纲窗格或幻灯片浏览视图中，移动幻灯片有以下几种方法。

- 拖动幻灯片图标或缩略图，将幻灯片移动到目标位置。
- 先选定要移动的多张幻灯片，再拖动所选定幻灯片中某一张幻灯片的图标或缩略图，将选定的幻灯片移动到目标位置。

另外，还可以先把要复制的幻灯片剪切到剪贴板上，再选定一张幻灯片，然后从剪贴板上将幻灯片粘贴到选定幻灯片的后面。

四、 删除幻灯片

在删除某张或某几张幻灯片前应将其选定。删除已选定的幻灯片有以下几种方法。

- 按 Delete 或 Backspace 键。
- 单击【开始】选项卡的【幻灯片】组中的 删除 按钮。
- 把选定的幻灯片剪切到剪贴板上。

此外，在大纲窗格中，如果删除了一张幻灯片中的所有文本，则该幻灯片也将被删除。在大纲视图中删除幻灯片（剪切到剪贴板上除外）时，如果幻灯片中包含注释页或图形，则会弹出如图 16-16 所示的【Microsoft Office PowerPoint】对话框，单击 确定 按钮，即可删除所选定的幻灯片。

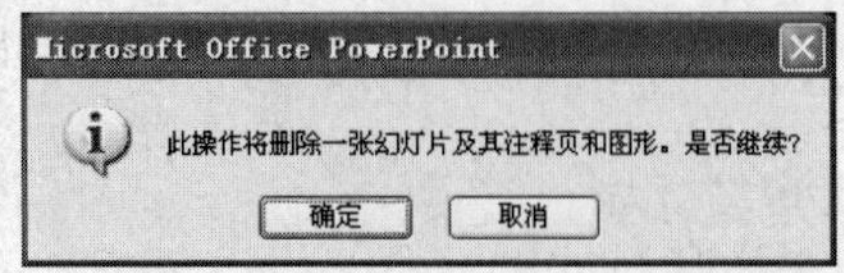

图16-16 【Microsoft Office PowerPoint】对话框

16.3.2 范例解析——管理“相册.pptx”

对 16.1.2 小节建立的“相册.pptx”，调换第 3 张和第 4 张幻灯片的顺序，删除第 5 张幻灯片，同时把第 2 张幻灯片复制一份，作为第 5 张幻灯片。

范例操作

1. 在 PowerPoint 2007 中打开“相册.pptx”。
2. 在幻灯片/大纲窗格中拖动第 3 张幻灯片的图标到第 4 张幻灯片后。
3. 在幻灯片/大纲窗格中选定第 5 张幻灯片，然后按 Delete 键。
4. 在幻灯片/大纲窗格中按住 Ctrl 键拖动第 2 张幻灯片到第 4 张幻灯片之后。
5. 保存演示文稿，然后关闭演示文稿。

16.3.3 课堂练习——管理“宣传手册.pptx”

对 16.1.3 小节建立的“宣传手册.pptx”，调换第 2 张和第 3 张幻灯片的顺序，删除第 4 张幻灯片，同时把第 5 张和第 6 张幻灯片复制一份，作为第 7 张和第 8 张幻灯片。

16.4 课后作业

一、操作题

在 PowerPoint 2007 中，以“现代型相册”为模板建立演示文稿，如图 16-17 所示。以“小测验短片.pptx”为文件名保存到【我的文档】文件夹中，然后再把演示文稿以“小测验短片.ppt”文件名保存到【我的文档】文件夹中，关闭文档。再打开“小测验短片.pptx”，并把第 1 张幻灯片中“知识测验节目”修改为“知识测验”，然后保存文档。调换第 3、4 张和第 5、6 张幻灯片的顺序，删除第 8 张幻灯片，同时把第 3～6 张幻灯片复制一份，作为第 8～11 张幻灯片。分别在普通视图、幻灯片浏览视图和幻灯片放映视图方式下显示演示文稿。

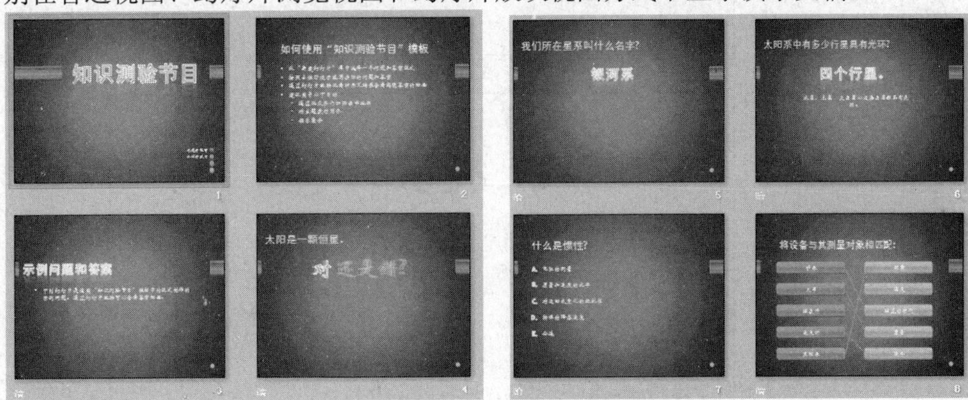

图16-17 建立的演示文稿

二、思考题

1. PowerPoint 2007 的演示文稿操作有哪些？
2. PowerPoint 2007 有哪几种视图方式？各有什么特点？

第17讲

PowerPoint 2007 的幻灯片制作（一）

【学习目标】

• 掌握 PowerPoint 2007 幻灯片中文本处理的方法。	发展轨迹 财源滚滚 永无止境 • 2000年 – 员工12名 • 2002年 – 员工100名 • 2004年 – 员工500名 • 2006年 – 员工2000名 • 2008年 – 员工4000名 • 2000年 – 营业额100万元 • 2002年 – 营业额1000万元 • 2004年 – 营业额1亿元 • 2006年 – 营业额10亿元 • 2008年 – 营业额40亿元
• 掌握 PowerPoint 2007 幻灯片中添加艺术字的方法。	发展轨迹 财源滚滚 永无止境 • 2000年 – 员工12名 • 2002年 – 员工100名 • 2004年 – 员工500名 • 2006年 – 员工2000名 • 2008年 – 员工4000名 • 2000年 – 营业额100万元 • 2002年 – 营业额1000万元 • 2004年 – 营业额1亿元 • 2006年 – 营业额10亿元 • 2008年 – 营业额40亿元

17.1　幻灯片中文本的处理

一张幻灯片中可以包括文本、表格、形状、图片、剪贴画、艺术字、图表、音频和视频等内容。每张幻灯片都有一个版式，由若干虚线方框形式的占位符，用于规定幻灯片各内容的排放位置。占位符分为文本占位符和内容占位符两类：文本占位符中有相应的文字提示，只能输入文本；内容占位符的中央有一个图标列表，只能插入图形对象。

添加空白幻灯片通常使用功能区【开始】选项卡的【幻灯片】组（如图 17-1 所示）中的工具，有以下几种常用方法。

- 单击【开始】选项卡的【幻灯片】组中的按钮，添加一张空白幻灯片，该幻灯片的版式是最近使用过的版式。
- 单击【开始】选项卡的【幻灯片】组中的【新建幻灯片】按钮，打开一个【幻灯片版式】列表（如图 17-2 所示），从中选择一个版式，添加一张该版式的空白幻灯片。
- 在【幻灯片/大纲】窗格中单击鼠标右键，在弹出的快捷菜单中选择【新建幻灯片】命令，添加一张空白幻灯片，该幻灯片的版式是最近使用过的版式。

图17-1　【幻灯片】组

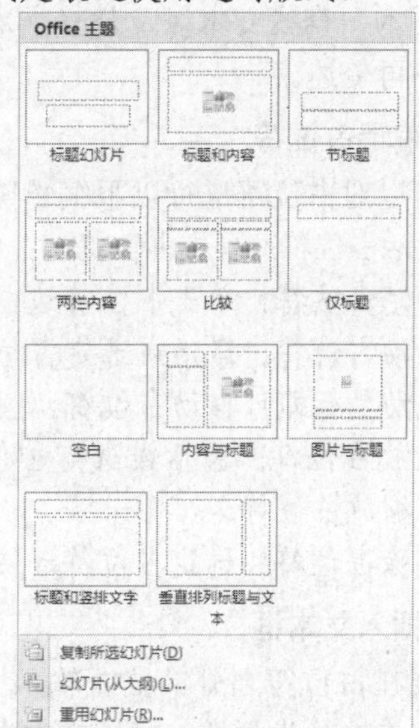

图17-2　【幻灯片版式】列表

添加的幻灯片的位置有以下几种情况。

- 在普通视图中，在【幻灯片设计】窗格中制作幻灯片时添加的幻灯片位于当前幻灯片的后面。
- 在幻灯片浏览视图中，如果选定了幻灯片，则新幻灯片位于该幻灯片的后面，否则，窗口中会出现一个垂直闪动的光条（称为鼠标光标），这时，新幻灯片位于鼠标光标处。

17.1.1　知识点讲解

一、　在占位符中输入文本

在幻灯片中有以下 3 类文本占位符。

- 标题占位符：含有“单击此处添加标题”字样的占位符。
- 副标题占位符：含有“单击此处添加副标题”字样的占位符。
- 项目占位符：含有“单击此处添加文本”字样的占位符。

用户可以在占位符中输入文本，同时还可以在占位符中编辑文本。

单击文本占位符后，在占位符中将出现一个鼠标光标，这时用户就可以输入文本了。在项目占位符中输入文本时有以下特点。

- 在项目开始位置按 Tab 键，项目降一级。
- 在项目开始位置按 Shift+Tab 键，项目升一级。
- 输入完一个项目后按 Enter 键，开始下一项目。

在占位符中的文本根据占位符的类型自动进行以下调整。

- 文本到占位符边界后自动换行。
- 标题和副标题在占位符内自动居中对齐。
- 标题超出占位符高度后，标题自动向上下两端延伸。
- 副标题或项目超出占位符高度后，会自动减小字号和行间距，以适应占位符。

在占位符中可进行移动鼠标光标、选定文本、插入文本、删除文本、改写文本、复制文本、移动文本、查找文本以及替换文本等操作，这些编辑操作与 Word 2007 的编辑操作大致相同，这里不再赘述。

二、 编辑占位符

用户可以对占位符进行以下编辑操作。

- 激活占位符。单击占位符，占位符被激活，出现鼠标光标和斜线边框和尺寸控点。
- 选定占位符。单击占位符边框，占位符被选定，出现网点边框和尺寸控点。
- 移动占位符。激活或选定占位符后鼠标指针移动到占位符上，鼠标指针变为✥状，拖动鼠标即可移动占位符。
- 缩放占位符。激活或选定占位符后鼠标指针移动到占位符尺寸控点上后拖动，即可缩放占位符。
- 删除占位符。选定占位符后按 Delete 或 Backspace 键，即可删除占位符。

三、 插入文本框

如果要在占位符之外的位置输入文本，则需要在幻灯片中插入文本框，然后在文本框中输入文本。文本框分为两类：横排文本框和垂直文本框。插入文本框有以下几种常用方法。

- 选择【插入】/【文本】/【文本框】/【横排文本框】命令，插入横排文本框。
- 选择【插入】/【文本】/【文本框】/【垂直文本框】命令，插入垂直文本框。

执行完以上的一个操作后，鼠标指针将变为↓状（横排文本框）或⟵状（垂直文本框），此时有以下两种输入文本的方法（以横排文本框为例）。

- 单击鼠标，出现一个能容纳一个字符的文本框，在文本框中输入文本，文本框宽度随文本自动增大，但文本不自动换行。
- 拖动鼠标，出现一个与拖动宽度相同的单行文本框（文本框的边上有 8 个尺寸控点，顶部出现 1 个绿色的旋转控点，见图 17-3），这时可在文本框中输入文本，到达文本框边界时，文本自动换行。

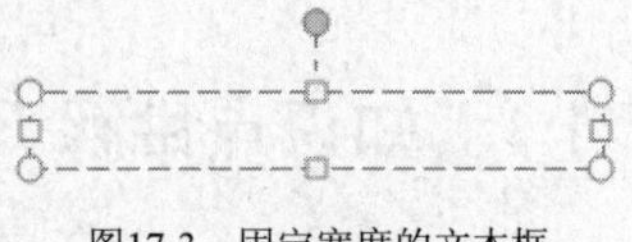

图17-3　固定宽度的文本框

文本框插入后，可进行以下操作。

- 将鼠标指针移动到活动文本框边上（如果文本框不处于活动状态，则该边框是看不见的），鼠标指针变为✥状，拖动鼠标可改变文本框的位置。
- 单击文本框中的文字，文本框成为当前活动文本框。
- 将鼠标指针移动到当前文本框的尺寸控点上，鼠标指针变为↕、↔、↘或↗状，拖动鼠标可改变文本框的大小。
- 将鼠标指针移动到当前文本框的旋转控点上，鼠标指针变为↻状，拖动鼠标，以文本框中央为中心旋转文本框。
- 选定文本框后按 Delete 键，即可删除文本框。
- 删除文本框中的所有文字后，再在文本框外空白处任意一点单击鼠标，删除该文本框。

四、 设置文本格式

在幻灯片中输入文本后，可以对其进行格式设置，使幻灯片更加美观。在设置文本格式前，通常先选定文本，再进行格式设置。可以通过【开始】选项卡中的【字体】组（见图 17-4）或【段落】组（见图 17-5）中的工具进行设置，这些操作与 Word 2007 类似，这里不再赘述。

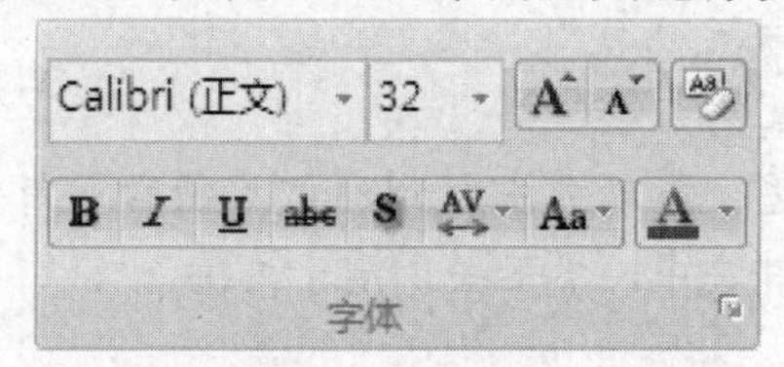

图17-4 【字体】组

图17-5 【段落】组

17.1.2 范例解析——建立“财源滚滚.pptx”

建立演示文稿，其包含两张幻灯片（见图 17-6），以“财源滚滚.pptx”为文件名保存到【我的文档】文件夹中。

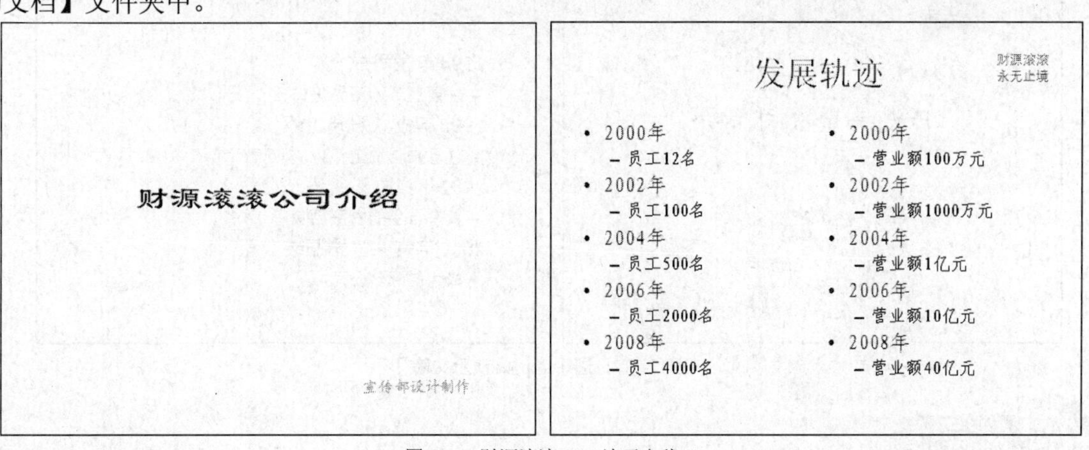

图17-6 财源滚滚.pptx 演示文稿

范例操作

1. 启动 PowerPoint 2007。
2. 在幻灯片的标题占位符中输入“财源滚滚公司介绍”，并设置字体为隶书。
3. 在幻灯片的副标题占位符中输入“宣传部设计制作”，并设置字体为楷体。

4. 选定幻灯片的副标题占位符，拖动占位符的尺寸控点，使其大小合适，再拖动副标题占位符到幻灯片的底部。
5. 单击【开始】选项卡的【幻灯片】组中的【新建幻灯片】按钮，打开【幻灯片版式】列表（见图 17-2），从中选择“两栏内容”版式，添加一张“两栏内容”版式的空白幻灯片。
6. 在幻灯片的标题栏中输入“发展轨迹”。
7. 在左栏的占位符中输入“2000 年”，并按 Enter 键。
8. 先按 Tab 键，再输入“员工 12 名”，并按 Enter 键。
9. 先按 Shift+Tab 键，再输入“2002 年”，并按 Enter 键。
10. 先按 Tab 键，再输入“员工 100 名”，并按 Enter 键。
11. 用步骤 9～10 的方法输入其余内容。
12. 选定左栏占位符中的所有文字，设置字体为仿宋体。
13. 用步骤 7～12 的方法输入并设置右栏占位符中的文字。
14. 在幻灯片的空白处（非占位符）单击鼠标，选择【插入】/【文本】/【文本框】/【横排文本框】命令，在幻灯片的相应位置拖动鼠标，建立一个空文本框。
15. 在文本框中输入“财源滚滚”，按 Enter 键后输入“永无止境”。
16. 选定文本框中的文字，设置字体为楷体，字颜色为红色。
17. 选定文本框，拖动文本框的尺寸控点，使其大小合适，拖动文本框到幻灯片的右上角。
18. 以“财源滚滚.pptx”为文件名保存到【我的文档】文件夹中，然后关闭演示文稿。

17.1.3 课堂练习——建立“日进斗金.pptx”

建立演示文稿，包含两张幻灯片（见图 17-7），并以“日进斗金.pptx”为文件名保存到【我的文档】文件夹中。

日进斗金公司简介

瑚幽工作室制作

公司概况

- 1994年公司成立
  - 主要业务，服装出口
- 1998年成立服装工厂
  - 进行来料加工业务
- 2002年成立服装设计公司
  - 具有自主的衣服品牌
- 2006年兼并德国服装公司
  - 成为国际化公司

我们的每一步
都体现着辉煌

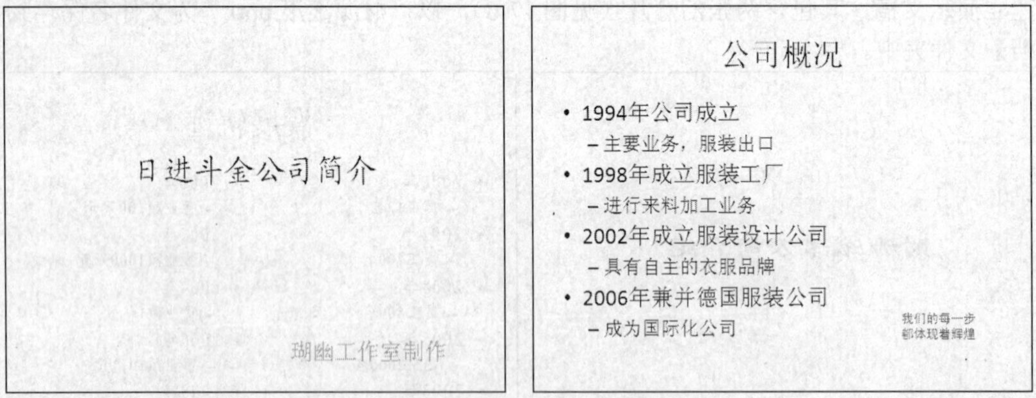

图17-7 日进斗金.pptx 演示文稿

范例操作

1. 输入主标题，并设置字体（楷体）。
2. 在副标题占位符中输入内容，改变副标题占位符的大小和位置。
3. 插入幻灯片（标题和内容版式）。
4. 在占位符中输入内容。
5. 插入文本框，输入文本，设置字体为黑体，字颜色为红色。
6. 改变文本框的大小和位置。

17.2 幻灯片中添加艺术字

在幻灯片中不仅可以添加文本，而且还可以添加艺术字。通过添加艺术字，不仅可使幻灯片更加美观，而且可大大增加幻灯片的渲染力。

17.2.1 知识点讲解

一、 插入艺术字

在功能区【插入】选项卡的【文本】组（见图 17-8）中单击【艺术字】按钮，打开【艺术字样式】列表（见图 17-9），从中选择一种艺术字样式，幻灯片中插入一个艺术字框（见图 17-10），在艺术字框中可输入艺术字的文字。与 Word 2007 不同的是，在 PowerPoint 2007 中插入的艺术字，其默认的文字环绕方式是“浮于文字上方”。

图17-8 【文本】组

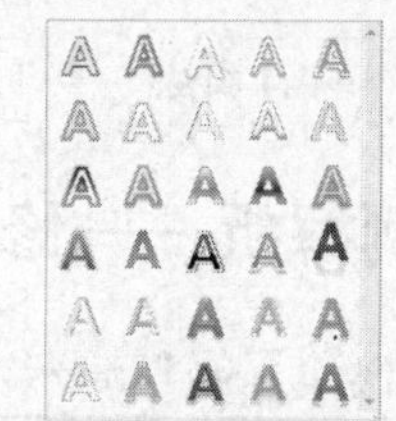

图17-9 【艺术字样式】列表

图17-10 艺术字框

二、 设置艺术字

当插入艺术字或选定一个已插入的艺术字后，在功能区中将自动增加一个【格式】选项卡。在该选项卡中有一个【艺术字样式】组，如图 17-11 所示。通过【艺术字样式】组中的工具可设置艺术字的格式。

在【格式】选项卡的【艺术字样式】组的【艺术字样式】列表中选择一种艺术字样式，当前的艺术字或选定的艺术字即设置成该样式。

单击【格式】选项卡的【艺术字样式】组中按钮右边的按钮，打开【艺术字填充】颜色列表，如图 17-12 所示。可在该列表中选择艺术字的填充颜色。

图17-11 【艺术字样式】组

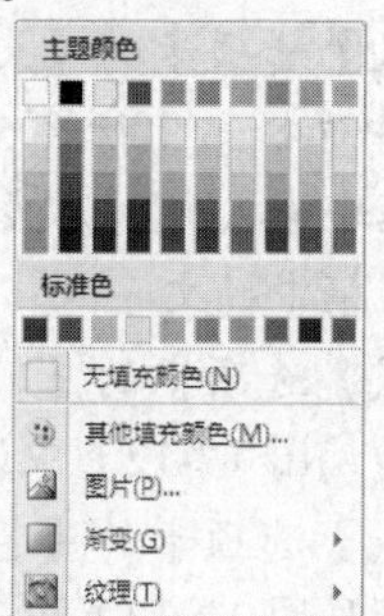

图17-12 【艺术字填充】颜色列表

单击【格式】选项卡的【艺术字样式】组中按钮右边的按钮，打开【艺术字轮廓】颜色列表，如图 17-13 所示。可在该列表中选择艺术字的轮廓颜色。

单击【格式】选项卡的【艺术字样式】组中的按钮，打开【艺术字效果】菜单，如图 17-14 所示。可从该菜单中选择一个命令，打开相应的子菜单，然后再从中选择具体的效果。图 17-15 所示是【转换】子菜单。

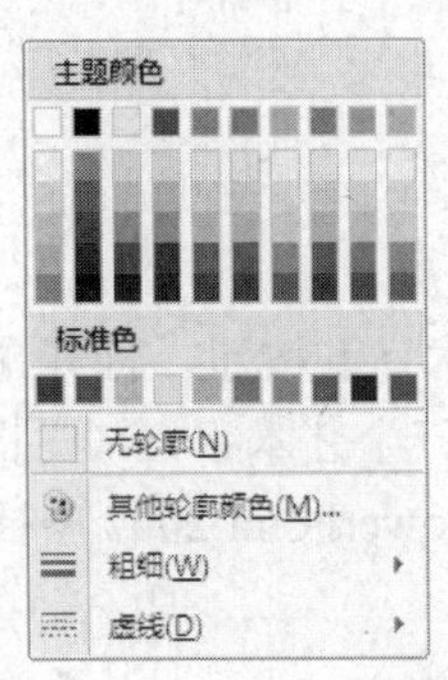

图17-13 【艺术字轮廓】列表

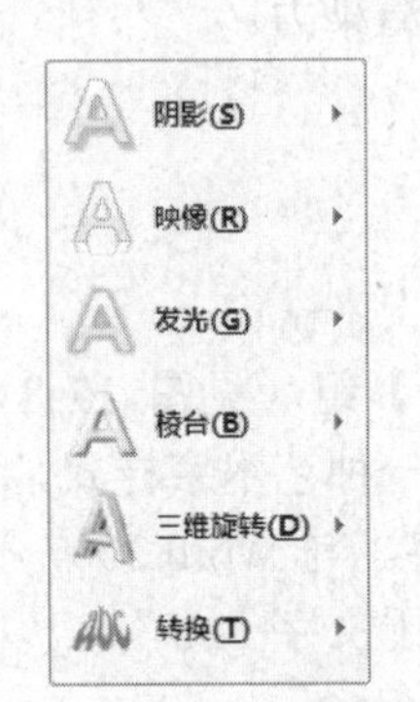

图17-14 【艺术字效果】菜单

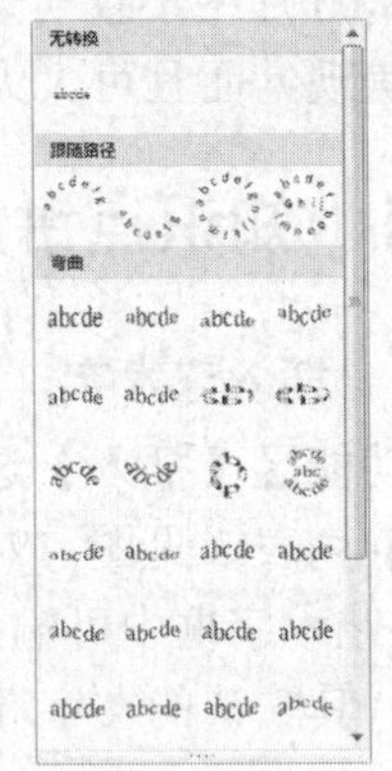

图17-15 【转换】子菜单

17.2.2 范例解析——修改“财源滚滚.pptx”

修改“财源滚滚.pptx”演示文稿，把两张幻灯片的标题换成艺术字，效果如图 17-16 所示。

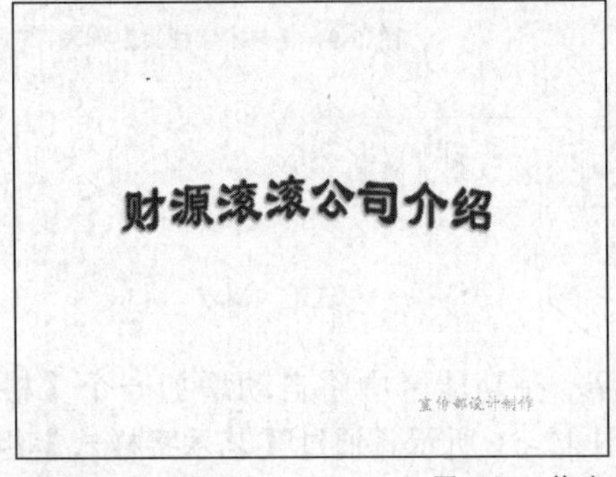

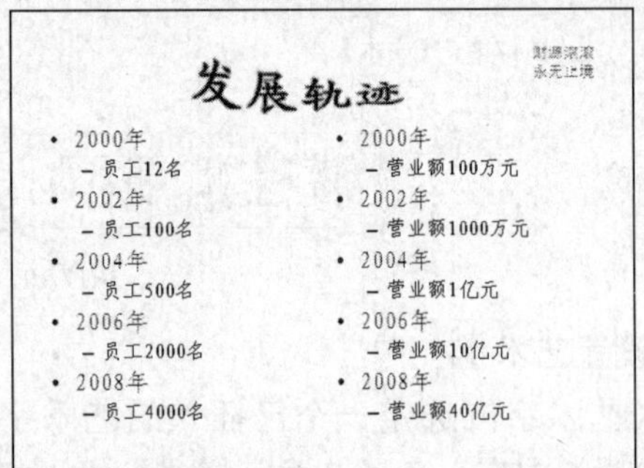

图17-16 修改后的财源滚滚.pptx

范例操作

1. 在 PowerPoint 2007 中打开“财源滚滚.pptx”。
2. 删除第 1 张幻灯片中的标题。
3. 单击【插入】选项卡的【文本】组中的【艺术字】按钮，打开【艺术字样式】列表（见图 17-9），从中选择第 1 行第 5 列的样式，幻灯片中插入一个艺术字框（见图 17-10）。
4. 在艺术字框中输入“财源滚滚公司介绍”，并设置字体为隶书。
5. 选定艺术字框中的文字。
6. 单击【格式】选项卡的【艺术字样式】组中按钮右边的按钮，在打开的【文本填充】颜色列表（见图 17-12）中选择“蓝色”。
7. 单击【格式】选项卡的【艺术字样式】组中按钮右边的按钮，在打开的【文本轮廓】颜色列表（见图 17-13）中选择“蓝色”。
8. 单击【格式】选项卡的【艺术字样式】组中的按钮，在打开的【文本效果】菜单（见图 17-14）中选择【转换】命令，打开【转换】子菜单（见图 17-15）。
9. 从【转换】子菜单中选择【弯曲】类中第 2 行第 1 列的图标。

10. 拖动艺术字到合适的位置。
11. 选定第 2 张幻灯片，用步骤 2~10 的方法在第 2 张幻灯片中添加艺术字（艺术字样式为第 12 行第 1 列的样式，字体为楷体，艺术字填充色为黑色，艺术字轮廓为红色，艺术字效果为【转换】子菜单中【弯曲】类第 8 行第 1 列的效果）。
12. 保存演示文稿，然后关闭演示文稿。

17.2.3 课堂练习——修改“日进斗金.pptx”

修改“日进斗金.pptx”演示文稿，把两张幻灯片的标题换成艺术字，如图 17-17 所示。

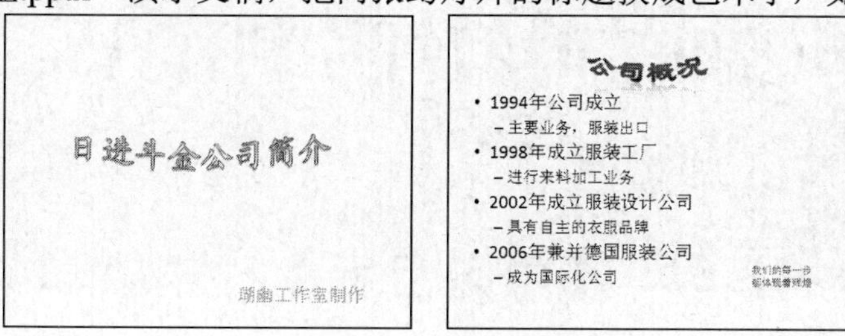

图17-17　日进斗金.pptx

操作提示

1. 第 1 张幻灯片中的艺术字样式为第 1 行第 2 列的样式，字体为楷体，艺术字轮廓颜色为蓝色，艺术字效果为【转换】子菜单中【弯曲】类第 1 行第 4 列的效果。
2. 第 1 张幻灯片中的艺术字样式为第 4 行第 5 列的样式，字体为隶书，艺术字效果为【转换】子菜单中【跟随路径】类第 1 行第 1 列的效果。

17.3 课后作业

一、操作题

建立演示文稿，包含两张幻灯片（见图 17-18），以“我的家乡.pptx”为文件名保存到【我的文档】文件夹中。其中，两张幻灯片的标题为艺术字，第 2 张幻灯片左上角的文字放置在文本框中。

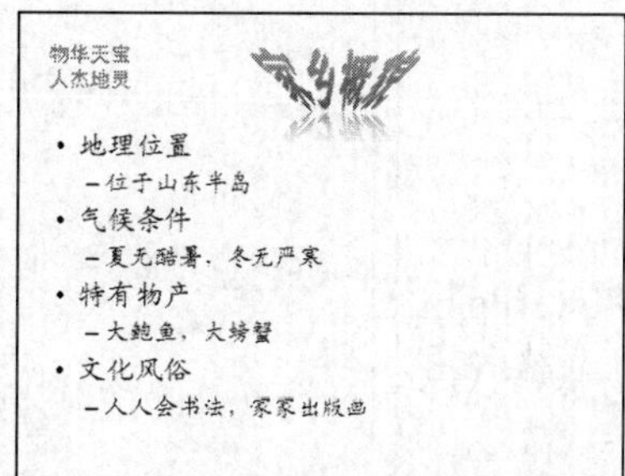

图17-18　我的家乡.pptx 演示文稿

二、思考题

1. 在 PowerPoint 2007 中，如何在占位符中输入文本？如何在占位符外添加文本？
2. 在 PowerPoint 2007 中，如何添加艺术字？如何设置艺术字？

第18讲

PowerPoint 2007 的幻灯片制作（二）

【学习目标】

- 掌握 PowerPoint 2007 插入形状和图片的方法。

公司文化

公司标志

公司代言人

- 掌握 PowerPoint 2007 插入表格和图表的方法。

员工组成

学历	所占比例
博士	15%
硕士	25%
本科	35%
专科	15%
高中	5%
初中	5%

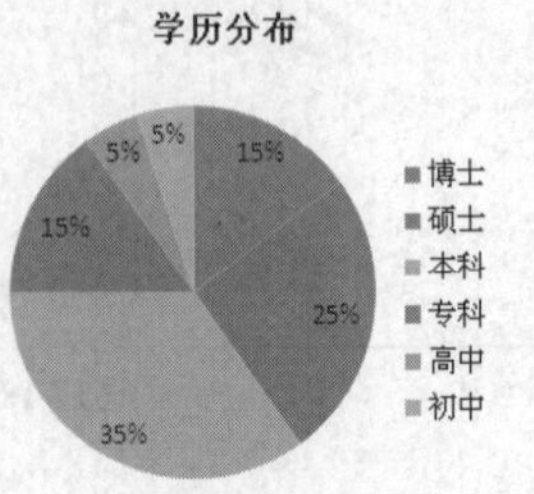

18.1　幻灯片中添加形状和图片

在幻灯片中不仅可以添加文本和艺术字，而且还可以添加形状和图片，这不仅使幻灯片图文并茂，而且可使幻灯片具有较强的观赏性。

18.1.1　知识点讲解

一、 插入形状

在功能区【插入】选项卡的【插图】组（见图 18-1）中单击【形状】按钮，打开【形状】列表，如图 18-2 所示。在该列表中单击一个形状图标，鼠标指针变为+状，拖动鼠标绘制相应的形状。此时拖动鼠标有以下 4 种方式。

- 直接拖动，按默认的步长移动鼠标。
- 按住 Alt 键拖动鼠标，以小步长移动鼠标。
- 按住 Ctrl 键拖动鼠标，以起始点为中心绘制形状。
- 按住 Shift 键拖动鼠标，如果绘制矩形类或椭圆类形状，则绘制结果为正方形类或圆类形状。

对于此时绘制的形状，其默认的环绕方式是“浮于文字上方”。绘制的形状被选定后，形状周围出现浅蓝色的小圆圈和小方块各 4 个，称为尺寸控点；顶部出现一个绿色小圆圈，称为旋转控点；对于有些形状，在其内部还会出现一个黄色的菱形框，称为形态控点，如图 18-3 所示。

图18-1　【插图】组

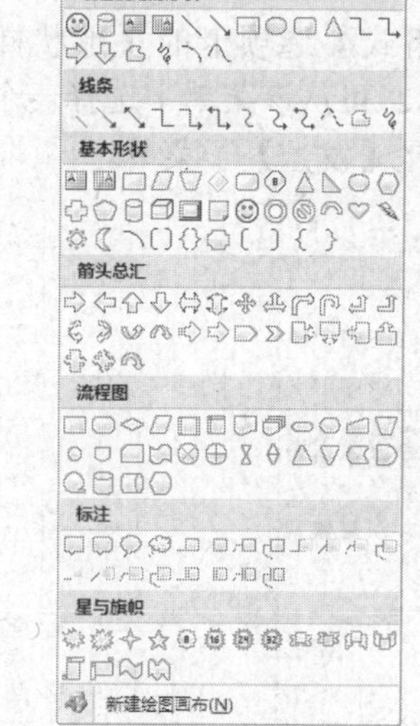

图18-2　【形状】列表

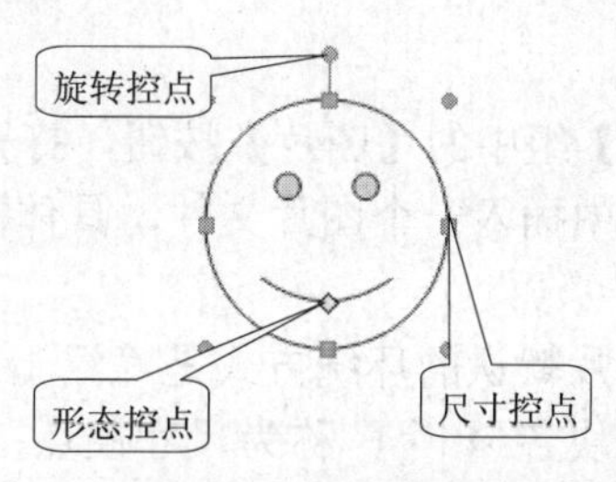

图18-3　选定的形状

二、 设置形状

当插入形状或选定一个已插入的形状后，在功能区中将自动增加一个【格式】选项卡。在该选项卡中有一个【形状样式】组，如图 18-4 所示。通过【形状样式】组中的工具可设置艺术字的格式。

在【格式】选项卡的【形状样式】组的【形状样式】列表中选择一种形状样式，当前的形状或选定的形状设置成该样式。

单击【格式】选项卡的【形状样式】组中按钮右边的按钮，打开一个【形状填充】颜色列表，如图 18-5 所示。可在该列表中选择形状的填充颜色。

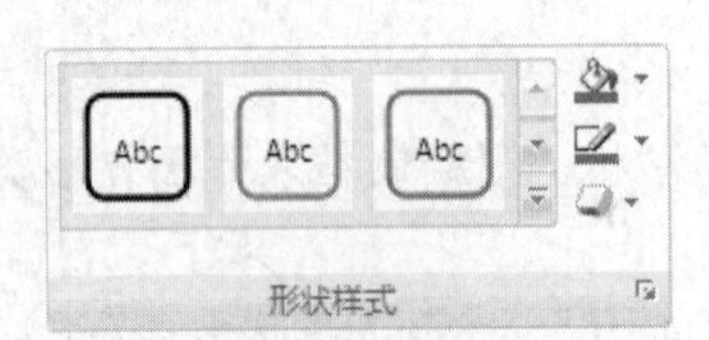

图18-4 【形状样式】组

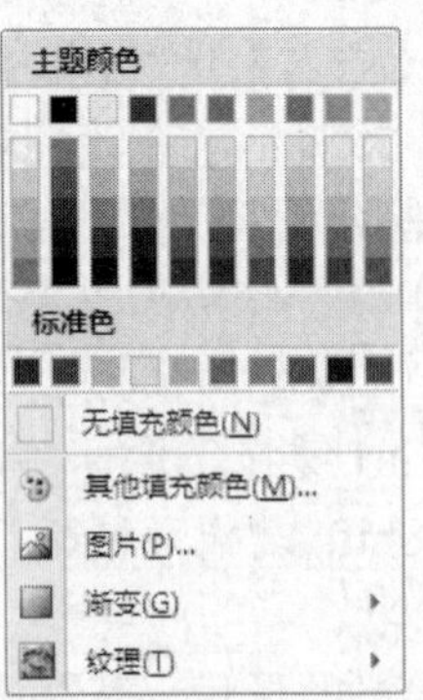

图18-5 【形状填充】颜色列表

单击【格式】选项卡的【形状样式】组中按钮右边的按钮，打开一个【形状轮廓】颜色列表，如图 18-6 所示。可在该列表中选择形状的轮廓颜色。

单击【格式】选项卡的【形状样式】组中的按钮，打开一个【形状效果】菜单，如图 18-7 所示。可从该菜单中选择一个命令，打开相应的子菜单，然后再从中选择具体的效果。图 18-8 所示是【发光】子菜单。

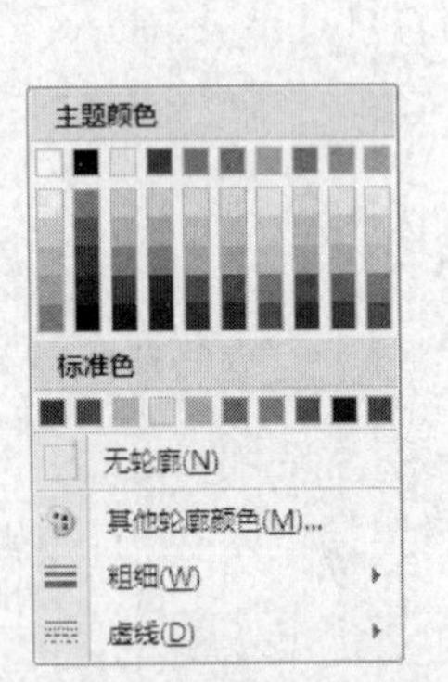

图18-6 【形状轮廓】颜色列表

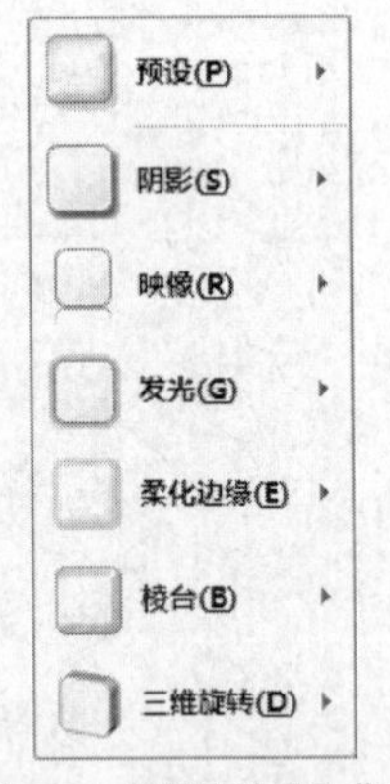

图18-7 【形状效果】菜单

图18-8 【发光】子菜单

三、 插入图片

单击【插入】选项卡的【插图】组中的【图片】按钮，打开如图 18-9 所示的【插入图片】对话框。通过该对话框可在幻灯片中插入一个图片文件，具体操作方法与 Word 2007 类似，这里不再赘述。

在图片添加到幻灯片中后，图片默认的环绕方式是“浮于文字上方”，图片自动被选定，图片周围出现浅蓝色的小圆圈和小方块各 4 个，称为尺寸控点；顶部出现一个绿色小圆圈，称为旋转控点，如图 18-10 所示。

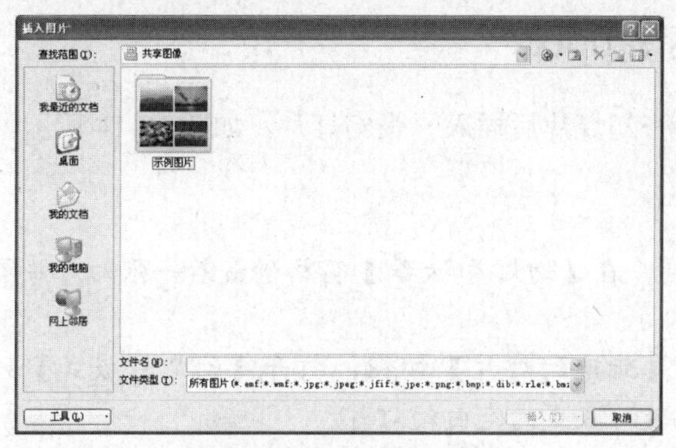

图18-9 【插入图片】对话框

图18-10 图片的尺寸控点和旋转控点

四、 插入剪贴画

单击【插入】选项卡的【插图】组中的【剪贴画】按钮，打开如图 18-11 所示的【剪贴画】任务窗格。通过该任务窗格可在幻灯片中插入一个剪贴画，具体操作方法与 Word 2007 类似，这里不再赘述。

在剪贴画添加到幻灯片中后，剪贴画默认的环绕方式是“浮于文字上方”，剪贴画自动被选定，剪贴画周围出现浅蓝色的小圆圈和小方块各 4 个，称为尺寸控点；顶部出现一个绿色小圆圈，称为旋转控点，如图 18-12 所示。

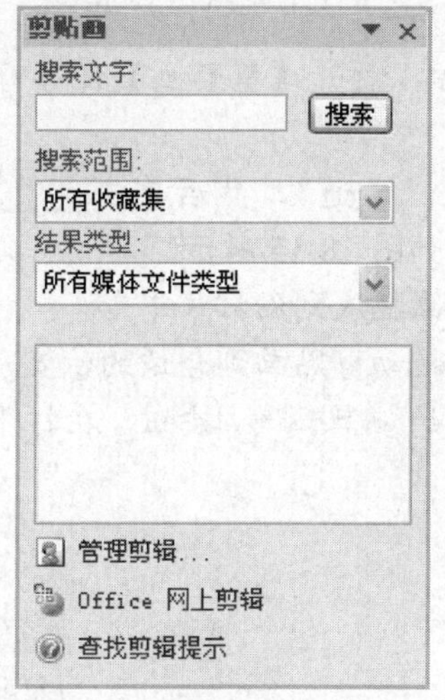

图18-11 【剪贴画】任务窗格

图18-12 剪贴画的尺寸控点和旋转控点

五、 设置图片和剪贴画

在幻灯片中选定图片或剪贴画后，功能区中自动增加一个【格式】选项卡，如图 18-13 所示。通过该选项卡中的工具可设置被选定的图片或剪贴画，这些操作与 Word 2007 类似，这里不再赘述。

图18-13 【格式】选项卡

18.1.2 范例解析——补充“财源滚滚.pptx”

补充“财源滚滚.pptx”演示文稿，在最后一张幻灯片后插入一张幻灯片，如图 18-14 所示。

范例操作

1. 在 PowerPoint 2007 中打开“财源滚滚.pptx”，在【幻灯片/大纲】窗格的最后一张幻灯片图标后单击鼠标。
2. 单击【开始】选项卡的【幻灯片】组中的【新建幻灯片】按钮，打开【幻灯片版式】列表，从中选择“比较”版式，添加一张“比较”版式的空白幻灯片。
3. 在插入的幻灯片中输入相应的标题。
4. 单击【插入】选项卡的【插图】组中的【形状】按钮，打开【形状】列表（见图18-2），从中选择椭圆图标。
5. 按住 Shift 键，在幻灯片的左占位符的中央拖动鼠标，绘出一个大小合适的圆。
6. 用类似步骤 4～5 的方法，在圆的中央绘制一个大小合适的菱形。
7. 按住 Shift 键单击插入的圆和菱形，选定圆和菱形。
8. 单击【格式】选项卡的【形状样式】组中的 按钮，打开【形状效果】菜单（见图 18-7），从该菜单中选择【发光】命令，打开【发光】子菜单（见图 18-8）。
9. 在【发光】子菜单中选择第 4 行第 1 个图标。
10. 单击【插入】选项卡的【插图】组中的【剪贴画】按钮，打开【剪贴画】任务窗格（见图 18-11）。
11. 在【剪贴画】任务窗格的【搜索文字】文本框中输入“卡通”，然后单击 搜索 按钮，在【剪贴画】任务窗格中将显示搜索到的剪贴画缩略图，如图 18-15 所示。
12. 在搜索到的剪贴画缩略图中单击第 2 个图标，将该剪贴画插入到幻灯片中。
13. 在幻灯片中拖动剪贴画的尺寸控点，使其大小合适，再拖动剪贴画到合适的位置。
14. 选定剪贴画，单击【格式】选项卡的【图片样式】组中的 图片效果 按钮，在打开的菜单中选择【发光】命令，打开【发光】子菜单（见图 18-8）。
15. 在【发光】子菜单中选择第 4 行第 2 列的图标。
16. 保存演示文稿，然后关闭演示文稿。

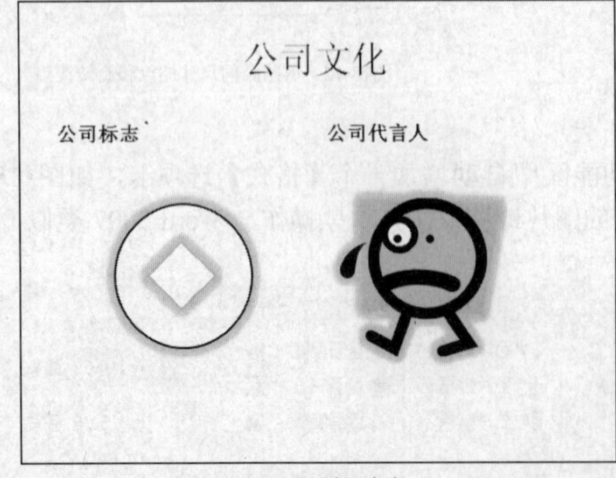

图18-14 财源滚滚

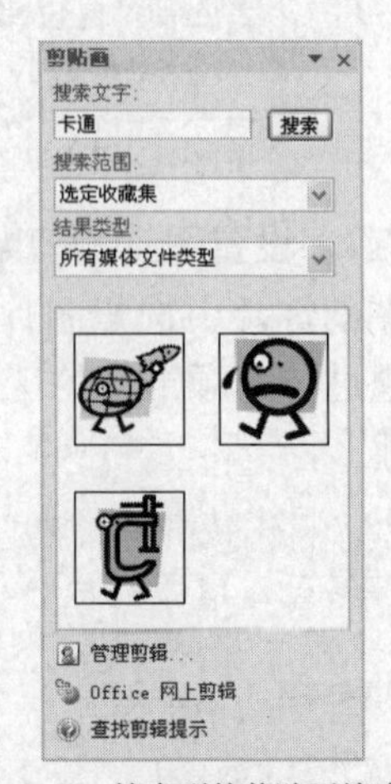

图18-15 搜索到的剪贴画缩略图

18.1.3 课堂练习——补充“日进斗金.pptx”

补充“日进斗金.pptx”演示文稿，在最后一张幻灯片后插入一张幻灯片，如图 18-16 所示。

图18-16 日进斗金.pptx

操作提示

1. 在最后一张幻灯片后插入一张“比较”版式的幻灯片。
2. 在左占位符的中间位置插入剪贴画（以“符号”为关键字搜索）。
3. 设置剪贴画的大小、位置和发光效果。
4. 在右占位符的中间位置插入“笑脸”形状，再插入“心形”形状。
5. 顺时针旋转“心形”形状 90°，设置心形填充色为蓝色，再设置笑脸和心形的大小和位置。

18.2 幻灯片中添加表格和图表

在幻灯片中还可以添加表格和图表，这不仅使幻灯片中的文字或数据能够整齐排列，而且还可以用图的形式更直观地体现数据。

18.2.1 知识点讲解

在幻灯片中可通过添加表格来显示按行和列排列的文字或数据，也可通过插入图表来把数据用图的方式显示出来。

一、 插入表格

在功能区【插入】选项卡的【表格】组（见图 18-17）中单击【表格】按钮，打开【插入表格】菜单，如图 18-18 所示。

在【插入表格】菜单的表格区域拖动鼠标，幻灯片中会出现相应行和列的表格，松开鼠标左键后，即可插入相应的表格。

在【插入表格】菜单中选择【插入表格】命令，弹出如图 18-19 所示的【插入表格】对话框。在该对话框的【列数】和【行数】数值框中输入或调整列数和行数后，单击 确定 按钮，即可在幻灯片中插入相应的表格。

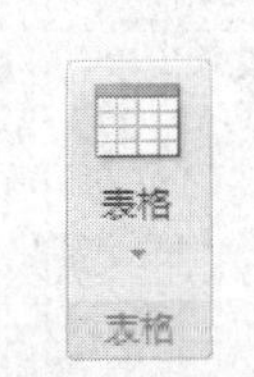

图18-17 【表格】组

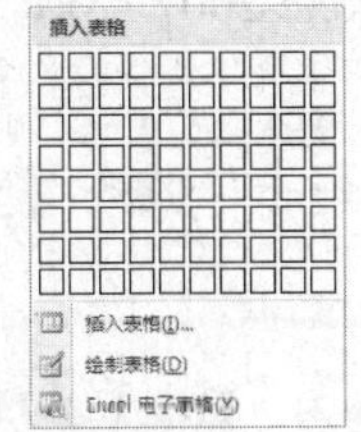

图18-18 【插入表格】菜单

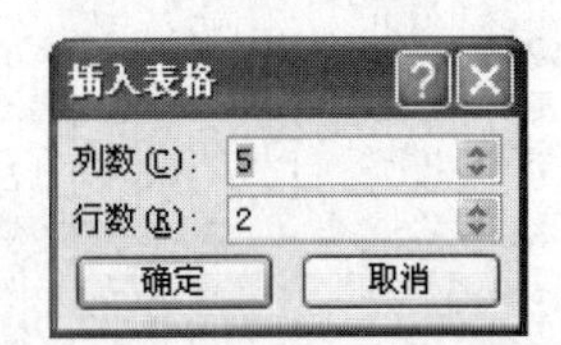

图18-19 【插入表格】对话框

二、 设置表格

当插入表格或选定一个已插入的表格后，在功能区中将自动增加一个【设计】选项卡（见图 18-20）和【布局】选项卡（见图 18-21）。通过这两个选项卡中的工具可设置选定的表格，具体操作与 Word 2007 类似，这里不再赘述。

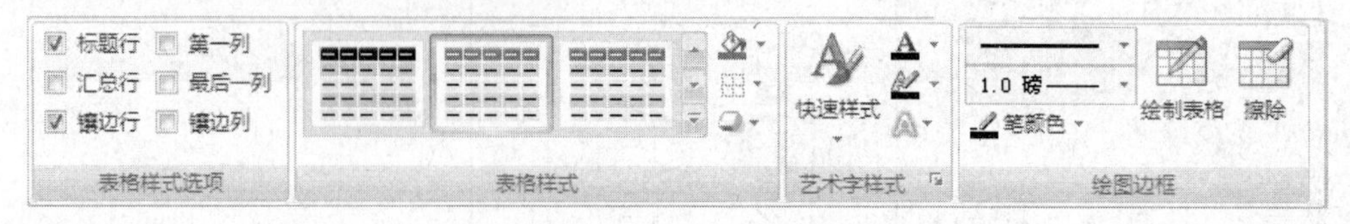

图18-20 【设计】选项卡

图18-21 【布局】选项卡

三、 插入图表

在功能区【插入】选项卡的【插图】组（见图 18-1）中单击【图表】按钮，弹出如图 18-22 所示的【插入图表】对话框，从中选择一种图表类型及其子类型，单击 确定 按钮后，幻灯片中即插入一个默认数据清单的图表。

当插入图表后，将同时打开一个 Excel 2007 窗口，如图 18-23 所示。在该窗口中可根据需要更改工作表中的数据，幻灯片中的图表会同步更改。

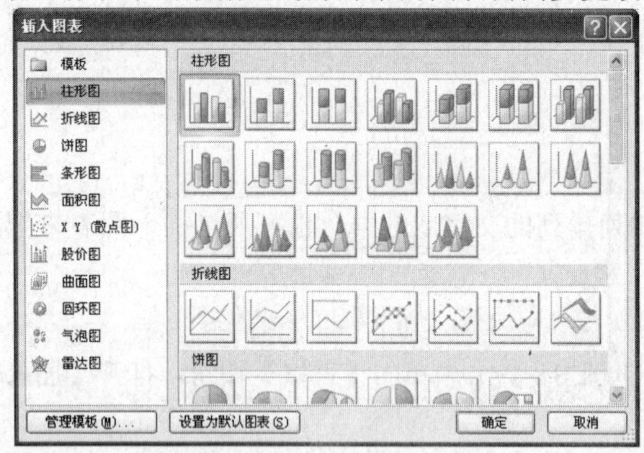

图18-22 【插入图表】对话框

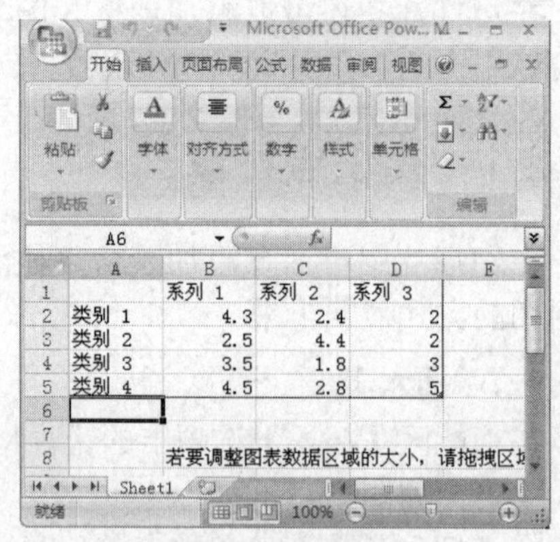

图18-23 Excel 2007 窗口

四、 设置图表

当插入图表或选定一个已插入的图表后，在功能区中将自动增加一个【设计】选项卡（见图 18-24）、【布局】选项卡（见图18-25）和【格式】选项卡（见图18-26）。通过这 3 个选项卡中的工具可设置选定的图表，具体操作与 Excel 2007 类似，这里不再赘述。

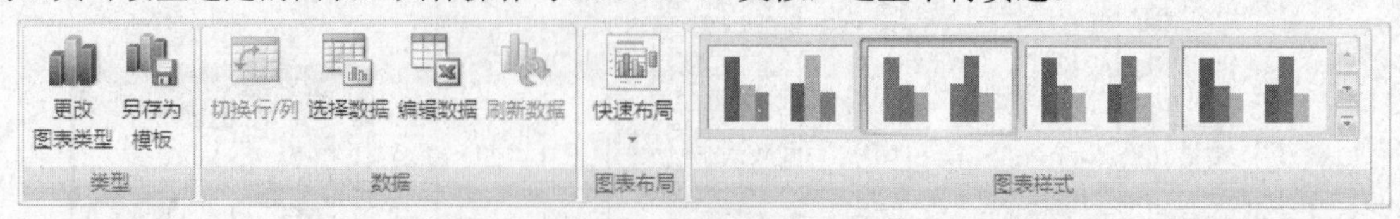

图18-24 【设计】选项卡

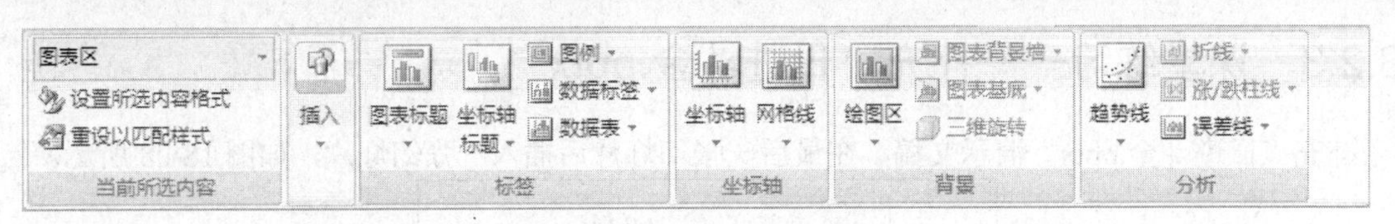

图18-25 【布局】选项卡

图18-26 【格式】选项卡

18.2.2 范例解析——补充“财源滚滚.pptx”

补充“财源滚滚.pptx”演示文稿，在最后一张幻灯片后插入一张幻灯片，如图 18-27 所示。

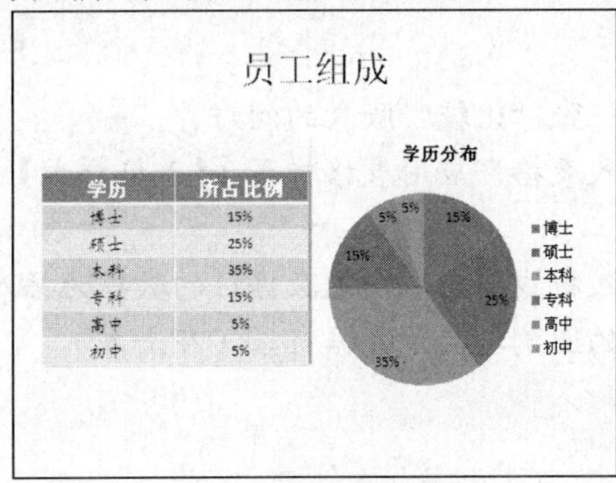

图18-27 财源滚滚.pptx

范例操作

1. 在 PowerPoint 2007 中打开“财源滚滚.pptx”，在【幻灯片/大纲】窗格的最后一张幻灯片图标后单击鼠标。
2. 单击【插入】选项卡的【表格】组中的【表格】按钮，在打开的【插入表格】菜单（见图 18-18）的表格区中拖动出一个 7 行 2 列的表格。
3. 在表格中输入相应的数据。
4. 选定表格的标题，设置字体为黑体，字号为 24。选定表格的 6 个学历，设置字体为楷体，字号为 20。
5. 选定整个表格，单击【布局】选项卡的【对齐方式】组中的按钮。
6. 拖动表格到合适的位置。
7. 单击【插入】选项卡的【插图】组中的【图表】按钮，弹出【插入图表】对话框（见图 18-22），从中选择饼图类型的第 1 个子类型，单击 确定 按钮。
8. 在自动打开的 Excel 2007 窗口中拖动默认图表数据区域的右下角，使其为 7 行 2 列，然后在数据区域中输入与刚建立的表格内容相同的数据，关闭 Excel 2007 窗口。
9. 选定插入的图表，单击图表标题，修改图表标题为“学历分布”。
10. 选择【布局】/【标签】/【数据标签】/【数据标签内】命令。
11. 保存演示文稿，然后关闭演示文稿。

18.2.3　课堂练习——补充“日进斗金.pptx”

补充“日进斗金.pptx”演示文稿，在最后一张幻灯片后插入一张幻灯片，如图 18-28 所示。

年度	利润（万元）
2000	200
2001	250
2002	300
2003	380
2004	500
2005	600
2006	750
2007	1000
2008	1300

图18-28　日进斗金.pptx

操作提示

1. 在最后一张幻灯片后插入一张“比较”版式的幻灯片。
2. 在左占位符的中间位置插入表格，应用表格样式（【表格样式】列表中【淡】类第 3 行第 2 个样式）。
3. 在右占位符的中间位置插入折线图表，图表数据区的数据为插入表格中的数据。
4. 修改图表标题，删除图表的图例，显示数据标签（在上方）。

18.3　课后作业

一、操作题

补充“我的家乡.pptx”演示文稿，在最后一张幻灯片后插入两张幻灯片，如图 18-29 所示。

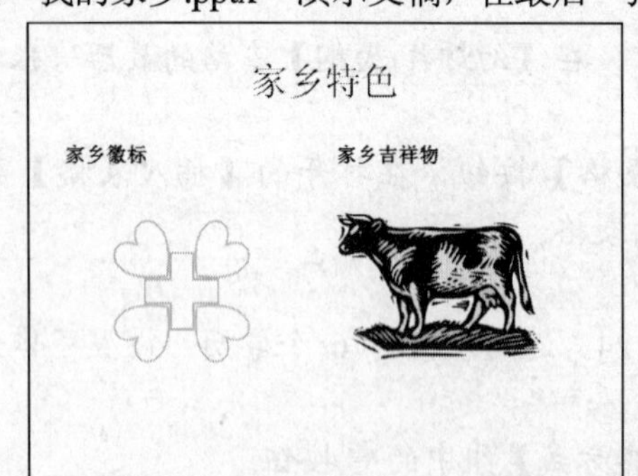

经济发展

产值（亿元）

年度	产值（亿元）
2000	10.2
2001	11.8
2002	12.6
2003	14.7
2004	17.5
2005	21.1
2006	25.5
2007	31.1
2008	38.3

图18-29　我的家乡.pptx

二、思考题

1. 在幻灯片中如何添加形状？如何设置形状？
2. 在幻灯片中如何添加图片？如何设置图片？
3. 在幻灯片中如何添加表格？如何设置表格？
4. 在幻灯片中如何添加图表？如何设置图表？

第19讲

PowerPoint 2007 的幻灯片制作（三）

【学习目标】

<table>
<tr><td>• 掌握 PowerPoint 2007 插入声音和影片的方法。</td><td>8周年庆典

</td></tr>
<tr><td>• 掌握 PowerPoint 2007 建立超链接和动作按钮的方法。</td><td>导航
• 发展轨迹
• 公司文化
• 员工组成
• 8周年庆典</td></tr>
</table>

19.1 在幻灯片中添加声音和影片

在幻灯片中不仅可以添加文字和图形内容，而且还可以添加音频和视频内容，这可使幻灯片的内容更加丰富多彩。

19.1.1 知识点讲解

一、 添加音频

幻灯片中的音频有 3 类：文件中的声音、剪辑管理器中的声音和 CD 乐曲。

(1) 插入文件中的声音

在功能区【插入】选项卡的【媒体剪辑】组（见图 19-1）中单击【声音】按钮，打开【声音】菜单（见图 19-2），从中选择【文件中的声音】命令，弹出【插入声音】对话框（见图 19-3）。通过该对话框选择一个声音文件，并将其插入到幻灯片中。

图19-1 【媒体剪辑】组

图19-2 【声音】菜单

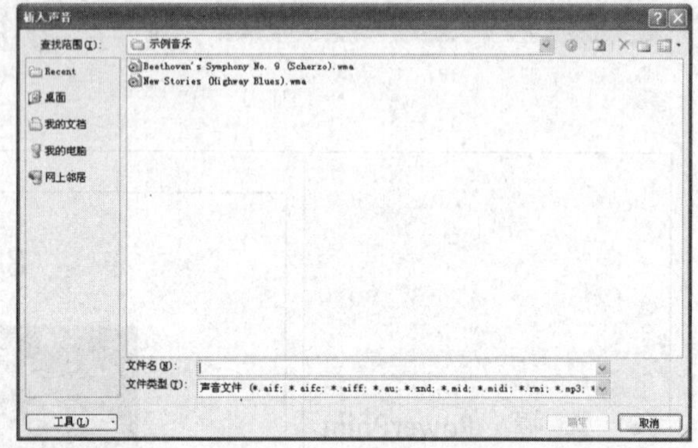

图19-3 【插入声音】对话框

(2) 插入剪辑管理器中的声音

在【声音】菜单（见图 19-2）中选择【剪辑管理器中的声音】命令，将出现如图 19-4 所示的【剪贴画】任务窗格。

在【剪贴画】任务窗格中可进行以下操作。

- 在【搜索文字】文本框中输入所需要声音的名称或类别。
- 在【搜索范围】下拉列表框中选择要搜索的文件夹。
- 在【结果类型】下拉列表框中选择要搜索声音的类型。
- 单击 搜索 按钮，在任务窗格中列出所搜索到的声音文件的图标。
- 单击某一声音文件图标，将该声音插入到幻灯片中。

(3) 插入 CD 乐曲

在【声音】菜单（见图 19-2）中选择【播放 CD 乐曲】命令，弹出如图 19-5 所示的【插入 CD 乐曲】对话框。

在【插入 CD 乐曲】对话框中可进行以下操作。

- 在【开始曲目】数值框中输入或调整开始的曲目。
- 在【结束曲目】数值框中输入或调整结束的曲目。
- 选中【循环播放，直到停止】复选框，则在播放 CD 乐曲时循环播放。
- 选中【幻灯片放映时隐藏声音图标】复选框，则在幻灯片放映时，不显示声音图标。

- 单击[确定]按钮，按所做设置在幻灯片中插入 CD 乐曲。

在插入文件中的声音或管理器中的声音后，幻灯片中插入声音文件的图标🔈；在插入 CD 乐曲后，幻灯片中插入 CD 乐曲的图标。

插入声音文件或 CD 乐曲后，会弹出如图 19-6 所示的【Microsoft Office PowerPoint】对话框。

图19-4 【剪贴画】任务窗格

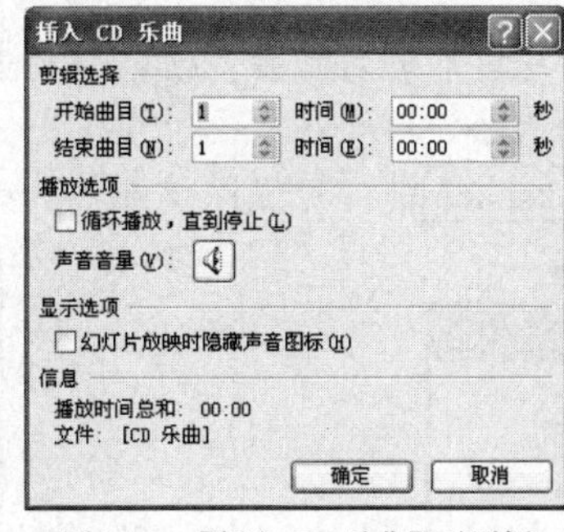

图19-5 【插入 CD 乐曲】对话框

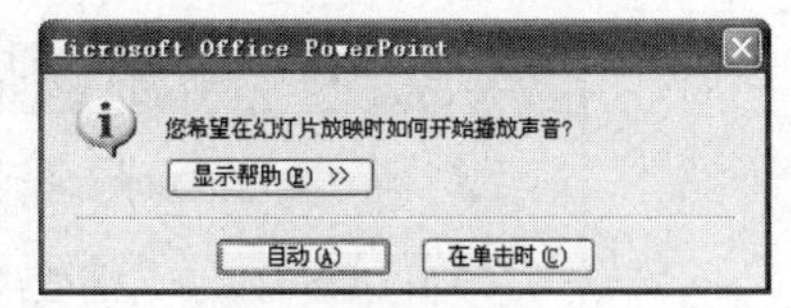

图19-6 【Microsoft Office PowerPoint】对话框

在【Microsoft Office PowerPoint】对话框中可进行以下操作。

- 单击[自动(A)]按钮，则在幻灯片放映时自动播放插入的声音。
- 单击[在单击时(C)]按钮，则在幻灯片放映时只有单击声音图标🔈（CD 乐曲图标）后才播放声音（CD 乐曲）。

二、 添加视频

幻灯片中的影片包括文件中的影片和剪辑管理器中的影片。

(1) 插入文件中的影片

在【媒体剪辑】组（见图 19-1）中单击【影片】按钮，打开【影片】菜单，如图 19-7 所示。

在【影片】菜单中选择【文件中的影片】命令，弹出如图 19-8 所示的【插入影片】对话框。通过该对话框，可选择一个影片文件，插入到幻灯片中。

文件中的影片(F)...
剪辑管理器中的影片(M)...

图19-7 【影片】菜单

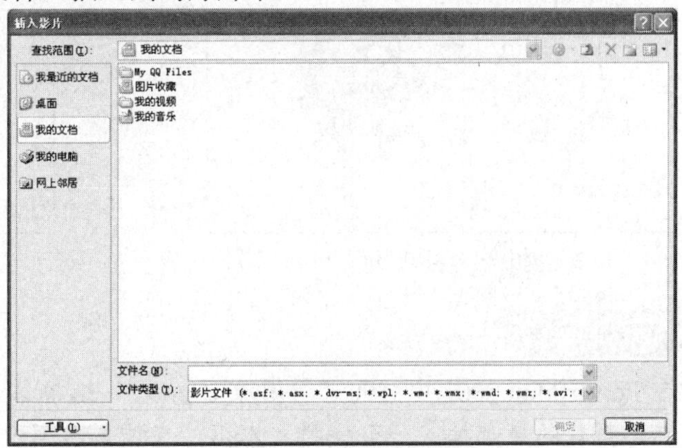

图19-8 【插入影片】对话框

(2) 插入剪辑管理器中的影片

在【影片】菜单中选择【剪辑管理器中的影片】命令，将会出现类似于图 19-4 所示的【剪贴画】任务窗格。通过该任务窗格，可选择一个影片文件，插入到幻灯片中。

插入影片后，会弹出如图 19-9 所示的【Microsoft Office PowerPoint】对话框。

在【Microsoft Office PowerPoint】对话框中可进行以下操作。

- 单击 自动(A) 按钮，则在幻灯片放映时自动播放插入的影片。
- 单击 在单击时(C) 按钮，则在幻灯片放映时只有单击声音影片区域后才播放该影片。

在幻灯片中插入影片后，对影片可进行以下操作。

- 将鼠标指针移动到影片上，鼠标指针变为✥状，拖动鼠标可改变影片的位置。
- 单击影片将其选定，影片周围出现 8 个尺寸控点，如图 19-10 所示。
- 选定影片后，将鼠标指针移动到影片的尺寸控点上，鼠标指针变为↕、↔、↖或↗状，拖动鼠标可改变影片的大小。
- 选定影片后，按 Delete 或 Backspace 键，可删除该影片。

图19-9 【Microsoft Office PowerPoint】对话框

图19-10 选定后的影片

19.1.2 范例解析——补充“财源滚滚.pptx”

在“财源滚滚.pptx”第 3 张幻灯片的底部添加文字“财源滚滚之歌”（宋体、24 磅、加粗），并添加事先准备好的存放在【我的文档】文件夹中的声音文件“财源滚滚之歌.mp3”，结果如图 19-11 所示。在演示文稿的最后添加一张幻灯片（标题和内容版式），并添加事先准备好的存放在【我的文档】文件夹中的视频文件“8 周年庆典.mpg”，结果如图 19-12 所示。

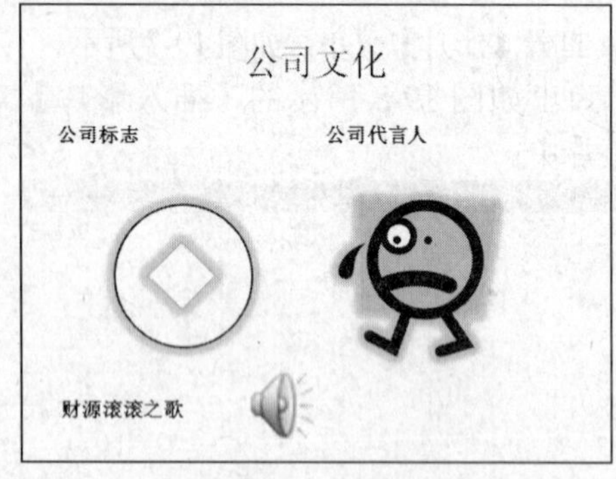

图19-11 添加声音

图19-12 添加视频

范例操作

1. 在 PowerPoint 2007 中打开“财源滚滚.pptx”，选择第 3 张幻灯片。
2. 在幻灯片的底部插入一个横排文本框，在该文本框中输入“财源滚滚之歌”，并设置字体为宋体，大小为 24 磅，加粗。
3. 单击【插入】选项卡的【媒体剪辑】组中的【声音】按钮，在打开的【声音】菜单（见图 19-2）中选择【文件中的声音】命令，弹出【插入声音】对话框（见图 19-3）。
4. 在【插入声音】对话框的窗口左侧的预设位置列表中单击【我的文档】文件夹图标，在窗口中央的文件列表中单击“财源滚滚之歌.mp3”文件名，再单击 确定 按钮。

5. 插入声音文件后，弹出【Microsoft Office PowerPoint】对话框（见图 19-6），单击 在单击时(C) 按钮。
6. 拖动声音图标到合适位置。
7. 在【幻灯片/大纲】窗格的最后一张幻灯片图标后单击鼠标。
8. 单击【开始】选项卡的【幻灯片】组中的【新建幻灯片】按钮，打开【幻灯片版式】列表，从中选择“标题和内容”版式，添加一张“标题和内容”版式的空白幻灯片。
9. 在插入的幻灯片中输入相应的标题。
10. 单击【插入】选项卡的【媒体剪辑】组中的【影片】按钮，在打开的【影片】菜单（见图 19-7）中选择【文件中的影片】命令，弹出【插入影片】对话框（见图 19-8）。
11. 在【插入影片】对话框的窗口左侧的预设位置列表中单击【我的文档】文件夹图标，在窗口中央的文件列表中单击“8 周年庆典.mpeg”文件名，再单击 确定 按钮。
12. 插入影片文件后，弹出【Microsoft Office PowerPoint】对话框（见图 19-9），单击 在单击时(C) 按钮。
13. 拖动影片的尺寸控点，使其大小合适，拖动影片到合适位置。
14. 保存演示文稿，然后关闭演示文稿。

19.1.3 课堂练习——补充“日进斗金.pptx”

在“日进斗金.pptx”的最后添加一张幻灯片（标题和内容版式），在幻灯片的底部添加文字“董事长新年致辞”（宋体、24 磅、加粗），并添加事先准备好的存放在【我的文档】文件夹中的声音文件“新年致辞.mp3”，同时添加事先准备好的存放在【我的文档】文件夹中的视频文件“宣传影片.mpg”，结果如图 19-13 所示。

图19-13 添加声音和影片

操作提示

1. 插入幻灯片，输入并设置幻灯片标题。
2. 插入文本框，输入并设置文字。
3. 插入声音文件。
4. 插入影片文件。

19.2 幻灯片中添加超链接和动作按钮

在 PowerPoint 2007 中，幻灯片放映时，可以按照幻灯片的序号逐张放映，也可以在幻灯片中添加超链接，在放映幻灯片时，单击超链接可直接放映所链接的幻灯片。此外，还可以在幻灯片中添加动作按钮，在放映幻灯片时，单击该按钮，可完成相应的动作。

19.2.1 知识点讲解

一、 建立超链接

在 PowerPoint 2007 中，通常只能为文本、文本占位符、文本框和图片建立超链接。在演示文稿中，按 Ctrl+K 键或单击功能区【插入】选项卡的【链接】组（见图 19-14）中的【超链接】按钮，会弹出如图 19-15 所示的【插入超链接】对话框。

在建立超链接前，用户选定不同的对象会影响【插入超链接】对话框中【要显示的文字】编辑框的内容，具体有以下 3 种情况。

- 未选定对象，则【要显示的文字】编辑框的内容为空白，并可对其编辑。
- 选定了文本，则【要显示的文字】编辑框的内容为该文本，并可对其编辑。
- 选定了文本占位符、文本框和图片等，则【要显示的文字】编辑框的内容为“<<在文档中选定的内容>>”，并且不可编辑。

在【插入超链接】对话框中可进行以下操作。

- 如果【要显示的文字】编辑框可编辑，则在该编辑框中输入或编辑文本。
- 单击 屏幕提示(P)... 按钮，弹出如图 19-16 所示的【设置超链接屏幕提示】对话框，在该对话框的【屏幕提示文字】文本框中可输入用于屏幕提示的文字。在幻灯片放映时，把鼠标指针移动到带链接的文本或图片上时，屏幕上会出现【屏幕提示文字】文本框中的文字。

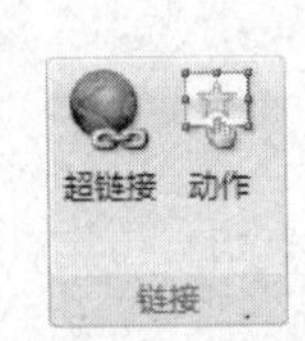

图19-14 【链接】组

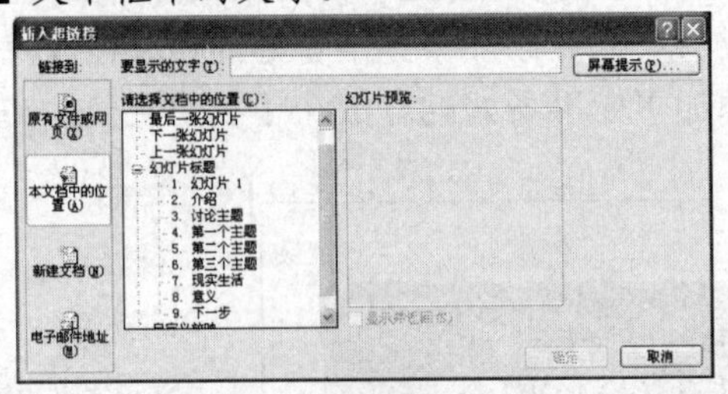

图19-15 【插入超链接】对话框

图19-16 【设置超链接屏幕提示】对话框

- 在【请选择文档中的位置】列表框中可选择“第一张幻灯片”、“最后一张幻灯片”、“下一张幻灯片”以及“上一张幻灯片”等，指定超链接的相对位置，同时在【幻灯片预览】框内显示所选择幻灯片的预览图。
- 单击“幻灯片标题”左边的⊞按钮，展开幻灯片标题，从中选择一张幻灯片，指定超链接的绝对位置，同时在【幻灯片预览】框内显示所选择幻灯片的预览图。
- 单击 确定 按钮，按所做设置建立超链接。

要删除超链接，应先选定建立超链接的对象，用建立超链接的方法打开【插入超链接】对话框，该对话框比图 19-15 所示的对话框多了一个 删除链接(R) 按钮，单击该按钮即可删除超链接。

二、 设置动作

为某一对象设置动作的方法是：选定某对象后，在功能区【插入】选项卡的【链接】组（见图 19-14）中单击【动作】按钮，弹出如图 19-17 所示的【动作设置】对话框。在该对话框中有【单击鼠标】和【鼠标移过】两个选项卡，这两个选项卡中所设置的动作大致相同，主要区别在于在【单击鼠标】选项卡中所设置的动作，仅当用鼠标单击所选对象时起作用，而在【鼠标移过】选项卡中所设置的动作，仅当鼠标指针移过所选对象时起作用。在【动作设置】对话框中可进行以下操作。

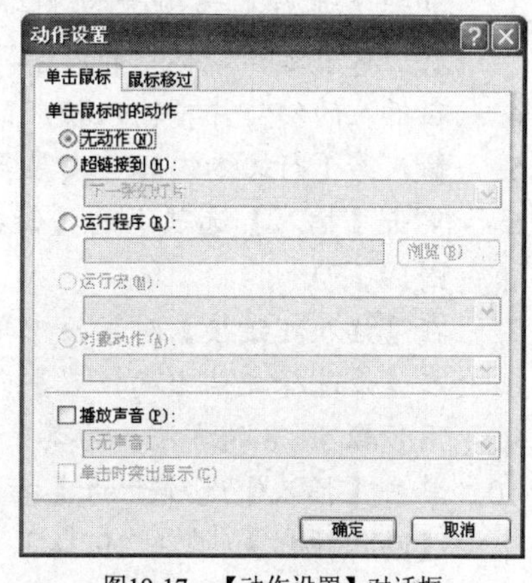

图19-17 【动作设置】对话框

- 选中【无动作】单选按钮，则所选对象无动作。这一选项用来取消对象已设置的动作。
- 选中【超链接到】单选按钮，可从其下面的下拉列表框中选择所链接到的幻灯片，或选择【结束放映】命令。
- 选中【运行程序】单选按钮，可在其下面的编辑框内输入程序的文件名，或者单击 浏览(B)... 按钮，从弹出的对话框中指定程序文件。
- 选中【播放声音】复选框，可从其下面的下拉列表框中选择所需的声音。
- 单击 确定 按钮，完成动作设置。

三、 建立动作按钮

动作按钮是系统预置的某些形状（如左箭头和右箭头），这些形状预置了相应的动作。在功能区【插入】选项卡的【插图】组中单击【形状】按钮，打开【形状】列表，【形状】列表的最后一类是【动作按钮】，如图 19-18 所示。

图19-18 【动作按钮】类

在【动作按钮】类中单击一个动作按钮后，鼠标指针变为十状，此时如果在幻灯片中拖动鼠标，即可绘制出相应大小的动作按钮；如果在幻灯片中单击鼠标，即可绘制出默认大小的动作按钮。当绘出动作按钮后，将自动打开【动作设置】对话框（与图 19-17 所示的对话框类似，不同之处是其根据插入的动作按钮设置了相应的动作），可更改按钮的动作。

如果要删除动作按钮，则应先单击动作按钮将其选定，再按 Delete 或 Backspace 键即可。

19.2.2 范例解析——补充“财源滚滚.pptx”

在“财源滚滚.pptx”演示文稿的第 1 张幻灯片后插入 1 张幻灯片，添加演示文稿的导航信息，包括 4 个超链接和两个动作按钮，如图 19-19 所示。

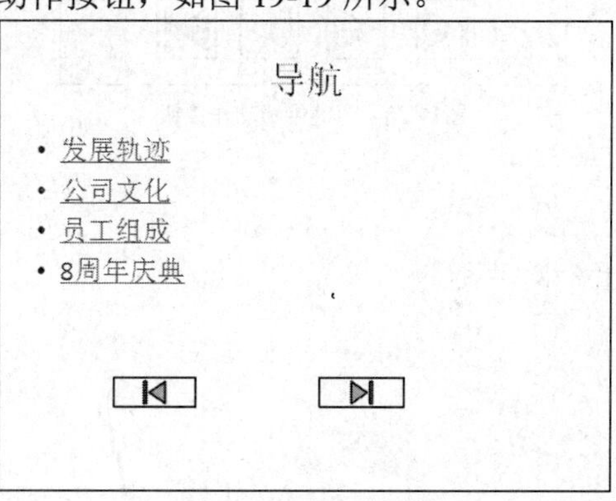

图19-19 超链接和动作按钮

范例操作

1. 在 PowerPoint 2007 中打开“财源滚滚.pptx”，选择第 3 张幻灯片。
2. 在【幻灯片/大纲】窗格中，在第 1 张幻灯片图标后单击鼠标。

3. 单击【开始】选项卡的【幻灯片】组中的【新建幻灯片】按钮，打开【幻灯片版式】列表，从中选择"标题和内容"版式，添加一张"标题和内容"版式的空白幻灯片。
4. 在插入的幻灯片中输入相应的标题和文本内容。
5. 输入第 1 行文本内容"发展轨迹"。
6. 单击【插入】选项卡的【链接】组中的【超链接】按钮，弹出【插入超链接】对话框（见图19-15）。
7. 在【插入超链接】对话框中单击【链接到】窗格中的【本文档中的位置】图标。
8. 在【请选择文档中的位置】列表框中选择编号为 3 的幻灯片，单击 确定 按钮。
9. 用步骤 5～8 的方法，为其余 3 行文本建立超链接。
10. 单击【插入】选项卡的【插图】组中的【形状】按钮，在打开的【形状】列表的最后一类【动作按钮】（见图 19-18）中单击按钮，在幻灯片底部的相应位置拖动鼠标，绘制一个大小合适的动作按钮。
11. 绘制完动作按钮后，系统会自动弹出【动作设置】对话框（见图 19-17），设置完成后单击 确定 按钮。
12. 用步骤 10～11 的方法，插入另外一个动作按钮。
13. 保存演示文稿，然后关闭演示文稿。

19.2.3 课堂练习——补充"日进斗金.pptx"

在"日进斗金.pptx"演示文稿的第 1 张幻灯片后插入 1 张幻灯片，添加演示文稿的导航信息，包括 4 个超链接和 4 个动作按钮，如图 19-20 所示。

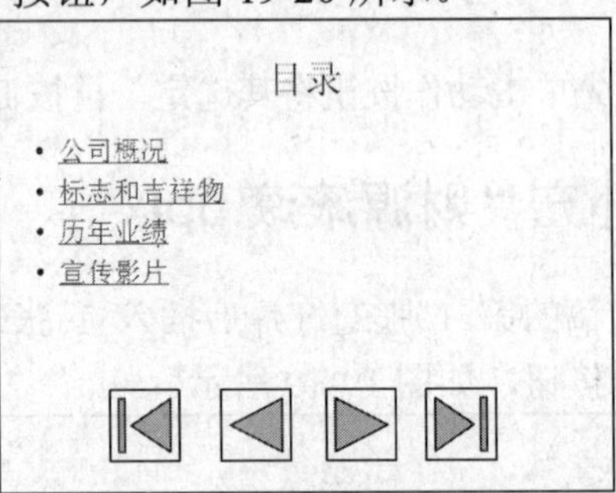

图19-20 超链接和动作按钮

操作提示

1. 插入幻灯片，输入并设置幻灯片标题。
2. 建立超链接。
3. 插入动作按钮。

19.3 课后作业

一、操作题

补充"我的家乡.pptx"演示文稿，在第 2 张幻灯片的右侧添加文字"谁不说俺家乡好"（宋体、24 磅、加粗），并添加事先准备好的存放在【我的文档】文件夹中的声音文件"谁不说俺家乡好.mp3"，结果如图 19-21 所示。在演示文稿的最后添加一张幻灯片（标题和内容版式），并添加事先准备好的存放在【我的文档】文件夹中的视频文件“2008 年艺术节开幕式.mpg”，结果如图 19-22 所示。在第 1 张幻灯片后插入 1 张幻灯片，添加演示文稿的导航信息，包括 4 个超链接和 4 个动作按钮，如图 19-23 所示。

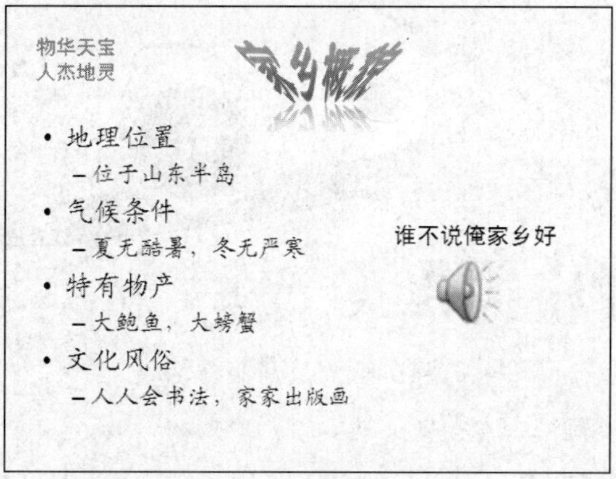

物华天宝
人杰地灵

家乡概貌

- 地理位置
  - 位于山东半岛
- 气候条件
  - 夏无酷暑，冬无严寒
- 特有物产
  - 大鲍鱼，大螃蟹
- 文化风俗
  - 人人会书法，家家出版画

谁不说俺家乡好

图19-21　插入声音

图19-22　插入影片

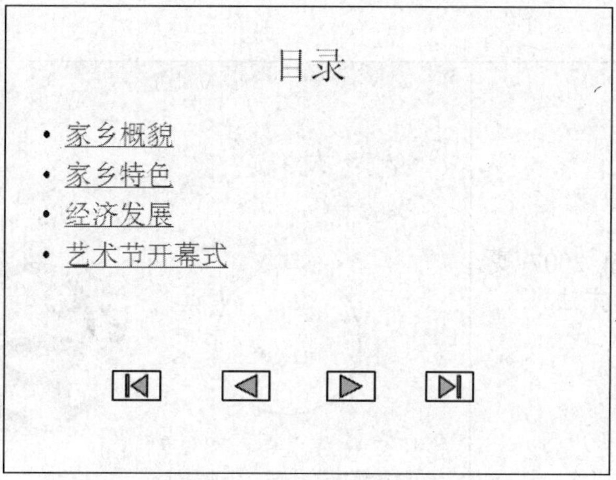

目录

- 家乡概貌
- 家乡特色
- 经济发展
- 艺术节开幕式

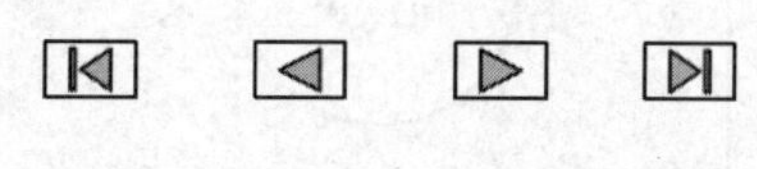

图19-23　建立超链接和插入动作按钮

二、思考题

1. 在 PowerPoint 2007 中如何插入声音？
2. 在 PowerPoint 2007 中如何插入影片？
3. 在 PowerPoint 2007 中如何建立超链接？
4. 在 PowerPoint 2007 中如何插入动作按钮？

第 20 讲

PowerPoint 2007 的幻灯片美化（一）

【学习目标】

• 掌握 PowerPoint 2007 更换主题和背景的方法。	
• 掌握 PowerPoint 2007 更改母版、设置页眉页脚的方法。	

20.1 更换幻灯片的主题和背景

PowerPoint 2007 的默认主题是“Office 主题”，用户也可以更换为其他的主题。对于某一主题，当设定了幻灯片的背景色后，用户也可以更改幻灯片的背景。

20.1.1 知识点讲解

一、 更换主题

主题由一组格式选项构成，包括一组主题颜色、一组主题字体以及一组主题效果。每个演示文稿内都包含一个主题，默认主题是“Office 主题”。通过功能区【设计】选项卡的【主题】组（见图 20-1）中的工具即可更换主题，常用的操作如下。

- 单击【主题】组中的一种主题，即可应用该主题。
- 单击【主题】组中的▲（▼）按钮，主题上（下）翻一页。
- 单击【主题】组中的▼按钮，打开【主题】列表（见图 20-2），可从中选择一种主题，该主题应用于当前演示文稿。

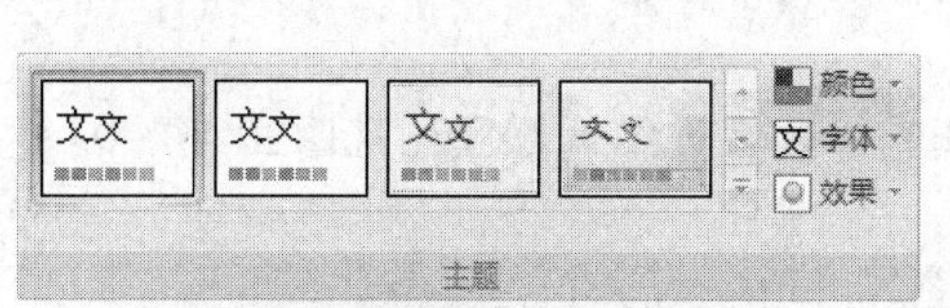

图20-1 【主题】组

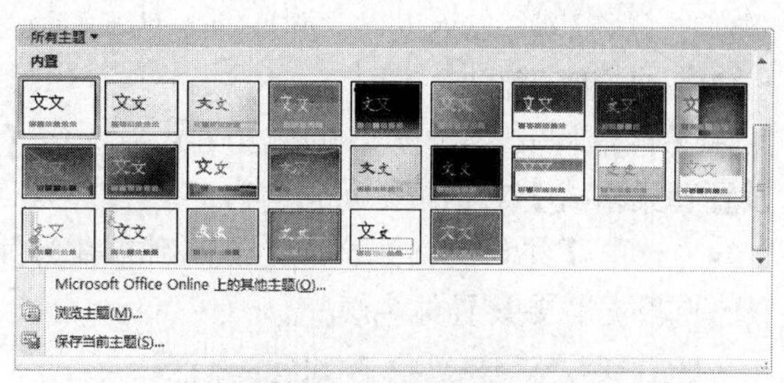

图20-2 【主题】列表

- 单击 颜色 按钮，打开【主题颜色】列表，可从中选择一种主题颜色，应用该主题颜色。
- 单击 字体 按钮，打开【主题字体】列表，可从中选择一种主题字体，应用该主题字体。
- 单击 效果 按钮，打开【主题效果】列表，可从中选择一种主题效果，应用该主题效果。

图 20-3 所示是“夏至”主题的幻灯片，图 20-4 所示是“龙腾四海”主题的幻灯片。

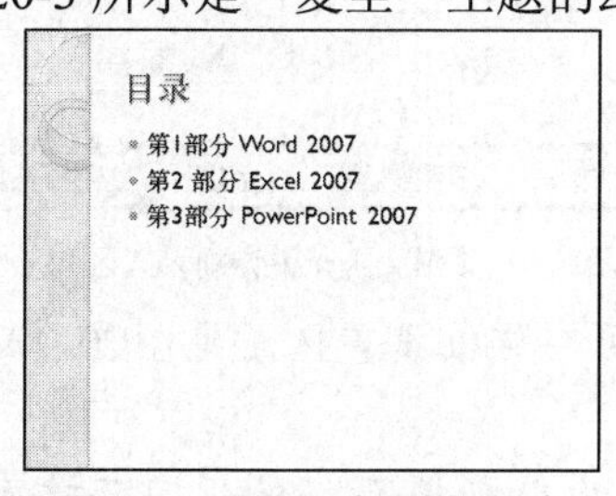

图20-3 “夏至”主题的幻灯片

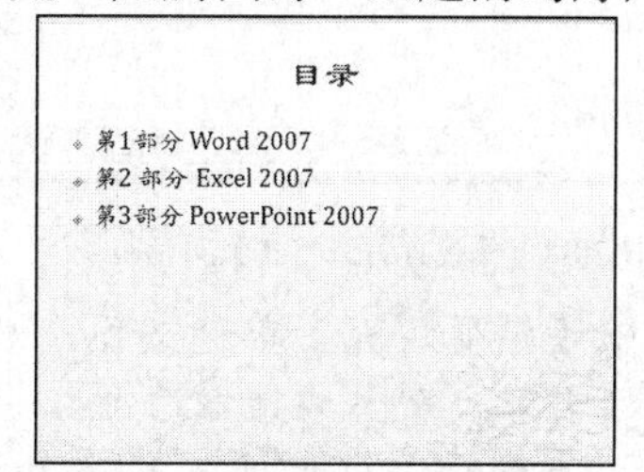

图20-4 “龙腾四海”主题的幻灯片

二、 更换背景

在幻灯片的主题中若设置了相应的背景，用户还可以改变背景。用户可以从幻灯片主题所包含的背景样式中选择一种背景样式，也可以自定义背景。自定义背景有纯色填充、渐变填充、纹理填充和图片填充等方式。

(1)　选择背景样式

背景样式是 PowerPoint 2007 主题中预置的纯色填充和渐变填充样式。注意，不同的主题有不同的背景样式。通常，每种主题预置了 13 种背景样式。

选定要更换背景的幻灯片，再在功能区【设计】选项卡的【背景】组（见图 20-5）中单击 背景样式 按钮，打开如图 20-6 所示的【背景样式】列表，从中选择一种背景样式，将所选定的幻灯片设置成相应的背景样式。

图 20-7 所示是应用背景样式后的幻灯片。

图20-5　【背景】组

图20-6　【背景样式】列表

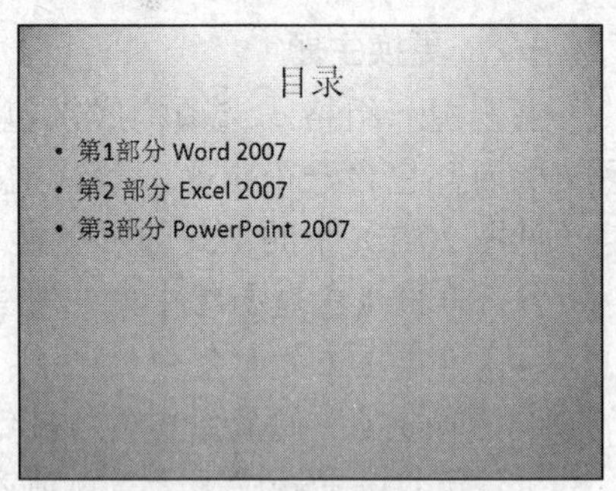

图20-7　应用背景样式后的幻灯片

(2)　自定义背景

在【背景样式】列表（见图 20-6）中选择【设置背景格式】命令，弹出如图 20-8 所示的【设置背景格式】对话框，可进行以下操作。

- 选中【纯色填充】单选按钮，则背景为纯色填充，可在详细设置区（见图20-8）中根据需要设置纯色填充。

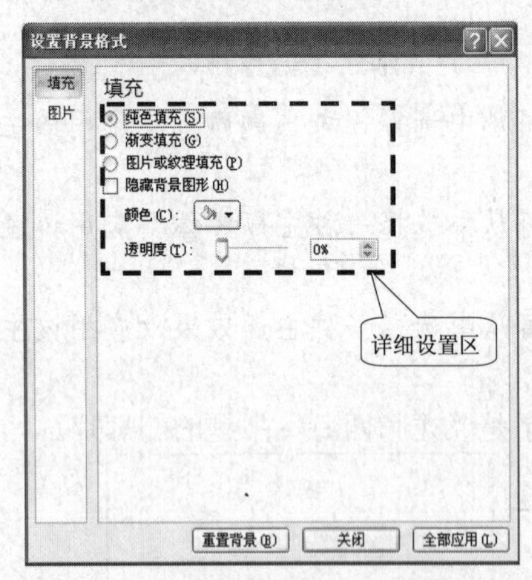

图20-8　【设置背景格式】对话框

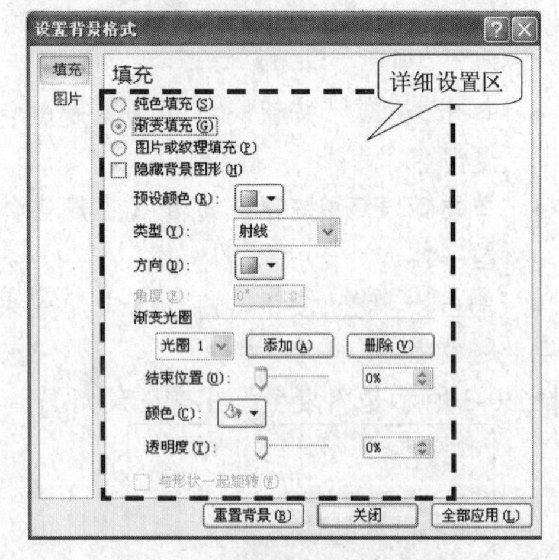

图20-9　【渐变填充】详细设置区

- 选中【渐变填充】单选按钮，则背景为渐变填充，可在详细设置区（见图20-9）中根据需要设置渐变填充。
- 选中【图片或纹理填充】单选按钮，则背景为图片或纹理填充，可在详细设置区（见图 20-10）中根据需要设置图片或纹理填充。
- 选中【隐藏背景图形】复选框，则背景中不显示背景图形。
- 单击 重置背景(B) 按钮，把背景还原为设置前的背景。
- 单击 关闭 按钮，把所设置的背景应用于所选定的幻灯片。
- 单击 全部应用(L) 按钮，把所设置的背景应用于所有的幻灯片。

图 20-11 所示是“纹理填充”背景的幻灯片。

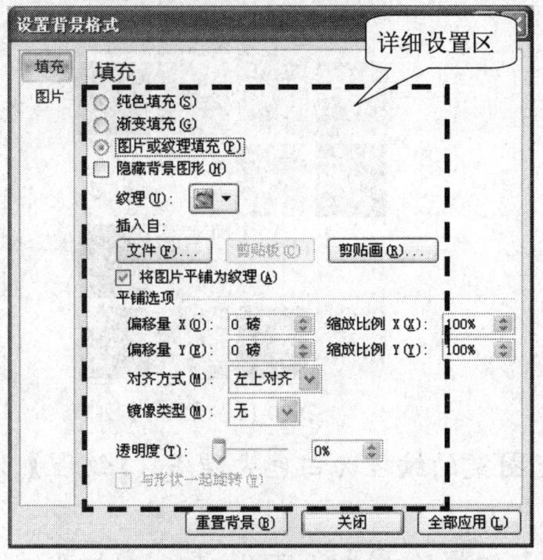

图20-10 【图片或纹理填充】详细设置区

图20-11 “纹理填充”背景的幻灯片

20.1.2 范例解析——美化“财源滚滚.pptx”

设置“财源滚滚.pptx”演示文稿，更改主题为“流畅”，第 2、3 张幻灯片的背景的纹理填充分别为“水滴”和“白色大理石”，第 4、5 张幻灯片背景的渐变填充分别为“碧海蓝天”和“雨后初晴”，方向分别是“线型对角 1”和“线型对角 3”，第 3、4 张幻灯片的效果如图 20-12 所示。

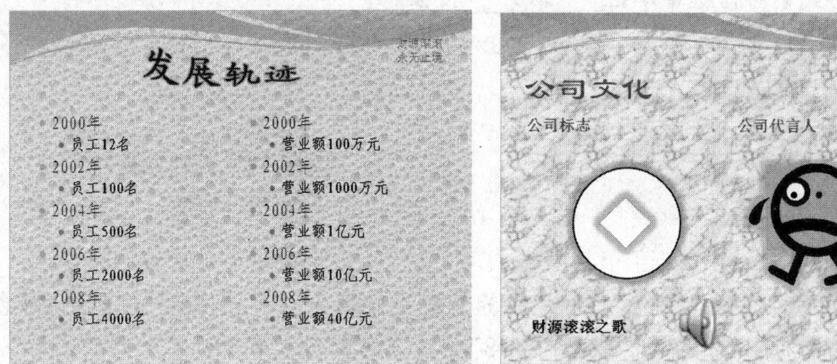

图20-12 更换主题和背景后的幻灯片

范例操作

1. 在 PowerPoint 2007 中打开“财源滚滚.pptx”。
2. 单击【设计】选项卡的【主题】组中的按钮，打开【主题】列表，如图 20-13 所示。
3. 在【主题】列表中单击“流畅”主题图标（第 2 行第 4 列的图标），所有幻灯片的主题均更改为“流畅”主题。
4. 选定第 2 张幻灯片，单击【设计】选项卡的【背景】组中的 背景样式 按钮，在打开的【背景样式】列表（见图20-6）中选择【设置背景格式】命令，在弹出的【设置背景格式】对话框中选中【图片或纹理填充】单选按钮（此时的对话框见图 20-10）。
5. 在【设置背景格式】对话框中打开【纹理】下拉列表，如图 20-14 所示。
6. 在【纹理】列表中单击“水滴”图标（第 1 行第 5 列的图标）。
7. 在【设置背景格式】对话框中单击 关闭 按钮。

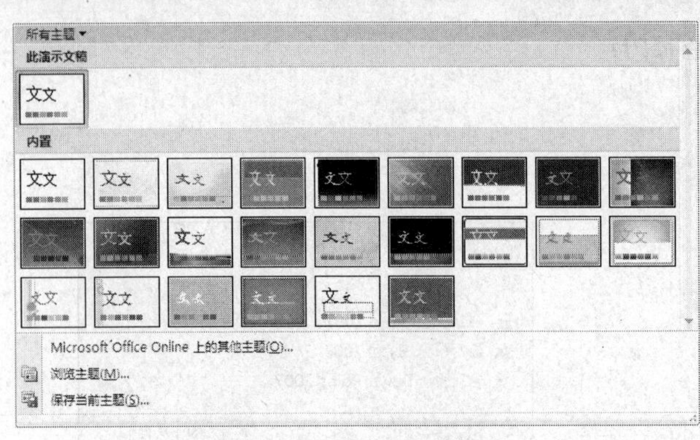

图20-13 【主题】列表

图20-14 【纹理】列表

8. 用步骤 4～7 的方法，设置第3张幻灯片的背景填充图案的纹理为白色大理石（【纹理】列表中的第 2 行第 5 列的图标）。
9. 选定第 4 张幻灯片，单击【设计】选项卡的【背景】组中的 背景样式 按钮，在打开的【背景样式】列表（见图 20-6）中选择【设置背景格式】命令，在弹出的【设置背景格式】对话框中选中【渐变填充】单选按钮（此时的对话框见图 20-9）。
10. 在【设置背景格式】对话框中打开【预设颜色】下拉列表，如图20-15所示，然后单击【碧海蓝天】图标（第 2 行第 2 列的图标）。
11. 在【设置背景格式】对话框中打开【方向】下拉列表，如图 20-16 所示，然后单击【线型对角 1】图标（第 1 行第 1 列的图标）。
12. 在【设置背景格式】对话框中单击 关闭 按钮。

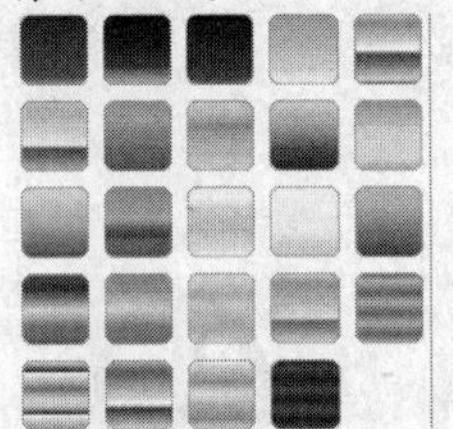

图20-15 【预设颜色】列表

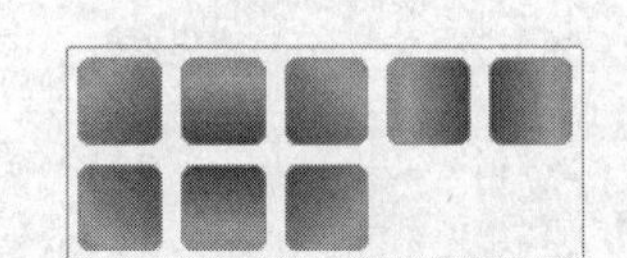

图20-16 【方向】列表

13. 用步骤 9～12 的方法，设置 5 张幻灯片的背景填充效果为“雨后初晴”（【预设颜色】列表第 1 行第 4 列的图标），方向为“线型对角 3”（【方向】列表第 2 行第 1 列的图标）。
14. 保存演示文稿，然后关闭演示文稿。

20.1.3 课堂练习——美化“日进斗金.pptx”

设置“日进斗金.pptx”演示文稿，更改主题为“聚合”，第 2、3 张幻灯片的背景的纹理填充分别为“新闻纸”和“花簇”，第 4、5 张幻灯片背景的渐变填充分别为“薄雾浓云”和“茵茵绿原”，方向分别是“线型向左”和“线型向右”，第 3、5 张幻灯片的效果如图 20-17 所示。

操作提示

1. 更改主题。
2. 设置背景的纹理填充。
3. 设置背景的渐变填充。

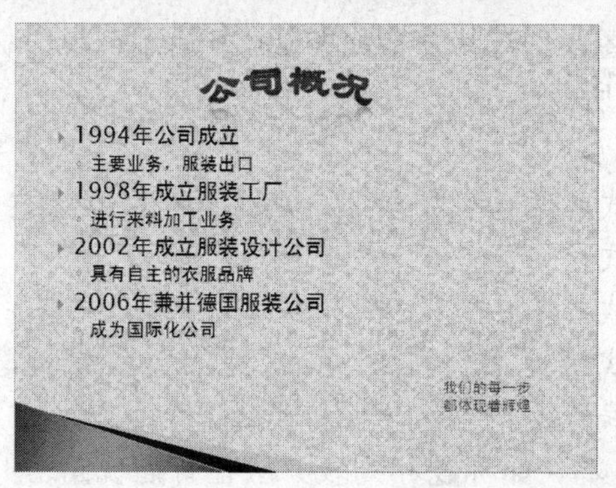

图20-17　更换主题和背景后的幻灯片

20.2　更改幻灯片的母版和设置页眉页脚

幻灯片母版存储幻灯片的模板信息，包括字形、占位符的大小和位置以及主题和背景等。幻灯片母版的主要用途是使用户能方便地进行全局更改（如替换字形、添加背景等），并使该更改应用到演示文稿中的所有幻灯片。

在幻灯片母版中预留了日期、页脚和编号这 3 种占位符，统称为页眉和页脚。默认情况下，页眉和页脚均不显示，用户可通过【页眉和页脚】对话框使某个或全部页眉和页脚显示出来，另外还可设置页脚的内容。

20.2.1　知识点讲解

一、　更改母版

只有在幻灯片母版视图中才能更改幻灯片母版。在功能区【视图】选项卡的【演示文稿视图】组（见图 20-18）中单击【幻灯片母版】按钮，切换到幻灯片母版视图，功能区自动增加一个【幻灯片母版】选项卡。

母版视图包括两个窗格，左边的窗格为幻灯片缩略图窗格，右边的窗格为幻灯片窗格。在幻灯片缩略图窗格（如图 20-19 所示）中，第 1 个较大的缩略图为幻灯片母版缩略图，相关的版式缩略图位于其下方。

图20-18　【演示文稿视图】组

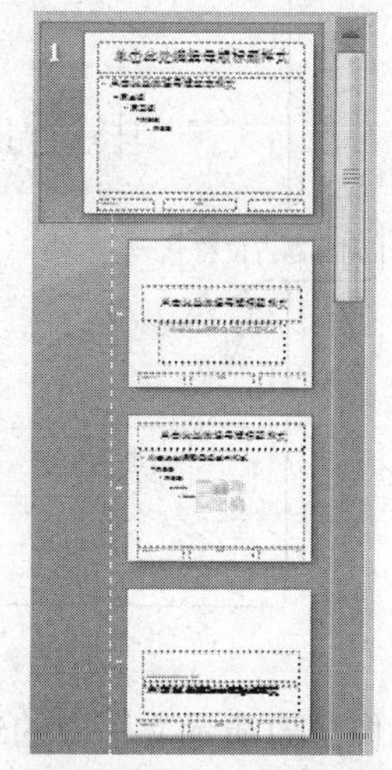

图20-19　幻灯片缩略图窗格

在幻灯片缩略图窗格中单击幻灯片母版缩略图，幻灯片窗格如图 20-20 所示；单击版式缩略图（以第 1 个版式为例），幻灯片窗格如图 20-21 所示。

幻灯片母版中有以下几个占位符。

- 标题占位符：用于设置标题的位置和样式。
- 对象占位符：用于设置对象的位置和样式。
- 日期占位符：用于设置日期的位置和样式。
- 页脚占位符：用于设置页脚的位置和样式。
- 编号占位符：用于设置编号的位置和样式。

母版占位符中的文本只用于样式，实际的文本（如标题和列表）应在普通视图下的幻灯片上输入，而页眉和页脚中的文本应在【页眉和页脚】对话框中输入。

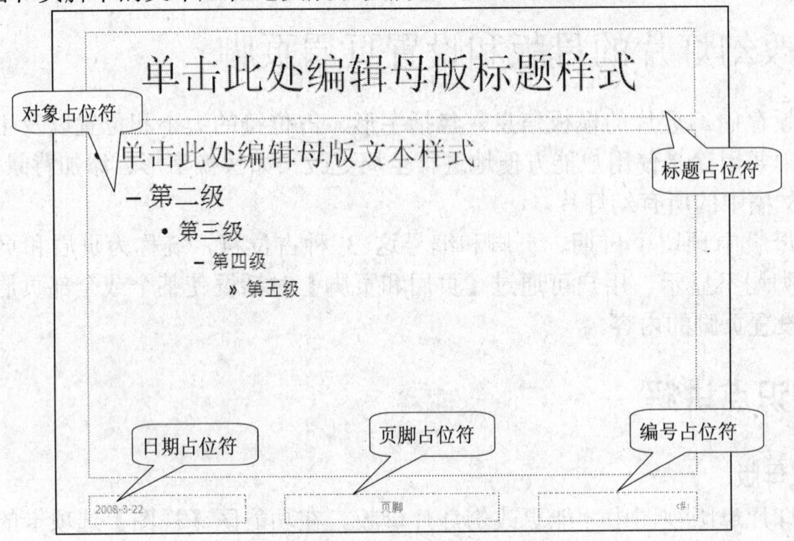

图20-20　幻灯片母版

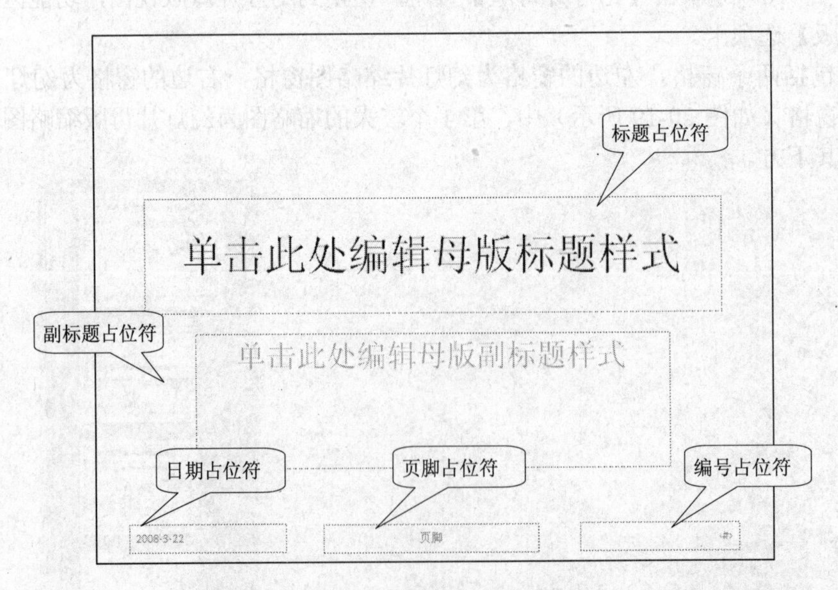

图20-21　标题版式幻灯片母版

用户可以像更改演示文稿中的幻灯片一样更改幻灯片母版，常用的操作有以下几种。

- 更改字体或项目符号。

- 更改占位符的位置和大小。
- 更改背景颜色、背景填充效果或背景图片。
- 插入新对象。

与更改演示文稿中的幻灯片不同的是，在幻灯片母版中可插入占位符。在【幻灯片母版】选项卡的【母版版式】组（见图 20-22）中单击【插入占位符】按钮，打开如图 20-23 所示的【占位符】列表。在该列表中选择一种占位符后，鼠标指针变为十字状，这时，在幻灯片母版中拖动鼠标，即可在相应位置插入相应大小的占位符。

在【幻灯片母版】选项卡的【关闭】组（见图 20-24）中单击【关闭母版视图】按钮，退出母版视图，返回到原来的视图方式。

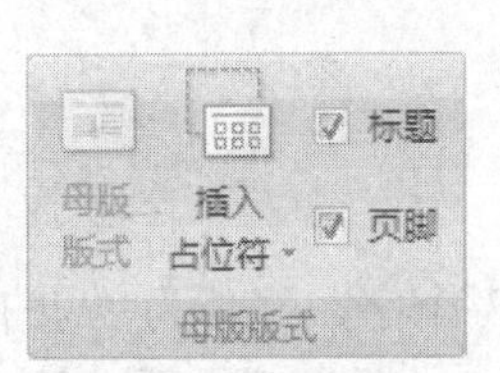

图20-22 【母版版式】组

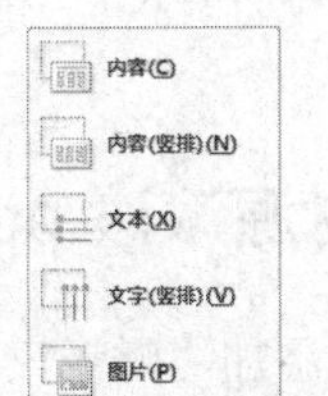

图20-23 【占位符】列表

图20-24 【关闭】组

二、 设置页眉和页脚

在功能区【插入】选项卡的【文本】组（见图 20-25）中单击【页眉和页脚】按钮，弹出如图 20-26 所示的【页眉和页脚】对话框，当前选项卡是【幻灯片】选项卡。

图20-25 【文本】组

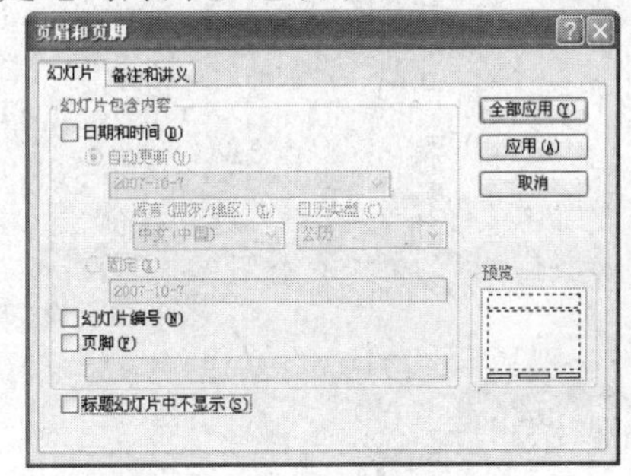

图20-26 【页眉和页脚】对话框

在【幻灯片】选项卡中可进行以下操作。

- 选中【日期和时间】复选框，可在幻灯片的日期占位符中添加日期和时间，否则不能添加日期和时间。
- 选中【日期和时间】复选框后，如果再选中【自动更新】单选按钮，系统将自动插入当前的日期和时间，插入的日期和时间会根据演示时的日期和时间自动更新。插入日期和时间后，还可从【自动更新】下的 3 个下拉列表框中选择日期和时间的格式、日期和时间所采用的语言、日期和时间所采用的日历类型。
- 选中【日期和时间】复选框后，如果再选中【固定】单选按钮，可直接在其下面的文本框中输入日期和时间，插入的日期和时间不会根据演示时的日期和时间自动更新。
- 选中【幻灯片编号】复选框，可在幻灯片的数字占位符中显示幻灯片编号，否则不显示幻灯片编号。
- 选中【页脚】复选框，可在幻灯片的页脚占位符中显示页脚，否则不显示页脚。页脚的内容在其下面的文本框中输入。

- 选中【标题幻灯片中不显示】复选框，则在标题幻灯片中不显示页眉和页脚，否则显示页眉和页脚。
- 单击 全部应用(Y) 按钮，对所有的幻灯片设置页眉和页脚，同时关闭该对话框。
- 单击 应用(A) 按钮，对当前幻灯片或选定的幻灯片设置页眉和页脚，同时关闭该对话框。

在设置了页眉和页脚后，幻灯片中显示出相应的页眉和页脚。在 PowerPoint 2007 中，对于显示出来的页眉和页脚，可改变其内容和格式，这些改变仅对当前幻灯片起作用。要使页眉和页脚的内容对所有幻灯片起作用，则应通过【页眉和页脚】对话框设置，并且完成前单击 全部应用(Y) 按钮。要使页眉和页脚的格式对所有幻灯片起作用，则应在幻灯片母版的相应占位符中设置相应的格式。

20.2.2 范例解析——美化“财源滚滚.pptx”

用幻灯片母版为每张幻灯片的左上角添加“财源滚滚 版权所有”8 个字，字体为“隶书”，字号为“20”，除了标题幻灯片外每张幻灯片中包含幻灯片日期和编号，日期自动更新，第 3、4 张幻灯片如图 20-27 所示。

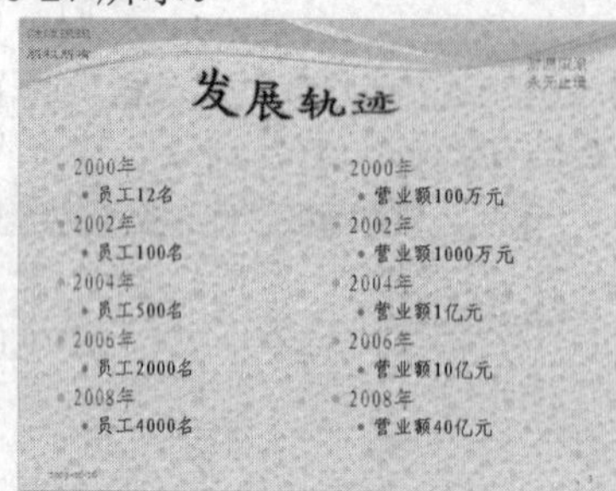

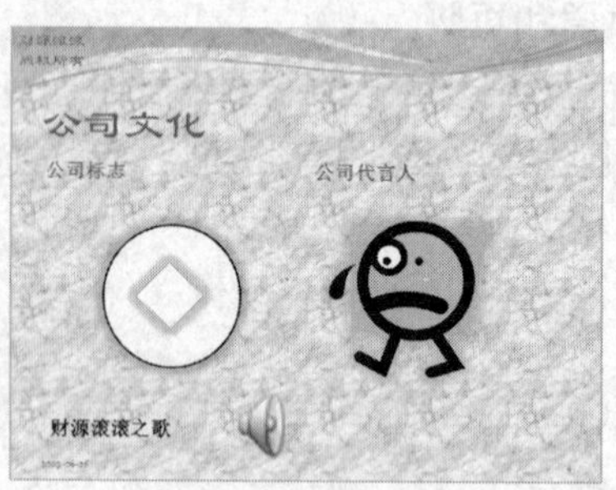

图20-27　设置母版和页眉页脚后的幻灯片

范例操作

1. 在 PowerPoint 2007 中打开“财源滚滚.pptx”。
2. 单击【视图】选项卡的【演示文稿视图】组中的【幻灯片母版】按钮，窗口切换到幻灯片母版视图状态。
3. 单击窗口左窗格第一个幻灯片图标，幻灯片窗格见图 20-20。
4. 单击【插入】选项卡的【文本】组中的【文本框】按钮，在打开的菜单中选择【横排文本框】命令，在幻灯片母版的左上角拖动鼠标，出现一个空文本框。
5. 在文本框中输入“财源滚滚 版权所有”，选定输入的文字，并设字体为“隶书”，字号为“20”。
6. 如果文本框的大小或位置不合适，可拖动文本框尺寸控点或边框，使文本框的大小合适或到合适的位置。
7. 单击【幻灯片母版】选项卡【关闭】组中的【关闭母版视图】按钮，返回普通视图状态。
8. 单击【插入】选项卡的【文本】组中的【页眉和页脚】按钮，在弹出的对话框中打开【幻灯片】选项卡（见图 20-26）。
9. 在【页眉和页脚】对话框的【幻灯片】选项卡中选中【日期和时间】复选框，再选中【自动更新】单选按钮，选中【幻灯片编号】复选框，选中【标题幻灯片中不显示】复选框，单击 全部应用(Y) 按钮。

10. 保存演示文稿，然后关闭演示文稿。

20.2.3 课堂练习——美化“日进斗金.pptx”

用幻灯片母版为幻灯片的右上角添加公司的标志，除了标题幻灯片外每张幻灯片中包含幻灯片日期和编号，日期固定，第 3、4 张幻灯片如图 20-28 所示。

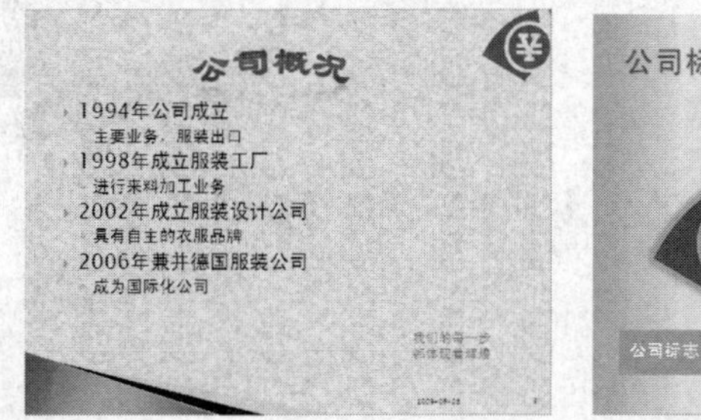

图20-28 设置母版和页眉页脚后的幻灯片

操作提示

1. 切换到母版视图。
2. 在母版视图中插入剪贴画。
3. 设置页眉页脚。

20.3 课后作业

一、操作题

设置“我的家乡.pptx”演示文稿，更改主题为“龙腾四海”，第 2、3 张幻灯片的渐变填充分别为“麦浪滚滚”和“金色年华”，方向分别是“线型向上”和“线型向下”，第 4、5 张幻灯片背景的背景和纹理填充分别为“信纸”和“羊皮纸”，用幻灯片母版为每张幻灯片的右上角添加一个笑脸形状，除了标题幻灯片外每张幻灯片中包含幻灯片日期和编号，日期自动更新，第 3、4 张幻灯片的效果如图 20-29 所示。

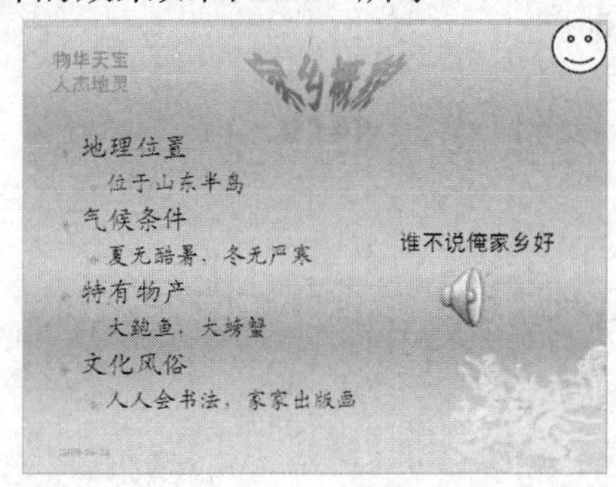

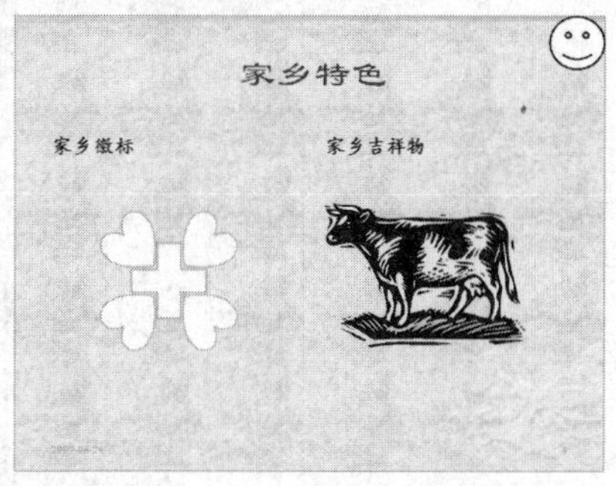

图20-29 美化后的幻灯片

二、思考题

1. 在 PowerPoint 2007 中如何更换主题？
2. 在 PowerPoint 2007 中如何更该背景？
3. 在 PowerPoint 2007 中如何更改幻灯片母版？
4. 在 PowerPoint 2007 中如何设置页眉和页脚？

第21讲

PowerPoint 2007 的幻灯片美化（二）

【学习目标】

• 掌握 PowerPoint 2007 设置幻灯片动画效果的方法。	1. 百叶窗 2. 飞入 3. 盒状 4. 菱形 5. 棋盘 其他效果(M)... 1. 放大/缩小 2. 更改字号 3. 更改字体 4. 更改字形 5. 陀螺旋 其他效果(M)...
• 掌握 PowerPoint 2007 设置幻灯片切换效果的方法。	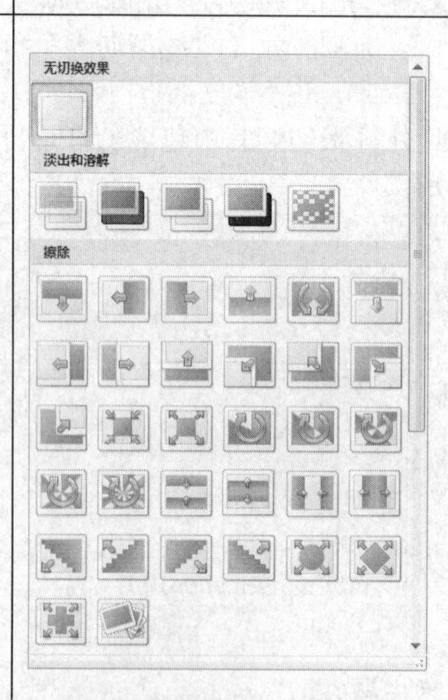
• 掌握 PowerPoint 2007 设置幻灯片放映时间的方法。	

21.1　设置幻灯片的动画效果

在默认情况下，幻灯片中的文本和对象没有动画效果。制作完幻灯片后，用户可根据需要为文本设置相应的动画效果。设置动画效果有两种常用的方法：应用预置动画和自定义动画。

21.1.1　知识点讲解

一、 应用预置动画

预置动画是指系统为文字已设定好的动画方案，PowerPoint 2007 预置了 3 种动画方案：【淡出】、【擦除】和【飞入】。

在功能区【动画】选项卡的【动画】组（见图 21-1）中，对于标题占位符，【动画】下拉列表框中只有【淡出】、【擦除】和【飞入】这 3 种动画方案（见图 21-2）；对于内容占位符，每种动画方案又有两种方式：【整批发送】和【按第一级段落】。

【整批发送】是指该内容占位符中的所有文字整批采用动画方式。【按第一级段落】是指该内容占位符中项目级别为第一级的段落文字分批采用动画方式。例如，一个占位符中有 5 个一级项目，并且设置了【飞入】动画，如果采用【整批发送】方式，则这 5 个一级项目一起“飞入”；如果采用【按第一级段落】方式，则这 5 个一级项目逐个“飞入”。

从【动画】下拉列表框中选择一种动画方案，或选择一种动画方案及其动画方案方式后，占位符中的文本设置成该动画方案。

二、 自定义动画

除了应用预置动画外，用户还可以自定义动画。在功能区【动画】选项卡的【动画】组（见图 21-1）中单击【自定义动画】按钮，将出现如图 21-3 所示的【自定义动画】任务窗格。通过该任务窗格可添加动画、设置动画选项、调整动画顺序和删除动画。

图21-1　【动画】组

图21-2　标题占位符动画类型

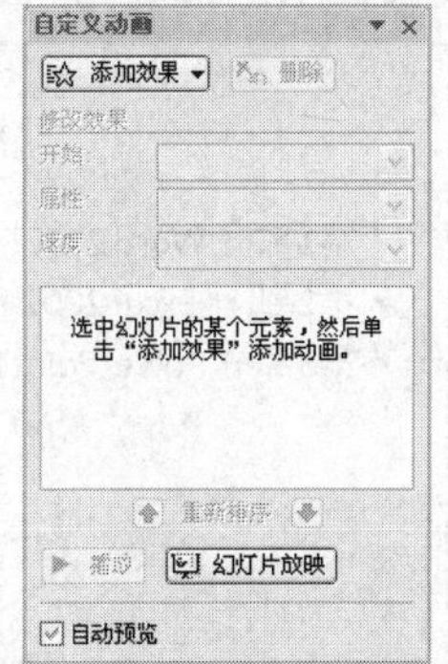

图21-3　【自定义动画】任务窗格

(1)　添加动画

在【自定义动画】任务窗格中单击【添加效果】按钮，在打开的【动画效果】菜单（见图 21-4）中选择一种动画类型，再从其子菜单中选择一种动画效果，幻灯片中的文本即设置成相应的动画效果。【动画效果】菜单中 4 个菜单的功能如下。

- 进入：设置项目进入时的动画效果。其子菜单如图 21-5 所示。
- 强调：设置项目进入后的强调动画效果。其子菜单如图 21-6 所示。
- 退出：设置项目退出时的动画效果，项目退出后，幻灯片上不再显示，通常作为一个项目的最后一个动画。其子菜单与图 21-5 所示的菜单相同。

- 动作路径：设置项目的运动路径。其子菜单如图 21-7 所示。设置了动作路径后，在幻灯片中可看到一条虚线，表示该动作路径。通过拖动鼠标，可改变动作路径的起点、终点和位置。

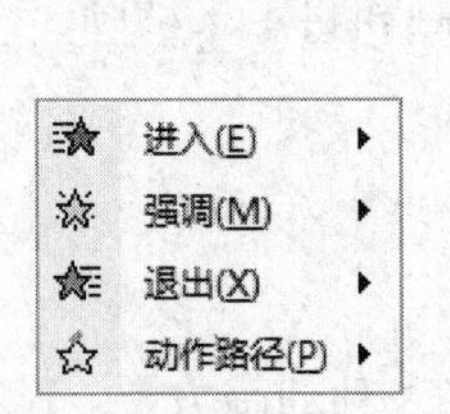

图21-4 【动画效果】菜单

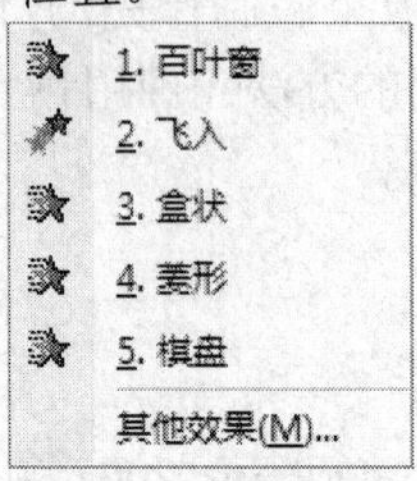

图21-5 【进入】子菜单

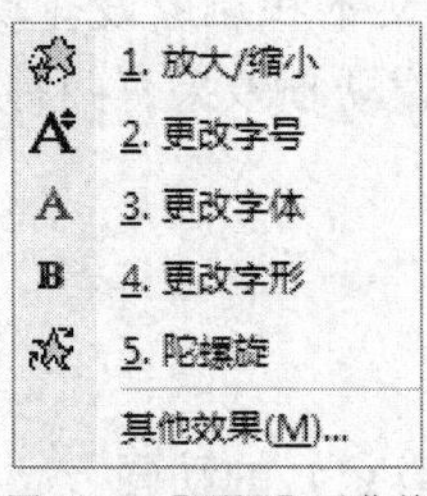

图21-6 【强调】子菜单

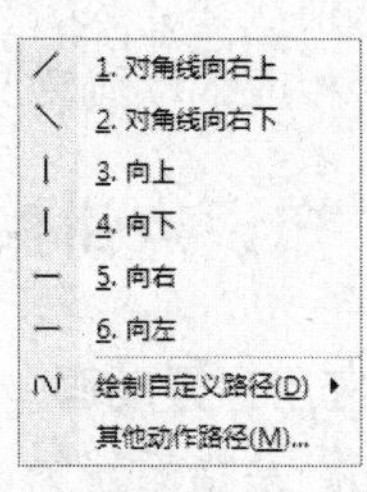

图21-7 【动作路径】子菜单

可以对幻灯片占位符中的项目或者对段落（包括单个项目符号和列表项）应用自定义动画。例如，可以对幻灯片上的所有项目应用【飞入】动画，也可以对项目符号列表中的单个段落应用该动画。此外，用户还可以对一个项目应用多个动画，从而可以实现项目符号项在飞入后再飞出的效果。

添加了动画后，在【幻灯片设计】窗格中，在幻灯片相应段落的左侧会出现一个用方框框住的数字，该数字表示该段落文本动画的出场顺序，如图 21-8 所示。

设置自定义动画时，应注意以下情况。

- 如果未选定文本，则对当前占位符中的所有文本设置相应的动画效果。
- 如果选定了文本，则对选定文本所在段落的所有文本设置相应的动画效果。

(2) 设置动画选项

设置了动画效果后，【自定义动画】窗格中的【开始】、【方向】和【速度】下拉列表框变为可用状态，并且【动画】列表中（【自定义动画】窗格中央的区域）出现了刚定义的动画的条目（见图 21-9），单击一个动画条目，即可选定该动画条目，同时，【开始】、【方向】和【速度】下拉列表框中的选项为所选定动画的相应选项。

图21-8 动画顺序

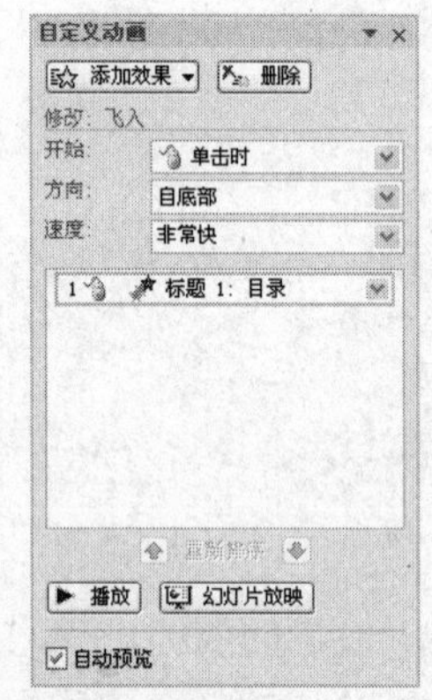

图21-9 设置动画后的【自定义动画】任务窗格

在【开始】下拉列表框中可选择该动画的开始时间，有“单击时”、“之前”、“之后”3 个选项，默认的选项是“单击时”，各选项的作用如下。

- 单击时：在幻灯片放映时，单击该项目时开始动画。
- 之前：与上一项动画同时开始动画。
- 之后：上一项动画结束后开始动画。

在【方向】（有些动画是【属性】）下拉列表框中可选择该动画的属性，该下拉列表框中的选项随动画的不同而不同。

在【速度】下拉列表框中可选择该动画的播放速度，有“非常慢”、“慢速”、“中速”、“快速”、“非常快”等 5 个选项。

(3) 调整动画顺序

设置了多个动画效果后，可从任务窗格中央的【动画】列表中选择一个动画，单击 或 按钮，改变动画的出场顺序。

(4) 删除动画

从任务窗格中央的【动画】列表框中选择一个动画条目后，单击 删除 按钮，即删除该动画效果。

21.1.2 范例解析——美化“财源滚滚.pptx”

设置“财源滚滚.pptx”演示文稿，第 1、2 张幻灯片的动画效果分别为“淡出”和“飞入”，第 3～5 张幻灯片的动画效果分别为“百叶窗”、“棋盘”、“陀螺旋”。

范例操作

1. 在 PowerPoint 2007 中打开“财源滚滚.pptx”。
2. 在第 1 张幻灯片中单击鼠标，按 Ctrl+A 键选定幻灯片中的所有内容。
3. 打开【动画】选项卡的【动画】组中的【动画】下拉列表（见图 21-2），从中选择“淡出”。
4. 用步骤 2～3 的方法，设置第 2 张幻灯片的动画效果为“飞入”。
5. 在第 3 张幻灯片中单击鼠标，按 Ctrl+A 键选定幻灯片中的所有内容。
6. 打开动画选项卡的【动画】组中的【动画】下拉列表（见图 21-2），从中选择【自定义动画】命令，窗口中出现【自定义动画】任务窗格（见图 21-3）。
7. 在【自定义动画】任务窗格中单击 添加效果 按钮，打开【动画效果】菜单（见图 21-4），选择【进入】子菜单，选择“百叶窗”。
8. 用步骤 5～7 的方法，设置其余 2 张幻灯片的动画效果分别为“棋盘”、“陀螺旋”，其中“棋盘”在【动画效果】菜单的【进入】子菜单（见图 21-5）中，“陀螺旋”在【动画效果】菜单的【强调】子菜单（见图 21-6）中。
9. 单击 按钮保存演示文稿，然后关闭演示文稿。

21.1.3 课堂练习——美化“日进斗金.pptx”

设置“日进斗金.pptx”演示文稿，第 1、2 张幻灯片的动画效果分别为“飞入”和“擦除”，第 3～5 张幻灯片的动画效果分别为“盒状”、“菱形”、“更改字号”。

21.2 设置幻灯片的切换效果

幻灯片切换效果是幻灯片在放映时，从一张幻灯片移到下一张幻灯片时出现的类似动画的效果。默认情况下，幻灯片没有切换效果，用户可根据需要设置幻灯片的切换效果。

21.2.1 知识点讲解

通过功能区【动画】选项卡的【切换到此幻灯片】组（见图 21-10）中的工具，可设置幻灯片的切换效果。

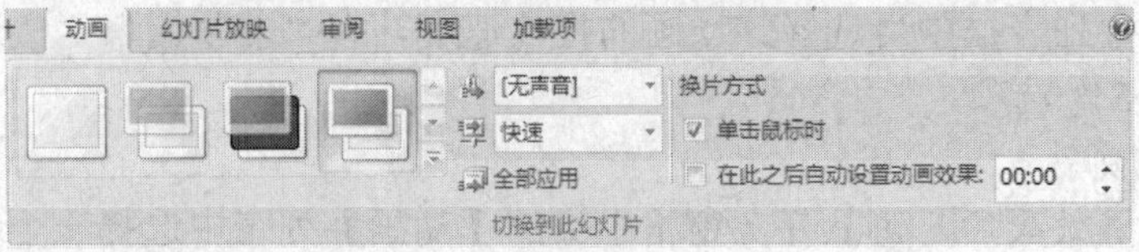

图21-10　【切换到此幻灯片】组

【切换到此幻灯片】组中常用的操作如下。

- 单击【切换到此幻灯片】组中的一种切换效果，当前幻灯片应用该切换效果。
- 单击【切换到此幻灯片】组中的▲（▼）按钮，切换效果上（下）翻一页。
- 【切换到此幻灯片】组中的▼按钮，打开该【切换效果】列表（见图 21-11），可从中选择一种切换效果，当前幻灯片应用该切换效果。
- 从【切换声音】下拉列表框中选择一种声音，切换时伴随该声音。【切换声音】下拉列表框中的选项如图 21-12 所示。
- 从【切换速度】下拉列表框中选择一种切换速度，以该速度切换幻灯片。有“快速”、“中速”和“慢速”3 个选项。
- 单击全部应用按钮，所选择的切换效果应用于所有的幻灯片。
- 选中【单击鼠标时】复选框，则单击鼠标时切换幻灯片。
- 选中【在此之后自动设置动画效果】复选框，并在其右侧的数值框中输入或调整一个时间值，则经过所设定的时间后，自动切换到下一张幻灯片。

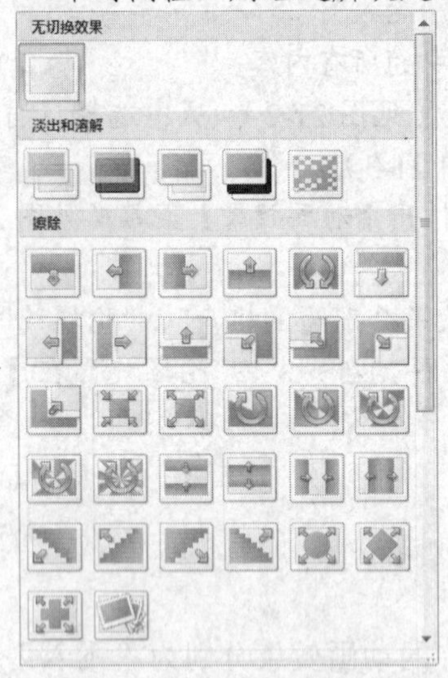

图21-11　【切换效果】列表

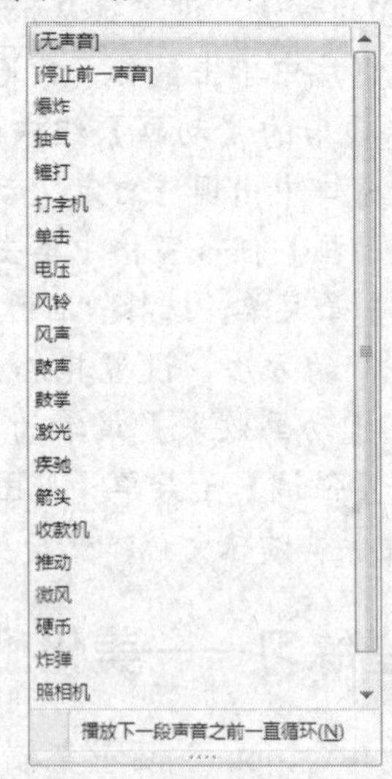

图21-12　【切换声音】列表

设置切换效果时，应注意以下情况。

- 在【切换效果】列表中选择【无切换效果】命令，可取消切换效果。
- 在【切换效果】列表中选择了【随机】组中的最后一个切换效果，该切换效果不是一个特定的切换效果，而是随机选择一种切换效果。
- 如果既选中了【单击鼠标时】复选框，又选中了【在此之后自动设置动画效果】复选框，则在幻灯片放映时，即使还没到所设定的时间，单击鼠标也可切换幻灯片。
- 如果既未选中【单击鼠标时】复选框，又未选中【在此之后自动设置动画效果】复选框，则在幻灯片放映时，可用其他方式切换幻灯片。

21.2.2 范例解析——美化“财源滚滚.pptx”

设置“财源滚滚.pptx”的切换效果如下：第 1 张幻灯片的切换效果为“平滑淡出”，第 2 张幻灯片的切换效果为“向下擦除”，第 3 张幻灯片的切换效果为“从全黑淡出”，第 4 张幻灯片的切换效果为“向左擦除”，第 5 张幻灯片的切换效果为“向左推进”。

范例操作

1. 在 PowerPoint 2007 中打开“财源滚滚.pptx”。
2. 选定第 1 张幻灯片，单击【动画】选项卡的【切换到此幻灯片】组的【切换效果】列表中的按钮，打开【切换效果】列表（见图 12-11）。
3. 在【切换效果】列表中单击“平滑淡出”图标（【淡出和溶解】类第 1 个图标）。
4. 用步骤 2～3 方法设置第 2～5 张幻灯片切换效果为“向下擦除”（【擦除】类第 1 个图标）、“从全黑淡出”（【淡出和溶解】类第 2 个图标）、“向左擦除”（【擦除】类第 2 个图标）、“向左推进”（【推进和覆盖】类第 2 个图标）。
5. 保存演示文稿，然后关闭演示文稿。

21.2.3 课堂练习——美化“日进斗金.pptx”

设置“日进斗金.pptx”的切换效果如下：第 1 张幻灯片的切换效果为“向下推进”，第 2 张幻灯片的切换效果为“水平百叶窗”，第 3 张幻灯片的切换效果为“横向棋盘式”，第 4 张幻灯片的切换效果为“向下揭开”，第 5 张幻灯片的切换效果为“向上擦除”。

操作提示

1. “向下推进”为【推进和覆盖】类第 1 个图标。
2. “水平百叶窗”为【条纹和横纹】类第 1 个图标。
3. “横向棋盘式”为【条纹和横纹】类第 3 个图标。
4. “向下揭开”为【擦除】类第 6 个图标。
5. “向上擦除”为【擦除】类第 4 个图标。

21.3 设置幻灯片的放映时间

放映幻灯片时，默认方式是通过单击鼠标或按空格键切换到下一张幻灯片，另外，用户也可设置每张幻灯片的放映时间，使其自动播放。设置放映时间有两种方式：人工设时和排练计时。

21.3.1 知识点讲解

一、 人工设时

通过设置幻灯片的切换效果可设置幻灯片放映时间，在【切换到此幻灯片】组（见图 21-10）的【在此之后自动设置动画效果】复选框右侧的数值框中可输入或设置一个时间值，该时间就是当前幻灯片或所选定幻灯片的放映时间。如果利用切换效果来实现幻灯片的自动播放，则需要对每张幻灯片进行相应设置。

二、 排练计时

如果用户对人工设定的放映时间没有把握，可以在排练幻灯片的过程中自动记录每张幻灯片放映的时间。在功能区【幻灯片放映】选项卡的【设置】组（见图21-13）中单击排练计时按钮，系统切换到幻灯片放映视图，同时屏幕上出现如图21-14所示的【预演】工具栏。

【预演】工具栏中各工具的功能如下。

- 第1个时间框：放映当前幻灯片所用的时间。
- 第2个时间框：放映到现在总共所用的时间。
- 按钮：单击该按钮，进行下一张幻灯片的计时。
- 按钮：单击该按钮，暂停当前幻灯片的计时。
- 按钮：单击该按钮，重新对当前幻灯片计时。

当所有幻灯片放映完毕后，弹出如图21-15所示的【Microsoft Office PowerPoint】对话框，单击是(Y)按钮，保存幻灯片的排练时间。

图21-13 【设置】组

图21-14 【预演】工具栏

图21-15 【Microsoft Office PowerPoint】对话框

三、 清除计时

若要清除计时，只需在设置切换效果时取消选中【在此之后自动设置动画效果】复选框，然后单击全部应用按钮即可。

21.3.2 范例解析——美化"财源滚滚.pptx"

为"财源滚滚.pptx"演示文稿的每一张幻灯片排练计时，对于放映时间小于10s的幻灯片，设置其放映时间为10s。

范例操作

1. 在PowerPoint 2007中打开"财源滚滚.pptx"。
2. 单击【幻灯片放映】选项卡的【设置】组中的排练计时按钮，系统切换到幻灯片放映视图方式，同时屏幕上出现【预演】工具栏（见图21-14）。
3. 根据需要，在【预演】工具栏中单击按钮，进行下一张幻灯片的计时，单击按钮，暂停当前幻灯片的计时，单击按钮，重新对当前幻灯片计时。如果要中断排练计时，则按Esc键。
4. 当所有幻灯片放映完毕后，弹出【Microsoft Office PowerPoint】对话框（见图21-15），单击是(Y)按钮。
5. 选定第1张幻灯片，在【动画】选项卡的【切换到此幻灯片】组（见图21-10）中，如果【在此之后自动设置动画效果】复选框右边的数值框中的时间值小于10s，则修改该时间值为10s（"00:10"）。
6. 用步骤5的方法检查并设置其他幻灯片的放映时间。
7. 保存演示文稿，然后关闭演示文稿。

21.3.3 课堂练习——美化“日进斗金.pptx”

为“日进斗金.pptx”演示文稿的每一张幻灯片排练计时，对于放映时间大于 30s 的幻灯片，设置其放映时间为 30s。

21.4 课后作业

一、操作题

设置“我的家乡.pptx”演示文稿，第 1、2 张幻灯片的动画效果分别为“擦除”和“飞入”，第 3～5 张幻灯片的的动画效果分别为“陀螺旋”、“菱形”、“盒状”。第 1 张幻灯片的切换效果为“向上擦除”，第 2 张幻灯片的切换效果为“从全黑淡出”，第 3 张幻灯片的切换效果为“横向棋盘式”，第 4 张幻灯片的切换效果为“向下揭开”，第 5 张幻灯片的切换效果为“向左推进”。为每一张幻灯片排练计时，对于放映时间小于 10s 的幻灯片，设置其放映时间为 10s；对于放映时间大于 30s 的幻灯片，设置其放映时间为 30s。

二、思考题

1. 在 PowerPoint 2007 中如何设置幻灯片的动画效果？
2. 在 PowerPoint 2007 中如何设置幻灯片的切换效果？
3. 在 PowerPoint 2007 中如何为幻灯片排练计时？

第22讲

PowerPoint 2007 的幻灯片放映与打包

【学习目标】

<table>
<tr>
<td>

- 掌握 PowerPoint 2007 幻灯片的放映方法。

</td>
<td>

</td>
</tr>
<tr>
<td>

- 掌握 PowerPoint 2007 幻灯片的打包方法。

</td>
<td>
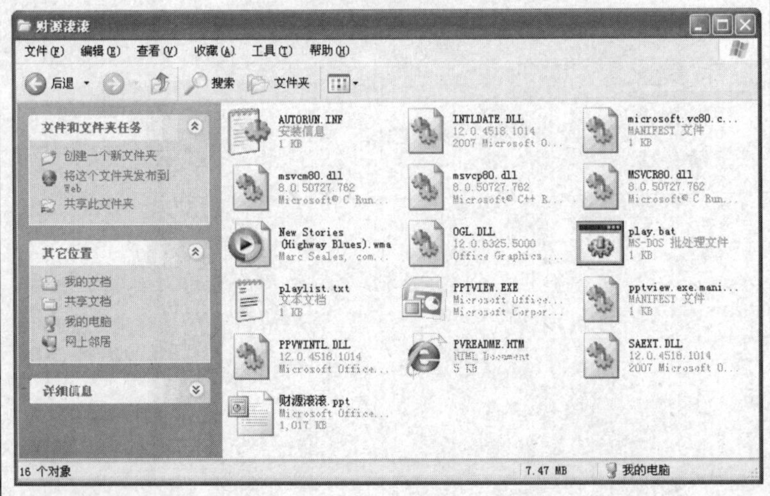

</td>
</tr>
</table>

22.1 幻灯片的放映

幻灯片放映时常用的操作包括启动放映、控制放映和标注放映。

22.1.1 知识点讲解

一、 启动放映

在 PowerPoint 2007 窗口中，启动幻灯片放映有以下几种方法。

- 单击状态栏中的幻灯片放映视图按钮。
- 单击【开始放映幻灯片】组（见图 22-1）中的【从当前幻灯片开始】按钮。
- 单击【开始放映幻灯片】组（见图 22-1）中的【从头开始】按钮。
- 按 F5 键。

用前两种方法，PowerPoint 2007 是从当前幻灯片开始放映，而用后两种方法，则是从第 1 张幻灯片开始放映。

图22-1 【开始放映幻灯片】组

二、 控制放映

在幻灯片放映过程中，常用的控制方式有切换幻灯片、定位幻灯片、暂停放映和结束放映。

(1) 切换幻灯片

在幻灯片放映过程中可以随时切换到下一张幻灯片或上一张幻灯片，即便使用排练计时自动放映幻灯片，用户也可以手工切换到下一张幻灯片或上一张幻灯片。

在幻灯片放映过程中，切换到下一张幻灯片有以下几种方法。

- 单击鼠标左键。
- 按空格、PageDown、N、→、↓或 Enter 键。
- 单击鼠标右键，弹出如图 22-2 所示的【放映控制】快捷菜单，选择【下一张】命令。
- 如果幻灯片中有“下一张”动作按钮▷，单击该按钮。

在幻灯片放映过程中，切换到上一张幻灯片有以下几种方法。

- 按 PageUp、P、←、↑或 Backspace 键。
- 单击鼠标右键，在弹出的快捷菜单（见图 22-2）中选择【上一张】命令。
- 如果幻灯片中有“上一张”动作按钮◁，单击该按钮。

图22-2 【放映控制】快捷菜单

(2) 定位幻灯片

在幻灯片放映过程中，有时需要切换到某一张幻灯片，从该幻灯片开始顺序放映。定位到某张幻灯片有以下几种方法。

- 单击鼠标右键，从弹出的快捷菜单（见图22-2）中选择【定位至幻灯片】命令，弹出由幻灯片标题组成的子菜单，选择一个标题，即可定位到该幻灯片。
- 输入幻灯片的编号（注意，输入时看不到输入的编号），按 Enter 键，定位到相应编号的幻灯片（在幻灯片设计过程中，在大纲窗格或幻灯片浏览窗格中每张幻灯片前面的数字就是幻灯片编号）。
- 同时按住鼠标左、右键两秒钟，定位到第 1 张幻灯片。

(3) 暂停放映

有时在使用排练计时自动放映幻灯片时需要暂停放映，以便处理发生的意外情况。暂停放映有以下几种常用方法。

- 按 S 或 + 键。
- 单击鼠标右键，从弹出的快捷菜单（见图 22-2）中选择【暂停】命令。

暂停放映后，继续放映有以下几种常用方法。

- 按 S 或 + 键。
- 单击鼠标右键，从弹出的快捷菜单（见图 22-2）中选择【继续执行】命令。

(4) 结束放映

最后一张幻灯片放映完毕后，出现黑色屏幕，顶部有“放映结束，单击鼠标退出。”字样，如图 22-3 所示，这时单击鼠标就可结束放映。

在放映过程中要结束放映，有以下几种常用方法。

- 按 Esc、- 或 Ctrl+Break 键。
- 单击鼠标右键，从弹出的快捷菜单（见图 22-2）中选择【结束放映】命令。

图22-3　结束放映时的屏幕

三、 标注放映

在幻灯片放映过程中为了做即时说明，可以用鼠标对幻灯片进行标注。常用的标注操作有：选择绘图笔颜色、标注幻灯片、取消标注状态、擦除笔迹和保留标注。

(1) 设置绘图笔颜色

在放映过程中单击鼠标右键，从弹出的快捷菜单（见图22-2）中选择【指针选项】命令，在【指针选项】子菜单（见图22-4）中选择【墨迹颜色】命令，弹出如图22-5所示的【墨迹颜色】子菜单，单击其中的一种颜色，即可将绘图笔设置为该颜色。

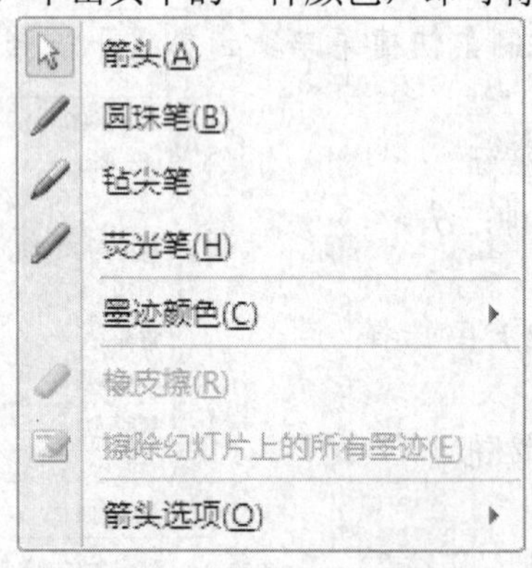

图22-4　【指针选项】子菜单

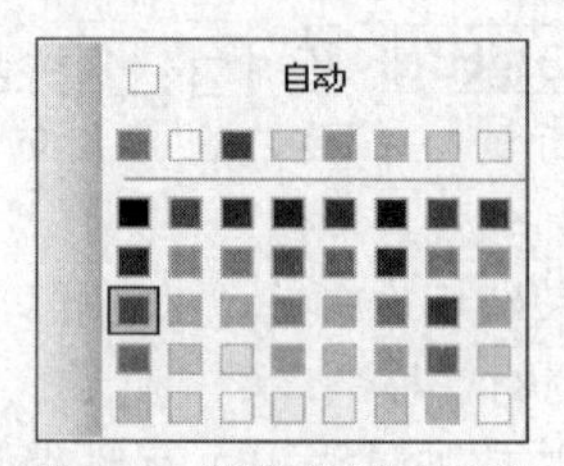

图22-5　【墨迹颜色】子菜单

(2) 标注幻灯片

要想在幻灯片放映过程中标注幻灯片，必须先转换到幻灯片标注状态。转换到幻灯片标注状态有以下几种方法。

- 单击鼠标右键，从弹出的快捷菜单（见图22-2）中选择【指针选项】命令，在其子菜单（见图22-4）中选择【圆珠笔】、【毡尖笔】或【荧光笔】命令，即可用相应的笔标注幻灯片。
- 按 Ctrl+P 键，用毡尖笔标注幻灯片。

几种不同笔型在标注幻灯片时的特点如下。

- 【圆珠笔】: 标注幻灯片时，使用圆珠笔，笔迹最细，标注时会遮盖笔迹处的内容。
- 【毡尖笔】: 标注幻灯片时，使用毡尖笔，笔迹比圆珠笔粗，标注时会遮盖笔迹处的内容。
- 【荧光笔】: 标注幻灯片时，使用荧光笔，笔迹最粗，标注时不会遮盖笔迹处的内容，就像平时用荧光笔标注书本一样。

在幻灯片标注状态下，拖动鼠标就可以在幻灯片上进行标注，如图 22-6 所示。

(3) 取消标注状态

取消标注幻灯片的状态有以下几种常用方法。

- 按 Esc 或 Ctrl+A 键。
- 单击鼠标右键，从弹出的快捷菜单（见图 22-2）中选择【指针选项】/【箭头】命令。

(4) 擦除笔迹

当前幻灯片切换到下一张幻灯片后，再次回到标注过的幻灯片中，原先所标注的笔迹都被保留。在当前幻灯片中擦除幻灯片上标注的笔迹有以下几种常用方法。

- 按 E 键。
- 单击鼠标右键，从弹出的快捷菜单（见图 22-2）中选择【指针选项】/【橡皮擦】命令，这时鼠标指针变为状，在标注的笔迹上单击鼠标，即可擦除相应的一段笔迹，可多次擦除。
- 单击鼠标右键，从弹出的快捷菜单（见图 22-2）中选择【指针选项】/【擦除幻灯片上的所有墨迹】命令，即可擦除所有标记的笔迹。

(5) 保留标注

对幻灯片进行标注后，在结束幻灯片放映时，会弹出如图 22-7 所示的【Microsoft Office PowerPoint】对话框，单击 保留(K) 按钮，保留标注，相当于在幻灯片中添加了一幅图片；单击 放弃(D) 按钮，不保留标注。

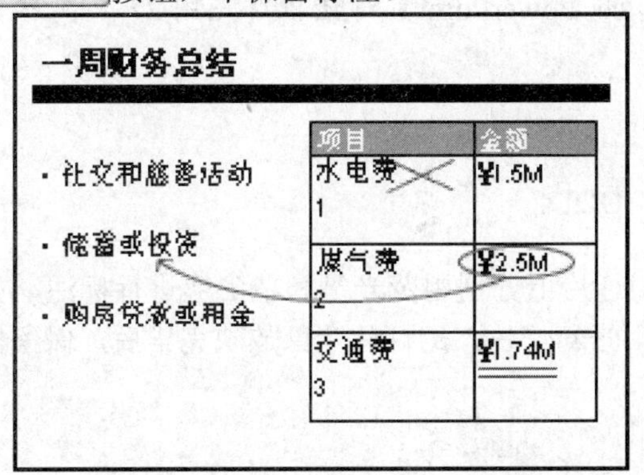

图22-6 标注幻灯片

图22-7 【Microsoft Office PowerPoint】对话框

22.1.2 范例解析——放映“财源滚滚.pptx”

放映“财源滚滚.pptx”演示文稿，在第 4 张幻灯片上分别用荧光笔和毡尖笔进行标注，如图 22-8 所示，放映完第 5 张幻灯片后，再放映第 4 张幻灯片，幻灯片全部放映完毕后，不保留标注笔迹。

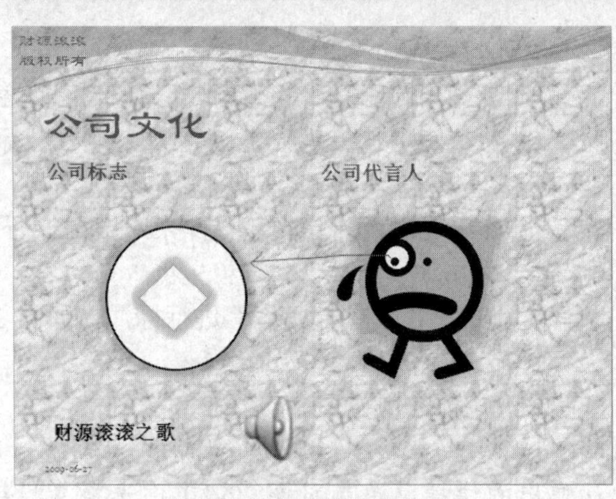

图22-8 标注后的幻灯片（一）

范例操作

1. 在 PowerPoint 2007 中打开“财源滚滚.pptx”。
2. 按F5键，放映幻灯片。
3. 单击鼠标，切换到下一张幻灯片。
4. 放映到第 4 张幻灯片时，单击鼠标右键，从弹出的快捷菜单（见图 22-2）中选择【指针选项】/【荧光笔】命令。
5. 在幻灯片的“公司标志”处拖动鼠标。
6. 单击鼠标右键，从弹出的快捷菜单（见图 22-2）中选择【指针选项】/【毡尖笔】命令，画一条从“公司代言人”的眼睛处到公司标志的线，再画一个箭头。
7. 单击鼠标右键，从弹出的快捷菜单（见图22-2）中选择【指针选项】/【箭头】命令。
8. 单击鼠标，切换到下一张幻灯片。
9. 按P键，重新放映第 4 张幻灯片。
10. 全部幻灯片放映完毕后，弹出【Microsoft Office PowerPoint】对话框（见图 22-7），单击 放弃(D) 按钮。
11. 不保存演示文稿，然后关闭演示文稿。

22.1.3 课堂练习——放映“日进斗金.pptx”

放映“日进斗金.pptx”演示文稿，在第 4 张幻灯片上分别用荧光笔和毡尖笔进行标注，如图 22-9 所示，放映完第 5 张幻灯片后，再放映第 4 张幻灯片，幻灯片全部放映完毕后，保留标注笔迹。

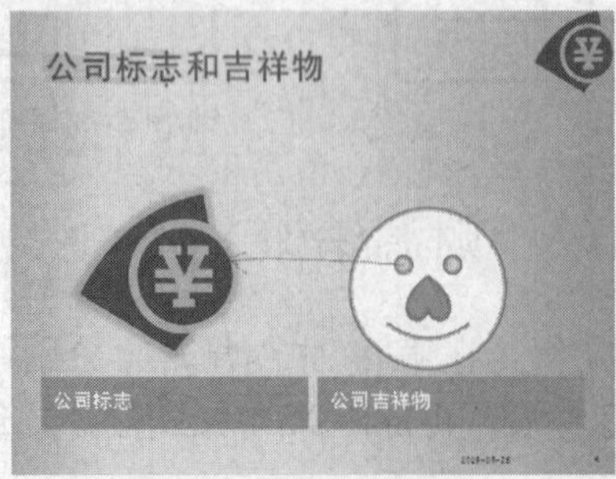

图22-9 标注后的幻灯片（二）

操作提示

1. 放映幻灯片。
2. 标注幻灯片。
3. 保留标注笔迹。

22.2 幻灯片的打包

如果要在一台没有安装 PowerPoint 的计算机上放映幻灯片，可以先用 PowerPoint 2007 提供的“打包”功能将演示文稿打包，再把打包文件复制到没有安装 PowerPoint 的计算机上，然后把打包的文件解包后，就可放映该幻灯片。

22.2.1 知识点讲解

单击按钮，在打开的菜单中选择【发布】/【CD 数据包】命令，弹出如图 22-10 所示的【打包成 CD】对话框。

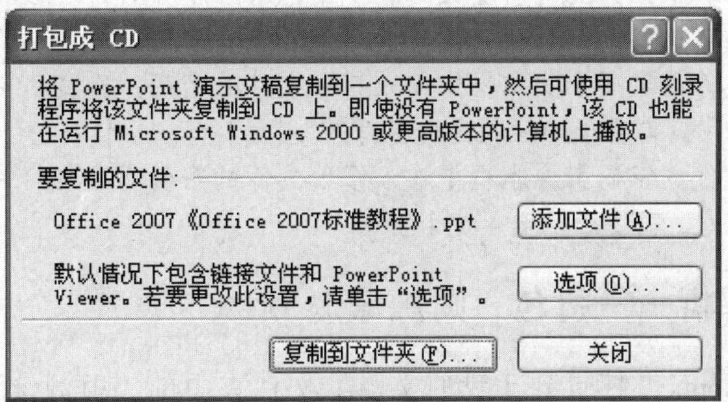

图22-10 【打包成 CD】对话框

在【打包成 CD】对话框中可进行以下操作。

- 单击 添加文件(A)... 按钮，弹出【添加文件】对话框，从中选择一个演示文稿，将其与当前的演示文稿文件一起打包。
- 单击 复制到文件夹(F)... 按钮，将弹出如图22-11 所示的【复制到文件夹】对话框。在该对话框中指定文件夹的名称和位置，打好的包将保存到该文件夹中。

图22-11 【复制到文件夹】对话框

- 单击 选项(O)... 按钮，弹出如图 22-12 所示的【选项】对话框。在该对话框中可设置打包的选项。
- 单击 关闭 按钮，关闭【打包成 CD】对话框，退出打包操作。

在如图 22-12 所示的【选项】对话框中可进行以下操作。

- 选中【PowerPoint 播放器】复选框，则打包文件中包含 PowerPoint 播放器，打包后的幻灯片，在没有安装 PowerPoint 的系统中也能放映。

- 在【选择演示文稿在播放器中的播放方式】下拉列表框中选择一种播放方式，播放方式列表如图 22-13 所示。

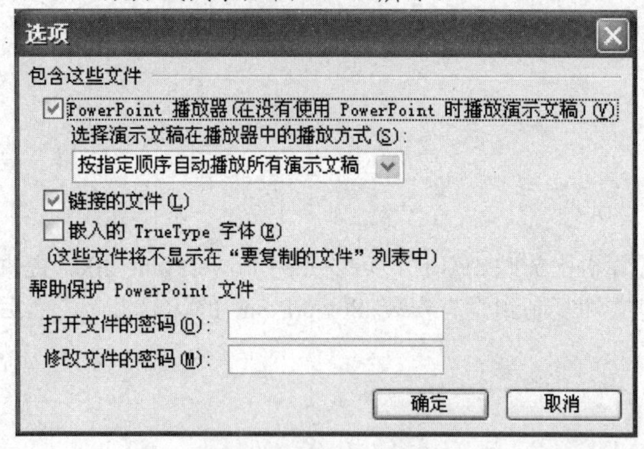

图22-12　【选项】对话框

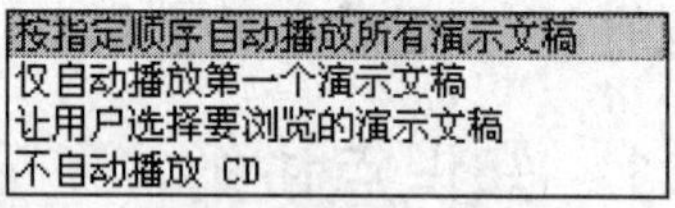

按指定顺序自动播放所有演示文稿
仅自动播放第一个演示文稿
让用户选择要浏览的演示文稿
不自动播放 CD

图22-13　播放方式列表

- 选中【链接的文件】复选框，则把幻灯片中所链接的文件一起打包。
- 选中【嵌入的 TrueType 字体】复选框，则把幻灯片所用到的 TrueType 字体文件一起打包。
- 在【打开文件的密码】文本框中输入打开文件的密码，则幻灯片打包后，要打开其中的幻灯片，需要正确输入这个密码。
- 在【修改文件的密码】文本框中输入修改文件的密码，则幻灯片打包后，要修改其中的幻灯片，需要正确输入这个密码。

22.2.2 范例解析——打包“财源滚滚.pptx”

把“财源滚滚.pptx”打包到【我的文档】文件夹中的“财源滚滚”文件夹中，包含 PowerPoint 播放器，设置打开文件密码为“cygg”，放映打包后的演示文稿。

范例操作

1. 在 PowerPoint 2007 中打开“财源滚滚.pptx”。
2. 单击按钮，在打开的菜单中选择【发布】/【CD 数据包】命令，弹出【打包成 CD】对话框（见图 22-10）。
3. 在【打包成 CD】对话框中单击 选项(O)... 按钮，弹出【选项】对话框（见图 22-12）。
4. 在【选项】对话框中选中【PowerPoint 播放器】复选框，在【打开文件的密码】文本框中输入“cygg”，单击 确定 按钮，这时弹出如图 21-14 所示的【确认密码】对话框。

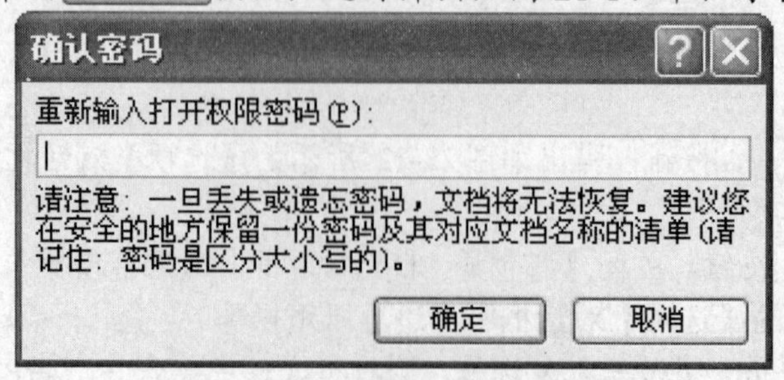

图22-14　【确认密码】对话框

5. 在【确认密码】对话框的【重新输入打开权限密码】文本框中输入“cygg”，单击 确定 按钮，返回到【打包成 CD】对话框。
6. 在【打包成 CD】对话框中单击 复制到文件夹(F)... 按钮，弹出【复制到文件夹】对话框（见图 22-11）。
7. 在【复制到文件夹】对话框中单击 浏览(B)... 按钮，在打开的对话框中选择【我的文档】文件夹。
8. 在【复制到文件夹】对话框的【文件夹名称】文本框中输入“财源滚滚”，单击 确定 按钮进行打包，打包时间随演示文稿的不同而不同，通常需要几十秒的时间。
9. 在【复制到文件夹】对话框中单击 关闭 按钮。
10. 关闭演示文稿，退出 PowerPoint 2007。
11. 在 Windows XP 中，打开【我的文档】文件夹中的【财源滚滚】文件夹，该文件夹的内容如图 22-15 所示。

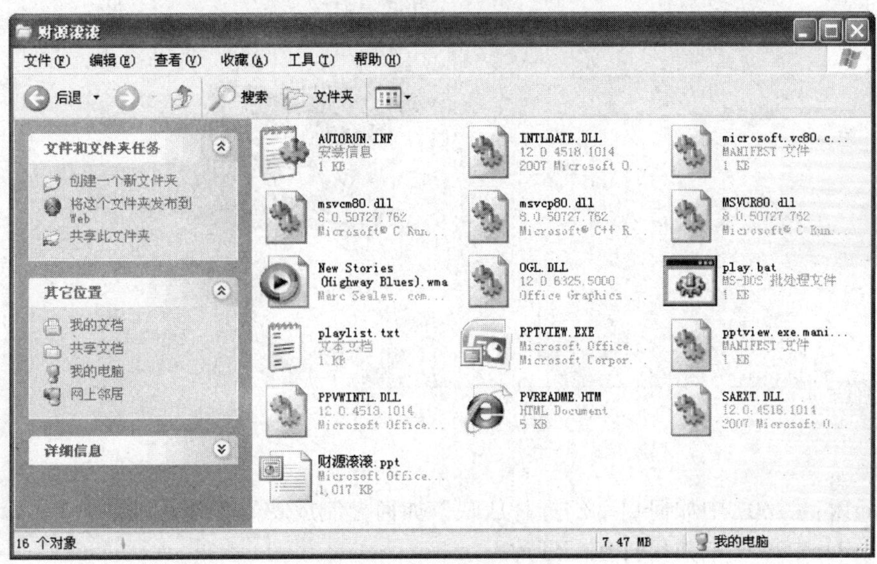

图22-15 【财源滚滚】文件夹

12. 在【财源滚滚】文件夹中双击“play.bat”文件图标，放映打包的演示文稿，弹出如图 22-16 所示的【密码】对话框。

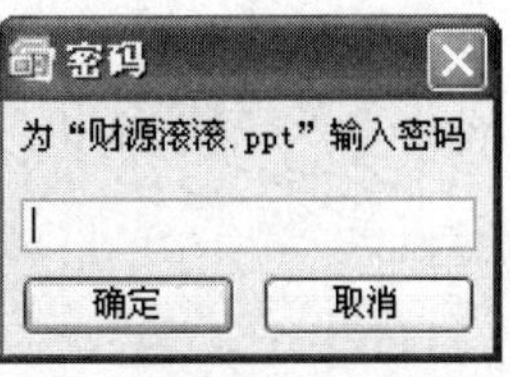

图22-16 【密码】对话框

13. 在【密码】对话框中输入“cygg”，单击 确定 按钮，即进行演示文稿放映。

22.2.3 课堂练习——打包“日进斗金.pptx”

把“日进斗金.pptx”打包到【我的文档】文件夹中的“日进斗金”文件夹中，包含 PowerPoint 播放器，设置打开文件密码为“rjdj”，设置修改文件密码为“djrj”，放映打包后的演示文稿。

22.3 课后作业

一、操作题

放映“我的家乡.pptx”演示文稿，在第 4 张幻灯片上用分别用荧光笔和毡尖笔进行标注，如图 22-17 所示，放映完第 5 张幻灯片后，再放映第 4 张幻灯片，幻灯片全部放映完毕后，保留标注笔迹。把“我的家乡.pptx”打包到【我的文档】文件夹中的“我的家乡”文件夹中，包含 PowerPoint 播放器，设置打开文件密码为“wdjx”，放映打包后的演示文稿。

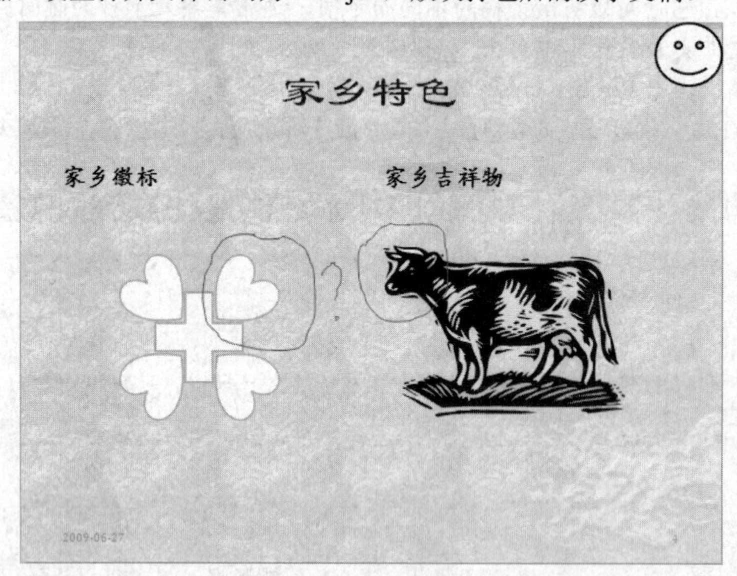

图22-17　标注后的幻灯片

二、思考题

1. 在 PowerPoint 2007 中如何启动幻灯片放映？如何控制放映？如何标注放映？
2. 在 PowerPoint 2007 中如何打包幻灯片？